台灣の讀者の皆さんへのコメント

海を越えて旅したことのない私の書いた小說が、
海を越えて多くの讀者の皆樣のもとに屆いていることを、
心から嬉しく思っています。
この作品も、どうぞお樂しみいただけますように！

致親愛的台灣讀者

從未出國旅行的我，
這次很高興自己寫的小說能跨海與許多讀者見面，
希望這部作品能帶給您無上的閱讀樂趣。

宮部みゆき

落櫻繽紛

桜ほうさら

宮部美幸

高詹燦 譯

miyabe miyuki

SAKURA HOUSARA

宮部美幸

作品集／49
MIYABE MIYUKI

落櫻繽紛

Contents

總導讀　傅博

宮部美幸的推理文學世界「增補版」

日本當代國民作家宮部美幸

近年來在日本的雜誌上，偶爾會看到尊稱宮部美幸爲國民作家。怎樣才能榮獲這個名譽呢？好像沒有確切的答案，然而綜觀過去被尊稱爲國民作家的作家生涯便不難看出國民作家的共同特徵。

明治維新（一八六八年）一百多年以來，被尊稱爲國民作家的爲數不多，夏目漱石和吉川英治是最早期的國民作家。夏目漱石是純文學大師，其作品具大眾性，一九一六年逝世至今，已歷九十年，其作品在書店仍然可見，代表作有《我是貓》、《少爺》等等。吉川英治是大眾文學大師，其作品有濃厚的思想性，對二次大戰戰敗的日本國民發揮了鼓舞的作用，其著作等身，代表作有《宮本武藏》、《新・平家物語》等等。

屬於戰後世代的國民作家有松本清張和司馬遼太郎。松本清張是社會派推理文學大師，其寫作範圍十分廣泛，除了推理小說之外，對日本古代史研究、挖掘昭和史等，留下不可磨滅的貢獻。司馬遼太郎是歷史文學大師，早期創作時代小說，之後撰寫歷史小說和文化論。這兩位作家的共同特徵是，著作豐富、作品領域廣泛、質與量兼俱。他們的思想對一九六〇年代後的日本文化發揮了影響力。

上述四位之外，日本推理小說之父江戶川亂步、時代小說大師山本周五郎，以及文學史上創作量最多、男女老少人人喜愛的赤川次郎也榮獲國民作家的尊稱。

綜觀以上的國民作家，其必備條件似乎是著作豐富、多傑作；作品具藝術性、思想性、社會性、娛樂性、普遍性;讀者不分男女,長期受到廣泛的老、中、青、少、勞動者以及知識分子的閱讀。

宮部美幸出道至今未滿二十年,共出版了四十三部作品,包括四十萬字以上的巨篇八部、長篇二十四部、中篇集四部、短篇集十三部,非小說類有繪本兩冊、隨筆一冊、對談集一冊。以平均每年出版兩冊的數量來說,在日本並非多產作家,但是令人佩服的是,其寫作題材廣泛、多樣,品質又高,幾乎沒有失敗之作。所獲得的文學獎與同世代作家相較,名列第一,該得的獎都拿光了。質的成功與量成比例,是宮部美幸文學的最大武器,也是獲得國民作家之稱的最大因素。

宮部美幸,本名矢部美幸,一九六〇年十二月二十三日生於東京都江東區深川。東京都立墨田川高中畢業之後,到速記學校學習速記,並在法律事務所上班,負責速記,吸收了很多法律知識。一九八四年四月起在講談社主辦的娛樂小說教室學習創作。

一九八七年,〈吾家鄰人的犯罪〉獲第二十六屆《ＡＬＬ讀物》推理小說新人獎,〈鎌鼬〉獲第十二屆歷史文學獎佳作。一位新人,同年以不同領域的作品獲得兩種徵文比賽獎項實爲罕見。

前者是透過一名少年的觀點,以幽默輕鬆的筆調記述和舅舅、妹妹三人綁架小狗的計畫所引發的意外事件,是一篇以意外收場取勝的青春推理佳作,文風具有赤川次郎的味道。後者是以德川幕府時代的江戶(今東京)爲時空背景的時代推理小說。故事記述一名少女追查試刀殺人的凶手之經過,全篇洋溢懸疑、冒險的氣氛。

要認識一位作家的本質,最好的方法就是閱讀其全部的作品。當其著作豐厚,無暇全部閱讀時,則是先閱讀其處女作,因爲作家的原點就在處女作。以宮部美幸爲例,其作品裡的偵探,不管是系列偵探或個案偵探,很少是職業偵探,大多是基於好奇心,欲知發生在自己周遭的事件眞相,而做起偵探的業餘偵探,這些主角在推理小說是少年,在時代小說則是少女。其文體幽默輕鬆,故事收場不陰冷而十分溫馨,這些特徵在其雙線處女作之中已明顯呈現。

繼處女作之後的作品路線,即須視該作家的思惟了;有的一生堅持一條主線,不改作風,只追求同一主題，日本的推理小說家大多屬於這種單線作家——解謎、冷硬、懸疑、冒險、犯罪等各有專職作家。

另一種作家就不單純了，嘗試各種領域的小說，屬於這種複線型的推理作家不多，宮部美幸即是罕見的複線型全方位推理作家。她發表不同領域的處女作——推理小說和時代小說——同時獲得肯定，登龍推理文壇之後，此雙線成爲宮部美幸的創作主軸。

一九八九年，宮部美幸以《魔術的耳語》獲得第二屆日本推理懸疑小說大獎，拓寬了創作路線，由此確立推理作家的地位，並成爲暢銷作家。

宮部美幸作品的三大系統

這次宮部美幸授權獨步文化出版社，發行台灣版《宮部美幸作品集》二十七部（二十三部中有四部分爲上下兩冊），筆者以這二十三部爲主，按其類型分別簡介如下。

要完整歸類全方位作家宮部美幸的作品實非易事，然其作品主題是推理則毋庸置疑。筆者綜合故事的時空背景以及現實與非現實的題材，將它分爲三大系統。第一類爲推理小說，第二類時代小說，第三類奇幻小說，而每系統可再依其內容細分爲幾種系列。

一、推理小說系統的作品

宮部美幸的出道與新本格派崛起（一九八七年）是同一時期，早期作品除可能受此影響之外，文體、人物設定、作品架構等，可就是受到赤川次郎的影響了。所以她早期的推理小說大多屬於青春解謎的推理小說；許多短篇沒有陰險的殺人事件登場，大多是以日常生活中的家庭糾紛爲主題，屬於日常之謎系列的推理小說不少。屬於本系列的有：

1. 《吾家鄰人的犯罪》（短篇集，一九九〇年一月出版）收錄處女作以及之後發表的青春推理短篇四篇。早期推理短篇的代表作。

2.《完美的藍——阿正事件簿之一》（長篇，一九八九年二月出版／獨步文化版‧宮部美幸作品集01——以下只記集號）「元警犬系列」第一集。透過一隻退休警犬「阿正」的觀點，描述牠與現在的主人——蓮見偵探事務所調查員加代子——的辦案過程。故事是阿正和加代子找到離家出走的少年，在將少年帶回家的途中，目睹高中棒球明星球員（少年的哥哥）被潑汽油燒死的過程。在搜查過程中浮現的製藥公司的陰謀是什麼？「完美的藍」是藥品名。具社會派氣氛。

3.《阿正當家——阿正事件簿之二》（連作短篇集，一九九七年十一月出版／16）「元警犬系列」第二集。收錄〈動人心弦〉等五個短篇，在第五篇〈阿正的辯白〉裡，宮部美幸以事件委託人登場。

4.《這一夜，誰能安睡？》（長篇，一九九二年二月出版／06）「島崎俊彥系列」第一集。透過中學一年級生緒方雅男的觀點，記述與同學島崎俊彥一同調查一名股市投機商贈與雅男的母親五億圓後，接獲恐嚇電話、父親離家出走等事件的眞相，事件意外展開、溫馨收場。

5.《少年島崎不思議事件簿》（長篇，一九九五年五月出版／13）「島崎俊彥系列」第二集。在秋天的某個晚上，雅男和俊男兩人參加白河公園的蟲鳴會，主要是因爲雅男想看所喜歡的工藤小姐一眼，但是到了公園門口，卻碰到殺人事件，被害人是工藤的表姊，於是兩人開始調查眞相，發現事件背後的賣春組織。具社會派氣氛。

6.《無止境的殺人》（長篇，一九九二年九月出版／08）將錢包擬人化，由十個錢包輪流講自己所見的主人行爲而構成一部解謎的推理小說。人的最大欲望是金錢，作者功力非凡，藉由放錢的錢包揭開十個不同的人格，而構成解謎之作，是一部由連作構成的異色作品。

7.《繼父》（連作短篇集，一九九三年三月出版／09）「繼父系列」第一集。一個行竊失風的小偷，摔落至一對十三歲雙胞胎兄弟家裡，這對兄弟的父母失和，留下孩子各自離家出走，於是兄弟倆要求小偷當他們的爸爸，否則就報警，將他送進監獄，小偷不得已，承諾兄弟倆當繼父。不久，在這奇妙的家庭裡，發生七件奇妙的事件，他們全力以赴解決這七件案件。典型的幽默推理小說集。

8.《寂寞獵人》（連作短篇集，一九九三年十月出版／11）「田邊書店系列」第一集。以第三人稱多觀點記述在田邊舊書店周遭所發生的與書有關的謎團六篇。各篇主題迥異，有命案、有日常之謎、有異常心理、有懸疑。解謎者是田邊舊書店店主岩永幸吉和孫子稔。文體幽默輕鬆，但是收場不一定明朗，有的很嚴肅。

9.《誰？》（長篇，二〇〇三年十一月出版／30）「杉村三郎系列」第一集。今多企業集團會長今多嘉親之司機梶田信夫被自行車撞死，信夫有兩個未出嫁的女兒，聰美與梨子。梨子向今多會長提議，要出版父親的傳記，以找出嫌犯。於是，今多要求在集團廣報室上班的女婿杉村三郎協助姊妹倆出書事務。聰美卻反對出書，杉村認爲兩姊妹不睦，藏有玄機，他深入調查，果然……

10.《無名毒》（長篇，二〇〇六年八月出版／31）「杉村三郎系列」第二集。今多企業集團廣報室臨時僱用的女職員原田泉與總編吵架，寄出一封黑函後，即告失蹤。原田的性格原來就稍有異常，今多會長要求杉村三郎調查眞相。杉村到處尋找原田的過程中，認識曾經調查過原田的私家偵探北見一郎，之後杉村在北見家裡遇到「隨機連環毒殺案」第四名犧牲者的孫女古屋美知香，於是捲入毒殺事件的漩渦中。杉村探案的特徵是，在今多會長叫他處理公務上的糾紛過程中，因其正義感使他去解決另外的事件。

以上十部可歸類爲解謎推理小說，而從文體和重要登場人物等來歸類則是屬於幽默推理、青春推理爲多。屬於這個系列的另有以下兩部。

11.《地下街之雨》（短篇集，一九九四年四月出版）。

12.《人質卡濃》（短篇集，一九九六年一月出版）。

以下九部的題材、內容比較嚴肅，犯罪規模大，呈現作者的社會意識。有懸疑推理、有社會派推理、有報導文體的犯罪小說。

13.《魔術的耳語》（長篇，一九八九年十二月出版／02）獲第二屆日本推理懸疑小說大獎的社會派推理傑作。三起看似互不相干的年輕女性的死亡案件，和正在進行的第四起案件如何演變成連續殺人案。十六歲的少年日下守，爲了證實被逮捕的叔叔無罪，挑戰事件背後的魔術師的陰謀。宮部美幸早期代表作。

14.《Level 7》（長篇，一九九〇年九月出版／03）一對年輕男女在醒來之後失去記憶，手臂上被印上「Level 7」；一名高中女生在日記留下「到了 Level 7 會不會回不來」之後離奇失蹤。尋找自我的男女，和尋找失蹤女高中生的眞行寺悅子醫師相遇，一起追查 Level 7 的陰謀。兩個事件錯綜複雜，發展爲殺人事件。宮部後期的奇幻推理小說的先驅之作、早期代表作。

15.《獵捕史奈克》（長篇，一九九二年六月出版／07）持散彈槍闖入大飯店婚宴的年輕女子關沼惠子、欲利用惠子所持的槍犯案的中年男子織口邦雄、欲阻止邦雄陰謀的青年佐倉修治、欲去探望臥病妻子的優柔寡斷的神谷尙之、承辦本案的黑澤洋次刑警，這群各有不同目的的人相互交錯，故事向金澤之地收束。是一部上乘的懸疑推理小說。

16.《火車》（長篇，一九九二年七月出版）榮獲第六屆山本周五郎獎。停職中的刑警本間俊介受親戚栗坂和也之託，尋找失蹤的未婚妻關根彰子，在尋人的過程中，發現信用卡破產猶如地獄般的現實社會，是一部揭發社會黑暗的社會派推理傑作，宮部第二期的代表作。

17.《理由》（長篇，一九九八年六月出版）二〇〇一年榮獲第一百二十屆直木獎和第十七屆日本冒險小說協會大獎。東京荒川區的超高大樓的四十樓發生全家四人被殺害的事件。然而這被殺的四人並非此宅的住戶，而這四人也不是同一家族，沒有任何血緣關係。他們爲何僞裝成家人一起生活？他們到底是什麼人？又想做什麼？重重的謎團讓事件複雜化，事件的眞相是什麼？一部報導文學形式的社會派推理傑作。宮部第二期的代表作。

18.《模仿犯》（百萬字長篇，二〇〇一年四月出版）同時榮獲第五十五屆每日出版文化獎特別獎，二〇〇二年同時榮獲第五屆司馬遼太郎獎和二〇〇一年度藝術選獎文部科學大臣獎文學部門獎。在公園的垃圾堆裡，同時發現女性的右手腕與一名失蹤女性的皮包，不久凶手打電話到電視公司和失主家中，果然在凶手所指示的地點發現已經化為白骨的女性屍體，是利用電視新聞的劇場型犯罪。不久，表面上連續殺人案一起終結，之後卻意外展開新局面。是一部揭發現代社會問題的犯罪小說，宮部文學截至目前為止的最高傑作，推理文學史上的不朽名著。

19.《R．P．G》（長篇，二〇〇一年八月出版／22）在食品公司上班的所田良介於杉並區的建築工地被刺死，在他的屍體上找到三天前在澀谷區被絞殺的大學女生今井直子身上所發現的同樣纖維，於是兩個轄區的警察組成共同搜查總部，而曾經在《模仿犯》登場的武上悅郎則與在《十字火焰》登場的石津知佳子連袂登場。是一部現今在網路上流行的虛擬家族遊戲為主題的社會派推理小說。

宮部美幸的社會派推理作品尚有：

20.《東京下町殺人暮色》（原題《東京殺人暮色》，長篇，一九九〇年四月出版）。

21.《不需要回答》（短篇集，一九九一年十月出版／37）。

二、時代小說系統的作品

時代小說是與現代小說和推理小說鼎足而立的三大大眾文學。凡是以明治維新之前為時代背景的小說，總稱為時代小說或歷史．時代小說。

時代小說視其題材、登場人物、主題等再細分為市井、人情、股旅（以浪子的流浪為主題）、劍豪、歷史（以歷史上的實際人物為主題）、忍法（以特殊工夫的武鬥為主題）、捕物等小說。

捕物小說又稱捕物帳、捕物帖、捕者帳等，近年推理小說的範疇不斷擴大，將捕物小說稱為時代推理小說，歸為推理小說的子領域之一。捕物小說的創作形式是日本獨有，其起源比日本推理小說早六年。一九一七年，岡本綺堂（劇作家、劇評家、小說家）發表《半七捕物帳》的首篇作〈阿文的魂魄〉，是公認的捕物小說原點。

據作者回憶，執筆《半七捕物帳》的動機是要塑造日本的福爾摩斯——半七，同時欲將故事背景的江戶的人情和風物以小說形式留給後世。之後，很多作家模仿《半七捕物帳》的形式，創作了很多捕物小說。

由此可知，捕物小說與推理小說的不同之處是以江戶的人情、風物為經，謎團、推理為緯而構成的小說。因此，捕物小說分為以人情、風物為主，與謎團、推理取勝的兩個系統。前者的代表作是野村胡堂的《錢形平次捕物帳》，後者即以《半七捕物帳》為代表。

宮部美幸的時代小說有十一部，大多屬於以人情、風物取勝的捕物小說。

22.《本所深川詭怪傳說》（連作短篇集，一九九一年四月出版／05）「茂七系列」第一集。榮獲第十三屆吉川英治文學新人獎。江戶的平民住宅區本所深川，有七件不可思議的事象，作者以此七事象為題材，結合犯罪，構成七篇捕物小說。破案的是回向院捕吏茂七，但是他不是主角，每篇另有主角，大多是未滿二十歲的少女。以人情、風物取勝的時代推理佳作。

23.《幻色江戶曆》（連作短篇集，一九九四年八月出版／12）以江戶十二個月的風物詩為題，結合犯罪、怪異構成十二篇故事。以人情、風物取勝的時代推理小說。

24.《最初物語》（連作短篇集，一九九五年七月出版，二〇〇一年六月出版珍藏版，增補一篇作品／21）「茂七系列」第二集。以茂七為主角，記述七篇茂七與部下系吉和權三辦案的經過，作者在每篇另有記述與故事沒有直接關係的季節食物掌故，介紹江戶風物詩。人情、風物、謎團、推理並重的時代推理小說。

25.《顫動岩——通靈阿初捕物帳1》（長篇，一九九三年九月出版／10）「阿初系列」第一集。破案的主角是一名具有通靈能力的十六歲少女阿初，她看得見普通人看不見的東西，而且一般人聽不到的聲音也聽得到。某日，深川發生死人附身事件，幾乎與此同時，武士住宅裡的岩石開始顫動。這兩件靈異事件是否有關聯？背後有什麼陰謀？一部以怪異取勝的時代推理小說。

26.《天狗風——通靈阿初捕物帳2》（長篇，一九九七年十一月出版／15）「阿初系列」第二集。天亮颳起大風時，少女一個一個地消失，十七歲的阿初在追查少女連續失蹤案的過程中遇到邪惡的天狗。天狗的眞相是什麼？其陰謀是什麼？也是以怪異取勝的時代推理小說。

27.《糊塗蟲》（長篇，二〇〇〇年四月出版／19・20）「糊塗蟲系列」第一集。深川北町的鐵瓶大雜院發生殺人事件後，住民相繼失蹤，是連續殺人案？抑或另有陰謀？負責辦案的是怕麻煩的小官井筒平四郎，協助他破案的是聰明的美少年弓之助。本故事架構很特別，作者先在冒頭分別記述五則故事，然後以一篇長篇與之結合，構成完整的長篇小說。以人情、推理並重的時代推理傑作。

28.《終日》（長篇，二〇〇五年一月出版／26・27）「糊塗蟲系列」第二集。故事架構與第一集一樣，在冒頭先記述四則故事，然後與長篇結合。負責辦案的是糊塗蟲井筒平四郎，協助破案的除了弓之助之外，回向院茂七的部下政五郎也登場，作者企圖把本系列複雜化，或許將來作者會將幾個系列納爲一大系列。也是人情、推理並重的時代推理小說。

以上三系列都是屬於時代推理小說。案發地點都在深川，但是每系列各具特色，有以風情詩取勝，也有以人際關係取勝，也有怪異現象取勝，作者實爲用心良苦。宮部美幸另有四部不同風格的時代小說。

29.《扮鬼臉》（長篇，二〇〇二年三月出版／23）深川的料理店「舟屋」主人的獨生女阿鈴發燒病倒，某日一個小女孩來到其病榻旁，對她扮鬼臉，之後在阿鈴的病榻旁連續發生可怕又可笑的不可思議的事，於是阿鈴與他人看不見的靈異交流。一部令人感動的時代奇幻小說佳作。

30.《怪》（奇幻短篇集，二〇〇〇年七月出版）。

31.《鎌鼬》（人情短篇集，一九九二年一月出版）。

32.《忍耐箱》（人情短篇集，一九九六年十一月出版／41）。

33.《孤宿之人》（長篇，二〇〇五年出版／28・29）。

三、奇幻小說系統的作品

史蒂芬・金的恐怖小說和奇幻小說《哈利波特》成爲世界暢銷書後，原處於日本大眾文學邊緣的奇幻小說獲得成長發展的機會，漸漸確立其獨立地位，而宮部美幸的奇幻小說就在這欣欣向榮的機運中誕生。她的奇幻作品特徵是超越領域與推理小說結合。

34.《龍眠》（長篇，一九九一年二月出版／04）榮獲第四十五屆日本推理作家協會獎的長篇獎。週刊記者高坂昭吾在颱風夜駕車回東京的途中遇到十五歲的少年稻村慎司，少年告訴記者：「我具有超能力。」他能夠透視他人心理，慎司爲了證明自己的超能力，談起幾個鐘頭前發生的事件眞相，從此兩人被捲入陰謀。是一部以超能力爲題材的奇幻推理傑作，宮部早期代表作。

35.《十字火焰》（長篇，一九九八年十一月出版／17・18）青木淳子具有「念力放火」的超能力。有一天她撞見了四名年輕人欲殺害人，淳子手腕交叉從掌中噴出火焰殺害了其中的三個人，另一個逃走了。勘查現場的石津知佳子刑警，發現焚燒屍體的情況與去年的燒殺案十分類似。也是一部以超能力爲題材的奇幻推理大作。

36.《蒲生邸事件》（長篇，一九九六年十月出版／14）榮獲第十八屆日本ＳＦ大獎。尾崎高史爲了應考升學補習班上京，其投宿的飯店發生火災，因而被一名具有「時間旅行」的超能力者平田次郎搭救到一九三六年二月二十六日的二・二六事件（近衛軍叛亂事件）現場，兩名來自未來的訪客能否阻止起義而改變歷史？也是一部以超能力爲題材的奇幻推理大作。

37.《勇者物語—Brave Story》（八十萬字長篇，二〇〇三年三月出版／24・25）念小學五年級的三谷亘的父母不和，正在鬧離婚，有一天他幻聽到少女的聲音，決心改變不幸的雙親命運，打開幽靈大廈的門，進入「幻界」到「命運之塔」。全書是記述三谷亘的冒險歷程。一部異界冒險小說大作。

除了以上四部大作之外，屬於奇幻小說的作品尚有以下四部：

38.《鴿笛草》（中篇集，一九九五年九月出版）。
39.《僞夢1》（中篇集，二〇〇一年十一月出版）。
40.《僞夢2》（中篇集，二〇〇三年三月出版）。
41.《ＩＣＯ——霧之城》（長篇，二〇〇四年六月出版）。

以上三十九部是小說。另有四部非小說類從略。

如此將宮部美幸自一九八六年出道以來，一直到二〇〇五年底所出版的作品，歸類爲三系統後，再按時序排列，便很容易看出作者二十年來的創作軌跡，也可預見今後的創作方向。請讀者欣賞現代，期待未來。

二〇〇七・十二・十二

本文作者簡介

傅博

文藝評論家。另有筆名島崎博、黃淮。一九三三年出生，台南市人。於早稻田大學研究所專攻金融經濟。在日二十五年以島崎博之名撰寫作家書誌、文化時評等。曾任推理雜誌《幻影城》總編輯。一九七九年底回台定居。主編「日本十大推理名著全集」、「日本推理名著大展」、「日本名探推理系列」以及「日本文學選集」（合計四十冊，希代出版）。二〇〇九年出版《謎詭・偵探・推理——日本推理作家與作品》（獨步文化），是台灣最具權威的日本推理小說評論文集。

第一話

富勘長屋

一

我今天帶來一個很少見的東西哦──

門口傳來這聲叫喚，古橋笙之介從夢中醒來。回頭一看，村田屋的治兵衛就站在門口，他捧著一個包袱，沒帶侍童，獨自前來。

笙之介深感納悶。那扇不易開關的紙門，治兵衛爲何能悄然無聲地打開又關上呢？每次笙之介都冷不防嚇了一跳，讓治兵衛撞見他慵懶的模樣。

「笙兒，你又在打瞌睡啦？我叫了好幾聲呢。」

治兵衛在狹小的土間（註）脫好鞋，一副熟門熟路的模樣，自己走進房內。笙之介這間四張半榻榻米大的房間，光書桌就占去一半空間，治兵衛的目光迅速朝書桌上掃過一遍，確認過草稿紙上什麼也沒畫後，嘴角輕揚。

笙之介急忙揉揉眼睛，將硯臺和洗筆筒挪向一旁。治兵衛小心翼翼地將帶來的包袱擺在桌上。

「我可沒睡哦。」這番話聽起來很像是替自己找藉口。

「我是在賞櫻。」

晒衣場位於門口反方向，前方種有一株櫻樹，樹面向運河的河堤坡道扎根，樹幹往水面上斜傾，長得枝繁葉茂。

噢──治兵衛望向那株櫻樹，瞇起眼睛。

「話說回來，這風景變美了呢。」治兵衛側頭不解，笙之介對他說道：

「因爲原本的木板牆沒了。視野變開闊了。」

十天前，這株櫻樹與河堤之間有一面木板牆，雖然嚴重斜傾，但姑且完整。如今少了它，行駛在運河上的扁舟和貨船可以清楚看透屋內，而且冷風直貫，實在很吃不消，倘若強風加上大潮，甚至會有水花濺來。因此，那扇木板牆可說是助益良多。
但這棟長屋的孩子們合力推倒那面牆，拆來當柴燒。因爲入春後乍暖還寒持續五日之久，若不這麼做，恐怕會活活凍死。整面木板牆在短短五天裡被拆得一塊不剩，不過，當初就是從笙之介住處開始拆。
某日，孩子王太一握著一把斧頭向笙之介威脅道。
——你要是敢跟富勘告密的話，會有什麼後果，你應該知道吧？
這孩子才十二歲，而笙之介好歹是二十二歲的大人。雖說是一介浪人，但畢竟腰間插著一長一短的武士刀。出言威脅的一方固然有問題，但被威脅的一方同樣有問題。
——如果要從我這裡開始拆，那我希望能分到一些。
說完後，太一果眞替他送來木柴。這麼一來，他也沒資格告密。
「視野是不錯，不過笙兄，這樣日後不會很麻煩嗎？」
「在冬天到來前，勘右衛門先生應該會想辦法。」
勘右衛門是深川北永堀町的這座富勘長屋的管理人。地主福富屋從事木材批發業，宅邸在冬木町。這帶許多土地都歸地主福富屋所有，因此這裡的長屋在命名時，開頭都採「富」字。富吉長屋、富善長屋、富長長屋，每個名字聽起來都很富貴吉祥，不過只有富勘長屋將負責管理長屋的管理人名字也加進長屋名稱。勘右衛門本人也被取了「富勘」的綽號。
話雖如此，勘右衛門可沒特別關照這棟長屋。他反而常說，在福富屋的房客中最沒錢，最難收取房租的人全聚在這棟長屋。事實上，這確實是一棟窮人長屋。否則也不會擅自拆掉木板牆。
附帶一提，當拆木板牆當柴燒的事穿幫，勘右衛門怒氣沖沖地四處找太一算帳時，這名始作俑者就躲在笙之介家中。他躺在折好的棉被和寢衣中間，笙之介攤開數張草稿紙蓋在上頭。

註：日式房進門處未鋪木板地的黃土地面。

——我正在晾乾，請勿碰觸。
笙之介以這套說辭替太一掩護。
——禿頭勘太小看笙先生了。
再怎麼不濟，好歹也是位武士——成功逃過一劫的太一說起大話。說這話的一方有問題，而被點名的一方同樣有問題。
提到這件事，治兵衛開心地莞爾一笑。
「太一現在還在躲啊？」
「不，早饒過他了。他現在正四處跑呢。」
「應該是被富勘先生逮著了吧。」
「富勘先生的氣也消了。現在生氣也於事無補，而且他很樂於助人，應該會修好那座木板牆。」
也許他會對福富屋說「下次再這麼輕易被人拆下來當柴燒怎麼行」，於是與他們交涉，重新蓋一座堅固的木板牆。
「枝葉長得眞不錯，不過……」
治兵衛望著朝運河門戶洞開的屋外景致，微微縮著脖子。
「現在櫻花只開了一成。而且今天這樣的天氣，門一直開著，可是很冷的。」
吹進屋內的河風，確實寒氣砭骨。笙之介拉上紙門，擋住眼前的櫻樹。
「你連墨也沒磨，看得出神，是從那株櫻樹看到了什麼漂亮的構圖嗎？」
面對治兵衛的詢問，笙之介翻動火盆裡的木炭，將變涼的鐵壺重新擺上爐架，遲遲沒答腔。
「……我想起藩國的櫻花。」
治兵衛掛在嘴角的柔和笑容，頓時僵在臉上。
「藩校的庭園裡，有一株模樣很相似的櫻樹。剛好也是位在池畔，樹幹往水面上挺出。」
在櫻花盛開的時節，池畔邊朵朵綻放的櫻花，與映照水面的櫻花雙重映襯，美不勝收，人稱

首，不發一語。

「鏡櫻」。

「最近可有接獲什麼書信？」

「自從過年後便沒再來信。想必沒什麼改變。」

沒變得更好，也沒變得更糟——笙之介在心裡補上一句。治兵衛明白他的意思，只是微微頷首，不發一語。

村田屋是深川佐賀町的一家書店，在大川東側這帶最具規模。客源廣，從商家到旗本（註二）、大名的下屋敷（註二），都是他們的顧客。

另一方面，村田屋也經營租書店的生意，由治兵衛負責。他們兄弟倆共同分擔家中生意。笙之介與興兵衛只有一面之緣，興兵衛雖然待人謙和，但擁有犀利的眼神，不太像商人，反倒比較像軍學家，租書店這種工作接觸的對象大多是女人和小孩，並不適合他。而治兵衛懂得和人開玩笑，也喜歡聊東道西，閒話家常，笑起來總是雙眼含笑，很適合這項工作。

治兵衛比笙之介年長幾歲。雖然沒確認過，不過年紀應該相差兩輪以上。他有搶眼的高眺身材，清瘦的體格，外加立體的五官——特別是那對濃眉大眼，太一他們常調侃說「就像擺著煤炭和炭球」，雖然整體輪廓不太協調，卻增添幾分親切，而且他一遇到有趣的事，不論在何處都能像孩子般盡情大笑，讓人覺得他年輕又充滿朝氣。

笙之介認識治兵衛，向他承包謄寫抄本的工作，已經快滿半年。儘管兩人交誼匪淺，但健談的治兵衛向來不願多談自己的事。因此笙之介不久前才從勘右衛門口中得知，治兵衛以前有位剛娶入門的妻子遭逢橫禍而喪命，他之後就像苦行僧般一直打著光棍。

——他其實很寂寞。

勘右衛門對笙之介說——我看你和他處得不錯，才偷偷告訴你這件事。

富勘長屋裡沒人知道這件事，村田屋周遭的人也絕口不提。

——笙先生，就算你瘦得像根竹竿，長得又其貌不揚，但畢竟還年輕，又是男人，有時候總還是會想要尋芳問柳，追求香豔刺激。不過，這種時候千萬不能邀治兵衛先生一起去，或是請他介紹。這樣對他太殘酷了。

在這件事情上，笙之介同樣聽從他的吩咐。

「好了。」笙之介端出缺一角的茶碗，以開水招待。這時，治兵衛一雙天生的大眼緊盯著笙之介。

「笙兄，你很好奇這是什麼對吧？」

「你說是很少見的東西。」

書桌上擺著一個包袱，用印有村田屋屋號的藍色包巾包成工整的四方形。治兵衛開心地搓著手，動手解開牢固的繩結。

「你可別嚇著哦。」治兵衛呵呵輕笑，一副很希望他會嚇著的表情。打開包巾一看，原來是書。不，不光是書。還有一個用半紙（註三）包好的小包裹。看起來像由多塊薄板疊成。

「先看這個。」治兵衛將書本擺在書桌上，然後一字排開。共四本。每本都有精美的裝幀，鑄模作出蔬菜浮雕圖案的藏青色封面上印著淡黃色的長方形書名。

看到書名，果眞如治兵衛所期待的，笙之介大吃一驚。

「這不是《料理通》嗎？」

全湊齊了嗎？笙之介抬頭望向治兵衛，這位租書店老闆眼中閃著光輝。

註一：江户時代，將軍家直屬的武士，奉祿未達一萬石者。

註二：大名於江户的藩邸，可分爲上屋敷、中屋敷、下屋敷，下屋敷主要是充當大名的別宅，大多位於離江户城較遠的郊外。

註三：全紙一半大小的紙張，約長35公分，寬25公分。

「沒錯。原本缺的第二本，加上去年剛出的第四本，我全都買到手了。」

相同走向的四本書，但出版年代各不同。第一本是文政五年（一八二二年），第二本是文政八年，第三本是文政十二年，最新的第四本則是天保六年（一八三五年）。共耗時十三年。

《料理通》是江戶首屈一指的料理店「八百善」針對店內提供給客人的料理所寫的書。按春夏秋冬編排菜餚，每一道菜的烹煮法都附上解說。光這樣就夠豪華了，還附上眾多文人和畫家的文章、圖畫、彩色版畫，堪稱豪華至極。

文化文政年間，料理書蔚為風潮，各種設計和內容的書籍紛紛問世，民眾爭相閱讀。尤以《料理通》的名氣最響亮，因為名店八百善出的書，僅此一家，別無分號。

笙之介當然是在治兵衛底下工作後才知道這件事。笙之介從小生長的上總國搗根藩距江戶約兩天路程，雖是幕府創立之初便有的藩國，卻是只有一萬五千石的小藩。加上現任藩主千葉家的家風尚武，嚴謹剛直、質樸檢約，藩士們自然加以仿效，奢華的料理書根本毫無用處。就算有，笙之介的老家古橋家只有八十石的奉祿，根本買不起。如今微薄的奉祿也遭收回，父親與世長辭，身為家中嫡子的長兄寄宿在藩國的親戚家中，過著閉門思過的日子，家中經濟變得更拮据。

——然而……

面對眼前這本金光閃閃的《料理通》，他不禁反問：我到底是什麼人？又在這裡做什麼？明明關上紙門，但似乎有一陣寒風冷不防掠過胸前。

「當初在販售時，這裡頭好像還附書袋呢。」治兵衛手拿第二本書，出示襯頁說道。笙之介眨著眼，抬眼望著他。治兵衛露出陶醉的眼神。「這是模仿八百善暖簾（註一）的設計。別有風味。因為是夾在襯頁裡，在轉賣時就遺失了，令人扼腕。」

「好好找或許找得到。像之前的廣告傳單。」

「沒錯。還是很值得期待。」

笙之介戰戰兢兢地拿起第四本書。其他本狀況也不錯，但這本書剛出版，顏色鮮豔。

「這裡頭提到桌袱料理（註二）和普茶料理（註三）」

「桌袱……」

「長崎的地方料理。普茶料理則是禪宗的素齋料理。」

笙之介這時也只能點頭稱是。「如果只是謄字的話，沒有問題，不過……」

治兵衛莞爾一笑。「你放心吧。我好不容易湊齊這四本書，不可能馬上就交給你謄寫，我可沒那麼清心寡欲。我會暫時留在身邊好好享受一番。」

笙之介吁了口氣。

「不過話說回來，這種書很養眼呢。」

而且我湊齊這四本書，想向你炫耀一下——治兵衛如此說道。

「雖然養眼，但似乎對心臟很傷。」

打從方才起，他的手便一直抖個不停。

「看來我的功力還不到家。還是輕鬆一點的古書比較適合我。」

五天前，笙之介前往村田屋，獲得這次的工作。約定的交件日還早，所以他能悠哉地坐著賞櫻，渾然忘我地看著櫻花只開一成，微微透著寒意的景致。

「不過，我今日前來並不全然談公事。」

治兵衛朝《料理通》合掌一拜，仔細地重新包好，接著取出另一個用半紙包成的包裹。

註一：日本的店鋪門上會掛上一片布做的門簾，上面印上店家的商號與店徽，稱之爲「暖簾」。

註二：所謂桌袱料理是指融入中國料理與西歐料理的一種宴會料理。發祥地爲長崎市。

註三：江户時代初期從中國引進日本的料理。不同於日本的精進料理，它大量使用葛根與植物油，味道濃厚，四人圍一桌食用爲其特徵。

「其實我剛才說少見的東西，指的是這個。」

乍看判斷不出何物。約半紙大小的薄板上貼有印刷品，這笙之介看得懂。但上頭印製的圖案，他卻看得一頭霧水。笙之介湊近細看，上頭有磚瓦屋頂、走廊。這應該是欄間（註）吧。這裡鋪有榻榻米，應該是房間。共好幾個。壁龕裡還有掛軸和花瓶。

「這東西叫作『起繪』。」治兵衛說。「剪下後組裝，就能作出一間『八百善』。」

笙之介恍然大悟。原來是這麼回事。不光建築本身，就連家具和生活用品也都描繪其中。

「說起來，這就像玩具一樣。作得很精細吧？」

在料理書大行其道的時代，八百善同時打響料理名店的稱號。不只庶民，一般商人也很憧憬八百善，沒想到還會以這種形式四處流行。

「沒想到還完好留下這麼一個。我作夢也沒料到竟然買得到。」

你可以替我組裝嗎？治兵衛問。

「我？」

「應該小事一樁吧。笙兄不光能畫能寫，更有一雙巧手。」

「這東西很貴重吧？」

「這東西若不試著組裝一次看看，哪會知道是什麼情況啊。」

情勢開始有點詭異。「你說的情況是？」

「我打算以此當範本，製作全新的『起繪』販售。先從這一帶的料理店作起。」

換句話說，他要笙之介負責設計製作。

「在現今世道愈來愈難營生。去年鑄造業也改採迎合市街生活的形式，生意才好轉。當生意變差時，更需要多花些心思在生意上頭。」

笙之介重新細細端詳眼前的「起繪」。

「不過，正因爲是有名的八百善，這東西才有價值吧？」

因爲對一般百姓而言，這是個遙不可及的地方，作夢也搆不著。

「對這帶的窮人來說，八幡宮的二軒茶屋和八百善一樣是遙不可及的地方。」

對笙之介來說亦然。

「料理書也是。在我們店裡租料理書的並非都是廚子。許多客人說，這書光看就飽了。」

確實如此。村田屋也是爲了這些客人製作廉價的手抄本，做起租書店。拜此之賜，笙之介得以糊口。

「而且，料理店送這東西給客人當伴手禮也是好辦法。或者是充當叫外賣隨附的小禮物。」

這似乎大有可爲。小孩子確實很喜歡這類玩具，不過像太一這樣的孩子應該對豪華料理的店家不感興趣。就算感興趣也買不起。就笙之介所見，這些孩子的玩具不是自己張羅得來，便是親手製作。

「我明白了。我會試試看。但不確定能否拼得好……」

「就算最後沒作好，也不會叫你用工資賠償，我不會說這麼小家子氣的話，你儘管放心。」

治兵衛笑著說。但對笙之介來說是生死攸關的大問題。

「其實我已跟『平清』洽談過這件事。他們很感興趣，覺得這主意很有意思。」

平清是深川一家知名料理店。治兵衛不只和他們有生意往來，可能常以顧客的身分光顧。村田屋經營穩健，生意興隆。

「只要是用飯粒當漿糊黏上，熱氣一蒸就能撕下來重黏。別板著一張臉嘛，放輕鬆去做。」治兵衛將包袱勾在手上起身，最後補上一句。「話說回來，這起繪是別人送我的，我一毛錢也沒出。所以一點都不吃虧。」

註：橫楣上的裝飾。

早說不就得了。

送走治兵衛後，重新將那扇不易開啓的紙門關緊，笙之介坐向書桌前，嘆了口氣。

他不是嫌麻煩。笙之介的個性很適合這種精細的手工業。他甚至樂在其中。

——可是……

做生意還眞是不可思議。在這裡生活半年多，與治兵衛往來頻繁，但笙之介至今有許多事想不通，無法接受。那樣做可以大賣；這樣做會博得好評；這樣會引顧客上門；那樣會把顧客趕跑。全是當初在藩國裡不曾想過的事。

不，這不是武士該思索的問題。

——我眞的愈走愈遠了。他心中感觸良深。

二

笙之介誕生於文化十二年（一八一五年）。聽治兵衛說——

「那年江戶市內正好流行栽種牽牛花。一些熱中此道的人，配對各種牽牛花，努力栽培出不同顏色或形狀的新品種。當初我靠這方面的入門指南書大賺一筆。」

笙之介的出生地——上總國搗根藩，沒聽說過當時流行栽種牽牛花。就算眞的流行過，他父親古橋宗左右衛門應該不會知道。他在小納戶（註）任職，主要工作是管理衣服和日用品，對和服、陶瓷器、漆器多少有些相關知識，但無一專精。說到他的嗜好，就屬養狗了，一聽到誰家的狗生了小狗，便馬上去要回家養，看到骨瘦如柴的狗，就不自主拿食物餵養，最後養在自家庭院裡，惹來妻子里江一頓痛罵。

笙之介是家中的次男。大他兩歲的大哥勝之介遵循搗根藩的藩風，個性驍勇，自幼投入劍術修行。多年苦練有成，習得一身精湛劍術，年方二十便擔任藩內道場的代理師傅。

主家千葉氏當初師承鹿島新陰流，融入居合拔刀術的呼吸法，創立獨門劍法「都賀不念流」，流傳至今。身為都賀劍派創始者的劍士，姓「不念」，意思是「出刀時不存雜念」。在持劍交鋒時，腦中若存太多雜念，往往落敗。它的意思是心無雜念，全神貫注於迅捷如電的一刀。這並非單純的居合拔刀術，當中有兩、三回的交鋒技巧，裡頭還融合體術。

換言之，這是完全適合實戰的劍術。宗左右衛門的父親，亦即笙之介的祖父那一代，著重的是槍術。因為昔日在戰場上，槍的威力凌駕在刀之上。擅長此種流派的劍術，充分展現出自身個性的強悍。勝之介是個性精悍，充滿武士氣概的男人。

至於笙之介，講白一點，就是懦弱。也不擅長劍術，被人用竹劍打得滿臉和手腳紅腫，從道場返回家中又挨里江一頓訓的情形不勝枚舉。他以架設在庭院的稻草人當對象，請大哥指導劍術，結果被罵得狗血淋頭的情況也不知凡幾。如今雖化為無限懷念的回憶，但回想起還是感到隱隱作疼。

不過，與其說笙之介不像他大哥，不如說勝之介是古橋家的異類。因為宗左右衛門的劍術完全不行。他年輕時，城下外郊有隻飢餓的野狗向他狂吠，宗左右衛門雖然拔出佩刀，可是非但沒斬殺那隻野狗，就連靠近也不敢，落荒而逃。最後那隻狗被他的朋友斬殺，他則淪為眾人的笑柄，大家都說「古橋的劍法不是不念流，而是連狗也斬殺不了的不犬流」。

父親應該覺得顏面無光。不過，就算有人想起過往，聊及這件醜事，父親從不生氣，也不辯解，只是一臉難為情地沉默不語。

笙之介喜歡這樣的父親。

父親無法斬殺野狗，並非因為膽小，而是憐憫那隻野狗。不過，倘若狗染上狂犬病，放任不管會有危險，而狗本身也在受苦，父親考量到此應該就會斬殺。他就是如此深具責任感。

——連野狗都餓肚子，表示治理這塊土地的人領導無方。

註：江戶幕府的職務名。在將軍身旁服侍，擔任理髮、用膳、庭番、馬匹管理等職務。

父親對笙之介這樣說道。而母親和兄長各自因不同的原因與父親不合。

親子間也有投緣與否的問題。看在個性剛直好勝的勝之介眼中，應該會覺得父親的溫和是怯懦，而父親面對和自己個性南轅北轍的長子，很早便對他有顧忌。兩人不論長相還是體格都沒半點相似。

勝之介小時候聽別人嘲笑父親是「不犬流」，覺得很不甘心，勤練劍術。歷經千錘百鍊，待人們都對他另眼看待後，他開始瞧不起父親。尚武的藩內風氣更助長這種想法。笙之介認為，大哥與父親關係不睦源自於此。這是不幸的循環。

至於母親里江，她和父親感情不睦的原因一看便知。里江的娘家是新嶋家，位階遠比古橋家高，甚至有在藩內擔任重臣的親戚，照理是不會嫁入古橋家。

那為何里江會落魄地嫁入古橋家呢？全因為里江是梅開三度。她的第一任丈夫早逝，嫁給第二任丈夫後，深受婆媳問題所苦，兩人爭吵不斷，加上始終沒有生育，兩年後離異。

兩度回到娘家的里江，就連娘家的人也不知如何安置。原本武家的女人就不該待在娘家。他們很想替里江找個歸宿。但里江是個敢和婆婆對罵的悍婦，消息傳開後，甚至有人說里江的第一任丈夫是被她剋死，要找到再嫁的對象自然不易。

剛繼承古橋家家業的宗左右衛門就此雀屏中選。也許是看準他沒多大出息，人們硬是將里江和他送作堆。這是二十四年前的事。

笙之介深愛父親溫和的個性。但他認為，當時父親應該將天生的溫和個性拋在一旁，拒絕這門婚事。不過話說回來，若真是這樣，笙之介不會降生這個世上。

說來諷刺，里江嫁入古橋家後，沒多久便生下勝之介，接著又生下笙之介。

里江一直背負名門之後的身分。儘管娘家無她的容身之所，但正因如此，她更緊守著這份矜持。面對降格不少的第三度婚姻，她當然不覺得幸福。而且看在好勝的里江眼中，丈夫愈看愈像是一頭被雨淋溼的喪家之犬。每件事她都看不順眼。

不過，她生的長男居然擁有剛毅的個性。隨著年歲漸長，他的才幹逐漸展現，與丈夫形成強烈對比。里江對這孩子疼愛有加。勝之介自然很敬愛里江。他也逐漸養成輕視父親的想法。母子倆意氣相投。

笙之介回想起老家，倒也不全然都是討厭的回憶。儘管他像父親一樣個性敦厚，與大哥相比，一無是處，但里江不曾虧待他。母親就像要彌補自己與丈夫之間感情疏離的遺憾，對兄弟倆投注濃濃的愛。不過，當天眞無邪的孩子開始有主見，個性逐漸養成時，笙之介從中明白，母親對他大哥充滿期待，對他卻幾乎什麼也不求。其實應該說，母親要求的，他沒有一樣具備。

繼承家業的是大哥。笙之介反而輕鬆許多。不過，日後離開家，不知道父親變成怎樣，心中不免擔心。父親低調地擔任基層職務，在家中養狗，與傭人親暱的閒聊，在庭園自闢的菜園種蔬菜和地瓜，每次望著父親的背影便隱隱感受到一股落寞之情，久久無法言語。

如今回想，那種程度的不安和寂寥，與現實中向他襲來的感受相比，根本不值一哂。

前年天保五年（一八三四年）七月一日，古橋宗左右衛門突然被藩內的目付（註）傳喚。據說他疑似向御用商道具店「波野千」收取賄賂。該名商家提出控訴。對方說，他五年前便一直配合古橋大人的要求，但每年繳納的賄款不斷增加，如今無法承擔，雖知自己有錯在先，但迫不得已，還是提出控訴。

宗左右衛門完全不知道這麼一回事。

古橋家向來生活儉樸。若說到比較奢侈的作爲，應該就是里江懷念昔日娘家的生活，同時爲了誇耀出身，儘管家中奉祿不多，卻雇不少傭人。對了，父親在庭院種田，並不是爲了貼補家用，他單純只是喜歡種田。像古橋家這種奉祿不高的武士家，雇用的侍從大多不是武士，而是領地內的農

註：藩內負責監督的職務。

家子弟，宗左右衛門就是向他們學習種田。他似乎認爲這是奉祿的來源，最好能對實際情況有一番了解。但里江很討厭他這麼做。這的確不像一般小納戶會做的事。

波野千的控訴具有強力的證據。宗左右衛門給他的文件上頭記載賄款的收授、金額、藏匿的方法等。細部不太一樣的文件多達五年份的量，全保留下來。波野千的店主應該就是防範這麼一天，暗中保留這些文件。

宗左右衛門大爲錯愕。因爲他完全不記得這麼一件事。

但文件上的筆跡，怎麼看都像是他親筆所寫。

勝之介身爲父親職務的接班人，當時在小納戶裡擔任下級差吏。年方二十的笙之介則在藩校「月祥館」就學。這裡的老師佐伯嘉門之助很賞識他，讓他求學，同時替他安排，想拔擢他爲右筆（註）。

在搗根藩，服侍主君的右筆都是代代世襲，少有變動。不過，擔任其他職務的武士，若是兒子成材，佐伯老師總是悉心栽培，安排適合的職務。這種時候，最省事的辦法就是讓藩內重臣招贅收爲養子，而笙之介也有婚事上門，藩內最資深的右筆加納家沒有兒子繼承家業，亟欲爲女兒招贅。對笙之介而言，這是求之不得。雖然武道不行，但文道是他的強項，也是他的最愛。雖然尚未見過婚事對象，但這是小小的藩國，略有耳聞。傳聞對方長得像夏日綻放於搗根海邊的文殊蘭，這自然是好上加好。笙之介的父母也很高興。

偏偏這時突然冒出宗左右衛門的收賄疑雲。

上級接連審訊數日，始終沒有進展，一直在死胡同裡打轉。宗左右衛門不記得這麼一件事。但文件鐵證如山，怎麼看都像是他的筆跡。但他根本沒寫過。不管上級如何要求解釋，他也只能說沒寫過這種東西。

另一方面，波野千的說辭前後一致，店主惴惴不安的模樣，同樣感覺不假。他一本正經說，他是爲了守護波野千的招牌以及其他搗根藩的御用商家，抱著被判死罪的覺悟，前來提出控訴。

五年前，確實是這家店以藩國御用商家的身分獲准在城內進出的那年。根據投標結果，由這家店替換先前的御用商家。當時負責安排投標的正是古橋宗左右衛門。波野千說，賄賂就是從那時開始。

這下宗左右衛門無路可退。

深入調查後，對宗左右衛門不利的事浮上檯面，那就是他收取賄款的流向。

小納戶算是文官，很適合宗左右衛門。但繼承家業的勝之介是藩內有名的劍士。他其實想擔任武官，周遭人都深知他的心思。母親里江和勝之介一樣，希望他能擔任武官。

照搗根藩的傳統，不憑世襲，憑實力取得重臣職位的人向來都是武官出身。雖然這種風氣有點跟不上時代潮流，但在崇尚武藝的傳統風氣下是多年來的慣習。

里江請娘家新嶋家幫忙，暗中四處託人幫忙。這少不了花錢打點。里江上下使了不少銀子，憑古橋家的奉祿根本沒這個能耐，如今上級追查的就是這筆錢從何而來。

查明原因便會明白，那一定是里江的娘家在背後幫忙。當時和現在，笙之介都這麼認爲。除此之外，沒其他可能。向來對里江態度冷淡的新嶋家也對勝之介充滿期待，這並不足爲奇。

然而，暗地裡使錢謀求職位，這種作法爲武士所不齒。既然是在這樣的情況下被揭露，與藩內重臣關係密切的新嶋家自然不可能承認。

里江被逼進死胡同。走到這一步，宗左右衛門終於招了。他承認收賄，說全是他一人所爲，錢都用在請人替勝之介媒合武官的職位上。

聽聞父親認罪時，笙之介並不驚訝。這樣的困境下，父親一定早有這麼做的心理準備。他只爲了保護母親和勝之介。

然而，上頭遲遲沒下達處分。聽說主君不能接受這樣的結果，認爲此事講得過於簡單，難掩不

註：武家的職務名。掌管文書和紀錄。

悅之色。

搗根藩主千葉有常，當時四十五歲。家臣們並不認爲他是英明的賢君。但他可一點都不昏庸。聽佐伯老師說，搗根藩千葉家表面上沒有內訌，但血緣至親與姻親間暗中較勁，勢力爭奪，並不是這幾天才有的事。此事主君比誰都清楚。這次的收賄風波其實也是這樣的糾葛浮出檯面，古橋宗左右衛門只是顆被犧牲的棋子，或是代罪羔羊。主君早已看穿此事背後另有內幕。

宗左右衛門免除職務，奉命閉門思過。屋子周邊架設起竹刺籬，並有衛兵把守。笙之介深信這並非是最終處分，而是在查明案情眞相前的暫時處置。

然而……

閉門思過三天後，天尙未明，古橋宗左右衛門於自家庭院前切腹。

令人眼花繚亂，宛如一場惡夢的夏天已過，黎明將至，秋蟲在前庭輕聲鳴唱。

沒有介錯人（註二）。最早發現異狀的是勝之介，他見父親腹部血流不止，狀甚痛苦，急忙揮刀斬下他的首級。這是後介錯。晚一步趕到的笙之介躍下庭院時，宗左右衛門已斷氣。

——爲什麼？

笙之介聽到臉色蒼白的大哥手持染血的長刀，如此沉聲低語。

——爲什麼不一開始就叫我替你介錯。

爹應該是覺得這對你太殘酷了。笙之介不自主應道。勝之介聞言便朝他撲來，像要一刀斬了他。

——那這就不殘酷嗎？這就不悲慘嗎？

太難看了。勝之介不屑地說道。

笙之介無話可說。

古橋家被廢除家名。勝之介與笙之介由新嶋家看管，里江遵從這項處分。波野千的店主遭磔刑，他的妻子被逐出藩外，外加三百兩罰金，只有波野千的招牌保留下來。這次他們就算被沒收財產也不足爲奇，但因爲店主自行控訴此案，其行可敬，罪減一等。

事件落幕，風波平息。
勝之介與笙之介在新嶋家閉門思過一個月。之後上級准許勝之介重回道場，笙之介重回月祥館。勝之介應該會仰賴新嶋家安排出路，笙之介則有佐伯老師打點。月祥館原是身爲儒學家的佐伯老師經營的個人私塾，在前任藩主主政時被立爲藩校，背後有在千葉家代代擔任家老（註二）的黑田家作後盾。如今老師官拜搗根藩「藩內學問指南」的職務，擁有藩儒的地位。至今仍與黑田家往來密切。老師利用這次的機會，請託讓笙之介當助理書生。
「你應該也很清楚，你的青雲之路斷送了。」
老師命笙之介坐在面前，曉以大義。當然了，右筆加納家招贅一事也告吹。
「如果你認爲再繼續追求學問也無濟於事，那也無可厚非。助理書生說來好聽，不過今後你的身分與下人無異。同儕想必會以輕視的眼神看你。儘管如此，如果你仍想追求學問，我還是你的老師。」
笙之介流下淚來，挨了老師一頓罵。
接著每天都在忙碌中度過。說他與下人無異是誇張點，不過三十幾名藩士全在月祥館上課，張羅的事務繁多，笙之介只有一早和深夜能打開書本，在硯臺前寫字。其他時間都被雜務追著跑。
北風吹起時，笙之介由新嶋家遷往佐伯家居住，照料老師的生活起居。他的身分是助理書生。老師的妻子早逝，無子承歡膝下，獨自寡居，一名駝背的女傭負責打點。這位名叫阿添的女傭教導笙之介煮飯、燒洗澡水、打掃茅廁。她是位嚴厲的老師。
雖然看不見未來，但入睡後，清晨會到來，又是新的一天。新的一天和昨天一樣，一再重複，

註一：武士切腹時，在一旁揮刀斬下其首級，助其解脫者。
註二：家臣中最高的職位。

儘管如此，笙之介心中還是抱著期待。

關鍵在於主君的心思。少了古橋宗左右衛門這位活證人，小納戶與波野千掛鉤一事，最後無人聞問。但主君應該仍舊心中存疑。他的懷疑還沒完全消除。

或許日後又有所行動。

店主被處以磔刑，儘管招牌留下，但理應成為空殼的波野千竟然在隔年天保六年獲准重新營業，此事令笙之介覺得不對勁。而且新店主是之前淪為罪人的前任店主的弟弟。

這樣的懲罰未免太輕。當中應該另有隱情。不過，只有我這麼覺得嗎？笙之介常這樣自問自答。難道就沒有其他人感到懷疑嗎？主君又是如何看待此事？

此事尚未完結。還有內幕未公諸於世。笙之介不禁這麼想。

光陰如流，從不停下腳步回顧潛藏於人們心中的牽掛和渺小的希望。笙之介在月祥館工作，日子就像流水般晃眼即逝。轉眼又是新的一年，梅花的新苞即將綻放，鏡櫻會在短暫燦放後凋謝，在搗根藩的山腳下布滿新綠。梅雨季來臨，阿添嚴格教導他防止書籍長黴的方法，歷經幾次滂沱雷雨後，惱人的烏雲散去，悶熱的夏季將來。

笙之介比昔日在老家生活時略顯瘦削，眼睛更有神。夏日的某天，笙之介的母親里江意外來訪。

睽違許久的母親，與父親剛過世時相比，氣色好轉不少。儘管雙肩仍舊消瘦，但原本一度瘦削的臉頰線條恢復原本的圓潤。

以前人們常批評里江沒幫夫運，是悍婦，當時因為她姿色秀麗，常落人口實。聽說她年輕時非但在搗根藩傲視群芳，甚至號稱是上總國第一美女。如今年老色衰，餘韻猶存。

他很高興母親恢復生氣。雖然自己的反應有點孩子氣，不過與母親重逢，笙之介不勝欣喜。

宗左右衛門切腹後，里江臉上不再有任何表情。笑容自然不用提，淚水也不曾見過。眼神冷若寒霜，皮囊下好像完全結凍，厚實的寒冰一角從兩道眼皮間露出。她很少說話。偶爾開口，盡是固定的問候語與感謝詞。經這麼一提才想到，母親在事件後未曾叫過笙之介的名字。

另一方面，則在各種情況下都稱呼大哥——勝之介大人。有時像是畏怯，有時像在討他歡心，有時則像在訓斥，母親會改變口吻稱呼大哥，但就是沒叫過笙之介。

今日母親徒步前來。她眼中的寒霜已融。笙之介太過開心，完全沒想到母親所為何事。

「娘一點都沒變……不，氣色看起來更好了。我大哥他……」

笙之介急切地問道，里江馬上打斷他。

「勝之介大人和我都是老樣子。你也一樣。」

里江眼中的寒冰雖融解，但冷澈如昔。

「今天我來找你，是有重要的事。沒時間聊那些不必要的事。」

笙之介說到一半，嘴形定住不動，無言。因為紙門敞開，走廊傳來阿添的聲音。里江與笙之介的身分是罪人的妻兒，儘管兩人是母子，但還是極力避免私下密談。

「您好。」駝背的阿添，背弓得更彎了，她手置於榻榻米上，端來熱茶。里江連頭也不點一下，冷峻地望著阿添。阿添也沒看里江一眼。

見現場沉默的氣氛凝重，笙之介開口道：

「阿添女士，這是家母。」

阿添低著頭，雖然行了一禮，卻沒說話，步履蹣跚地離去。里江始終不發一言，把臉別開。

「那是這戶人家的女傭對吧？」待阿添離去後，里江壓低聲音問道。

「是的。」

「你竟然稱呼女傭『阿添女士』？」

太丟人了——里江緊咬著嘴唇。

笙之介頓時慌起來，他說並不是老師要我這麼做的。因為阿添教導我很多事，所以我很自然這樣稱呼她。

「如果對方是佐伯大人的夫人倒還另別論，但她不是女傭嗎？」

里江的語氣強而有力。這是叱責的聲音。這正是母親里江。

笙之介受您關照了——母親可有向阿添這樣問候一聲？完全沒有。

「我聽說你都在這裡煮飯、汲水。是眞的嗎？」

笙之介差點就點頭了，但他極力忍住，抬起臉來朗聲答道：「沒錯」。

里江眉頭一蹙。「和女傭一起工作對吧？」

「這也是助理書生的工作之一。」

「你不是爲了求學問才留在這裡嗎？」

「照料老師的起居也是求學問的一種。行住坐臥，老師的一切全都值得學習。」

里江再度緊咬著嘴唇，咬得嘴唇都發白了。

「你不覺得很不甘心嗎？」里江低聲地問道，接著像要打消剛才的問話般搖搖頭。

「現在說這些也無濟於事。浪費時間罷了。」

其實是這樣的……里江趨身向前，悄聲說道。

「笙之介，我要你去江戶。」

笙之介瞠目。因爲事出突然。

「要我去江戶？」他的聲音在顫抖。「爲了什麼？」

「拜訪在藩邸（註）擔任留守居的坂崎大人。坂崎重秀大人。」

留守居是常駐在江戶藩邸，負責替藩國與幕府交涉，並聯絡諸項事務的重要職務。對無法獨立，總是窩在老家也從沒去過江戶的笙之介而言，除了聽過名稱外，其他一無所悉。

「我和坂崎大人講好了。書信往返太費事，不如直接請你去江戶一趟，這是坂崎大人的吩咐。」

說到這裡，里江挺直腰板，露出淺淺一笑。那表情就像在說——這樣你全明白了吧。

笙之介丈二金剛摸不著頭腦。

「我到江戶見到坂崎大人後，該做些什麼才好？」

里江馬上收起笑容，就如同冰雪尚未融解前的初春淡雪。

笙之介猛然憶起，在很多事情上，只要一見笙之介比不上他大哥，母親總會露出這種表情。期待的笑臉倏然消失，接著流露出失望，就像在說……

——唉，果然不出我所料。

母親移膝向前，以手勢示意笙之介靠近。

「我要你請坂崎大人幫忙，重立古橋家。和他商討此事。」

笙之介大吃一驚。這不是出其不意的震驚，而是原本凌亂沒有頭緒的事，突然一下子完全兜攏所產生的驚詫。

重立古橋家，當然是指立勝之介爲古橋家之主，請江戶藩邸的人居中協調……

里江看著笙之介的眼睛，重重頷首。

「坂崎大人願意助我們一臂之力。再也找不到這麼有力的幫手了。」

這下笙之介終於明白，令母親眼中寒冰融解的力量，原來來源於此。

江戶的留守居握有強大的權力，有時甚至能左右藩國的興亡，因此並非人人都能擔任，必須兼具智慧與經驗，人脈也很重要。搗根藩代代都由坂崎家擔任，特別是現今的留守居坂崎重秀更是知名的厲害人物。笙之介聽過人們對他的評價。而且坂崎重秀與里江並非素不相識。儘管與她的娘家新嶋家及古橋家素無淵源，但與里江有一層關係。

坂崎重秀與里江已故的第一任丈夫是叔姪。雖然年紀相差一輪，但從小關係親如兄弟，所以里江與他很熟識。他也將姪兒如花似玉的媳婦當成妹妹看待，疼愛有加。

說到笙之介爲何知道這段往事，自然是從里江聽聞得來。對古橋家和宗左右衛門深感不滿的里

註：江戶時代，諸大名設置於江戶的宅邸。

江，每次話及當年，總是直接跳過婆媳不合的第二段婚姻，聊的全是純粹因命運捉弄而破滅的第一段幸福婚姻。里江往往無限懷念地談起往事，引以為傲，然後對眼前的落魄牢騷滿腹。里江可能也很明白這點，講這件事情時總會挑對象。年幼時的笙之介常是她挑中的人選。

里江想再次透過昔日的人脈來重振古橋家。

「可是……」笙之介先冒出這麼一句，在接著往下說前，他極力在腦中思索。

江戶留守居確實是重要的職務。坂崎家也是歷史悠久的名門，在藩內權大勢大。但正因為是留守居的職務，所以坂崎重秀長年待在江戶，不太熟悉藩內情勢。像這次小納戶收賄一事，從頭到尾都發生在搗根藩內，笙之介不認為詳情會傳進人在江戶的重秀耳中。

「坂崎大人畢竟也不是萬能。」最後他回答。「而且這麼做尚嫌太早。」

里江陡然眼尾上挑。

「你應該也知道波野千重新掛上招牌營業，贈獻賄款的一方獲得上級原諒了。」

原諒收取賄款的一方卻還嫌太早，哪有這種事呢——里江說。

「娘，我了解您的心情。我也認為懲處太寬鬆。可是這……」

里江完全沒聽笙之介的話，她目露精光，眼中冰冷的水隱隱透著寒光。

「你爹切腹自盡，收賄的罪行已有交代。勝之介尚有大好的未來在等著他。不只他，你也是。」

她在後來才補上笙之介的名字。

「坂崎大人很同情我們的遭遇。我有他寫的信，提到一定能再重立古橋家，也理應重立。」

看來母親多次與江戶魚雁往返。對象是坂崎大人。

「關於此事，新嶋家怎麼看？」

里江略顯怯縮，頻頻眨眼。笙之介察覺她神色有異。

「娘，難道……」

「新嶋家什麼都不知道。」里江沒看笙之介，低頭望向膝蓋，很快地說道。

「就算他們察覺出什麼，我也是爲了勝之介好。他們應該會默許我這麼做。」

怎麼可能沒察覺。里江不論是派人傳話，或是委託信差送信，寄人籬下的她，舉手投足全瞧在新嶋家眼裡。

笙之介相當洩氣。

他至今仍堅信父親宗左右衛門的收賄風波是遭人捏造陷害。父親蒙受不白之冤。不過，當時有不利於父親的證據，而和這項證據息息相關的，不是別的，正是母親的求官行動。

明明嘗過一次苦頭，怎麼還學不乖？新嶋家如果察覺此事，爲什麼還默許她這麼做？是因爲他們認爲母親請江戶留守居幫忙，根本就找錯對象，最後終究白忙一場才任由她去做嗎？難道就沒人訓斥她、勸阻她嗎？

「我大哥知道這件事嗎？」

面對笙之介的詢問，里江用力頷首。

「勝之介大人看過坂崎大人的信之後非常欣慰。很期待你的表現。」

新嶋家是里江的娘家，他們收容被處以閉門思過處分的笙之介兄弟倆。由他們提出重立古橋家的要求並非不可，但需要時間。這場風波平息前，不宜輕舉妄動。最有效的方法就是和古橋家沒有血緣關係，又與這起事件無關的藩內重臣代爲發聲——里江打的算盤不難理解，但終究只是她的一廂情願。

然而，母親此時眼中堅定的目光是怎麼回事？大哥也是這樣的眼神嗎？

拜託，爹的冤屈你們已經不在乎嗎？母親和大哥期望重立古橋家這件事，與洗刷父親的汙名，不是同一件事嗎？

「大哥他期待我的表現……」笙之介暗自低語。

這不是在確認，而是希望里江能感受到他的想法，刻意壓低聲音緩緩說道。

但里江渾然未覺。「沒錯。你爲大哥效力的時刻終於來了。」

不——里江急忙改口。

「是爲古橋家效力。」

好遙遠啊……笙之介暗忖。

原本母親與大哥就離他無比遙遠。儘管如此，父親在世時，他們畢竟身處同一條路，只是彼此有一段遙遠的距離。但現在不同，他們在不同的道路上。或許同樣都是在對世人有所忌憚的立場，因此彼此距離相近，但雙腳所踩的道路截然不同。

娘，爹是爲了袒護妳才切腹自盡的。那是妳認爲很窩囊、不曾眞心接受過的男人對妳最大的體貼。妳不會完全不知道吧？妳怎麼想呢？是否懷有一絲歉疚呢？可曾心存感謝？

笙之介想問清楚，但話到喉頭時，他緊抿雙脣，雙手握拳擺在膝上，久久無法言語。

他害怕逼問後，母親口中的回答。

里江似乎也從笙之介的沉默中感覺到什麼。她道出極爲造作的一番話。

「若能重立古橋家，最高興的人莫過你爹了。笙之介，這你知道吧？」

打從剛才起，里江一直都採用「你爹」這種說話方式。

他不是妳的丈夫嗎？

「娘，您好像忘了。」笙之介略帶挖苦地說。「現在的我是在這裡受佐伯老師關照看管。如果沒有老師的許可，別說去江戶，連踏出領地半步都辦不到。」

里江的表情無比開朗。「這點你不必擔心。坂崎大人會請黑田大人安排。」

「這話怎麼說？」

「黑田大人會向佐伯老師下令，讓你到江戶爲月祥館辦事。」

所以才找你幫忙啊，笙之介——里江的聲音顯得很興奮。

「勝之介找不到藉口前往江戶，但你有。」

佐伯老師昔日在江戶的昌平坂學問所求學，現在仍會請人從江戶送許多書來，那裡也有不少熟識。誠如里江所言，要找藉口的話多得是。

笙之介深感錯愕。這麼說來，母親與坂崎重秀直接跳過佐伯老師，擅自推動這件事。笙之介再也無法按捺，「佐伯老師是看我遭受閉門思過的處分，心生憐憫，才提出要雇我當助理書生的要求。這是莫大的恩情。我絕不能用這種方式利用老師。」

里江絲毫不以爲意，「老師和黑田大人不是很熟嗎？要收你爲助理書生是很容易的事。既然這樣，這次不也是一樣的情形嗎？」

沒救了。笙之介頓時曉悟。娘沒救了。她得了恣意妄爲的病。這就像熱病，要讓她徹底退燒冷靜，光是好言相勸根本沒用。唯有讓她試個鼻青臉腫才會明白。感覺就連那位人稱厲害角色的坂崎重秀似乎也洩了底，被里江耍得團團轉，言聽計從，還給里江最想要的回覆，他這樣的男人靠得住嗎？

我知道了——笙之介應道。眼下僅能這麼做，而且他只想早一點請里江離開。

目送踩著輕快腳步離去的里江背影，笙之介甚至懶得嘆息，直接收拾好茶具到廚房。

阿添人在廚房。她正蹲在地上，手伸進醬菜桶裡。

這名老婦以眼角餘光確認是笙之介後，挑明說道：

「好一個高傲的女人，傳言果然不假。」

這擺明在批評母親，但笙之介無從反駁。阿添拉出醃黃蘿蔔乾，用力以骨瘦嶙峋的雙手搓揉。

如同她用力的動作，阿添繼續毫不客氣地說：

「明明只有那麼點女人的淺薄見識，還愛耍權謀。難怪古橋家會垮。」

阿添女士——笙之介羞愧地喚道，「請您行行好，別再說了。」

「老師已經知道這件事了。」

「咦？」這下更令笙之介羞愧了。

「因爲昨天黑田大人派人前來傳話。我端茶去時，老師還笑呢。」

佐伯老師爲此事笑了。

「是談到要派我去江戶的事嗎？」

阿添替醬菜桶蓋上蓋子，嘿咻一聲起身。她不論蹲還是站，背始終一樣彎。

「那可不是愉快的笑容。是苦笑。」

可想而知。

「老師說，如果古橋夫人日後還是這樣沒完沒了，笙之介去遠一點的地方也許是個好辦法。」

就算阿添說的內容和老師說的一樣，但在表現方式上應該有不同。笙之介希望有不同。

「要求學問，不論在哪裡都行。」阿添面向醬菜桶說道，「到外頭去，仔細想想面臨的遭遇，對往後的路會有助益。」

這次應該就是仿照老師的口吻了。

「家母想暗中派我去江戶，但好像保密不到家。」

新嶋、黑田、佐伯知道此事，連阿添都知道。

「誰叫她見識淺薄。她以爲行動隱密就不會被人發現。」

當初替大哥展開求官行動時，母親不也採取同樣的作法嗎？

——所以造成那種結果。

她應該是被人利用了。

「笙之介先生。」阿添喚道。

「在。」

「你還眞是『落櫻紛亂』呢。」

她說了什麼？

「在甲州有句話是這麼說的。」

阿添那張臉，活像是洗得皺巴巴的皺綢直接晒乾，滿布皺紋，很難判斷那究竟是笑臉還是怒容。此時，她眼中帶著笑意。

「因爲經歷了各種風風雨雨，備嘗艱辛，引發軒然大波時，人們都會這麼說。」

阿添出身甲州韮崎。佐伯老師在江戶求學時，阿添便以女傭的身分服侍他，跟著他到搗根藩。阿添爲何離開生長的地方到江戶又有無親人，笙之介一概不知。也許老師也不清楚阿添的來歷。

「落櫻紛亂是吧。」笙之介試著重複一遍。「這句話聽起來眞美。」

雖然心情並未因此輕鬆，但略感安慰。

三

笙之介獨自面對村田屋治兵衛寄放在這兒的八百善「起繪」。

他將書桌推向牆邊，空出一塊空間，地板打掃乾淨後，一字排開七片起繪。有些部分一看就知道關聯，有些部分複雜難懂。上頭描繪得很詳細，色彩很豐富，廚房裡甚至繪有食材和餐具。他端詳每處細部，趴在地上仔細檢視起繪，愈看愈發現描繪精細，樂趣無窮。

邊角的部位有掉漆的情形。七片當中的兩片與其他五片相比，略顯褪色。雖然不清楚治兵衛透過什麼管道取得，不過應該和《料理通》一樣有點年歲。

既然要組裝，自然想修補掉色，但得避免和原色相差太多，因此修補起來實屬不易。若貿然重新上色，這兩片就會特別突兀。正當他苦思時，筆墨商勝六前來找他。他是日本橋通四丁目的筆墨硯臺批發商「勝文堂」的店內夥計，叫六助。人們簡稱勝六，笙之介都叫他六大。比笙之介年長幾歲，約二十五、六。

「笙兒，今天有沒有什麼吩咐啊？」勝六在晒衣場叫喚，一副熟門熟路的模樣地打開紙門，看到笙之介整個人趴在地板上，他驚呼：「怎麼啦？錢掉了是嗎？」

勝六手長腳長，臉蛋輪廓像極絲瓜，外加細眼窄鼻，一吃驚起來就看不清眼珠。

笙之介趴在地上朝他招手。「六大，你過來看看。」

勝六放下用藏青色棉質包巾包成的包袱，急忙爬上入門臺階。

「你也開始接春宮圖的工作啦？」但勝六馬上期待落空。「好怪的畫啊。」

日本橋通町一帶聚集所有批發商，當中不少書籍批發商。勝六負責跑外務，理應四處造訪這些店家，但他似乎是第一次見識到起繪。笙之介大致說明給他聽。

「喏，你看這裡。」笙之介指向起繪上廚房的某個角落。那是快被他指甲遮住的一張小圖。

「笊籬上裝著蔬菜。這是蜂斗菜的花莖。」

蜂斗菜花莖是春天的食材。這個起繪畫的是春天時的八百善。

咦？什麼？在哪兒？我看不懂啦。經過一番大呼小叫，左瞅右瞧後，勝六才說道：

「啊，眞的耶。笙兄，這麼小的東西，眞虧你看得出來。」

如果要畫春天，在庭院裡畫櫻花不就得了——勝六補上這麼一句。

「如果像你說的，就算不是料理店也辦得到。以食材來表示春天正是精妙所在。」

另外還找到蜂斗菜和竹筍。再細找，客人在的廂房內插花瓶裡有一截櫻花枝椏。

「眞細膩。」勝六目瞪口呆，笙之介覺得這種精細設計正是樂趣所在。雖然無從得知出自何人之手，但他對畫出這幾張起繪的畫師益發欽佩。

「這你打算怎麼處理？」

「組裝起來。」

勝六皺起他那窄細的鼻頭。「要把上頭的畫一一裁切下來，很費事呢。」

確實如此。在裁切的過程中，裁線不能有絲毫偏差，得乾淨俐落。

「需要用到尺。不過，若是用短刀來切，或許很難。」

勝六如此說道，指著笙之介的佩刀。「用那個如何？」

再怎麼說都不可能這麼做。

「不行嗎？看來笙兄還保有武士的尊嚴呢。」

笙之介常被人瞧扁武士尊嚴。

「尺向阿秀姐借就行了，順便向寅藏先生借切魚刀如何？」

兩人都是富勘長屋的住戶。阿秀以修補舊衣和洗張（註）爲業，寅藏則是挑著扁擔四處叫賣的魚販，住斜對面。他不是別人，正是孩子王太一的父親。

「用切魚刀切這東西未免……」

那是寅藏賴以維生的謀生道具，但勝六完全不當一回事。

「寅藏先生在乎嗎？他今天也沒去魚市場呢。」

聽說他現在又在茅廁後面打瞌睡。

「他又宿醉了。反正他也沒在用那把刀，你付錢跟他租用，他高興都還來不及。」

但太一應該會生氣。兒子常罵這位愛睡懶覺、喝便宜劣酒的父親是米蟲。不過被罵的一方確實完全讓人無法忍受，因此教人傷腦筋。

「我會再想辦法。」笙之介說。

「有點褪色呢，要補色嗎？」不愧是勝六，觀察敏銳。

「不好處理。」

「說得也是。正本最好維持原狀。如果要上色，最好照著複製一份，然後作出一模一樣的東西。」

這應該對思考如何製作起繪有幫助。

「那漿糊呢？」

治兵衛建議用飯粒來黏，但笙之介說出這項作法後，勝六馬上揮著手直呼不行。

「它雖然薄，但畢竟是木板，用飯粒撐不久，得用黏膠才行。」

註：將和服的縫合處拆開後加以洗清、上漿、敞開晾乾的一項作業。

我幫你想辦法吧——勝六說。

「謝謝。」

「與其道謝，不如向我多買些墨。複製這東西需要用到墨吧。」

「眞拿你沒轍。」

謝謝惠顧——勝六這麼一喊，笑成瞇瞇眼離去。就算笙之介什麼也沒說，勝六應該會主動替他跟嶋屋知會一聲。嶋屋是神田三河町的一家筆店，販售的作畫用具連顏料之類都有。每家店都和治兵衛熟識，通曉他們間的生意往來，向來都會通融，笙之介很是感激。像今天這種情況，他也不會向笙之介收取墨和黏膠的費用，而是把帳記在村田屋上頭。日後再從工錢中結算，與笙之介實際支付這筆錢沒兩樣，不過這樣就不會因材料不足而工作停擺。

近午時分日照增強，一早就暖和許多。阿秀在井邊，使勁踩踏裝滿水的大水桶，笙之介正好省去找她的時間。阿秀撩起衣服下襬，露出白皙的小腿。她是年過三十，獨力扶養孩子的婦人。

「啊，笙先生。」阿秀在這副模樣下，以她豐腴的雙頰朝笙之介投以親切的微笑，笙之介一時不知眼睛往哪擺。在這方面，他還不習慣市街的生活。

「今天一早，村田屋的人來過吧？您可眞忙。」

「是，託您的福。」

大水桶裡是髒得連顏色都看不清的衣服。因爲阿秀用腳踩踏，應該是厚衣吧。

不論春夏秋冬，只要放晴，阿秀不是在井邊，就是在河邊的晒衣場。除了夏天，冷水和寒風都冷得教人難受。但就笙之介半年所見，阿秀始終工作不離手（或該說是不離腳）。因爲若不這樣辛苦賺取每日工錢便無法糊口，笙之介看了總不免感嘆。但他心裡明白，說這種話只會引人大笑或招來詫異的目光，所以他選擇沉默。

聽說阿秀的丈夫是沒用的男人，好酒、好賭，外加欠一屁股債，爲了有錢玩樂，甚至打算將妻子賣到妓院爲娼，阿秀拚命逃離丈夫，至今過著戰戰兢兢的日子，躲著不讓她丈夫找到。此事並非從誰那裡聽聞得知，在富勘長屋裡的大夥兒都知道這件事。但就算知道，也不會有人在意。不論何時見到阿秀，她始終掛著開朗的笑臉。

「尺？可以啊，小事一樁。」阿秀用掛在脖子上的手巾擦拭腳底，準備走出水桶。她單腳站立，笙之介不自主地伸手扶她。阿秀微微一笑，說了句：「不好意思。」

這時，突然傳來一道很不吉利的沙啞聲。

「看吧，這位放蕩的寡婦又向人獻媚了。」

一位以「天道干」為業的男人住在最靠井邊的房間，叫做辰吉。所謂的天道干，是在路上鋪草蓆，擺出舊道具販售的生意。笙之介在藩國裡從沒見過這事，覺得很新奇。

辰吉的母親名叫多津。年過四十的辰吉可能是她的么兒，多津是眉毛和牙齒都掉光的老太婆，但耳聰目明。不但心眼壞，嘴巴更惡毒。儘管她腰腿無力，上茅廁都很吃力，但她醒著便躲到掛在門口的簾子後監視富勘長屋住戶的出入與行徑，盡其所能負面解釋，然後扯開嗓門，逢人就說。

富勘長屋的人們早已習以為常。沒人當真，所以不會生氣。此時，阿秀同樣微笑以對。

「多津婆婆好像有精神多了。」

阿秀望簾子一眼，悄聲對笙之介說道。

「她昨天和前天老做惡夢，食不下嚥，整天躺著。富勘先生也很擔心，特地來探望。」

笙之介全然不知此事。雖然這是窮人比鄰而居的隔間長屋，但老窩在家中，有時也不知道外頭發生何事。

「有精神固然不錯，不過辰吉先生還真辛苦。一個沒弄好，多津婆婆還比辰吉先生長命呢。」

辰吉在乍暖還寒的時節染上風寒，遲遲無法痊癒，今早仍咳嗽不癒，但還是出門做生意。

辰吉其實很中意阿秀。他明明是個身高將近五尺五寸的大漢，但個性很敦厚溫和，害羞內向，總是弓著背、低垂著頭，為人木訥，這把年紀卻從未沾過女色，始終和母親同住。在富勘長屋裡，阿秀算是新來住戶，不過也住了三年。辰吉對阿秀的愛意一直潛藏心中，沒向任何人提過。

阿秀應該早已察覺，因為就連旁觀者笙之介都看得出來，當事人怎麼可能不明白。但阿秀始終裝不知情。要是其中一方再多加把勁，這場戀情也許會開花結果，但這種事不是笙之介能預料。

——他們不會有結果。阿秀對辰吉先生沒興趣。

勝六斬釘截鐵地說道。他常在笙之介的住處進出，久而久之對富勘長屋內的情形知之甚詳，不時趁著生意之便，說出他觀察得來的結果及忠告。

——倒不如說，阿秀對笙兄你還比較有意思。這不全然是你個人魅力的緣故，應該說是想要照顧你，不忍心放著你不管。不過，也不能說和你的魅力完全無關啦。

阿秀吃了不少苦，而且隻身一人，想必很孤單吧？所以笙兄，你就多多請她幫忙吧。

勝六說這話時一本正經，不帶一絲嘲諷，笙之介心裡也認同。不過，笙之介別無所圖。他絕對沒任何企圖。

兩人離開井邊，多津叨絮不休，充滿詛咒和怨恨般的沙啞聲音緊追在後。不斷嚷著什麼黑寡婦在拉人衣袖，吸人血哦，那位花花公子如何如何……

阿秀不是寡婦，不過她說的花花公子指的應該是我吧——笙之介想到這裡，心裡不是滋味。平時阿秀在洗衣服時有人在場，但眾人在今天的好天氣下外出奔忙，剩他們孤男寡女，時機很不湊巧。

這裡是隔著水溝蓋對望，格局狹窄的窮人長屋，但房間離出入口的木門愈近，身分愈高，而離水井和茅廁所在的深處愈近，身分愈低。房租價格也不同。日照和通風情況也有差別。

阿秀住在木門數過來第二間房，臨近河邊。與七歲的女兒佳代相依為命。佳代到附近的私塾上學，應該快回家了。她們母女倆儉樸的住處，整理得一塵不染，爐灶旁擺著一個笊籬，上頭蓋著一條毛巾。裡頭應該是她們的午飯。在這個季節，富勘長屋居民的午飯大多是蒸地瓜。

「不過，抄寫書本上的字怎麼會用到尺呢？」

阿秀一詢問，笙之介便說明，這時他才想到女人應該會比較喜歡起繪這種東西。阿秀露出興趣濃厚的表情。

「待會可以讓我和佳代開開眼界嗎？」
「當然沒問題。隨時歡迎。」
雖然可能又會被說是花花公子，但隨她去說。
「如果是要複製出一模一樣的東西，作法應該不太一樣吧？需要打印的道具嗎？」
阿秀一併出借裁縫用的抹刀。
「這是我娘的遺物。」
「這麼重要的東西，我怎麼好意思借用。」
「沒關係，已經很老舊了，而且平時收著沒用。但和三味線的撥板一樣，是用象牙作成。請不要放在溼氣重的地方。這樣會很快出現裂痕。」
笙之介道謝完，剛打開那扇紙門，佳代正好跑回來，一路上發出輕快的笑聲。笙之介對她喚了一聲「妳回來啦」，佳代紅通通的臉頰頓時堆滿笑意。
「笙之介老師，歡迎。」
眞難爲情。笙之介偶爾會教她寫字和算盤，佳代都這樣稱他。
「我來向妳娘借個東西。」
笙之介微微彎腰，與佳代四目對望。
「妳今天學了些什麼啊？」
「我今天學了假名。」佳代從年初開始上私塾。
年幼的佳代得意洋洋地鼓起腮幫子說道：「武部老師給我畫圈圈。」
「寫得好嗎？」
佳代就學的私塾老師，是位名叫武部權左右衛門的浪人。他住這附近，與笙之介有數面之緣。武部老師有張凶惡的臉，孩子們給他取了一個叫做「赤鬼」的綽號，他靠這項生意養活妻子和五個孩子，而且私塾的風評頗佳。

笙之介將借來的東西收進懷中，準備直接走進自家門內，突然念頭一轉，過門而不入，轉往茅廁走去，並非爲了如廁，而是猛然想起勝六說過的話。魚販寅藏該不會還在那裡吧……

果眞！

勝六說寅藏在「茅廁後方」，但此時寅藏身體一半在茅廁裡，從門絞鬆動的茅廁門裡露出腰部以下的部位，俯臥在地上。

「寅藏先生！」

開門一看，寅藏正把頭塞進漆黑的糞坑裡。

「你在做什麼啊！」

聞到糞便的撲鼻惡臭，笙之介直眨眼。寅藏雖然身材矮短，但渾身是肉，而且完全虛脫無力，笙之介要獨力將他扛起來並不容易。他一把抓住寅藏的腰帶後方，好不容易將他拖出茅廁，待他全身都出現在門外，雙手架向他腋下，一路將他拖至井邊。以水桶汲水並從他頭部澆淋，寅藏微微睜開眼睛，開心低語：

「我……喝不下了。」

眞拿他沒辦法。糞便的臭味已散，但酒臭猶濃。

到底是何方神聖，讓好吃懶做的寅藏喝了這麼多酒？酒不可能免費。笙之介深感詫異，同時用手巾替他擦臉，費一番工夫拉寅藏站起後，扶著肩膀帶他回他的住處，但屋裡空無一人，不得已之下只好從土間扛進屋內，讓他躺下。若是放著不管，恐怕會染上風寒，他拿起一旁的棉襖替他蓋上。笙之介替他張羅時，漸感怒火中燒。

寅藏除了太一這個兒子，還有已屆適婚年齡的女兒，叫阿金。她是太一的姐姐，不過很少在長屋看到她。她無比勤奮地工作，一次兼數份打雜差事，諸如當褓母、替飯館送飯等等。她趁著工作空檔還向阿秀學裁縫和洗張。她問過笙之介能否教她讀書寫字。笙之介回答隨時都可以，但不管阿金再怎麼勤奮，一天時間畢竟有限，一個月裡能用的天數也都固定，所以遲遲無法如願。

說到工作賺錢，太一也一樣。他承接幾家澡堂工作，幫忙撿柴、打掃、燒柴，賺取工錢。雖然還是孩子，但力氣過人，和人打架時也很強悍，因此他在常有客人起衝突的澡堂裡頗受倚重。

——孩子們都那麼認眞工作。

寅藏縮著身子睡得一臉香甜，笙之介低頭俯視他，氣喘吁吁，頻頻拭汗，本想對他說教，但他胸中激動，一時想不出該說什麼。

眞是個幸福的父親。

寅藏的切魚刀，今天一樣沒派上用場，放在爐灶旁的櫥櫃。儘管光線昏暗，刀刃依舊熠熠生輝。保養刀的人並非寅藏，反而是太一每天的功課。今天早上他應該磨過刀。門旁的橫板上擺著磨刀石，正在晾乾。

不管出再多錢租用，應該也不會同意用來切魚以外的東西。笙之介莫名沮喪，就此離去。

接著他連午飯也沒吃，埋首於七塊起繪的複製工作中。

他先用紙放在起繪上頭，再以鎮紙壓住四個角落。儘管如此，複製的過程中還是會有些偏差，這時阿秀借他的抹刀便派上用場。像外框、柱子、走廊這類線條較粗的部分，用沒骨筆（註一）便夠，至於家具、欄間等線條纖細處，則用面相筆（註二）。之前在抄本中附上插圖時，很少會畫這般複雜的圖繪，所以他還是第一次用面相筆，好在事先已備好這些用具。

進行細部繪製時，現有的鎮紙變得不太適用，於是他經過晒衣場到河邊撿拾大小適合的石頭，順便冷靜頭腦一下。寒冷的河風令笙之介縮起脖子，花開一成的櫻樹正搖曳著枝椏。

他逐漸掌握住訣竅，過下午兩點時畫好三張。這時勝六又露面了。他拿來黏膠外還問道：

註一：在日文中又稱作附立筆，常用於水墨畫。

註二：日本畫所用繪筆之一。主要用來畫眉毛、鼻子輪廓等纖細的線條，筆尖細長。

「笙兄，肚子餓了嗎？」

經他這麼一提，肚子頓時咕嚕咕嚕響。

「我猜也是。」

兩人一同吃起勝六買的麻糬。吃麻糬時，笙之介還是緊盯著起繪。勝六離去後，他又全神投入工作，就連何時太陽下山，自己何時點亮座燈，他都不記得。當第七片起繪大致複製好，時間已經入夜。外頭門板傳來咚咚聲響。一開始以爲是風勢轉強，但接著紙門開啓。雙脣緊抿的太一手裡拎著一個小包裹，昂然站在門外。

「嗨，」笙之介心不在焉地喚道，「晚安。」

太一仍舊站在原地，嘴角垂落，猛然向他遞出包裹。

「這個給你。」笙之介一愣。太一急起來。「我姐姐叫我拿這個給你。」

是晚飯。太一噘起嘴說道，像在發牢騷。

「啊，謝謝……」笙之介這才注意到自己餓得前胸貼後背。

「你搞錯了。你跟我道謝幹麼？是我姐姐說要謝謝你。」

還有我……太一神色尷尬地直眨眼。

「聽說白天時，你從茅廁帶我爹回家吧？」

哦，原來是那件事啊。「寅藏先生醒了吧？」

「我爹他什麼都不記得了。我們聽多津婆婆說的。」

監視著長屋一切事務的多津婆婆，向他們通報此事。

「我姐姐哭喪著臉，說她覺得好丟臉，沒臉見你。」

笙之介莞爾一笑。「又不是阿金喝醉酒，待在茅廁裡不出來。有什麼好丟臉的。」

看來笙之介會錯意。太一露出拿他沒轍的表情。

「不是這個意思。」喏，太一遞出那個包裹，步步逼近。笙之介就像被他的氣勢震懾般收下包

裏。裡頭是飯糰。

「聽阿秀姐說……」太一望了一眼書桌。「那個炭球眉毛又丟了燙手山芋給你，是嗎？」

炭球眉毛是村田屋的治兵衛。附帶一提，阿秀應該不會說這是「燙手山芋」。

笙之介讓太一看起繪，告訴他正在忙些什麼，接著突然想到好主意。

「切割起繪得用到短刀，我想磨一下刀。可以借我磨刀石嗎？」

太一皺起眉頭，十足的大人樣，就像笙之介做了不像話的壞事。

「笙先生，你要自己磨嗎？」

勸你還是免了吧。太一毫不客氣地潑他一桶冷水。

「我來幫你磨。你先吃飯吧。這段時間我替你磨刀。反正你打算晚上要接著做吧？」

你目光炯炯，顯得鬥志高昂呢——太一說。

笙之介感到難爲情。「謝謝你。幫了我一個大忙。」

太一不顯絲毫得意之色，反倒板起臉孔，撐大鼻孔用力嗅聞。

「快去洗個澡吧。再不快去，澡堂的水就要放掉了。」

你滿身糞味呢，笙先生。

就這樣，笙之介祭完五臟廟，洗去一身的汗穢，投入起繪的組裝。太一眞是好眼力，笙之介果然忙到半夜仍渾然未覺。還沒完成組裝的工作，他不知不覺地趴在書桌上睡著。

不知是因爲那小巧又奢華的八百善正一點一滴完成，還是因爲上頭描繪的奢華雅致之美。

黎明時分，笙之介做了美夢。

那應該是夢。可能是夢吧。可是，如果那不是夢……

那個人又會是誰呢？

四

那個人一早站在河畔的那株櫻樹下。那個人……應該用「女子」來形容，還是用「少女」來形容比較恰當呢？不，話說回來，她眞的是「人」嗎？

看在笙之介眼中，她猶如提早綻放的櫻花精靈。也許是因爲一早晨光稀微，照不出那人的影子，也可能是她突然出現，聽不到任何腳步聲。她臉頰與肌膚的色澤，與身上窄袖和服的淡紅色相互映襯，只有衣帶顏色較深，繩結的前端垂落，好似一旁的櫻樹枝椏。就像櫻樹彎下腰並伸長樹枝，想要輕柔地擁抱她一般。

在清晨的河風吹送下，她緩緩從櫻樹上飄降。輕柔無聲，輕盈猶勝鴻毛。

她留著一頭與肩切齊的秀髮。每當河風吹送，櫻枝搖曳，秀髮隨之飄揚，照向她秀髮的晨光也跟著耀動。笙之介最先看到的是那道光芒以及她的背影。她側臉面向笙之介，伸長雪白的頸項仰望櫻樹，櫻枝正歡喜地顫動著身子，沙沙作響。

她瞇起眼睛，嘴角泛著笑意。瀏海同樣在眉毛上方切齊，每當風吹起她的瀏海，便露出她很突出的白皙前額。與其他景象相比，眼前這一幕格外關鍵。當笙之介想到「啊，額頭」時，頓時明白眼前的女子是活生生的人。如果是櫻花精靈或仙女，應該不會有這種額頭。她可愛的凸額頭與「美」顯得很不協調。

笙之介一時忍不住而笑起來。

聲音應該不大。此外，他也沒發出任何聲響。但對方注意到笙之介，她身子一震，轉頭望向笙之介，雙目圓睜。那株櫻樹位於河堤旁，面向河面，地勢傾斜，不易站穩。女子忘了身處的情況，猛然轉身……

——危險！

才閃過這個念頭，對方已先足，重重一個踉蹌。她揮動著雙手想抓住櫻樹樹幹，但沒能搆著，重重跌一跤。腳下一陣慌亂，和服下襬往上翻動，露出膝蓋。

這時笙之介又是怎麼做呢？

他碰的一聲關上紙門。不僅如此，他還轉過身，活像一隻翻面的壁虎，背部貼著緊閉的紙門。心臟噗通噗通直跳。他睜大雙眼，眼珠子幾欲掉出來。

有人看了或許會納悶，他爲什麼要躲起來呢？不是應該跳向晒衣場，前往相助才對嗎？又不是距離遙遠，而且這樣躲起來也太缺乏愛心了。

但笙之介覺得不該看。他對天發誓，他眞的是這麼想。他不光是轉過身，還馬上用單手遮住眼睛。他全身僵硬一會，靜靜等候急促的心跳平息。等候半晌才戰戰兢兢地行動。他雙手搭向紙門外緣，輕輕拉開，小心翼翼露出雙眼窺望。

櫻樹下空無一人。

一眨眼工夫，初春的朝陽緩緩升起，天光漸明，照向開一成的櫻花。

笙之介目瞪口呆地望著眼前的景象出神。

——古橋先生。

有人在叫喚。

「古橋先生。」

有人急促地戳著他的肩膀。

「快起來啊。你睡在這種地方會感冒的。」

又有人又戳又搖他的肩膀，笙之介的腦袋往前垂落，額頭撞向某個東西。他大吃一驚醒來。

「咦？」猛然回神，發現正對著面向晒衣場的紙門。紙門緊閉，所以他額頭撞向紙門。

「你終於醒啦。」

耳邊響起響如洪鐘的粗獷嗓音，原來是管理人勘右衛門。他半蹲在笙之介身旁，一如往常穿著直條紋和服，披上同樣花色的短外罩，鮮豔的紅色短外罩衣繩特別長。阿秀告訴笙之介，他這是在模仿札差（註）。因為在江戶町，說到俠客，人們首先想到的就屬札差了。

「富勘先生？」

「沒錯，是我。早安。」

笙之介頻頻眨眼，順手摩娑自己的臉。好睏。

「我在這裡睡著了？」

「是啊。你打瞌睡的功力堪稱一絕。眞是好本事。乾脆收錢供人參觀如何？」

富勘出言挖苦一番後在書桌旁一屁股坐下。

「你熬夜工作啊？」桌上擺著剛完成的八百善起繪。富勘像在看什麼違禁品般仔細端詳。

「是的……這是八百善。」

「那家料理店？」

是的。笙之介應道，富勘將高挺的鼻頭湊向起繪。他頭髮稀疏，太一都稱呼他「禿頭勘」，不過他輪廓深邃，有一雙濃眉，五官鮮明，這位管理人不光是長相凶惡，其實長得還算俊俏。拜此之賜，儘管如今年過五旬，在花街柳巷還是很吃得開。他短外罩的衣繩特別長，聽說和女人有關，雖然也是多津婆婆說的，無法盡信，但感覺眞是這麼回事。

「就像玩具似的。」富勘移開臉，嚴肅地說道。「又是村田屋的工作吧？組裝這種玩意兒會帶來什麼好處嗎？」

「治兵衛先生好像打算拿來做生意。」

富勘板起臉孔。

「他這人也眞傷腦筋，分不清玩樂與生意的差別。他這樣子還有辦法糊口，眞是好命啊。」

笙之介再度眨眼。他摩娑下巴，摸到鬍鬚，臉也很油膩，這才想到，對，昨晚熬夜趕工。笙之介遺傳自父親宗左右衛門，鬍子稀疏。大哥勝之介就不同了，他刮完鬍子還是會留下一片青皮。

「不過，古橋先生。」

富勘嚴峻地注視著用手指把玩稀疏鬍鬚的笙之介。

「你和治兵衛先生不一樣。你好歹也算是位武士，一直陪他搞這種名堂，不太妥當吧？」

武士一詞由富勘口中說出，總覺得有點輕視的意味，莫非這是笙之介個人的偏見？

「您說的是。」

一早就遭人訓斥，而且還抬眼望著對方，當眞窩囊。

「對了，富勘先生，您一早來找我，有何貴幹？」

如果是房租，笙之介早按時在初一繳納。但此時的笙之介還沒完全清醒，他想著應該繳納了吧？一時間腦袋不太靈光。他摩娑著臉，想讓自己清醒，順便打幾個噴嚏。

「喏，我不是告訴過你嗎？一早去泡個澡，暖暖身子如何？順便洗去一身的汙穢。」

東谷大人有事找你。富勘說道。

「今天一早，他派人跟我傳話。要我轉告你一句，老時間，老地點。」

聽聞此言，笙之介頓時清醒許多。「感激不盡。還勞您跑這麼一趟。」

「我是無所謂。既然東谷大人託我照顧你，這是我應盡的責任。」富勘霍然起身，拍拍直條紋和服的下襬。「希望會是好消息。你的親人們都在藩國等你。」

「嗯，可能吧。」

「你還眞靠不住啊，這也算是一絕了。」

富勘本想再說什麼，最後還是打住。可能是他想到儘管笙之介是個很不像樣的武士，但他在這間長屋裡是唯一不會遲繳房租的房客。富勘離去後，笙之介獨自一人，他側著頭回身而望，倒抽一

註：江戶時代，對於旗本、御家人等武士從幕府領取的奉祿白米進行仲介買賣的人。

口氣，緩緩打開紙門。

不論是河面、晒衣場，還是河畔的櫻樹，全都籠罩在豔陽中。看來今天會是暖和的日子。櫻花的花苞陡然綻放不少，一口氣開了三成。

老早就開始工作的長屋住戶聲此起彼落。阿秀好像在說些什麼。那我出門了——這個聲音應該是辰吉。走出木門外不遠，有一座稻荷神社，有人合掌拍手，拉響鈴噹。有些孩子出門工作，有些前往私塾，一早便人聲鼎沸，好不熱鬧。

「啊，笙先生，早啊。」

隔壁的阿鹿捧著一個大木桶到晒衣場。她洗完衣物，準備要晾曬。大家還眞是早起。阿鹿和鹿藏這對夫妻是菜販。像這種豔陽高照的好日子，鹿藏應該老早就出門做生意。阿鹿則將她先生採買回來的蔬菜作成醬菜，四處叫賣，因此早上不必那麼早出門。

「昨晚您到半夜都還亮著燈呢。笙先生眞是熱心求學。」

這對夫婦說話帶有些許口音，講話時語尾會拉長。太一說，他們是賣菜的，用這種口吻還行，但如果是賣魚的，魚早發臭了。他們就是一派悠閒，令人看了焦急的好人。夫妻倆認爲以抄寫書本營生的笙之介學富五車，相當敬重他。

「昨晚不小心熬夜。」

「眞了不起。不過這樣傷身哦。」

看到阿鹿的笑臉，笙之介猛然想起剛才他完全沒想到的一件事。

「阿鹿姐，妳可曾在這附近……」

見過一位留著切髮（註一）的女子？笙之介本想如此詢問，但旋即心念一轉：這應該是我作夢，我後來靠著紙門睡著了。說起來自己爲什麼會打開紙門往外望，發現那名女子呢？完全想不透。這應該是夢境一場？

不論是在他的藩國還是江戶市內，不結髮髻的人就只有因年幼而頭髮尚未長齊的孩童或病人。

但是病人即使沒結髮髻，一般也留長髮，不會像那樣切齊髮尾。笙之介目前的人生中尚未見過留著這種髮型的男女。

不過，若眞是這樣，爲什麼會做那種夢？在眞實世界中從未見過的事物，怎麼會出現在夢中？話問到一半，笙之介抿上嘴，阿鹿見狀，露出納悶的神情。此時她將鹿藏的兜襠布拿在手上，用力拉長繃緊。

「不，沒事。抱歉。」

阿鹿將兜襠布掛向竹竿後，笑著喚道「笙先生、笙先生，你的這裡還有這裡……」阿鹿單手拍著臉頰。「留有印痕。笙先生，你昨晚熬夜累了，靠著某個東西就睡了吧？」

求學問要是不懂適可而止，有礙健康哦。在阿鹿的關心下，笙之介深感難爲情，急忙躲起來。

所謂的老時間，指的是午時，而老地點則是池之端的河船宿屋「川扇」。

至於「東谷大人」，是搗根藩江戶留守居，坂崎重秀。此事應該連里江也不知道。笙之介是聽坂崎親口說才得知。坂崎重秀有寫「落首」（註二）的嗜好，別號「東谷」。人稱二心齋東谷。

這稱號以音讀念起來頗具格調，字面意思看起來也很正經，不過如果是搗根人看了，肯定捧腹大笑。因爲搗根藩城下的花街位於市街東側的谷地，東谷便是這處花街巷柳的暗號。至於二心，就如同字面含意，表示別有二心、花心，所以「二心齋東谷」是指花街柳巷的花心漢。

不過要深入解讀也不是不行。因爲「二心」也有另一個含意，那就是存有一顆想背叛同伴或主君的心。話說回來，搗根藩雖然是小藩，但擔任江戶留守居的重臣，實在不應該創作落首。因爲落

註一：不結髮髻，髮尾切齊的一種垂髮髮型，類似現代的妹妹頭。

註二：於公共場所或人多的地方立牌，以匿名的形式公開張貼諷刺世道的狂歌。

首常帶對幕府閣員和將軍的批評、責難以及揶揄。

然而，坂崎重秀毫不在乎。

「老叫我坂崎大人、坂崎大人，叫得我肩膀都硬了。你就和我那些落首同伴一樣，稱呼我東谷吧。」

他若無其事地說道。儘管這是別號，但直呼名諱，還是不免躊躇再三，於是笙之介反問：

「稱二心齋大人可以嗎？」

「這樣聽起來活像是名妖術師。」不知道他在嫌棄什麼，似乎對此相當排斥。「我打算再過一陣子要更改別號。你也替我想個名字。」

他臉上不顯一絲緊張之色。

川扇是隨處可見的河船宿屋，在池之端林立的眾多店家中毫不起眼。除了提供不忍池捕獲的河魚料理，還會應顧客要求出船提供河釣服務。東谷偶爾會坐上小船，在運河或池邊垂釣。

里江意外來訪月祥館的三天後，佐伯老師將笙之介喚去，正式命他前往江戶辦事。辦事的內容是要採購幾本書，以及代替老師拜訪幾位在江戶的知己。

「我想你早知道了，這是對外公開的說詞。這在名義上合情合理。不過你前往江戶一事若引來眾人的注意，就非明智之舉。」

老師皺紋密布的臉上沒有浮現苦笑。幾年前他右眼染上白內障，眼瞳略顯白濁。可能是這個緣故，很難看出老師眼中的神情。

「用不著跟新嶋家問候了。明日天明前，你一個人悄悄出發。此行要特別小心，加緊腳程，路上別做出引人注意的事。」

到江戶只有兩天的路程，但老師的口吻頗爲嚴峻，接著又道出驚人之語。

「在江戶，千萬不能靠近藩邸。」

明明是去見留守居，卻又不能靠近藩邸，不然該往哪兒好呢？

「我已接獲坂崎大人的指示。」老師從懷中取出一封書信，遞給笙之介。「你抵達江戶後，照信中的吩咐辦。」

笙之介接過信，向老師行一禮後展信閱讀。比起內容，上頭豪邁，甚至放縱不羈的奔放筆跡率先吸引他的目光。

「這是坂崎大人的筆跡。」這時不知爲何，老師眼中貶起笑意。

「這字不錯吧？充分表現出他的人品。」

「老師與坂崎大人熟識嗎？」

笙之介不曾聽聞此事，但佐伯老師並未回答這個問題。

「阿添替你備好外出服。一切都準備妥當，不過，你還是趁現在先檢查一遍。」

後續的事你不必擔心——老師這番話反而令笙之介不安。

「這樣簡直就像夜逃似的。」

本以爲會引來一頓訓斥或是嘲笑，但老師微微頷首，平淡地說道：

「可以確定好一陣子無法回來。」

咦？笙之介瞠目。

「一切交由坂崎大人處理吧。」老師眨眨眼，露出些許躊躇。「坂崎大人似乎有什麼打算。」

笙之介爲之一驚，問道：「是什麼樣的打算呢？」

這個嘛……老師再度莞爾一笑。

「我只是派你這位助理書生辦事罷了。」

書單上全是眞的想買的書，而那幾位知己，我很希望你去拜訪他們，告訴他們我的近況，並回報他們的情況。

「首先得花些時間找書，就算找到了，可能也因爲價格昂貴而買不下手。該怎麼處理就看你的才智了。這也是一種學習，你要牢記在心。」

當眞是如墮五里霧中。

雖然那封信在江戶時歸還了，不過笙之介記得坂崎重秀的筆跡，那是難得一見的獨特筆跡。

在當時那封信中，第一次看到河船宿屋川扇這個名稱。信中指示他抵達江戶時就到川扇等候。信中的「川」字，看起來像三尾躍離水面的鮮活香魚。

抵達江戶後，笙之介這位鄉下人費了好大一番工夫到池之端，在櫛比鱗次的河船宿屋中，經過一番東奔西走，終於找到川扇。掛燈上寫著「川」字，與信中的筆跡如出一轍。因爲他們交誼匪淺。坂崎重秀是這家店的座上賓。笙之介懷著詫異又懊惱的心情站著凝望掛燈。

「歡迎光臨。」裡頭傳來像天鵝絨般柔滑的聲音。

「您是古橋笙之介大人吧？」

妾身是川扇的老闆娘——眼前這名深深鞠躬的女子，年紀與里江相仿，卻有著脫俗之美，遠非里江能比擬。她膚光勝雪，脣色紅豔，頭上梳著在搗根藩沒見過的髮髻。

這位老闆娘叫梨枝，對笙之介來說，她打從第一次見面起就一直是解不開的謎。她像是坂崎重秀的小妾，又好像不是這麼回事。川扇像是一家以坂崎大人爲金主的店，但也很像坂崎大人依賴川扇的幫助。

後來只解開那罕見髮髻之謎。

過半年，笙之介與坂崎重秀、川扇、梨枝逐漸混熟，梨枝替他解了這個謎。

——這叫作勝山髻。

聽說是吉原（註一）名叫勝山的妓女梳的髮型，在明曆（註二）年間一度蔚爲風潮。

——現在沒人梳這種髮型了，不過東谷大人情有獨鍾，所以我在東谷大人蒞臨時都會梳上這種髮型。

「歡迎光臨。」

今天笙之介同樣前往川扇，他在撥開暖簾前，梨枝總會先發現他來而趕著前來恭迎，他也習慣如此俐落的待客之道。

「打擾了。」

「東谷大人在裡頭恭候。」

梨枝的勝山髻沒綁纏頭巾，僅纏著白髮繩。她今天的髮髻裡插根與笙之介指長相當的小櫻枝，上頭開著一朵淡紅色的櫻花。

五

川扇二樓的芙蓉之間面向通往不忍池的一條小運河，這是坂崎重秀——二心齋東谷最喜歡的包廂。天保六年（一八三五年）九月上旬，笙之介第一次與東谷見面就是在芙蓉之間。

笙之介至今記憶猶新，這位今年五十六歲，擔任搗根藩江戶留守居長達八年，素以精明幹練著稱的坂崎重秀，當時衣服的前胸、裙褲前方、膝蓋一帶，全沾滿煤灰。受過阿添嚴格家事訓練的笙之介，一看就知道這是做什麼事造成。留守居大人用爐灶升火，蹲在爐灶前用竹筒吹火時，力道沒掌握好，煙、煤、灰一次湧出，噴得滿頭。在還沒熟練前這是常有的事。

笙之介腦中馬上浮現一個畫面。姑且不談這是不是用來藏嬌的金屋，坂崎因為在熟悉的店裡心情放鬆，於是便半開玩笑地蹲向廚房的爐灶前，吹得滿頭灰，與梨枝互相嬉笑逗鬧。

這是笙之介第一次晉見高層。他自認很努力不面露不悅，但還是在眼神中流露出來。「我來不及更衣。」體格壯碩的江戶留守居就像惡作劇被人撞見的小鬼，很坦率地露出尷尬的表情。

註一：江户有名的一處花街柳巷。

註二：江户初期，後西天皇時的年號。

「你還眞早到。急性子吧？不愧是里江的兒子。」

坂崎望著笙之介的雙眼，開心地笑道。

「長得也很像。」

笙之介還是第一次聽人說他和母親長得像。

「眞高興你來了。」

他的聲音滿是親切之情，令笙之介忍不住直眨眼，重新端詳他。

接下來的一個時辰裡，笙之介聽東谷說明他在離開藩國前，佐伯老師透露的那句話含意，心中驚詫莫名。東谷的話以及他坦言的心中想法，都大出笙之介意料之外。

首先，東谷向里江保證會重振古橋家，其實只是權宜之計。

「我對你很過意不去，但要重振古橋家是不可能的。」東谷斷言，令笙之介愀然變色。

「那麼，家兄勝之介又會有什麼下場？就這樣在新嶋家當米蟲嗎？」

「新嶋家早晚會幫他找到入贅的對象。如同里江與勝之介所期望，入贅到武官家中。」

這麼一來，大哥會飛黃騰達，但古橋家就此斷絕。

「里江執著重振古橋家，其實是爲了勝之介，不是爲了古橋家。這點你應該也很清楚才對。」

因此，只要勝之介飛黃騰達，里江就心滿意足。

「我不認爲勝之介對這件事情會有意見。」

笙之介一時無言以對。他從未開誠布公與大哥討論此事。一來是苦無機會，二來是他心裡害怕，遲遲不敢開口。對父親的死，大哥當時罵一句「太難看了」，至今在笙之介耳畔揮之不去。

「笙之介，先不談你大哥，倒是你對往後的出路有何打算？」

有何打算？笙之介不知如何回答。

「你打算一輩子都當月祥館的助理書生嗎？行不通吧。佐伯老師會比你早死。」

這話說得眞露骨。

「如果你想鑽研學問，繼承老師衣缽的這條路也困難重重。不管你如何受佐伯老師薰陶，待在搗根終究還是井底之蛙。黑田大人期望的不是這種藩儒。他應該會從江戶招募更適合的儒者。」

關於月祥館，黑田大人的意見可能比主君更有影響力。

「如果你安分待在月祥館精進學問，或許有機會入贅到藩內某戶人家，不過，你身爲罪人之子又個性軟弱，難望你大哥項背，願意招你爲婿的人家……」

找得到嗎？東谷充滿質疑地道。

「我們藩內尚武的風氣是沉疴難解，百年來都無法改變，日後也不是那麼容易改變。」

也就是說——東谷略顯得意地抽動他的鷹鉤鼻。

「你除了到江戶來別無他法。既然這樣，愈早來愈好。」

若要用一句話來形容二心齋東谷這個人，那就是——

好一張大臉。

雖然身材同樣寬壯，但還不至於渾身肥油，算是結實肉厚。那圓挺的肚子似乎會把人揮來的拳頭彈開；而且膚色微黑，像鞣皮般厚實，他頭髮茂密，梳了粗大的髮髻；有一對濃眉；雖然有幾根白髮，但不明顯；臉上的五官都很粗大，令人聯想到仁王像。

一般來說，有張大臉應該會讓人望而生畏，氣質剛硬。但不知爲何，東谷的大臉反而給人怡然自得、不拘小節之感。此時他這張臉正得意地抽動鼻翼，泛著笑意，笙之介一時看得出神。

「不過，就算我想帶你離開搗根，瞞過里江光靠佐伯老師的指示不夠。因爲里江也是徹徹底底的搗根女人。藩儒在她眼中根本就連鼻屎還不如。」

說鼻屎未免太過份了。

「所以我才會替你鋪路。」

到目前爲止，東谷的盤算爲何，笙之介還算明白。

「但家母應該會引領期盼我回去。我該如何向她交代？」

坂崎大人先前的說辭，難道只是權宜之計？

東谷那張大臉露出從容不迫的笑意。「笙之介，你反應可眞慢。」

你將會留在江戶——東谷說。

「我會跟里江說，我替笙之介安排一個重要的任務，只有古橋笙之介能勝任，是與搗根藩關係密切的任務。如果他處理得當，對藩政大有助益，這樣便能立下大功，日後有望重振古橋家。」

笙之介半晌說不出話。難怪老師當時說：「可以確定好一陣子無法回來。」

東谷面露微笑，沉默不語。窗外隱隱傳來小船駛過水面的聲音。

「……這也是權宜之計嗎？」

東谷壓回挺出的圓肚，略微趨身挨向笙之介。

「怎麼可能是權宜之計呢。」你過來一點。東谷朝他招手，笙之介移膝向前。「你父親並未收取賄賂。」

這位藩內重臣斷言，笙之介爲之瞠目。

「您應該相信你爹是清白的吧？」

「是的。」

「我也相信。那是冤獄。」

體內湧出的感激之情令笙之介張大著嘴，久久無法闔上。

「謝、謝謝您！」笙之介的口吻變得像孩子。他急忙縮回身子，端正坐好後向前拜倒。

這時，東谷朝他後腦輕輕一拍。

「你在哭嗎？」

「咦？沒有。」

其實笙之介眼眶發熱，他急忙掩飾。

「打從你小時候，里江就常跟我說，家裡的次男是個愛哭鬼，讓人傷透腦筋。動不動就像女孩一樣嚶嚶哭泣，一點都不像我，次男沿襲了宗左右衛門大人窩囊的血脈。」

儘管東谷以溫和的口吻陳述，聽了還是教人難受。

「你別怨你娘。里江也是不幸的女人。要是她能和我姪兒白頭偕老，想必就不會變得這麼難以相處，會是一位賢妻良母，受人景仰。可惜……」

壽命乃上蒼註定，無從改變——東谷嘆息道。

「與我姪兒死別，里江改嫁，當時我也曾對她耳提面命。人死不能復生，如果只會對逝者感到惋惜，終日怨懟不平，理應得到的幸福也將錯失。妳與這位丈夫的緣份，和妳的前夫一樣，都是上天賜的良緣。」

偏偏她是悍婦。東谷的腹部因苦笑而顫動。

「她與婆婆針鋒相對，不懂退讓。面對丈夫的勸戒，甚至出言頂撞，最後離異。雖然是別人家的事，但我還是很替她操心。」

儘管東谷嘴巴這麼說，但言談間有一股甘之如飴的味道。母親深受此人的疼愛——笙之介頓時曉悟此事。他們至今仍相知相惜。坂崎重秀仍當里江是親人。

「所以當我得知她嫁給古橋大人時，心裡很擔心，同時很驚訝。沒想到里江竟然同意委身下嫁，想必娘家無她容身之所，令人替她感到悲哀。」

不過——東谷望向笙之介。他不僅眼睛大，黑眼珠也不小。

「當我得知古橋宗左右衛門的人品便鬆口氣。他應該能包容里江。里江終於有好歸宿。」

由於一直靜默無語，外加緊張，笙之介的雙脣乾涸，緊黏在一起。

「家、家……」他本想說「家父」，但旋即改口。「古橋宗左右衛門有哪點受您賞識？」

東谷定睛注視笙之介，微微側頭。那張大臉就此變得斜傾。

「你跟你爹長得挺像。雖然眼睛和里江一個樣，不過鼻子和嘴巴倒很像宗左右衛門大人。」

宗左右衛門大人小時候應該也是愛哭鬼——他接著說道，開心地笑著。

「長大後也是膽小鬼。關於你爹不犬流的傳聞，你應該也知道吧？」

笙之介反駁。「那並非家父怕狗而不敢斬殺。他是同情那隻狗。」

「嗯，我也是這麼認爲。」東谷表示認同。「你爹是膽小鬼。像他這樣的膽小鬼，豈會在眼前小小欲望的驅使下就收人賄賂？宗左右衛門大人最害怕的就是違背信義，做出自己引以爲恥的行徑。正因爲這份恐懼，不管旁人再怎麼詆毀他，瞧不起他，他也不爲所動。」

一位徹徹底底的膽小鬼。

「因此，他是被奸佞利用。要不是我人不在藩國，就能在事前採取對策。」

我對你很抱歉——東谷低下頭。笙之介的雙脣緊黏著，無法言語。

「此次的行賄事件，倒也不全然是平空捏造。打從五年前波野千取得御用商家的身分，肯定就開始送賄款給藩內的有力人士。」

那家店是這次事件而遭問罪的店主一手創立。

「若沒有背後運作，新加入的店家要在投標中勝出，難如登天。」

「原來如此……」笙之介不懂箇中奧祕。

「但像這樣的『運作』並不是什麼新鮮事。機伶的商人都會用這種手段。收賄的一方也很明白這個道理。」

這就是交涉與串通。

「那麼，爲何唯獨這次的事……」笙之介的問話中途被打斷。

「你認爲是爲什麼呢？」東谷反問。

「是不是金額太高？」

「我不認爲是多龐大的金額。」

東谷毫不猶豫斷言，笙之介重新端詳東谷的大臉。難道過去有類似案例讓他這般肯定地否定這項推測？莫非東谷知道這事？

「那應該是和家兄的求官行動有關吧？」
笙之介認爲母親的錯誤實在愚不可及。但東谷聞言後搖搖頭。
「如果是這樣，目付應該往這方面追究責任才對吧？但事實上，處理的順序完全相反。首先是收受賄賂的事被揭露，之後才查出收取的賄賂用在勝之介的求官行動。」
確實如此。
「也就是說，城內高層沒必要刻意追查這種程度的賄賂案件，搞得滿城風雨。就算要究責，多的是更低調的處理方式。」
坂崎重秀在擔任江戶留守居的職務前當過搗根藩勘定方（註一）奉行（註二）。之前是作事（註三）奉行。兩者都屬文官，是與藩政要事息息相關的重要職務。依照慣例，名門坂崎家的當家得先經過這兩項重要職務的歷練才能赴任江戶留守居一職。換言之，徹底掌握藩國內情後，才負責與幕府閣員交涉、掌管江戶藩邸的重責。
既然他都這麼說，表示這並非是他的揣測，或是不實傳聞。
「鼴鼠到處都有。雖然棲息在山野和田間小路裡，但偶爾會到田裡找食物。要一一撲殺，根本沒完沒了。當牠食髓知味，對農田造成危害時，再用煙熏或撲殺的方式對付即可。否則鼴鼠將滅絕。而沒半隻鼴鼠的土地不會收成。」
在古橋家的庭院，父親把耕種當嗜好的那一小塊田地裡也有鼴鼠。笙之介從未見過這種小動物，但父親曾指著牠挖掘的痕跡告訴他。

註一：掌管金錢出納的職務，類似會計。
註二：武家時代職務名。原意爲奉上司命令執行職務者。
註三：指房屋修繕。

——如果有鼴鼠靠近，表示這塊田種得好。父親瞇起眼睛說道。

「家父蒙受的不白之冤，並非來自城裡……」笙之介低語，東谷點點他厚實的下巴。

「既然這樣，來自哪裡就顯而易見了。」

是波野千。但會有這種事嗎？

「勇敢提出告訴的店主處以磔刑，妻子則逐出藩外。」

「不過財產和招牌都留了下來。」

沒錯。年初時，高層同意他們重新營業。

「笙之介，這是內鬥。」東谷的大臉湊得更近，壓低聲音說道。「而且不全然是武士所為。商家也摻了一腳。笙之介雙目圓睜。「這麼說來，波野千也參與其中？」

「沒錯。我認為這起事件源於那家店裡的財產爭奪。」

獲准重新營業的波野千，現在的店主是被處磔刑的前任店主的弟弟。

「名門望族以及暴發戶的背後都有勢力爭奪。雖然從外面看不出來，但一進到波野千內部，發現有搶功或為了財產而爭執的情況也不足為奇。不見得是兄弟就感情和睦。」

「不過，提出告訴的人是上一代店主。」

「這就是重點。」東谷豎起食指，指向笙之介眉間。「要把店主逼入這種絕境，或是欺騙店主，把他耍得團團轉，光靠波野千使詭計還不夠。城裡一定有人照應。」

關於賄賂一事，如果一直置之不理，紙包不住火，早晚會露餡，到時候我將採取嚴厲的制裁。在那之前，如果你老實提出告訴，我就不為難你——

「威脅利誘雙管其下。」

「不過，聽說店主很安分地接受磔刑。當然了，他在獄內就算得知被處死罪，也沒提出任何抗辯說被騙了，或和原先說好的不一樣。」

「你見過他處刑的情形嗎？」

笙之介怯縮起來。他沒看。那天他待在新嶋家的宅邸。再怎麼說他現在都是閉門思過的罪人身分，光是目睹父親那悲慘的死狀就夠他受了，他不想再看到別人的死狀。對事件本身強烈存疑的笙之介，並不認爲波野千是害父親陷入這種悲慘命運的仇敵。

「像灌藥、動私刑，或是毀掉嗓子，讓對方乖乖聽話的方法多得是。」

東谷說。他既沒嘲笑笙之介，也沒皺眉。笙之介感到背後一陣寒意遊走，再度說不出話。

「城內的照應……應該可稱爲幕後黑手吧。」東谷身子往後移，重新悠哉地坐好，鼻孔呼出沉沉的氣息。「幕後黑手願意出手協助這項陰謀，非得有等價的回報。與其說非有不可，倒不如說，不這麼做才不像話。」

「是錢財吧？」肯定遠比他們宣稱父親收受的金額還來得大。笙之介雙脣緊抿，強忍胸中怒火，但這時他發現東谷只是微微帶著笑意。

「你錯了。」東谷馬上像在訓斥般否定他的推測。「有比錢財更具價値的東西。」

你果然反應很慢——東谷嘆息。

「虧佐伯老師那麼賞識你。你求學認眞，但對世事一概不知。這應該是你的強項才對啊。」

當眞聽得一頭霧水。笙之介的強項？那應該是讀書、寫字……

笙之介猛然曉悟。「波野千聲稱是家父寫的字據。」儘管古橋宗左右衛門本人完全不記得這麼回事，但字據上的筆跡連他本人看了也不得不承認是親筆所寫。

「沒錯！」東谷朝他厚實的膝蓋用力一拍。

「笙之介。這麼一來，你應該也明白這是無法放任不管的大事了。就像是抄寫，完全模仿他人的筆跡而揑造出莫須有的僞造文件。如果有人有此能耐會有什麼用處呢？如果文件具有難以撼動的權威，試想這將是多強大的武器。」

笙之介雙手緊抓膝蓋，全身僵硬。東谷那張大臉朝他逼近，令人備感壓力。

「東谷大人，您的意思是，波野千從某處找來擅長僞造文書的高手，與城內的幕後黑手拉近關係嗎？」
那就是給幕後黑手的「報答」。東谷點點他厚實的下巴。
「如果是這樣，家父的不白之冤……」
「波野千在引發店內奪權行動時，爲了讓幕後黑手見識僞造文書的力量，設計陷害你爹。」
當眞是一石二鳥——東谷不悅地說。
「就算字據被看出是假造，對城內的幕後黑手來說不痛不癢。他應該是告訴波野千，既然你說得這麼厲害就露一手來瞧瞧吧。而波野千一定頗有自信，自認絕不會被人看穿。」
沒錯——捏造的賄賂字據，別說是偵辦此案的目付眾，就連當事人古橋宗左右衛門也覺得是眞跡。笙之介沒看過實際證物，但他深知父親的錯愕與焦急。父親說——我完全不記得這麼一件事，但擺在我面前的字據上頭確實是我的筆跡。沒想到世上竟有這種事。父親無比懊惱，夜不能眠。
「我很害怕家父會發狂。」
父親緊抓著他訴說道：
——笙之介，難道是我忘了自己曾收取賄賂嗎？忘了自己做過的壞事嗎？不可能。不該有這種事。但字據清楚擺在眼前。那是我的筆跡啊，笙之介。
「我當然不是一直默不作聲，陪他發愁。我提出一般人都會想到的抗辯。」
——如果是筆跡，別人也可能模仿。如果爹您不記得此事，字據就是僞造的。
「你爹聽了後怎麼說？」
父親臉色慘白，連一旁的笙之介看了都感到一股寒意，他很堅決地否認。
「他說，我不覺得這是僞造。」
——如果是畫押，有可能仿冒。他人的筆跡也可能模仿。但要一模一樣是不可能的事。
「家父說，字是一個人的展現。」
文如其人啊，笙之介，就像我們無法完全變成另一個人，文字也不會和別人完全一樣。

——那字據一定是我親手寫的，但我不記得這件事。

「就在百思不得其解之際，上級追究起家母的求官行動。」

古橋宗左右衛門就此不再堅持。

想到這裡，笙之介全身虛脫無力。父親悲慘的命運、自己的無能為力。沒錯，我真的就像娘訓斥的，是個只會哭哭啼啼，派不上用場的次男。

「我說，笙之介。」

在東谷粗獷嗓音的叫喚下，笙之介抬起眼。他眨眨眼，視野變得模糊。他差點又哭了。

「筆跡這東西如果真像宗左右衛門大人說得那樣，那偽造文書的人應該是能將自己完全放空，徹底化身為他想變成的人物。」

古橋宗左右衛門想像不出這樣的人物。在這悠閒的鄉下小藩，在剛正質樸的官差裡，很難想像有人身懷此等絕技。

笙之介了解這樣的想法。

「不過真的有，確有其人。」此時那個人正躲在某處，等候下一次登場。

笙之介打定主意問道，「東谷大人，您認為幕後黑手的真正目的究竟為何？」

東谷就像瞄準目標般瞇起眼睛。「問這個問題前，你不在意誰是幕後黑手嗎？」

「您知道嗎？」笙之介不自主地做出防備。

「猜得出來。因為這兩個問題的答案都源自同一個點。」

那就是奪嫡之爭。

「個性大而化之的你，應該也知道我們主君是多子多福氣的人吧。」

藩主千葉長門守有常，與正室若菜夫人育有兩子，分別十二歲和十歲。主君四十五歲，孩子卻這般幼小，這是因為嫡長子、次男、三男全早夭。如今這兩位兒子以排行來看算是四男和五男，此外主君還和側室阿萬夫人育有一男二女，同樣很年幼。阿萬夫人七年前住進千葉家居城的後宮，之前主君在藩國裡雖然不時會有寵愛的女人服侍，但一直都沒出現足以和在江戶藩邸的正室分庭抗禮的愛妾，亦即所謂的「藩國夫人」（註一）。部分人士觀察，主君對若菜夫人就是這般忌憚。然而……

「聽說萬壽丸大人和千綬丸大人兩兄弟感情和睦，而且身體強健，前年兩人都平安度過天花的危害，主君和夫人鬆口氣，忘了昔日的悲傷。」

疾病總是與千葉家如影隨形，次男和三男死於天花。此外倘若健在，應該和笙之介同樣年紀的嫡長子也因病而死，對外宣稱染上流行感冒，其實疑似死於霍亂。不管怎樣，他們都死於最容易奪走幼童性命的疾病，可說是千葉家註定的悲慘命運。四男和五男健康茁壯，藩內上下同感歡欣。

東谷歪著單邊臉頰笑道，「告訴你這件事的人是誰？想必不是宗左右衛門大人。」

應該是里江。東谷說得一點也沒錯，但他臉上的笑別有含意，笙之介略顯躊躇地點點頭。

「是的。」

「因爲里江……不，應該說新嶋家算是若菜夫人一派。對了，聽說兩名少主染上天花時，新嶋家向常磐神社獻上一百張赤繪祈禱吧？」

任職於江戶的坂崎重秀竟然知道此事。

「您知道此事？當時我們家也一起幫忙畫赤繪。」

赤繪可用來祈求預防天花，有的是在紙上作畫，有的是繪馬或版畫。新嶋家向搗根藩當地的氏神常磐神社獻上一百張繪馬，其中兩張是笙之介所畫。一張畫達磨，一張畫全身穿著緋紅綴繩盔甲的八幡太郎義家（註二）。這不是什麼多稀罕的赤繪圖案，但畫得很精細，還得到里江的誇讚，笙之介記憶猶新。

——你做這種事還眞有一套呢。

大哥勝之介不善繪畫，煞費苦心，偏偏他不喜歡向笙之介討救兵，從不曾拜託他幫忙。而笙之介都裝不知情。最後找誰畫？不管怎樣，笙之介畫得比大哥好而贏得里江的誇讚，那是笙之介最後一次被誇獎。想起這段往事，笙之介略感歉疚，但也很開心，忍不住嘴角輕揚。

「對了，當時阿萬夫人也親手畫了赤繪，獻給常磐神社。東谷大人知道此事嗎？」

「當然知道啊。」東谷的單邊臉頰不自然地歪斜。「你知道若菜夫人不許她獻赤繪進神社，火速派人趕回藩國，暗中燒毀嗎？」

笙之介頓時從愉悅的回憶中清醒。「咦？燒毀？」

「沒錯。夫人很忌諱，擔心當中帶有詛咒。安排使者回藩內處理的人就是本大爺。」

東谷第一次用「本大爺」這種詼諧的說法，指著自己鼻頭。笙之介一時無法接話。

「簡言之，就是這麼回事。」

兩個女人的紛爭，主君夾在中間。

「雙方都希望有繼承藩位的兒子，而且有守護役在。守護役身後會形成黨派。」

東谷剛才也提到「黨派」。

「可是，繼承人不都規定是正室之子嗎？」

「此事尚未決定。」

「誰會顛覆這個決定？是主君的想法嗎？可是，若不依循應有的秩序，家老想必不會默不作聲。繼位的問題稍有差池，可能惹來幕府閣員的不滿，這關係藩國的存亡。」

東谷的大臉滿是笑容，似乎很開心。

「笙之介，你當我是誰？你就像是孔夫子面前賣文章啊。」

註一：江戶時代，因爲參勤交代制度，大名的正室都留在江戶，側室留在藩國，所以人在藩國的側室稱作「藩國夫人」。

註二：源義家的別名，爲平安時代後期的武將，源賴義的長男。被後世視爲英雄。

笙之介滿臉羞紅。的確，他這個乳臭未乾的小子實在不該在江戶留守居大人前大放厥辭。

「宗左右衛門大人不可能與這樣的權勢鬥爭有瓜葛。你就這點來說很像你爹。過去不管里江對你說些什麼，你都不曾試著深入思考這些問題吧？」

我簡單扼要地說給你聽——東谷重新坐好。

「我們搗根藩的家老，共有四家。」

笙之介當然知道這事。

擔任首席家老的是城代家老今坂家，武官之長爲次席家老井藤家；文官之長爲黑田家。

「另外還有江戶家老三好家，一共四家，不過，三好家十五年前在江戶藩邸爆發不名譽的醜事之後被解職。三好家至今仍在，因爲當時的醜聞，空出江戶家老一職，由我們代代奉命擔任江戶留守居的坂崎家兼任家老一職，直至今日。」

從本大爺的父親那一代開始——東谷再度採用詼諧的口吻。

「當時父親發過牢騷。三好家的江戶家老一職，原本就虛有其名，根本派不上用場。工作全推給留守居處理，他們只在江戶安逸享樂。這職務可有可無。話說回來，那起不名譽的醜聞還眞是不像話呢。」

「他的職責明明是守護正室夫人的江戶藩邸，但沉迷女色，被粗俗的鄙人乘虛而入。」

和這個有關——東谷豎起右手的小指（註）。

「被乘虛而入？」

「小夥子。」東谷以率直的口吻喚道，趨身靠向笙之介，「你知道什麼是仙人跳嗎？」

笙之介像金魚般嘴巴一張一合，結結巴巴的回答：

「是、是指用女人當誘餌來欺騙男人，勒索錢財的手段吧？」

「原來你也知道啊。」東谷故做驚訝。「是佐伯大人教你的嗎？算了。」

笙之介的嘴仍舊一張一合。

「聽說是一位美貌足以和吉原的花魁匹敵的女人，不過她的眞面目是一條蟒蛇，還帶領著鯊魚。三好大人差點被她給吞了。」

即將被生吞活剝前，有人將他一把拉了出來——而且此事非得暗中進行不可，所以東谷的父親費好大一番工夫，當然也使了不少銀兩平息此事。

我都不知道這麼一件事——笙之介低語，拭去冷汗。

「我一直以爲三好大人是因病辭去江戶家老一職。藩內大家都這麼聽說。」

東谷瞇起單眼。「這也是本大爺的父親和主君商量後的體恤安排。不光是藩內，今坂和井藤也被我們瞞過去。」

唯對擔任文官之長的黑田家，非得坦言一切不可。

「對管帳的人扯謊是行不通的，而且黑田家的人頭腦精明，不必擔心他們錯估情勢。如果是爲了增強權勢而揭發這起無聊的醜事，到時候將會被主君怪罪，毀掉藩國可就完了，黑田家十分清楚這點，守口如瓶。」

現在的三好家在搗根藩單純是「著座」的地位。雖不是負責家老的職務，卻是能參與藩政的重臣地位。「著座」的地位向來都很模糊不清，大多是今坂、井藤、黑田、三好的老當家隱退，將家老職務交付給繼承者後轉任這項職位，說起來算是顧問。除了這四家，與千葉家有血緣關係者，就算家世地位不高也能擔任著座。根據這一點，它是榮譽職務，不過基於家世地位，他們的發言還是有影響力，所以略微複雜。這麼一提才想到，若菜夫人的娘家是代代擔任著座的里見家，她與丈夫千葉有常是表兄妹，兩人的曾祖父相同。

笙之介憶起此事。「佐伯老師說過這件事。」

——我們藩內沒有明擺著內鬥，但血緣、姻親間糾葛的勢力爭奪其來已久。

註：日本的習慣動作，豎小指代表女人。

「這麼說來，家父被捲進的收賄風波也是起因於此。主君也很清楚此事……」

東谷哼一聲，打斷他的話。「你認爲那位終日在月祥館裡埋首古籍的老頭，會知道這些事嗎？」

那是本大爺提點他的——東谷說。

「我還很細心地寄封信給他，請他勸你要沉住氣，不要急。你眞應該心存感激。」

「是。」笙之介縮起脖子。

「就是這麼回事。」東谷雙眼微闔，懶洋洋地放鬆全身。儘管一副慵懶之姿，但那張皮堅肉厚的大臉仍油光滿面。「這四家家老中的今坂和黑田，與千葉家有親戚關係。不過，現在今坂與千葉更親近。武官井藤雖是特別拔擢，不過上上代的正室也出身千葉家，井藤才得以平步青雲。與今坂相比，三好家和千葉家的血緣更濃，與其說是親戚，不如說是分家。換句話說，若眞有什麼萬一，三好家甚至能繼承藩主的地位。」

雖是降格爲臣，但三好對千葉家的發言最具影響力，一路都擔任江戶家老一職，而且惹出不堪聞問的醜事也沒被撤除家名。

「相反的，我坂崎家人才輩出，代代擔任江戶留守居一職，始終無法升任家老。如今的江戶家老一職也是因爲位子空出，暫時兼任，雖然多擔這份職務，但就身分來說還是江戶留守居。這又是爲什麼呢？」

因爲坂崎家與千葉家沒有血緣關係。

「我對此不會特別不滿，就算當上家老也更勞心罷了。」

東谷似乎眞的這麼認爲。拐一大圈後，笙之介的思緒又拉回東谷的「奪嫡之爭」。對藩內人士而言，比起江戶的正室與少主，以藩國夫人的身分住在藩內的側室與她的孩子們，反而讓人感覺更親近。就算平靜無事，還是常傳來他們的消息。

「阿萬夫人不是拜井藤家爲養父才住進後宮嗎？」

東谷頷首。「她不是武家之後，而是金見鄉的地主之女。」
家臣向來都忌憚查探主君側室的出身，但藩內人盡皆知。金見鄉往昔是盛產金礦之地，如今挖掘殆盡。不過，蓊鬱的山林有群鹿棲息，更有天然溫泉。
「聽說主君前往獵鹿時，對夫人一見鍾情，此事是否屬實？」
「不是剛好一見鍾情，是有人刻意安排。」
笙之介頷首。「是井藤家策劃吧。」
「三好也摻了一腳。」見笙之介大爲吃驚，東谷笑道，「那兩家素有交誼，有家世但沒能人的名門，與有錢有勢、但沒家世的後起之秀往往很容易聯手。」
原來是這麼回事。
「說到若菜夫人的娘家里見家，他們相當於今坂的分家。身爲文官之長的黑田家一再與今坂、里見兩家通婚，如今氣味相投。」
換言之今坂、黑田兩家擁護正室若菜夫人，井藤、三好兩家擁護阿萬夫人，形成對立局面。
「我之前從未留意這件事。」
「那是因爲你們家的人特別悠哉。」說到這裡，東谷微微側頭。「宗左右衛門大人也許了然於胸，卻故意佯裝不知情。」
笙之介記起父親的臉龐，又想到母親。思索著母親娘家新嶋家與今坂、黑田同屬一派的事。然而，希望擔任武官並出人頭地的大哥勝之介，難道沒必要了解一下井藤家的意願嗎？母親在展開求官行動時，肯定接觸過井藤家。
——確實複雜。
「如果光憑主君就能決定繼承人選，那就什麼也不用愁了。」
不知何時，東谷不再瞇著眼，他張大眼睛打量著笙之介。
「不過我實在很擔心。主君絕非昏君，但也不夠英明。非但如此，他還有怕事的壞毛病。」

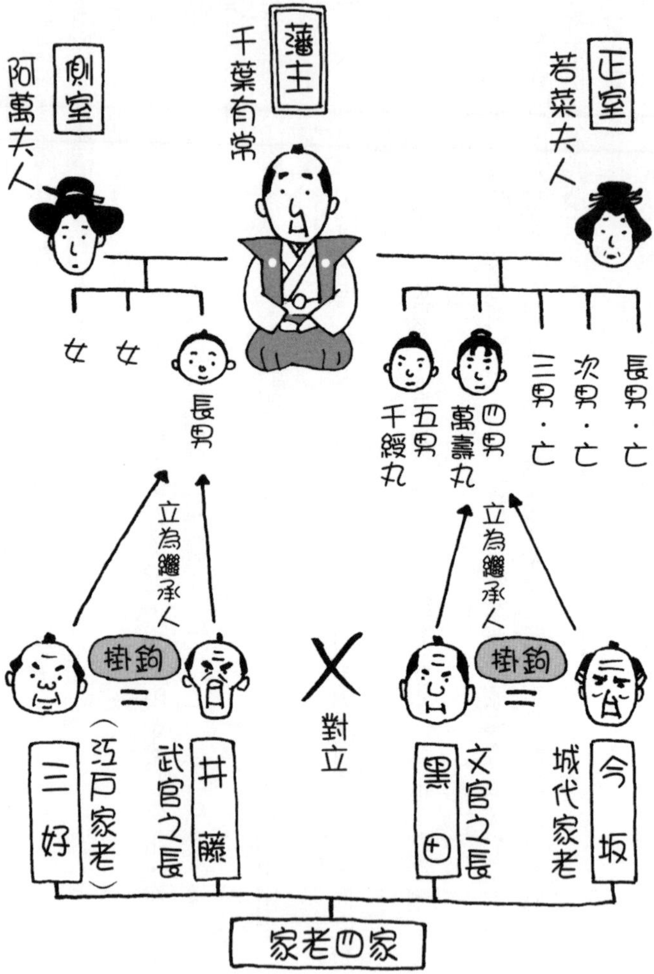
藩主
千葉有常
側室
阿萬夫人
正室
若菜夫人
女
女
長男
長男·亡
次男·亡
三男·亡
四男
萬壽丸
五男
千綬丸
立為繼承人
立為繼承人
掛鉤
掛鉤
對立
三好
（江戶家老）
井藤
武官之長
黑田
文官之長
今坂
城代家老
家老四家

聽聞毫不避諱的批評，笙之介不禁雙目圓睜，東谷見狀後苦笑。

「別擺出那種臉嘛。我也懶惰又怕事，就是因爲和主君很相似，所以才了解他。」

人稱厲害人物的江戶留守居，竟然說自己懶惰。

「主君近年來集千萬寵愛於阿萬夫人一身，但對若菜夫人還有一份親人之情，同時對她身後的眾親戚也有忌憚。等到日後眞要做個抉擇時，我不認爲主君可以獨自決定一切。」

因爲啊——東谷嘆口氣。

「夾在兩個女人中間的男人最無能爲力。往往會流於希望大事化小，小事化無。只想著不傷和氣，兩邊討好，結果陷入進退兩難的局面。」

笙之介很想反問一句「這是您的親身感受嗎？」但最後還是忍下來。

「只要出現得由家老、著座的重臣齊聚評定的嚴重事態，這四家一定會分兩邊，針鋒相對。」

到時候……

「我擔心會忽然從不知名的地方冒出荒唐的東西。」

那就是文件。

「有件事你應該不知道。當初主君繼位時也遇過近乎內鬥的局面。當時果斷處理此事的人是望雲侯。」

「望雲」是千葉有常的父親，上一代藩主千葉有吉的諡號。他臥病在床，病情每況愈下，爲了向幕府閣員提出繼位者申請書而設立評定會時，引發一場軒然大波。

「主君是嫡長子，是望雲侯唯一的子嗣。理應沒任何爭議，但當時有一派勢力抬頭，強力主張擁立望雲侯的弟弟公常侯繼任藩主。」

首謀就是今坂家。

「今坂家聲稱主君身子孱弱，未來令人擔心，因而擁立公常侯。因此，我猜主君至今對今坂頗有不滿。」

偏偏不能表現於外。

「望雲侯拚著最後一口氣離開病榻，壓下堪稱是叛亂的風波。但人們還是對搗根藩的未來感到憂慮和擔心。因爲像這樣的爭鬥，不會一代就結束，等人們忘記又會捲土重來。我剛才也僭越地提過，身爲嫡長子的主君優柔寡斷的個性，早被他父親一眼看穿。」

所以望雲侯預見遠憂，事先採取對策。

「爲了防範孫子那代再次發生奪嫡之爭，望雲侯親自寫下一份文件，文件中明定繼承家位者須是正室的嫡長子，貫徹幕府規定的嗣子決定原則。」

也就是遺書。

「雖然形式是文件，但用意在表達望雲侯的意見。對主君而言，那句話比任何美言或建議都更要尊崇。只要有那句話，主君應該就會比較容易斬斷感情的迷惘。」

要屏除那些以美言或建言來困擾主君的人，望雲侯的那番話最有效。

「我完全不知道這件事。」

「當然，這是最高機密。」

「望雲侯的遺書在哪裡？」

聽聞笙之介的詢問，東谷別有含意地斜眼瞄著他。

「會在哪兒呢？」

笙之介搞不懂。爲何東谷露出那樣的表情。「東谷大人。」

坂崎重秀重重嘆口氣，壓低聲音說道。「照理來說，原本應該由今坂保管，但今坂做出擁立公常侯的愚行。我父親說，望雲侯因爲那次的事件既失望又生氣，超乎我們的想像。」

就連血緣最近的今坂家也打算違背望雲侯的意思。不，正因爲血緣相近，所以會考量到利害得失、名譽榮辱，爭奪之心就此萌芽。萌生此念頭的並非只有今坂家。

「關於嗣子的事，四位家老都不可信賴。他們四家都看準機會，擴大自家權勢。」

在這彈丸之地的小藩——東谷嘆息地補上這麼一句。笙之介終於明白東谷斜眼看他的含意。

「那麼，坂崎家……」

「光看我的表情還猜不出來嗎？」

「抱歉。」笙之介冷汗直冒。這是問題核心。「東谷大人，您擔心會出現僞造的遺書嗎？」

東谷頷首，舉起厚實的手掌，覆住自己的臉。

「我們收下遺書不久，遺書的事便傳出去，這是我坂崎家的疏失，我們無從卸責。在有需要用到它的時刻來臨前，理應要守住這個祕密。」

確實。

「我父親向來沒什麼戒心。不擅長用密探的人，自然不善於看穿誰是密探。」

儘管嘴巴上這麼說，但他並未流露出責怪的眼神。

「正因爲有那樣的父親當比較的對象，人們才說我是厲害人物，用密探的手腕也比較高明。」

笙之介不知該怎麼回應。

「是洩露給誰知道呢？」

「詳情並不清楚，但我們只是小藩，四位家老全知情也不足爲奇，這樣想也比較保險。」

「每一位著座都知道嗎？」

「或許。不過公常侯不在人世。他兒子公則侯不像他父親那樣滿懷野心，而且他也不是馬虎的人物讓人隨便拱他出來。他應該沒有嫌疑。」

不管怎樣——坂崎重秀低語，他重新坐正，轉頭面向笙之介。

「是誰並不是大問題。不管誰拿出遺書，只要僞造的遺書一出現，問題就嚴重了。」

「可是，僞造的遺書有那麼大的影響力嗎？如果上頭的內容都只對當事者有利……」

東谷雙眼緊盯著笙之介，他因此把到嘴邊的話又吞回去。

「你眞的有足以讓佐伯老師賞識的聰明才智嗎？」

「咦？」

「僞造的遺書內容爲何根本就不重要，問題是筆跡會和望雲侯一模一樣。你還不懂嗎？」

連當事人都難辨眞僞的筆跡。

「要是眞有這樣的東西出現，連我坂崎家保管的眞正遺書也會令人質疑。」

原來如此——沒錯。這反而更可怕。

現存記載望雲侯旨意的文件不多，若其中有一方是僞造，那究竟哪個才是眞的呢？對方能將筆跡模仿得幾可亂眞，難以分辨。因此，將會出現另一種看法，認爲兩者都是假造。如果對方打算貶低眞品的價值，一開始就會往這方向操作。而且，將僞造的遺書寫得令人起疑比較好。

如果連筆跡都幾可亂眞，反而有效。在這種情況下，可以大肆宣傳說這是僞造。大家看，只要有心，就能作出相似的僞造品。就連坂崎家聲稱長期代爲保管的望雲侯遺書也無法保證不是坂崎和他的同夥捏造。

「要是連主君都分不出，一切就到此爲止。平息混亂和內部紛爭的王牌將失去作用。」

兩人的交談終於有交集，在笙之介心中兜攏。可能是內心的心思全顯現在臉上，東谷緩緩點頭，嚴厲地問他：

「雖然主君現今健在，但隨時可能隱退。萬壽丸大人今年十二歲。今坂、黑田兩家已急著張羅少主的成年禮，策劃勸主君隱退。而阿萬夫人也動作頻頻，不讓他們得逞。笙之介，你打算袖手旁觀嗎？」

笙之介不知如何回答，他不知自己可以有何作爲。

「你的敵人……也就是陷害你爹的幕後黑手還不知道是哪一派的人士。目前可以確定的是那名有本事令你爹分不清眞假的僞造文書高手也參與這項行動。」

你要找出他來——東谷威脅似地用粗獷嗓音命令笙之介。

「我說過，對方是誰不是什麼大問題。對我藩的未來以及對我坂崎家的信用來說，不論是誰都不是問題，但對你來說可就不同了。」

笙之介，這當中的不同，你應該很清楚。因爲……

「僞造文書的人就是你的殺父仇人。你要親自找出他，斬斷藩內紛爭的根源，防患未然。」

笙之介完全不知如何是好，腦中更沒半點頭緒。

——此人不在藩國內。這名僞造文書的高手應該不是從事農耕漁獵。不管身分爲何，他一定居住在市町。倘若他住在如同彈丸之地的搗根城下町，手藝早就遠近馳名。

住在城下的居民大半都知道在城裡工作的武士們姓誰名誰，以及所屬職務，在這樣的市街裡，並不容易隱藏過人的絕技。不管再怎麼掩飾，還是有傳言。

——你要找的人就在江戶。

波野千在江戶買下那人的手藝。

——所以你要在江戶從事文書或書籍相關的工作。捕蛙必先入池，釣魚必先臨岸。只要和你要找的目標在同一座池裡，不論池子再大，還是會傳來波紋。只要身處同樣的海岸，不論岩岸的結構再怎麼錯綜複雜，終究還是會有同樣的浪潮湧來。

波野千與江戶有密切的生意往來，必須設法接近他們，找出中間的管道。這件事就交給你了。

——只要朝你處的池子或海岸拋出釣線，對方早晚上鉤。

不過話說回來，要如何從事與文書或書籍有關的工作呢？笙之介詢問，是否該先請人力仲介商代爲尋求工作，東谷回答他，你就去拜訪深川佐賀町一家名爲村田屋的租書店老闆，此人叫治兵衛——我知會過他，請他全力協助你。他是位重信義，守口如瓶的商人。而且人面廣，今後他會多方關照你。

笙之介與治兵衛見面後，治兵衛向他引介勘右衛門，並在富勘長屋住下。這一切都在匆忙慌亂中完成。儘管駛船出海，但就只有季節更替，笙之介這艘船始終無從靠岸。因爲遲遲尋不著半點線索，甚至可以說他尚未駛船出海。所幸目前藩內尚未有任何動作，而東谷說的「釣線」，目前也沒魚兒上鉤。笙之介得以專注於熟悉江戶的風土民情、工作、習慣眼前的生活。

不，應該說他過於專注眼前的生活。

他每次到川扇都會提醒自己——不能再這樣下去了，並茫然在心中暗忖——芙蓉之間的階梯，我走過幾次了呢？這時，梨枝會從身後對他說：

「今天是您第六次來哦，笙之介先生。」

儘管自認早已習慣，他每次還是會對梨枝的觀察敏銳感到吃驚。

「這、這樣啊。」想到自己白吃五頓飯，第六頓飯又要白吃了，笙之介便無地自容。走上二樓後，梨枝站在前頭，跪著面向廂房。「笙之介先生已到。」她先柔聲輕喚，接著催笙之介入內。

「抱歉來晚了。」

笙之介先行一禮，當他抬起頭時差點噗哧笑出聲。坂崎重秀燒爐灶柴火的功力看來還不到家。他為了不穿幫還換過服裝，但下巴沾有煤灰。「嗯，等你很久了。」東谷一身輕鬆裝扮，倚著憑肘几，一見笙之介到來立即坐起身。梨枝退下，關上拉門。

「邁入新的一年後，今天還是第一次拜見您。這麼晚才拜年，尚請見諒。」

東谷的大眼寬鼻滿是笑意。儘管是初春時節，他黝黑的膚色還是沒變。他本人說自己膚色就是這樣。

「我打從歲末起就沒和你聯絡，不好意思。我也很多事要忙。」

「東谷大人公務繁忙，在下很清楚。請勿過於操勞。」

今年正好是主君參勤交代（註一）的一年。預定四月中旬自藩國啟程，江戶藩邸應該正全力為此奔忙。

「您今日外出，不要緊嗎？」

「不要緊。我一直都很輕鬆，看不出來嗎？」東谷先開了個玩笑，接著倚向憑肘几。

「主君自藩國啟程的時間延至六月。前天正式接獲老中（註二）同意。」

大名參勤交代的時間都定於三月或四月。近年來爲了避免幹道擁擠，愈來愈多的遠方大藩、譜代（註三）、親藩（註四）任意更改時間，但對於那些小藩則沒必要給予這種通融。

「延期……是不是藩內發生什麼事？」

笙之介心頭一驚地趨身向前，東谷朝他伸出右手，手指比了個圓。

「因爲這個。錢遲遲籌不出來。去年秋天歉收造成影響。菜籽油已經出貨，批發商的錢要入帳，怎麼算也得等五月，而且沒辦法再預支借用了。他們不斷向幕府提出陳請，終於獲得首肯。」

菜籽油是搗根藩的主要產物，也是江戶市的必需品，能以高價變賣現金的這點是得天獨厚之處。菜籽油的收入自古便是搗根藩的重要收入。但因爲只是小藩，不管收入再怎麼重要，終究不是多大的數目，這是可悲之處；另一方面，菜籽的批發價也追不上各項物品不斷攀升的物價。早從幾年前起，藩內的勘定方便就不斷以該年菜籽的產量做擔保向批發商預借現金，但借款終究有限度。

「我也有點累，今天告假一天，溜了出來。」

儘管用財政緊迫爲由獲得延期許可，但參勤交代一樣免除不了。東谷道——搗根藩暫時歇口氣，但財政問題有待解決。

「資金不足眞的比死還難過，而且這又不是我荷包的問題，是藩內外強中乾的財政問題。看來我乾脆當個浪人，悠哉過日子算了。」

註一：日本江户時代的一種制度，各藩的大名必須前往江户替幕府將軍執行政務一段時間，然後才返回自己領地執行政務。

註二：江户幕府的最高職務名。直屬於將軍，總攬一切政務。

註三：又稱世襲大名，是指從德川家康時代便一路追隨，代代世襲的大名。

註四：藩主與德川家有血緣關係的藩國。

噘著嘴發牢騷的東谷，與太一說「我要和那種臭老爹斷絕關係」，言不由衷地說寅藏壞話時的模樣可說是一個樣。

要獲得老中的許可，應該是做了不少事前工夫。難怪東谷大人這麼忙，笙之介心有所感。

「您要拋下奉祿，在梨枝小姐底下燒柴升火嗎？」

「哦，這主意不錯。」

「若是這樣，您得稍微鍛鍊一下升火的技術。」笙之介指著自己下巴。「這裡沾了煤灰。」

「穿幫了。笙之介，今天吃的是菜飯哦。」東谷急忙擦拭下巴，面露苦笑。

「謝謝您的招待。」

東谷燒柴升火，並非爲了和梨枝嬉戲。之所以搞得滿頭煤灰有其原因。

——這是笙之介第一次在川扇用餐。我想親自替他炊飯。

聽說當時他這樣說道，自己在爐灶前張羅起來。梨枝悄悄在一旁指導。結果就此上癮，體會到當中的樂趣，如今已成他的嗜好。

「東谷大人，」笙之介重新端正坐好。「先不談笑，不知您今天找我有何要事？」

別那麼急嘛——東谷擺手道。「還是說，你有什麼收穫，急著要告訴我？」

笙之介頓時大爲喪氣。「沒有。對您很是抱……」

話說到一半，又被東谷打斷。「我猜也是。既然這樣，我們就先來享用川扇的春季料理。要是聊那些嚴肅的話題，這頓飯就變難吃了。」

現在沒什麼好急的——東谷又補上一句，既像是鬆口氣，又像是心有不甘。

他伸手拍了幾響，梨枝率領著女侍端菜餚進房。雖是午餐，卻足足有三個托盤的菜餚，還附上溫酒。菜色多樣，有燒烤、涼拌、燉煮等，大量採用海帶芽、土魠等春天的食材。大白天就喝得滿臉通紅地返回長屋，這樣實在很羞愧，因此笙之介滴酒不沾。東谷平時都淺嘗即止，今天似乎打算好好暢飲一番。

「請好好享用，笙之介先生。」梨枝在一旁服侍，嫣然一笑。

「看您一切安泰，眞替您高興，不過您好像瘦了。最近是不是熬夜呢？」

不管什麼時候見到梨枝，她總是這般溫柔婉約，美得無懈可擊，而她的觀察更是入微。

笙之介大爲羞赧。「不只是最近，昨晚也熬夜。」

「哎呀，這怎麼行呢。」

「是村田屋的工作嗎？」東谷問。

「是的，他寄放一個很稀奇的東西在我那裡。東谷大人，您去過八百善嗎？」

「去過啊。」東谷回答，接著目光投向梨枝。「說到八百善，梨枝應該比我了解更多。」

梨枝顯得靦腆。「眞是的。才稱不上了解呢。」

「哦，是這樣嗎？」兩人的一來一往間帶有一絲甜美的柔情。正因爲這樣，教人不知如何回話。正當笙之介不知如何是好時，梨枝接話道：

「以前我和他們有點淵源。八百善怎樣嗎？」

笙之介提及起繪的事，很熱中地說明它作得多講究，既美觀又精緻，若只是用玩具來形容，實在太委曲這件工藝品了。

梨枝專注聆聽，眼中閃著光輝。「笙之介先生，您不光是組裝，還作了複製品對吧？」

「是的，治兵衛先生吩咐我要構思起繪的作法，我認爲模仿實物製作是最快的辦法。」

「既然這樣，等您作好後，複製品可以送我嗎？」

我知道這是很不知分寸的要求——梨枝低著頭說道。

「我很想親眼見識。」

「那乾脆請他作川扇的起繪吧。」東谷粗獷地說道。

如果是作川扇的起繪，應該會比規模氣派的八百善輕鬆許多。笙之介也頷首。

「如果您不嫌棄這樣的練習作品，我願意一試。」

「我太高興了。謝謝您。」梨枝笑靨如花。那不是大朵綻放的鮮花，也沒有像群花怒放般的驕氣。儘管面露微笑，但她長睫毛下的雙瞳總微微帶有暗影。

「八百善的起繪，可有畫人？」

「不，只有建築和庭院的圖案。」

「我知道的八百善起繪還有賓客臨門的畫面呢。剪下人的形狀，立在八百善的暖簾前。」此事應該連村田屋的治兵衛也不知道。梨枝果然對八百善知之甚詳。

「既然這樣，那就在川扇的起繪裡，把梨枝也畫進去吧。」

東谷滿腦子只想著這家店的事。

「如果少了梨枝，這就不是川扇了。」

「不不不，有東谷大人，才有川扇。」

笙之介正在思考這另一個全新的起繪，無暇理會他們。

「聽治兵衛先生說，如今完全沒人作起繪了。」

「或許吧。我知道的起繪，也是我年輕時候的事了。」

「一度被世人遺忘的事物，反而給人耳目一新之感，引人注意。」

東谷骨碌碌地轉動他的大眼，將杯裡的酒一飲而盡後說道。「不過這也因人而異。現今這個世道，能光顧料理店的都是有錢人。與過去相比，現今的有錢人更侷限在這狹小的區域裡。」所以起繪並非玩具。

「它是奢侈品。如果村田屋要用它來作生意，那他應該很清楚這點。」

租書店也有各種規模。村田屋雖然生意興隆，但稱不上什麼高級店家。就連長屋裡的太太、商家的女侍也都是顧客，而這些顧客與起繪完全沾不上邊。

「治兵衛先生似乎打算和料理店談這項生意，聽說他和『平清』談過此事。」

不過——笙之介很想反駁。

「就算是與料理店沾不上邊的人們，看到漂亮的事物還是會開心。富勘長屋中有一位叫阿秀、從事洗張的老闆娘也說很想見識。」

「那是因爲你就住附近，否則她恐怕連接觸起繪的機會都沒有。」

笙之介沉默下來，梨枝輕盈地起身。

「東谷大人，酒壺空了。我來端菜飯給笙之介先生品嘗。今天湯碗裡裝的是鯉魚味噌湯哦。」

「不忍池的鯉魚，終年都一樣肥美。」東谷也露出開心的神情。

笙之介明白東谷說的是富人與窮人的區隔，也很清楚他在暗示兩者間的區隔會逐漸形成又高又深的鴻溝。

每次笙之介受邀到川扇，梨枝總會用心準備菜餚，在一旁建議他多吃一點，補充精力。品嘗那美味的料理，笙之介確實感覺自己就像重獲新生。要不是偶爾可以享用如此滋補的大餐，他恐怕沒辦法在富勘長屋住上半年；另一方面，他每次來到川扇時總感到內疚。勤奮工作的阿秀、正值生長期的太一、每天挑著扁擔出外叫賣的阿鹿和鹿藏，笙之介很希望他們也能嘗嘗這些佳餚。但他也只是在心裡這麼想罷了，這不是他能辦到的事，所以他都獨自吃完後悄悄返回，擺出我也是貧窮長屋裡的窮浪人模樣，返回長屋。

然而，這樣的模樣也只是暫時的。因爲笙之介如今的生活全由坂崎重秀一手安排。

「你應該要細細品嘗它的味道才對。」用餐完畢，東谷叫梨枝先退下，緩緩說道。「老想著其他事，這鮮美的鯉魚味噌湯都可惜了。」

東谷看穿笙之介內心的想法。

「與東谷大人您見面後，感覺自己才清醒過來。」

這是當然的——東谷瞇起眼睛道。

「我也是在見到你之後才變得清醒。這半年過得可眞快啊。」

梨枝先前微微打開窗戶，吹過池面上的涼風徐徐吹進房裡。

「城內的權勢爭奪暫時平息，說來諷刺，這全是因爲去年秋天歉收的緣故。」

城下的稻米價格持續飛漲，農村的百姓都在餓肚子。

「去年年底，安住莊發生燒毀地方官府的事件。鎮壓那場動亂費了好大一番工夫。」

安住莊是藩國西邊的一處山地，當地的地形不易從事水田耕作、農民平時就比平地的農民貧窮，而去年秋天的歉收又帶來不小的打擊。農民眼見再這樣下去，恐怕捱不過冬天，有人會活活餓死，於是請求地方官府救助，但非但沒能得到理會，甚至還挨罰，最後群起叛亂。

笙之介心想，我在江戶好歹還有白米飯可吃，但在藩國愈來愈多人餓肚子。

「此次延期離藩是接受勘定方緊急請求的黑田大人所做的提案。聽說去年秋天年貢的徵收結束時，勘定方便提出這樣的請求。」

不過，開口提這種事並不容易。延期離藩極不名譽，這等同是向幕府閣員表示藩內施政不當。

「黑田大人壓制這樣的提議，同時四處奔走，籌措款項。我也很清楚整件事的來龍去脈。因爲我和他一起四處奔走。」要是話說從頭，你可能得在川扇住上一夜才聽得完，所以就略而不表了——東谷笑著說道。「過完年沒多久，眼看無法再苦撐，家老和著座們才聚在一起，協議提出延期離藩的申請。」

本以爲會有人極力反對——東谷接著道。

「儘管稻米歉收，但藩內還有菜籽油的收入不是嗎？到四月還有一段時間。應該還有和批發商交涉的空間。愈是不懂算術會計的人，愈會這樣大放厥辭。如果有人這樣直言不諱，但最後還是決定提出延期離藩申請的話……」

這時候，就算有人提議要主君隱退，顧及幕府的臉面，那也不足爲奇。

「可是卻不見這樣的動向。這明明是千載難逢的好機會，但井藤和三井卻只是形式上提出反對，不見他們逼藩主退位。」

——嗯……

「會不會接下來才有動作呢？」

先取得老中的許可，接下來要求藩主負責，按這樣的步驟一步步進行。

「連你也這麼說。」東谷瞪大眼睛。「但事實不然。老中下達指示，要主君全力重建藩內財政。要是沒達成使命，在六月離藩前往江戶時向老中道歉並報告重建結果，主君反而無法退位。」

因爲這樣算是違背上意，逃避責任。

這次換笙之介眯起眼睛。「東谷大人，您該不會早看出事情的發展，爲了看家老和三好大人如何出招，才故意用『提出延期離藩申請』的方式來引他們顯露本性吧？」

東谷沉聲說道：「說什麼話。你現在什麼線索都沒掌握到，有可能走這步險棋嗎？」

「因爲我太無能，所以您打算放棄找線索這個方法……」

笙之介一直都沒任何作爲，東谷放棄他也情有可原。

但東谷露齒而笑。「我要放棄你的時候會先跟你說的，放心吧。」

實在沒辦法放心。

「聽起來，好像是我和黑田大人串通好似的。」

笙之介搔著頭，東谷則搔著鼻頭。

「我也沒料到延期離藩一事。拉攏老中得另外花不少銀兩。」

東谷深深嘆口氣後，抬眼望向笙之介。

「幕後黑手們或許還來不及調度。」

調度？要調度什麼？笙之介暗自思忖，決定說出一直暗藏心中，不敢當面對東谷說的話。

「該不會是要等陷害我爹那場風波平息吧？」

不論誰以何種形式揭開奪嫡之爭的戰火，只要有事發生便會引發騷動，此事明眼人都看得出來。坂崎家握有的眞正遺書，與日後會與之對抗的僞造遺書將會引來各種不同的想法，議論紛紛。

到底哪個才是望雲侯的遺書呢？

這時，或許有人會猛然思及某事。

——對了，因收賄而切腹謝罪的古橋宗左右衛門，面對鐵證如山的字據，不是也提出抗辯，表示完全不記得這麼一件事嗎？

——此次的風波不也是同樣的情形？有人僞造文書，藉此爲藩內帶來動亂。

東谷表情扭曲，活像是一隻被人踩扁的蛤蟆。

「抱歉，我不認爲藩內有人會那麼在乎你爹的死，拿這兩件事當對照。」

「我只是說出我的想法。」笙之介頗感洩氣。不過，如果自己也是幕後黑手的一員，一定會說同樣的話，這個想法仍舊不變。

儘管很奇怪，但如果只發生過一次，一般人不會記在心上，但倘若類似的事一再反覆，便會拿之前的事與之後的事比較。若要謹愼行事，最好能將先前與之後這兩件事的間隔時間拉長。接著他又想到：就算沒人會想到這件事好了，那大哥勝之介呢？

「家兄也許會拿這兩件事做比較。」

東谷眼珠轉動，搖搖頭。「這難說，你哥不像你那麼坦率。」

這話什麼意思？

「里江可有寫信給你？」

「有，過年時來過信。」信中寫道，母親與大哥還是老樣子，大哥每天到道場以代理師傅的身分指導弟子練劍，同時勤於鍛鍊自我。

「就這樣嗎？」東谷又哼一聲。「我猜里江也不會在信裡提到。」

「發生什麼事嗎？」

東谷的大眼閃著寒光。

「最近里江和波野千走得很近。」

雖說換過店主，但竟然和波野千走得很近？

「這……怎麼可能。」

「雖然對你很殘忍，但此事千眞萬確。」

那家店的老闆娘常出入新嶋家，聽說還送了兩名女侍侍候里江和勝之介。

「是什麼時候的事？」

「我是在一月中時聽聞此事。」

笙之介愕然，當眞是無地自容。竟然有這種事，這樣爹在九泉之下怎麼可能瞑目。

「這兩名女侍說得可好聽了，說是要藉由服侍他們，爲前任店主的惡行贖罪，藉此告慰宗左右衛門大人在天之靈。喂，笙之介，你還不振作一點！」

經這一聲喝斥，笙之介原本張得老大的嘴這才合上。

「你不可以爲之意志消沉。這反而好，你應該感到慶幸，這麼一來，我的手下更容易掌握波野千的內情。」

這表示在里江和勝之介身邊也有坂崎重秀布下的眼線，潛伏在笙之介的母親和大哥身邊，靜靜觀察他們被波野千的花言巧語攏絡的模樣。

眞可恥。然而，我又如何？有資格責怪母親和大哥嗎？

「是。」笙之介緊緊咬牙。

「接下來，主君在江戶這段時間不會有內鬥。」東谷說。「能爭取到一年多的緩衝時間。這很重要。」

雖然心裡明白，但在江戶待半年的笙之介，感覺只剩一年多的時間可以把握。

「總之，什麼都好，你要試著找出線索。對了，笙之介。」

你對大胃王比賽有興趣嗎？

「咦？」

「最近神田伊勢町的陶瓷店『加野屋』要在招攬顧客的賞花會中舉辦大胃王比賽。你可以去參觀參觀。」

說到這家加野屋啊——東谷嘴角輕揚。

「是波野千在江戶往來的客戶之一。如何，很值得你去接近他們，好好觀察一番。」

六

翌日。

多虧川扇豐盛的一餐，笙之介一早就工作順利，村田屋早在起繪前便託他處理抄本工作，他趕在中午前完成。笙之介心想，雖然比約定的時間提早完工，不過正好，屆時和起繪一起送去。這是集結三篇報仇故事的讀物抄本，但他不光是照著抄寫，還加上村田屋治兵衛的特別要求。

「難得是這樣的忠義故事，但惡徒的行徑過於殘忍，而且情愛描寫過於露骨，不太恰當。這樣不會有太多人租借，我希望你刪除一些孩童不宜的場面，適當地銜接故事並改寫。

「裡頭的人名都很相似，會讓人混亂，請適當替人物改名，盡可能在旁邊標上假名。」

這句話後面的要求，並非只有這次，村田屋委託笙之介抄寫書本時常這麼吩咐。

但這次笙之介隱隱感到一絲不安。

這本書的作者取了個玩世不恭的筆名「押込御免郎」（註），與其說作者想描寫殺敵復仇的美談，不如說想讓人欣賞惡人無法無天的惡行及他們的風花雪月。要是真的刪除治兵衛吩咐「改寫」的部分，整個故事便大幅縮水。也就是說，它原本就是這樣露骨的讀物。

根本沒必要刻意讓孩子看這種書嘛——笙之介不只一次在抄寫時如此嘀咕。如果是殺敵復仇的忠義故事，更好的書多得是。大刀闊斧刪去許多文字，抄寫時沒花太多時間，但治兵衛為了這樣的

註：「押込」是闖進別人家中搶劫的意思。「御免」是抱歉的意思。所以這四字的感覺就像「抱歉搶了你」。

書給他比平時更多的工作時間，請他好好處理，笙之介實在無法捉摸治兵衛的意圖。笙之介甚至心想，治兵衛該不會和其他書搞混吧？不過，之前談的全是起繪與《料理通》，一時忘記詢問此事。

笙之介將原本與抄本放在下方，起繪擺在上頭，以包巾輕柔包好。與其用手提，不如像武家的女侍一樣用雙手捧著比較好。因此，當他抵達佐賀町的村田屋時，一如平時背對著堆積如山的書本，坐鎮在帳房圍欄中的炭球眉毛店主對他喚道：

「哦，您這動作可眞優雅呢。」

村田屋除了出門做生意，也會請客人走進店頭，當場租書給顧客。很多租書店擔心書本破損，或一不留神而失竊，不願這麼做，但治兵衛幾乎時時在帳房緊盯店內情況，而且他深信生意的一環包含與恰巧路過的客人交談。

治兵衛在木地板放下坐墊，笙之介坐下後解開包袱。

「哦，原來已經作好啦。」

治兵衛仔細端詳組裝好的起繪時，笙之介告訴他自己複製一份相同的起繪，打算試著從頭製作川扇的起繪，另外，川扇的梨枝向他透露，八百善還有其他不同的起繪。

「東谷大人和梨枝小姐是否一切安好？」

「是的，他們都還是老樣子。」

治兵衛透過東谷認識梨枝，似乎也常光顧川扇。

「如果嘗試倒還無妨，不過笙兄，你可不能直接和梨枝小姐談生意哦，得透過我才行。」

這方面治兵衛向來很精打細算。

「川扇是小店，用它嘗試剛好。雖然與平清的合作案眼看就快談成了，但要是突然要你畫平清的起繪，你應該會打退堂鼓吧？」

得找一天嘗嘗那裡的料理才行，順便當成勘查。

「不過話說回來，不愧是笙兄。組裝得眞好。」

治兵衛說最近要召集風雅之士，舉辦一場《料理通》觀賞會。

「雖然沒辦法自掏腰包到八百善大吃，但知道八百善的人們應該會認爲這是一場歡樂的聚會。」

治兵衛興高采烈地將起繪收進屋，接著改由掌櫃向笙之介問候。治兵衛外出時，此人便坐鎮帳房。這名老翁像隨時會向人鞠躬哈腰似駝著背。不知爲何，治兵衛不稱呼他掌櫃而是叫他老爺子。其實笙之介到現在還不知道這名老掌櫃叫什麼名字。

「還有這個。」治兵衛返回後，笙之介取出抄本。「我照您的吩咐處理後，內容少了一半。」

治兵衛拿起單邊用紙繩串起的抄本迅速翻閱一遍，接著他抬起臉，炭球眉毛皺在一起。

「笙兄，這不對啊。」

笙之介暗自說了一句：「唉，果然。」

「果然什麼？」

「治兵衛先生，你弄錯書本了吧？」

炭球眉毛依舊緊蹙。「我可沒弄錯。」這是我託笙兄你處理的書沒錯——治兵衛嚴肅地說。

「這樣的話……有什麼問題嗎？」

「你還不懂嗎？」

治兵衛敲著紙繩串起的部分。

「我請你刪除口味太重的地方。可是，不該只有這樣吧？我還請你銜接故事並改寫。」

「我應該已經……銜接起來了。」

「沒錯，你是銜接起來了。只是刪除，然後銜接，所以內容少了一半。」

刪除的部分要另外編寫補上。

「咦！」笙之介後退一步。「你要我編故事？」

「不然還有其他方法嗎？」

「可是我對大眾讀物這種東西……」

笙之介不自主結巴起來，治兵衛瞪大眼睛緊盯著他。

「像大眾讀物這種無趣的東西，笙兄無法花心思在上頭嗎？」

「不，我不是這個意思。」

「既然這樣就請幫忙寫。殺敵復仇是武士的舞臺。笙兄應該很了解三個故事裡的武士心情。」

笙之介回望治兵衛。

東谷是村田屋的上賓，兩人是熟識，因爲有東谷代爲說情，笙之介才有這份工作。但東谷到底對治兵衛透露多少關於自己的包袱，笙之介無從得知，偏偏不能主動說。

剛才治兵衛是表示知道內情，暗示他些什麼嗎？對了，治兵衛常不時擔憂地望著笙之介。原以爲他擔心笙之介能否靠這個行業糊口，現在看來不全然是這麼回事。

「關於這三個故事的主角……」笙之介說。

「是的，一共有三人。」

「嗯，雖然名字不同，但三個人的情況大同小異。」

因爲父親或主君被惡人的奸計所害，燃起胸中怒火，誓言殺敵復仇。

「三人都有漂亮的妻子，而妻子爲了幫夫君復仇，反而被奸人所奪。」

「沒錯、沒錯。」治兵衛頻頻點頭，在這三個故事中，年輕貌美的妻子都被惡人玷汙（或是差點被玷汙），這其實是賣點之一，而這正是治兵衛口中「該刪除」的場面，所以笙之介毫不猶豫地大筆一揮，直接刪除。

「要改寫這樣的段落，或是寫新的內容取而代之，這都不是我能力所及。」

治兵衛突然莞爾一笑。「是因爲笙兄沒有漂亮的妻子吧？」

這番話毫不避諱。

「呃……我不是這個意思。」

「就算沒有漂亮的妻子，好歹也能想像如果有漂亮妻子會是什麼情形吧？就算留下漂亮的妻子，令自己陷入九死一生的險境，也非為父親或主君報仇不可。唉——武士難為啊。」

治兵衛誇張地沉聲低吟，重新恢復悠閒的坐姿。

「笙兄，我想說的是，人們有形形色色的生活方式。身負血海深仇的年輕武士並非全是類似情況。就連殺敵報仇這件事，每個人的想法也不一樣。我希望你在這點上多多著墨。」

這麼一來，故事內容就能擴充了。

「就連沒佩刀的市井小民看了，也會對這樣的故事感同身受，大為感佩。」

話是沒錯，但為什麼非得做這種事不可？笙之介大感困惑。

一開始的抄本工作只是私塾教科書的抄寫，像《名頭字盡》、《伊呂波盡》、《庭訓往來》（註）、《消息往來》等書都是私塾的教科書，需求量大，寫得準確、工整，馬上就能成為商品賣錢，笙之介就是從這裡開始。而且不光是內容，教科書上頭的文字也會直接充當習字範本，笙之介端正秀麗的筆跡正好得以發揮。

他還抄寫不少本算盤教科書《日用塵劫記》。在這些書中，光用文字描述不易讓人了解算珠的移動方式及「立柱」的大小，所以笙之介提議插入小圖當解說，試著畫給治兵衛看，他畫得非常精細，治兵衛看了大樂。近來江戶市內可以看到的私塾算盤教科書，不少都附上插畫。這是村田屋首創，也是笙之介的點子。雖然沒什麼好得意，但還是能當作茶餘飯後的話題。

笙之介每天投入教科書抄寫的工作中，三個月後被委派更高階的工作。不是私塾學生的讀本，而是老師的書，例如儒家學者針對孩童教育的《比賣鑑》、《和俗童子訓》等書；也夾雜幾本隨筆

註：室町時代的教科書。據說作者是玄惠。為初學者用的書簡範本。以擬漢文體書寫，書中網羅了武士、庶民生活所需的用語。

《風土記》、《道中記》等讀物及孩子愛看的《御伽草子》、《妖物草子》等書，不過這種通俗的……講白一點，就是低俗的讀物，笙之介還是第一次承接。

刪除不當的部分倒還可以理解，但要他考量故事人物的心情並且補充、改寫，恐怕超出抄寫的範疇。

果然——笙之介暗自揣測。「治兵衛先生，你這是在向我出謎題嗎？」

炭球眉毛故意露出驚訝的表情，至少笙之介這麼認為。

「我出什麼謎題？」

「故意和殺敵復仇的故事扯上關係。」

治兵衛那雙大眼張得更大了。「哎，笙兄，你背負著深仇大恨嗎？還是說，你在找尋仇家？」

被轉移焦點了。治兵衛為人敦厚，但絕不能忘記他是幹練的商人。如果有必要，裝糊塗、扯謊想必都難不了他。

「不，當我沒說吧。」笙之介一遇上這種情形就打退堂鼓，常有人說他怯懦。但他掩飾不住臉上的不悅，也常有人說他孩子氣。治兵衛朗聲而笑，瞇起眼睛，像在看一名小孩。

「我覺得很懷念。」

他溫柔地說道，他剛才以手指輕敲著抄本，這次改用手掌輕覆其上。

「這位叫押込御免郎的人，是我爹的熟識。」

這當然是筆名，而且此人早過世。

「他是浪人，一面承接工作糊口，一面四處求官，但始終尋不著。最後在裏長屋（註）度過餘生。寫這樣的書也是為了生計。」

聽說他字醜，不適合從事抄本的工作。

「可是，這正本的筆跡……」雖相當老舊，但上頭的文字工整秀麗。

「這是當然，因為是我爹親筆謄寫的。」治兵衛笑開了。「這不能隨便交給別人處理。傳出去可會砸了村田屋這塊招牌。」

上一代的村田屋還沒從事租書業。不過，聽說他們經營書籍批發時不光賣書，還兼作書——也就是從事出版業。

「這就像我爹的嗜好，所以作出這樣的書來。」

這陣子在整理書庫時，意外從裡頭翻出書來。

「押込先生儘管落魄，卻不改高傲本色。我小時候最怕他了。明明缺錢，氣焰卻比誰都高，動不動就大吼大罵。」

儘管如此，上一代的村田屋店主興兵衛對他毫無半點怠慢。這本書據說是用押込大人寫的故事製成書，支付他一筆錢。由於銷售無門，這筆費用由村田屋自掏腰包。

「說起以前的事，真令人嘖嘖稱奇，但我在翻閱過這本書後，逐漸明白我爹的心情。到我這一代，塵封已久的書再度問世也是一種緣份，所以我想出版此書，一來也可以當成一種供養。」

「既然這樣，何不原汁原味出版呢？這應該是最好的供養啊。」

咦——治兵衛發出一聲驚呼。

「笙兄，你這番話是不是有挖苦我的意思啊？」

他這麼一說，笙之介頓時羞紅臉。

「別那麼堅持嘛，就當作是轉換心情，照我說的試試吧。所以這次我給你很長的時間。這本書不趕著要，交稿時間往後延也無妨。」

「如果是要轉換心情，起繪發揮效用了。」

「那是突如其來的案子，我也沒料到，而且即將是生意的一部分。至於這本書，就真的是在生意範疇外了。」

註：位於巷弄裡的長屋，人稱裡長屋。相對於此，位於大路旁的長屋，人稱表長屋。

儘管眼神還是一樣柔和，但治兵衛收起笑容，轉身面向笙之介。

「也許你自己沒發現，最近笙兄無精打采。之前也是，一早便望著尙未完全綻放的櫻樹發呆，料想是在思念藩國吧？」

村田屋除了笙之介，還有其他承接抄本工作當副業的武士。當然，他們全是浪人。

「我也算有些閱歷，我不會看錯的。碰到這種事，一定都鬱鬱寡歡，悶出病來。尤其早春這個時節更糟糕。我猜你也會有危險。你到江戶已經半年，如果急著要有個結果，反而不妥。」

的確，昨天笙之介腦中一直縈繞著一個念頭——啊，已經半年過去了。

「情色的內容，你應該不排斥吧？」

治兵衛抬眼望著笙之介說道，笙之介急忙乾咳起來。

「……這太低俗了。」

「既然這樣，那就把它改得高尙一點，靠你多花點心思了。」

你一定辦得到——治兵衛輕拍他的肩頭。

「從獨自離開藩國到人生地不熟的江戶來看，故事的年輕武士和笙兄還眞有幾分相似。」

「就只有這點而已。」笙之介特別強調。

「是是是。請從這著手，好好構思。若能改寫成一本出色的讀物，我可以提高報酬。」

在治兵衛的極力推銷下，笙之介重新將押込大人的殺敵復仇故事包進包巾。

這時，因爲治兵衛提到那株櫻樹，他猛然憶起前些日子在河畔櫻樹下看到的女子。

「治兵衛先生，這帶可有一位留著切髮的姑娘？」

說完事情經過，治兵衛誇張地挑動他的炭球眉毛。

「這就怪了。」

「不過，對方長得很美呢。她不是鬼魂，是活生生的人。」

「你不是在做夢吧？」治兵衛詢問，又挑起他的眉毛。「這附近及富勘長屋附近，都沒印象有這位姑娘，留著一頭罕見的切髮。」

言談顯得很詫異，但治兵衛的眼神很樂在其中。笙之介剛這麼想，治兵衛果不奇然又冒出一句話。

「笙兄，你雖沒有漂亮的妻子，但有這麼一段美麗的邂逅呢。」

嗯——治兵衛開始搓起下巴。「原來是這麼回事啊。」

「用不著笑成這樣吧。」

「我不是在笑你。我只是想，笙兄還眞是不可小覷啊。」

說這什麼話。我也只是看到對方而已。

「如果你在意的話，我就幫你調查看看。」

因爲做生意，加上爲人親和，治兵衛人面甚廣。

「不，不用了。用不著這麼大費周章。」

笙之介顯得退縮，就此站起身，可是治兵衛緊追不放。

「是櫻樹化身的精靈。」治兵衛道。「因爲你一直盯著它，櫻樹的精靈對你有意才化身人形，出現在你面前。」

你要多加小心哦。

「對了，有一種留著切髮的妖怪，名叫『大禿』（註）。不過祂好像都出現在深山裡。不管怎樣，出現在水邊的向來都是女妖。」

今天眞是不太走運。去時慢如牛步，回時迅如脫兔。笙之介捧著包袱，飛也似地逃離村田屋。

註：留著妹妹頭的一種男妖。

七

神田伊勢町的陶瓷店加野屋舉辦了賞花會和大胃王比賽。

賞花會的座位是爲顧客而設，但「比賽」就得有人潮才辦得成。用一派悠閒的姿態前往參觀並非難事——東谷這麼說。加野屋究竟是怎樣的店家，被他們奉爲上賓的人又是哪些人物，你不妨查探一番。

「若順便和加野屋裡的人混熟，自然再好不過，但叫你一次做這麼多事也太強人所難。」

因爲這個緣故，在三月十日正午舉辦的賞花會到來前，笙之介並未特別事先準備。江戶市內的櫻花逐漸綻放，開了五成，接著八成，步步接近完全盛開。富勘長屋後方河堤的櫻樹也隨著花愈開愈多而枝椏低垂，宛如上頭結的不是花瓣而是果實，顯得沉甸甸。櫻樹映照水面的姿態帶著一股慵懶之美。

宗之介苦惱著村田屋治兵衛難以達成的要求，畢竟這不是光交代一遍就可以回答「原來如此，我明白了」。當他不知如何是好，單手托腮，望著櫻花發呆時……

——就讓主角和他妻子站在這樣的櫻樹下吧。

他頂多想到這樣的程度。讓他們站在櫻樹下固然不錯，但說些什麼才好？想到這樣的場景後又陷入死胡同。要是一直深陷其中，心情很沉悶，於是他將抄本移向一旁，試著動手複製八百善起繪。他逐漸掌握箇中訣竅，接下來打算從頭作川扇的起繪。這件工作有趣多了，抄本的工作自然擱置下來。

工作到九日的早上。剛到附近澡堂忙完燒柴工作返回的太一，對笙之介出示一張廣告傳單。他一路跑來，氣喘吁吁，特地將傳單拿給笙之介。

「笙先生，竟然有這種東西呢。」

是澡堂的客人給我的——太一說的這張廣告傳單竟然出自加野屋。

「還有大胃王比賽。聽說任何人都可以參加，這上面真的是這麼寫嗎？」

太一每天忙著掙錢糊口，不太上私塾，大字不識幾個。

「嗯，上頭寫道——自認有希望奪冠者，請踴躍參加。」

太一兩頰泛紅，眼睛一亮，不斷挨近笙之介。

「聽說有點心組和白飯組，眞的嗎？」

比賽進行分組，參賽者自己決定要吃什麼。

「大家都說，如果有點心組，我應該可以得第一名。」

廣告傳單上寫著「點心組」、「白飯組」、「鰻魚組」、「酒組」，共四組。

「連鰻魚也有啊？」太一雙手一拍，幾欲跳起來。「哇！我要參加！可以饅魚吃到飽吧？」一陣鬼叫後，他突然急起來。「可是，參加要付費吧？」

笙之介低頭望著廣告傳單，搖頭說道：

「一律免費。而且不管參加哪一組，贏得冠軍就能得到五兩的賞金。」

「五兩！」這次太一眞的跳起來。「我要參加！是明天對吧？我要去！我一定要贏得冠軍！」

太一不斷叫嚷，一旁的笙之介仔細看廣告傳單。上頭確實這麼寫沒錯……

「好奢華的活動啊。」笙之介毫不掩飾地表現出心中的訝異，不自主蹙起眉頭。

「不會有問題吧？」

「什麼嘛，笙先生，你可別在一旁潑冷水。」

「你不覺得條件太好了嗎？主辦的加野屋花這麼多錢，有什麼好處？」

笙之介以爲這場「大胃王比賽」是規模不大的小聚會，只是賞花的餘興節目，對象是加野屋的客人及附近神田一帶的居民，光這樣就夠奢華了。這在藩國不可能出現，笙之介驚訝莫名。

「找這麼多人辦這樣的活動，怎樣看都不划算吧。」

別說神田一帶了，廣告傳單甚至跨越大川到深川一帶。都做到這份上，應該整個江戶市都知道有大胃王比賽。屆時到底會聚集多少人，投入多少資金，完全無從猜測。

太一暗啐一聲，橫笙之介一眼。

「就是這樣，大家才受不了鄉下土包子。江戶商人都財大氣粗，慶典愈熱鬧，他們愈喜歡。這種『比賽』一點都不稀奇。」

「太一，你嘴巴上說不稀奇，但也很驚訝吧。」

怎樣啦——太一又暗啐一聲。他個性率直，此時不免露出尷尬之色。

「我是有點驚訝；因爲最近很少看到了。」

「以前很多是吧。」

「聽說我爹像我這麼大的時候，平均每個月都有一次，在各地舉辦。」

當眞是慶典不斷。

「我爹說，景氣變差，這些活動減少許多。有錢人變得斤斤計較，賺得的錢守得死死的。以前有錢人都會用這種方式和窮人分享歡樂。」

平時太一對他那貪杯又懶惰的父親總是很嚴厲，但倒很敬重寅藏的話。長屋管理人富勘常說，貧富差距愈來愈大，世上的錢財愈來愈少流通，連年紀還小便忙著掙錢的太一也感同身受。

「貧富不均這件事，我也深有同感。」

如果拿江戶町的生活和藩國相比，確實有這種感受。在藩國時就感覺得出城下與鄉村生活的差異——不過只是聽聞得來。江戶與搗根藩的生活差距根本無法相提並論。

貧窮家庭聚集的富勘長屋，好歹一天有一餐吃的是白飯。但在藩國，儘管貴爲藩士，但下級武士家中吃白米摻雜糧卻是理所當然，而且遇上歉收時，過年吃的麻糬會改爲粟餅或稗餅（註一）。搗根藩「一般」的生活，若以江戶市的標準來看算是「貧窮」。

「既然這樣，笙先生你也參加嘛。」這種樂趣不容錯過啊。

「有機會沾有錢人的光就得好好沾個夠才行。你可以參加點心組啊。笙先生，你愛吃甜食吧？既然這樣，我參加白飯組。」

我們兩人聯手贏得十兩的獎金吧！鬥志高昂的太一無比開朗，不顯絲毫自卑。

「我就免了吧，不過……」

既然太一要參加，自己就不再單純是一名參觀者，能更進一步接近加野屋。

「那我就去看你的好表現吧。」

「好！」太一雙手使勁一拍說道——那也帶姐姐一起去。

「那寅藏先生呢？要不要參加酒組？」

「不不不，我爹他不行。笙先生，你應該也知道我爹酒量不好。他雖然愛喝酒，但酒量奇差無比，他不會有勝算。」

太一已經展現出要和人一較高下的表情。笙之介心想，那我就展現出軍師的模樣吧。

令笙之介吃驚的事接連發生。他到日本橋，勝文堂的勝六也知道大胃王比賽，他也有那張廣告傳單。聽說是一名衣著華麗的男子在店面附近邊喊邊發傳單。

「那好像是幫間（註二）。可能平時受加野屋老闆不少關照。」

爲了讓更多人知道明天舉辦的大胃王比賽，甚至四處宣傳。

「笙先生，你很少見這種情況吧？」

這可是江戶的華麗流水席呢。

「嗯，我想見識一番。」

註一：粟是小米，稗是稗子。

註二：在宴席中討主人和客人歡心、表演才藝、幫藝者或舞妓炒熱氣氛的一種男性職業。

笙之介提到太一有意願參加，勝六聞言後，絲瓜臉露出悠哉的笑意，接著說道——這樣我也去吧，不去看看怎麼行。

日暮時分，外出工作的人們返回後，富勘長屋裡也在討論這個話題。有人從太一那聽聞此事，有人和勝六一樣在路上拿到傳單，有人聽到小道消息。更誇張的是管理人勘右衛門竟然手裡晃著那張廣告傳單，將房客們全召到井邊。

「明早大家一起去伊勢町。看來會是好天氣，而且櫻花都開了，應該可以好好賞花。」

一手牽著佳代的阿秀，靠向笙之介悄聲說道，「管理人向來不愁錢，才講得那麼好聽。」

「以前大家一起去賞過花嗎？」

阿秀皺起鼻頭笑道，「怎麼可能。我們賞花，頂多就賞河邊那株櫻樹。這還是第一次呢。」既然難得有機會，那就好好享受吧——阿秀朝笙之介和佳代嫣然一笑。這時，佳代說出驚人之語。

「武部老師也會去哦。」

武部老師——武部權左右衛門是佳代的私塾師傅。與笙之介一樣是浪人，但他的身分是私塾師傅，受眾多學子景仰。

「聽說他要參加酒組的比賽。」佳代說完後，阿秀悄聲道，「老師好像是位酒豪，但平時沒辦法喝酒。」

武部權左右衛門用私塾收得的學費養妻子和五個孩子。

「老師說，到那邊可以盡情喝酒，得冠軍還會有獎金，好像勢在必得的樣子。五兩可是一大筆錢呢。」

大家想得都一樣。

「好像會很熱鬧。大家眞的可以兩手空空去參觀嗎？」

「才不是兩手空空去呢，你放心吧。」

猛一回神，富勘在一旁。他今天短外罩的衣繩還是一樣長。濃密的眉毛形成一道柔和的圓弧。

「因爲我早訂好方格席。」

「方格席？」

「就是觀眾的位子。附帶一提，我自掏腰包出了點錢，好歹會提供餐盒。」

富勘用力一拍胸口，阿秀嫣然笑道——哦，到時候可有口福了。

「不過，您說的方格席……」

「那是村田屋的特別安排。」富勘打量著笙之介。「治兵衛先生爲了帶客人參觀，特別留很大的方格席。聽說還有空位，他特地告訴我這件事。這也許是託古橋先生的福。」

是治兵衛出的錢嗎？

「參觀果然要收錢吧。」

「這是當然。不過，加野屋辦這項活動不是爲了賺錢。他們辦得這麼氣派，眞闊綽啊。啊——有機會的話眞想像他們一樣。」

這個夢想恐怕沒有實現的一天——富勘嘆息道。

「我們大家都很感念管理人的恩情。」

「是啊，如果只有恩情的話倒是免費。對了，古橋先生。」

「啊，什麼事？」

「明天請您帶大家去伊勢町。我在那邊等。方格席上應該立有村田屋的牌子，請不要找錯位子。」一切有勞你了——富勘說完後踩著輕快的腳步離去。阿秀對他的背影扮鬼臉，豎起小指說：

「看他那開心的模樣。看來明天可能會和管理人現在的相好碰面呢。」

「咦？這麼說來，不就要瞞著不能讓夫人知道？」

勘右衛門應該有位正室夫人。笙之介聽治兵衛說過。

「沒錯。這是當然。」

「阿秀姐，妳見過富勘先生的夫人嗎？」

「沒見過。搞不好連多津婆婆也不知道呢。」笙先生，這就表示——阿秀轉爲大姐般的表情。「到時候管理人帶來的女人就是他的夫人。你就當作是這樣吧，明白嗎？」

佳代沒理會大人的交談，鼓著圓圓的雙頰，天眞地低語道：

「不知道武部老師會不會贏。」

隔天也是晴空萬里的好天氣。豔陽高照，春風送暖。河邊那株櫻樹，枝頭的花瓣靜靜飄落。

眾人滿懷雀躍的心情，帶來家中的食物裝進盒裡或包成飯糰，女人一早便忙個不停。阿金和阿秀第一次在笙之介面前繫上腰帶，頭插髮簪。阿鹿與鹿藏夫婦說他們要順便做生意，和平時一樣是小販裝扮。全員到齊只有五戶人家，不過遲遲不見辰吉。好不容易看到他人，他卻滿頭大汗。

「我娘還是不肯出門。」難得大家說好要一起賞花，眞是抱歉——辰吉很羞愧地說。

「沒關係，那就麻煩她看家吧。」

經阿秀這麼一說，辰吉馬上臉紅。他就像要掩飾難爲情般蹲下身。

「佳代，妳這身和服眞好看。」

經這麼一提才發現，佳代這身和服是鮮豔的元祿圖案（註）。雖是舊衣修改而成，但應該是佳代的外出服。

「太一，寅藏先生呢？」

聽見笙之介的詢問，阿金和太一姐弟馬上回答：「不用管我爹！」

「不用管？」

「我們事先把他綁在門柱上了。」

笙之介瞠目，眾人倒習以爲常。

「要是他在賞花會裡喝醉酒，頭伸進茅坑裡，那我就羞死人了。」阿金連珠砲似地說完後補上一句「來，我們走吧」，邁步走去。太一則對笙之介悄聲道——我姐還很在意上次那件事。

「呃……那我們就出發吧，小心別走散。」

根本沒人擔心迷路。最不熟江戶市的人反而是笙之介。不過畢竟是勘右衛門委託帶隊，他還是帶領著眾人前往目的地。一行人穿過春陽下的市街，途中鹿藏和阿鹿被人叫住，做起生意，當眞是悠哉之至。

阿金與笙之介並肩而行。

「早安，笙先生。」她嬌柔地嫣然一笑。「好在今天是好天氣。」

「嗯。」

「笙先生在藩國時也常賞花吧？」

搗根櫻花的花季比江戶市晚些時日。不過，有種名爲山花的花朵倒會在這時節盛開。

「與其說賞花，不如說在山林或原野建行。」

「大家帶著便當一起出外健行嗎？」

阿金就連說話用語也和平時不太一樣，似乎還化淡妝。可能是因爲賞花才不一樣。

「今天早上我作了煎蛋。」

阿金的臉湊得很近。這樣啊——笙之介應道，略微加快腳步。

「我聽說您喜歡吃煎蛋。」

「啊，謝謝妳。」笙之介這才發覺自己從來沒和女人並肩而行。母親與家中的女侍不會與他同行，他也沒認識與他同行的年輕女孩，因此一直沒機會。

——所以我才會搞不懂。

在押込御免郎的復仇故事中，他想添加或改寫主角與妻子的對話以及兩人共處的場面，但不如如何下筆，歸咎起來全因爲他欠缺體驗。

註：元祿時代流行的窄袖和服圖案，特色爲圖案大而華麗。

阿金身子貼近，笙之介馬上移開。他不經意地回身而望，發現鹿藏夫婦、辰吉，以及緩緩跟在後頭的阿秀都目光交會，暗中互使眼色。這怎麼回事？正當他納悶時，阿金朝他衣袖拉一把。

「笙先生，要是太一拿下冠軍，贏得五兩的賞金，我們……」

後方傳來粗獷的聲音，蓋過阿金嬌柔的聲音。

「喂，早啊。」

回頭一看，原來是武部權左右衛門。他剛從小巷裡來到大路，朝他們揮手。

「你們要去伊勢町吧？我們一起同行。」

他是個學生們暗地裡稱爲「赤鬼」的紅臉大漢，身旁跟著一名身材纖瘦、膚色白皙的女人及五個孩子。

「啊，夫人。」阿金喚道。「小哲、小義、小紺、小三、小實，早安！」

那五個孩子與太一馬上聚在一起，佳代也很開心地加入他們的圈子。

「他們是內人以及我的孩子們。請多指教。」

笙之介還是第一次與武部夫人見面。他們在寒暄時，孩子們在一旁大聲喧譁。

「我們先走一步了！」

太一帶頭，一群孩子不約而同地往前衝。

「別迷路哦。」武部老師大喊。

「誰會迷路啊！」太一顯得意氣風發。跑步的話更容易肚子餓，這樣正好。

「佳代也要跟嗎？」

太一似乎察覺阿秀的擔心，到前方轉角處蹲下身，一把背起阿秀俐落往前奔。

「機會難得，孩子們從昨晚起就很興奮。」

武部權左右衛門過了很多年的浪人生活，聽說快滿十年。不過他妻子聰美的談吐舉止很高雅，不顯一絲窮酸。

「可以賞花眞是不錯。」武部老師邁開大步，嚴重磨損的草屐沙沙作響，一臉喜孜孜的模樣。儘管沒喝酒，依舊滿面通紅的赤鬼老師其實擁有過人酒量。要是他敞開肚喝，不知道會是什麼臉。

「我從以前就認爲村田屋的治兵衛先生是個大氣的人，果然夠豪爽，眞令人感激啊。」私塾需要教科書，所以武部老師與治兵衛素有往來。他開設的私塾也用笙之介的抄本。

「其他學生今天放假嗎？」

「嗯，許多孩子打算到伊勢町。」

「我是個鄉下人，第一次見識這麼熱鬧的慶典。江戶果然是個奢華之地。」笙之介與武部老師很自然地並肩而行，這時阿金硬擠進兩人中間。

「不過笙先生，就連我們也是第一次見識這種大胃王比賽哦。」

「以前倒是不少。」武部老師不光個頭高大，體格更壯碩，有著厚實的胸膛。想擠進的阿金旋即被彈開。

「這種活動能藉由這次機會變得愈來愈多就好了，這是最快的辦法提升店裡名聲，對吧？」阿金硬要往兩人中間擠，接連撞向老師和笙之介，頓時一陣踉蹌，差點栽跟斗。

「阿金，妳怎麼還像個小孩似的。用不著那麼急。」

面對朗聲大笑的武部老師，阿金朝他投以怨懟的眼神。一路上都是這樣的情形，笙之介走得很不安穩。

一行人越過大川到神由町後，輕快的鼓聲順著春風傳來。

眼前景象委實壯觀。

加野屋並不如笙之介想像那般是具規模的店家，店面將近四公尺寬，店內深長。亦即像「鰻魚洞」般的狹長建造，而狹長的一樓幾乎都是陳設商品的賣場。

客人不是穿過這處細長的賣場，而是在店面右側一條寬約兩公尺的小巷裡邊逛邊買東西。地上鋪有踏腳石，還安設長板凳，甚至種植樹木，與其說是巷弄，不如說是一處細長的庭院還比較貼切。在巷弄的另一側，有一棟外觀與加野屋相似的建築，似乎不是店鋪。今天這棟建築的一樓和二樓皆敞開所有窗戶，露出一張張滿懷笑容的臉龐。

穿過這兩棟建築包夾的巷弄，眼前是一片盛開的櫻花。這是加野屋的庭院。若是不走巷弄，從房子左右兩旁繞路的話，可以隔著包圍庭院的木板牆，眺望從氣派十足的老樹到姿態柔美的新樹皆有的十幾株櫻樹，枝頭上朵朵櫻花怒放。

沒錯，寬敞的程度足以用「眺望」來形容。

附有堅固門閂的圍牆木門，今天毫無顧忌地完全敞開，像笙之介這樣的參觀者全都是經那扇木門在庭院出入。一群年輕夥計穿著印有加野屋店名的短外衣和圍兜，不斷朝湧進的人潮高喊「歡迎光臨」。

從剛才便不斷傳進耳中的輕快鼓聲，是一名在庭院外側繞行，告知有大胃王比賽活動的男子所敲的鼓。男子一身像賣糖小販般的南蠻風服裝，以及前端突尖的鞋子，樣子很有意思，一大群孩子跟在他後頭走。

庭院裡拉起繩子，區隔出參觀者的位置，而大胃王比賽似乎在場中央舉行。裡頭擺了幾張長桌和折凳，還擺個大水缸。長桌的正面有兩列椅子，上頭放有小坐墊，這應該是爲受邀的賓客所準備。一般的參觀者開始自行在庭院找地方坐。現場一片混亂。

「嘩……」阿金四處張望。「眞應該早點來的。現場這麼擁擠，已經沒地方坐了。」

這時，武部老師朗聲笑道。「用不著擔心。喏，村田屋老闆不就在那裡揮手嗎？」

高大的武部老師越過站著看熱鬧的人潮，發現村田屋治兵衛的那對炭球眉毛。

「你們全都一起來啦。」

治兵衛喜孜孜地前來迎接眾人，帶著他們到繩子圍成的一塊方格席內。上頭鋪有紅色毛毯，還備有一個小火盆。

「草地很軟，可以直接坐。來，大家別光站著，快進來。」

「富勘先生呢？」

「他應該隨後會到。放心，他晚到也沒關係。方格席附贈餐盒和好酒。」

治兵衛很勤快地招呼眾人。

「阿金，妳手上那包東西是什麼？放這邊。啊，阿鹿太太，一路上都在做生意吧。真勤奮呢。其他方格席的客人開始就座，我拿去賣給加野屋的伙房。順便幫妳推銷，說這是妳作的醬菜。」

既然這樣就整桶給我，孩子們開心嬉鬧時，櫻花花瓣翩然飄降。笙之介抬頭看得無比入迷。加野屋竟然有這麼漂亮的庭院，不知有多少財力。真不簡單，他們一定常出入於那些比搗根藩更有地位的大名家中。

——波野千和他們會有什麼關聯呢？

笙之介印象中的波野千頗有聲勢地位。

——如果只是生意往來就沒有查探的必要了。

儘管心裡這麼想，但望著春意爛漫的景致，心情自然跟著愉悅起來，笙之介臉上肌肉放鬆，心想——先不管那麼多了。

另一方面，武部老師和太一根本沒半點賞花的心情。兩人幹勁十足。

「我要參加大胃王比賽！」

「該怎麼參加呢？」

「我來替兩位帶路。」

治兵衛正準備帶他們到不是店面的另一棟建築，於是笙之介趕緊說道：

「請讓我看他們辦手續的情形，供日後參考。」

阿金緊跟在一旁。「村田屋老闆，人還真多呢。」

她緊抓著笙之介的袖子，一雙眼睛眨呀眨地環視四周。

「加野屋另外有房子吧？這兩間屋子都歸加野屋嗎？」
「何止這兩間啊，他們的住家另有他處。就是庭院南側的那棟屋子。」治兵衛指向櫻樹對面的磚瓦屋頂。「下雨天來往於店面與住家之間，非得撐傘不可。眞夠氣派的。」
「那這邊呢？」笙之介抬頭仰望那些窗戶，裡頭露出一張張笑臉，應該是來參觀的人。
「那是貸席。是客人從自己喜歡的料理店帶菜餚來這裡舉辦宴會，或做才藝表演。」
在這種宴席中出租器具也是加野屋的生意之一。
「加野屋最擅長的就屬伊萬里燒（註）了。他們今天也邀請許多客戶，應該會擺出來招待。例如一個就價值五兩的大盤子。」
經他一說才發現，從貸席窗口探出頭觀看的人們服裝遠比庭院裡的人來得稱頭。
「眞厲害……」阿金發出一聲可愛的輕嘆。「笙先生，世上竟然有人過這樣的生活。」
嗯——笙之介應道，對於阿金以人多爲藉口而不斷挨向他的舉動感到不知所措。
貸席一樓有專爲參加大胃王比賽的人們設置的報名窗口。接洽男女老幼報名的負責人頭上纏著白頭巾。辦完報名手續的人們則將拿到的紅色、藍色、白色、圓點圖案的手巾捲好纏在頭上進行分組。
笙之介和阿金在一旁看太一報名。負責人很俐落地詢問姓名、住址、年紀、過去是否參加過大胃王比賽、到目前爲止吃最多的紀錄爲何，太一很豪氣地回答，但對方告訴他：
「小弟弟，你是沒有勝算的。最好趁現在退出吧。」
聽對方這麼說，太一嘟起了嘴。「爲什麼！」
「因爲今天來了很多大胃王名人。沒有外行人出場的份。」
江戶很久沒舉辦這種大規模的大胃王比賽，以前那些厲害的大胃王名人全趕來參加。這種「比賽」能成爲一種娛樂就很令人驚訝了，沒想到竟然還有所謂的名人。笙之介聽得目瞪口呆。
「這次換我當上名人不就得了？」

太一很不服氣，呲牙裂嘴。治兵衛笑著居中調解。

「請您就當作是湊熱鬧，讓他參加。這孩子是佐賀町村田屋的自己人。」

負責人一聽到村田屋的名號，表情丕變。

「哦，原來是這樣。村田屋老闆都這麼吩咐了，自然沒問題。小弟弟，你就賣力吃吧。」

「好！那我要參加鰻魚組！」

「哎呀呀，這可不行。鰻魚組和酒組只限成人。請選白飯組或點心組。」

太一鼓起腮幫子，直嚷著「不要，我要鰻魚組，我要鰻魚組」，就連治兵衛也勸阻他。

「以你現在的年紀，吃太多饅魚對身體有害。而且今天是第一次參賽，就選白飯組吧。」

太一接過圓點圖案的手巾。大胃王比賽最先比的是白飯組，接著是點心組，再來是酒組，最後是鰻魚組。手拿紅色手巾返回的武部老師，雖然目前滴酒未沾，但宛如赤鬼的臉龐變得更紅了。

「看來會是一場眞正的對決。」

笙之介問，「像這種情況，做些事前準備是否比較好？還是說，餓肚子保持空腹比較好？」

武部老師呵呵大笑。「在下會好好地喝。因爲是來賞花的。」他大搖大擺返回方格席。

笙之介望著太一的臉。「你打算怎麼辦？」

「我去吃點煎蛋。」

「還不行！等管理人到了再說！」

阿金制止，但太一置若罔聞。庭院裡熱鬧地展開賞花酒宴。

「唉——眞拿他沒辦法。」

「笙兄，你們也去。大胃王比賽是餘興節目。得先欣賞眼前的櫻花才行。」

笙之介眞正在意的事另有其他。「治兵衛先生，你好像和加野屋老闆交誼匪淺呢。」

註：以有田爲中心的肥前國生產的陶瓷總稱。產品主要的集散港口爲伊萬里，所以人稱伊萬里燒。

「是啊。對方還說，既然村田屋老闆都這麼吩咐了。」阿金也在一旁頷首。

治兵衛顯得神色自若。「做我這種生意，各地方都有我的客人。他是賣我面子。話說回來，剛才負責的那名男子不是加野屋的人，是附近一家人力仲介店的掌櫃。今天應該是被派來幫忙。」

的確，穿著加野屋的短外衣和圍兜的男女著實不少，不可能全是他們店內的夥計。

「不過，您在大川這邊名氣不小。村田屋可是名店呢。」

面對坦然露出感佩之色的阿金，治兵衛的炭球眉毛往上挑，露出微笑。

「沒錯。我們村田屋算是名店。雖然財力連加野屋的十分之一都不到，不過，要是比誰人面廣，我可不輸他。」

「治兵衛先生，您邀請來方格席的客人都是什麼樣的人啊？」

阿金的提問令笙之介想起這件事。那方格席並非是專為富勘長屋的居民而設。

這次治兵衛的雙眉下垂。

「這個嘛……對方說，和我們坐一起，他覺得難爲情，所以到貸席那裡去了。我待會也會改到那裡，你們就盡情使用方格席這邊吧。」

啊，對了──治兵衛輕拍笙之介的肩膀。

「本所橫川町代書屋的老闆夫婦應該會連袂前來。他們與勝文堂很熟絡，勝六先生說會帶他們過來，笙兄，你可以好好利用這個機會。」

代書屋嗎？笙之介眉毛抽動──不，應該沒動。治兵衛的炭球眉毛也文風不動。

「這樣啊。謝謝你。」

治兵衛朝貸席走去，阿金仍抓著笙之介的手肘。

「笙先生，難得有這個機會，我們去逛逛加野屋。一個値五兩的盤子，不知道長怎樣。」

笙之介心想，那麼昂貴的商品不會擺在店頭，但他的猜測徹底被顚覆。

加野屋陳列的商品絢爛華麗，與眼前的櫻花相比毫不遜色。有的附上價目表，有的沒附，但沒附的應該價格更高。那些是挑好貨後，能與店家交涉價格的客人才會看的商品。
笙之介知道的陶瓷店都會將商品滿滿地堆疊在店門前，有時上頭還覆上一層灰，但加野屋就不同了。有的收在桐木盒，有的大方陳列，讓人看清楚五個有連續圖案的畫盤。果眞如治兵衛所言，有許多出色的伊萬里燒，但不光如此，也有像笠間燒這種鄰近搗根藩的知名陶瓷產地的作品。
店內也販售玻璃物品。諸如色彩鮮豔的高腳酒杯、內側附有燈芯，宛如細長燈籠般的物品等等。詢問店內夥計後得知這是來自長崎的「洋燈」。
而令阿金看得無比入迷並讚嘆連連的，是三十幾個擺在木框裡的酒杯，顏色和圖案各有不同，而且不分開單賣。直接當飾品，配合不同的季節搭配。也有風格相近，附有十二生肖圖繪的酒杯，它的木框採塗漆處理。笙之介的目光被裡頭一個直徑一尺多的大盤子所吸引。這是一個顏色鮮豔的藍染盤子，描繪一條撥開雲端遨翔天際的飛龍。
——是昇龍。
龍的腮鬚和龍鬚前端都塗上金泥，浮雲就像爲昇龍開道般往兩旁流散，金龍與灰暗的雲色形成強烈對比，不知是出自哪位畫師之手。繪畫若稍有閃失，大盤子的價格便會大打折扣，是一項艱困的工作。就連在紙上要畫出如此栩栩如生的飛龍也都不容易。
飛龍眼中棲宿著精光，活靈活現。確實像龍遊九天。
「不知道這盤子用來裝什麼樣的料理呢？」阿金悄聲說道。
笙之介莞爾笑道，「不會用來裝任何東西。是用來當擺設欣賞的。」
「說得也是。不能用來裝糖煮地瓜哦？」
也不能用來裝煎蛋對吧？要是蒲燒鰻應該可以吧？那整尾的鯛魚生魚片呢？阿金一本正經地思考這個問題。她似乎逐一說出自己想吃的東西，模樣甚是可愛。
這裡販售的並非全是富勘長屋的住戶買不起的商品。賣場角落有個大竹籮，裡頭裝有茶碗和湯碗，向路人販售。其中完全看不到在本所或深川一帶的陶瓷店常看到的瑕疵品。

「太一的茶碗邊緣滿是缺口。」阿金含著手指仔細端詳，笙之介這時決定展現一點男子氣概。所幸剛從治兵衛那裡領取製作起繪的工錢。

「就當成今天請我吃煎蛋的回禮。」

妳可以選三個妳喜歡的碗——笙之介話一說完，阿金馬上兩頰泛起紅暈。

「可以嗎？眞的可以嗎？」我不應該吵著要笙先生您買東西送我的——阿金咬著衣袖不斷蹦蹦跳，興奮的模樣彷彿背後著火。

「這是我對妳的回禮。」

「既然這樣，那我先收下您這份心意。下次我們再一起去四目的夜市。到時候再請您買東西送我，好不好？這份心意我就先收下了。」

店員和客人都笑了，笙之介也難爲情地急忙離去。阿金的兩頰更紅了，她拉著笙之介的衣袖。

「喏，在宣布了。大胃王比賽好像要開始了。我們快去吧。」

太一非常賣力，可惜他遇上這些對手。雙方實力相差懸殊。

在白飯組的大胃王比賽中，參賽者展現出不像是人類的水準。眾人在那名身穿南蠻服的男子敲一百下鼓前，比賽誰吃的量最多，而十五名參賽者中，吃最多的男子配了十杯開水，共吃下七十七碗白飯，令人嘖嘖稱奇。太一吃了二十二碗飯，敬陪末座，還就此倒下。

「什麼嘛。那傢伙是怪物啊？」

詢問後得知，優勝者是淺草的茂左右衛門，五十五歲。十年前曾在當地舉辦的大胃王比賽中奪冠，當時他吃下八十二碗湯泡飯，令人驚嘆。根本就是胃的構造不同。每當參觀者因難以置信或驚訝而發出歡呼時，盛開的櫻花便飄落四散。

至於點心組，各自以包子、羊羹、鶯餅（註一）做喜歡的搭配組合，比賽看誰吃得多。奪冠的是麴町的米屋彥三郎，他吃了包子八十個、鶯餅二十個、羊羹十三條。這名男子不光吃得多，速度

更驚人。點心一個接一個往嘴裡塞，幾乎完全沒嚼便直接吞下肚。

「我光看就覺得飽了。」阿金按著胸口，沉聲低語。笙之介深有同感。

治兵衛邀請來的橫川町代書屋夫婦在點心組比賽時到格子席。絲瓜臉勝六也喜孜孜地和大家問候。

「這位是代書屋的井垣公三郎大人，以及阿陸夫人。」

勝六很鄭重地介紹，但這對夫妻倒完全沒半點架子。

「我是淪爲浪人的御家人（註一）。當浪人前貧窮，當浪人後一樣貧窮。欠了村田屋和勝文堂一屁股債。」

他說起話來不顯一絲難爲情，與富勘長屋的住戶一同觀賞令人瞠目結舌的大胃王比賽，打成一片。這對夫婦都年過六旬。摻雜白髮，髮量稀疏的髮髻上停著幾片花瓣。老舊的衣服，搭上磨損的草屐，不過這對夫妻臉上透著開朗的光采。

他們的代書屋沒有屋號也沒店名。聽說在市街裡，人們都稱呼他「井垣老師」。他主要辦理長屋或出租房屋的字據，很多顧客是長屋管理人。他還從事附近市街的郵務工作，所以不光是代寫書信，還會提供信件內容的建議，也常有人委託他代念來信內容。

「你在村田屋底下謄寫抄本吧？」

「是的。大多是教科書，不過最近也經手讀物。」

井垣老先生聞言，面露微笑，一副心領神會的神情。

笙之介眨眨眼。「這麼說來，井垣大人您也是如此？」

井垣的妻子早他一步笑出聲，朝笙之介頷首。

「村田屋老闆就是這樣四處找擅長處理讀物的寫手。」

「村田屋老闆想找到村田屋的馬琴老師（註二）。我老早就請他另請高明了。」

年輕人，你要多加把勁，成功的話可能大賺一筆呢——井垣說得一派輕鬆，雖說他是浪人，但身爲武士說起賺錢的事竟然臉不紅氣不喘，這在藩國裡是不可能的事。

笙之介見這對夫妻爲人和善，鼓起勇氣問道：

「井垣大人，我想請教您另外一件事……」

您可曾模仿過別人的筆跡？您開設代書屋，應該有承接過這種委託案的經驗吧？面對笙之介的詢問，井垣老生先並未太驚訝。

「畢竟這世上無奇不有。」他那老邁的皺紋與笑紋充分融合，眼角帶笑，態度沉穩地回答。「就生意上來說，我沒接過這樣的案子，但就算有也不奇怪。況且，模仿他人筆跡的事，大家應該都做過吧？」

「您這話的意思是？」

「看著範本習字。你不也做過嗎？不斷練習，想盡可能寫出和範本一模一樣的字。」

「哦……話是沒錯，不過，不可能完全一樣。」

「沒錯。每人都有不同的個性和特質。字各有不同。兄弟姐妹也都是不同的筆跡。」

笙之介與大哥勝之介的字截然不同。這也是因爲個性、體格、愛好不同使然嗎？

「在下認爲筆跡的不同，在於每個人眼睛的不同。」

「眼睛嗎？」

笙之介試著瞪大眼睛，井垣老先生似乎覺得有趣而呵呵輕笑。

「人們描繪出自己見到的事物。就這點來說，字和畫都是同樣的道理。看到的事物不同，照著

註一：一種撒上青豆粉的豆餡糕點。

註二：將軍直屬的武士，沒資格直接晉見將軍的身分低下者。

註三：江戶後期劇作家。全名瀧澤馬琴。曾耗費二十八年的光陰著作《南總里見八犬傳》。

抄寫、仿畫的結果也不同，這應該很自然。」

「那我請教一下。」笙之介前進一步問，「如果有人可以將他人的筆跡模仿得微妙微肖，就連被模仿的當事人也難辨眞僞，那此人會是何方神聖呢？」

這個嘛——井垣老先生輕撫下巴。「此人應該能配合模仿筆跡的對象，更換自己的眼睛吧。」

更換眼睛。

笙之介沉思時，阿金朝他伸長脖子說道——可以別再聊這些艱澀難懂的事嗎？

「大酒王比賽要開始了。」

十三名參賽的男子登場，圍觀群眾歡聲雷動。武部老師將紅色的手巾綁在頭上，威風凜凜之姿宛如要報仇殺敵。

「武部老師還算是年輕的呢。」

難怪辰吉會發出驚訝的聲音，因爲參賽者當中還有名駝背老者。

「酒量的深淺是天生的。與年紀無關。」井垣老先生的解釋，令眾人大爲吃驚。

「這麼說來，我也會像我爹一樣，很容易喝醉嘍？」

「打從一開始別喝就行了。一旦成了酒鬼，要戒就難了。」

聽太一與阿金的對話，武部老師的夫人聰美嫣然一笑。

「懂得適可而止就行。也有人說，酒是百藥之長。」

「聽說武部老師很會喝酒。」

「是的，在我們的藩國，都稱呼我相公這樣的人是『笊』。」

不管再怎麼喝，都像用笊汲水般，酒只會從中穿過，完全不會醉。

「既然這樣就贏得冠軍，拿下五兩賞金！」

聰美溫柔地望向興奮的太一，以及向父親加油的五名孩子，微微低頭說道：

「就是因爲具有像笊一樣的體質，我相公才會失去奉祿。」

聽到這聲低語的只有笙之介與井垣老夫婦。其他人的注意力全放在比賽上。聽美似乎也僅告訴和他先生一樣是武士身分的笙之介等人。井垣夫妻互望一眼，夫人阿陸先開口道：

「這真是……是因爲喝太多酒而造成職務疏失嗎？」

聽美的微笑轉爲苦笑。「如果是那樣，就能怪自己疏忽而就此看開。」

聽說千杯不醉的武部老師，見一名酒品差的上司因喝醉而欺負同僚，出面阻止，把這名上司打倒在地，招來怨恨。對方喝得酩酊大醉，根本不知道適可而止，因此要加以阻止，非這麼做不可，但被他打倒的上司又惱又怒。醉鬼向來都是醒來後完全忘了醜態，所以他恨透武部老師。

「在工作上常被挑剔，被當牛馬使喚，但因爲對方是上司，只能默默忍受，結果對方嫌他這樣的態度看了礙眼，甚至暗中偷襲他。所幸當時逃過一劫。」

——再這樣下去，不是我殺了對方，就是被殺。

「我相公苦思良久，決定拋棄身家和職務，帶我們一起逃離。」

那是八年前的事了。原來他們吃過這樣的苦。笙之介重新端詳聽美那楚楚可憐的身影。

「從那之後，我相公說，再也沒有比酒更無趣的東西，就此不再碰酒。這次不知道吹什麼風，連我也很驚訝……」因爲五兩的賞金可不小啊——聽美的低語帶有一絲不安。她望著開心的孩子們，眼中閃著淚光。

「他一定會贏的。」井垣夫妻安慰聽美，和孩子們一起爲武部老師加油。參賽者各自坐在折凳上，負責擊鼓的人手持鼓棒。這時笙之介突然感到某人的眼神。在摩肩接踵的人群中有這種感覺委實奇怪，但有人正注視著他。

他猛然抬頭，環視四周。視線停向貸席二樓的窗戶，驀然一驚。

八

感到吃驚的人不光是他，對方也一樣。在目光交會下，對方宛如全身凍結。那人在正面右手邊那扇扶手上設有花鳥裝飾的窗戶旁。笙之介就像被無形的線牽引般站起身。他往前走，窗內的人則逃也似地消失身影。他望見對方搖曳的黑髮。

笙之介正準備往前衝時，一旁有人拉住他衣袖，他頓時一陣踉蹌。

「笙先生，怎麼了？」是阿金。

「嗯。」他再度戰戰兢兢地仰望窗戶，這次出現的是治兵衛。他一看到笙之介便露出苦笑，伸手抵向額頭，旋即縮進窗內。這到底怎麼回事？

「我臨時有急事。」語畢，笙之介甩開阿金的手，穿過歡聲雷動的圍觀群眾衝向貸席。大酒王比賽已經開始，鼓聲作響，就像在激勵各自端著紅色大酒杯灌酒的參賽者一樣，圍觀群眾也跟著數鼓聲響了幾下。笙之介著急地穿梭在人群中。在貸席的門口，腳上套著白布襪的治兵衛早在等候他。見笙之介快步奔來，治兵衛的炭球眉毛垂成八字形，一臉歉疚地縮著脖子。

「治兵衛先生！」

「真的很抱歉。」治兵衛接著又含糊不清的說些話，不知道是在解釋，還是在說明。貸席裡的客人個個都和櫻花庭院裡的圍觀群眾一樣歡騰，笙之介聽不清治兵衛說了什麼。

笙之介扯開嗓門地道：「剛才那個人，不就是櫻樹下的那名女子嗎！」那名留著切髮，站在富勘長屋後方河堤的櫻樹下，讓人分不清是夢是幻的女子。就像只開一成的櫻花，顯得含蓄、孤寂，深深吸引笙之介目光的女子。

「笙兄，你先冷靜下來。」治兵衛安撫道，他身後是通往樓上的階梯。擦拭得晶亮無比，泛著黑光。笙之介朝上方望一眼。

「她在上面吧？治兵衛先生，你認識她吧？」

「是的，不，這個……」對方跑掉了——治兵衛笑著打馬虎眼，抓住笙之介的手臂。「你先過來一下。先脫鞋。用不著那麼急。」

笙之介並不急，他只是吃驚。話說回來，治兵衛眞壞心。既然認識對方，一開始何不明說。治兵衛環視四周後打開樓梯旁的一扇拉門。

「就借用這個房間吧。」他朝笙之介招手。走進一看裡頭是架高的日式房間，約四張半榻榻米，空無一人。治兵衛一副熟門熟路的模樣擅自坐下，請笙之介也就座。

「可是……」

「你坐就對了。」

始終站著的笙之介在與周遭的喧鬧隔離後，發現自己確實莫名心急。

一名小小的武士，竟然爲了女人而大呼小叫，實在不成體統。

「做出這等不得體的舉止，請您見諒。我似乎也因賞花而沖昏頭了。」

這次換笙之介縮起身子，治兵衛瞇起他銅鈴般的大眼，望著笙之介微微一笑。

「那位小姐名叫和香。芳齡十九。是我們店裡的顧客。」

原來是顧客？既是這樣，治兵衛何止是認識。當初他聽聞那名女子留切髮時，應該馬上就會想到是誰才對。

「關於她的來歷嘛……」治兵衛把手揣進懷中，時而一臉苦惱，時而一臉心領神會地點點頭。

「請恕我無法明說。不過，她就住你們附近，才會一早出現在河畔邊。」

「那她今天爲何會出現在這裡呢？」

笙之介問話的模樣顯現出他心裡急，但爲了顧及體面而極力忍耐。治兵衛一時忍俊不禁。

「是我邀請她來的。想安排你們見面。」

安排見面？笙之介一時變得結結巴巴。「我、我並沒有要、要求你這麼做啊。」

「可是你不想和她見面嗎？很想知道她的眞實身分吧？」
「話是這樣沒錯……」
「笙兄你還年輕，用不著一副木人石心。看到漂亮的姑娘會惦記在心也是理所當然。」
治兵衛直言後，突然轉爲落寞的眼神，明明四下無人，仍壓低聲音。
「和香小姐平時幾乎足不出戶。當我聽聞你提及此事，我其實頗爲訝異。」
咚、咚、咚，櫻花庭院的鼓聲愈來愈激昂。四周歡聲雷動。
「藏在深閨人未識嗎？」
治兵衛頷首。「父母確實對她百般呵護，但她藏在深閨的原因並非如此。倒不如說她父母很擔心她關在深閨不願出來，可是他們很了解和香小姐的脾氣，無法硬拉她出來。」
聽治兵衛這麼說，笙之介猜出這位名叫和香的姑娘似乎有某種問題（而且還相當複雜）。
「這次帶她到這來也是我和他父母苦口婆心一再勸說。但緊要關頭時，和香小姐卻又說她覺得難爲情。」說到這裡，治兵衛朝笙之介微微一笑。「不過，她肯到這麼熱鬧的地方是萬幸。這都是笙兄你的功勞。」
治兵衛說這是他的功勞，但笙之介一頭霧水。「我做了什麼嗎？」
「有啊。笙兄，你對和香小姐的切髮感到很吃驚吧？」
「是的。」
「你覺得和香小姐是位美女，猶如櫻花精靈一般，對吧？」
「是啊。」身爲一名武士，說這樣的話不知是否恰當，笙之介一面暗自思忖著這個問題，一面在治兵衛的引導下回答。
「那位姑娘的額頭……有點凸，看起來很可愛，笙兄連這點都發現了吧？」
「你連這個都告訴對方嗎？這反而會讓她覺得不舒服吧？」
「不，一點都不會。」治兵衛緩緩搖頭。「哪會不舒服啊。吃驚倒是有一點。」

笙之介略顯退縮。「明明是武士，卻躲在一旁偷窺，她應該對這樣的無禮之徒感到吃驚。」

「不不不，和香小姐在河畔那株櫻樹下時並未看到笙兄你。不過她跌倒時，聽到面向河川的富勘長屋傳來合上紙門的聲音，她急忙往聲音的方向望去。所以她心想，應該是被人看到了。」

這樣我不就眞的成爲一名偷窺漢嗎？笙之介內心羞愧難當。

「別擺出那種臉嘛。」治兵衛顯得泰然自若。「我告訴和香小姐，笙先生是一名年輕武士，替我做書本抄寫的工作，她聽了之後鬆口氣。我還跟她說，對方不是什麼怪人，也不是個心術不正的男人，這點我村田屋治兵衛可以擔保。」

和香的想法有了變化。治兵衛很用力地強調——這眞的很難得，可說是前所未聞啊。

「她說，就算站在遠處也無妨，我想看看笙先生是什麼樣的人，所以我馬上打鐵趁熱地對她說——別這麼說嘛，直接和他見個面，一起賞花吧。」

「我聽不太懂……」

結果失敗了——治兵衛的眉毛微微一挑。「我好像太心急了。」

爲什麼會吃驚？什麼難得？怎樣心急？治兵衛說的話沒頭沒尾。

「聽不懂吧？」治兵衛很大方承認，神色自若。「目前應該還聽不懂。我會依序告訴你。」

他說起話來完全沒照先後順序。治兵衛爲何這麼興奮呢？

「我剛才指著你說『古橋笙之介先生就是坐在格子席的那人』，和香小姐才從窗戶往下望。」

和香應了聲「這樣啊」，直直望向笙之介。

「她是一頭切髮吧？」

「是的。所以我一眼就認出來了。」

「眞是難得啊。這麼一來，笙兄便算是第二次見到留著切髮的和香小姐了。除了她父母外，再也沒人這麼常見到她，就連我也沒仔細見過。」

笙之介腦中一片混亂。「這話怎麼說？」

「和香小姐平時都披著頭巾。別說是那可愛的額頭了，就連眼睛上方也全用頭巾遮住。若不做這樣的打扮，她絕不會在父母以外的人前現身。」

笙之介雙唇緊閉，定睛注視著治兵衛。治兵衛那對炭球眉毛完全水平，銅鈴般的大眼雖然含著笑意，但眼神無比認真。

「就一位年輕姑娘來說，這是很古怪的習慣。但和香小姐就是這樣，有某個原因令她這麼做。」

笙之介試著回想櫻樹下的和香，以及從窗口凝睇他的和香。她的切髮隨風飄動，輕覆在她的前額和臉頰……

「但笙兄你沒發現這點。兩次都沒發現。而且你覺得她很美，認爲她的額頭很可愛。完全沒受到和香小姐其他『特點』的影響。笙兄，你就是這麼有眼光的人。坦白說，我也頗感驚訝。」

所以一開始笙兄你問我切髮女子的事時，我故意裝不知情含混過去——治兵衛說。

「我認爲得先讓和香小姐知道有你這麼一個人，再向她確認是否可以讓你知道她的事。」

笙之介原本緊閉的雙唇，嘴角略微下垂。

「確認過後，和香小姐說可以告訴我關於她的事了，是嗎？」

「沒錯。因爲她對於你是個什麼樣的人，很感興趣。」

「一切只因爲我沒發現和香小姐的『特點』。」

治兵衛頷首，注視笙之介雙眼。笙之介拿定主意問：「她的『特點』到底是什麼？」

治兵衛似乎也拿定主意，他先瞪大眼睛才接著回答：「我問過和香小姐，如果笙先生問到這點，我是否可以回答。她說可以。不過，要是告訴你的話……」

——那位古橋先生應該就不會想再見我了。

「所以她說可以告訴你無妨。」

笙之介沉默片刻。他既非感到猶豫，也不是在思索。他只是希望盡可能用果決的口吻回答。

「她這樣斷言，我覺得很意外。」

這樣的回答實在不夠果決。治兵衛撫掌大樂。

「這就對了。不愧是笙兒。」年輕真好啊——治兵衛很開心地說，接著又補上一句。

「和香小姐有胎記。臉和身體的左半邊都長有紅斑。」

笙之介垂落的雙唇閉得更緊了，幾乎看不到嘴唇。

「所以平時她都戴著頭巾。和服也都會特別將左袖作得比右袖長。為了遮掩她的手背。」

接著治兵衛就像在等著看笙之介如何回答，一雙大眼骨碌碌轉著。

「我完全沒發現。」笙之介擠出這句話。因為和香看起來就像櫻花精靈。只看到她烏黑的切髮、烏黑的雙瞳及彷彿映照出櫻花淡紅的白皙雙頰。看起來真的是這種感覺，令他怦然心動。

「聽說冬天到初春這段時間，紅斑會略微變淡。夏天時最為嚴重。」

治兵衛表情扭曲，一副很痛苦的模樣。

「聽說有時會疼痛、發腫。和香小姐剪成切髮，也是因為她無法梳髮髻。因為要梳髮髻就得拉扯頭髮，而且髮油也會傷害她的肌膚。」

笙之介想要好好說句話，但始終理不出頭緒。他到頭來簡短說一句。「切髮很適合她。」

治兵衛笑彎腰。「真高興你這麼說。原來如此。」他再度樂得直拍手。

「和香小姐剛才從窗戶探頭時脫了頭巾。之前她一直都戴著。」

她應該是想讓笙兒看清楚她的胎記吧。

「但笙兒你兩次都沒看到。第一次和第二次都不是因為離得遠沒看見。在那樣的距離下，一般都會發現她臉上的紅斑。換作其他人，就算沒能看清楚那是紅斑，也會當那是臉上的陰影。」

不知何時，櫻花庭院的鼓聲止息。鼎沸人聲遠遠隔著拉門傳進來。

「……我是不是做了很失禮的事？」

「不，哪兒的話呢。」治兵衛加重語氣。「這證明笙兒你好眼力，懂得欣賞『美』的眼力。你看到的不光是表面，而是事物的眞實之美。」

治兵衛似乎頗感佩，但和香不是落荒而逃嗎？

「和香小姐膽子很小。」

這也難怪——治兵衛柔聲道。

「而且她對人充滿不信任。她剛才逃走時，還說了一句像在鬧脾氣的話。」

——古橋先生下次看到我的胎記，就會發現我才不是什麼櫻花精靈，我根本就是個妖怪。

「她以爲自己很堅強，但其實快哭了。因爲看到了你，和香小姐也動了心。」

「請你別挖苦我。」笙之介知道自己羞得滿臉通紅。

「我沒挖苦你。我這是高興。如何，笙兄，要不要與和香小姐好好認識一下啊？她也喜歡書，你們兩人一定很合得來。沒錯，一定很合。」

瞧他說話的口吻，簡直像媒婆。

炭球眉毛堆起歡喜的笑臉，一時令笙之介看傻眼，他苦笑道：

「治兵衛先生，沒想到你這麼會強人所難。」

「哦，是嗎？」

「如果和香小姐有這樣的苦衷，你還帶她來這種賞花會就太過分了。這根本就是強人所難。應該按部就班來才對。」

儘管遭受指責，但治兵衛並未怯縮，反而更積極。

「之前她說什麼也不肯改變，我才試著在背後推她一把。我認爲試試看總是好的。不過今後我會注意，不再爲難和香小姐。總之，此刻我們的談話，可以說給和香小姐聽吧？」

我根本就是個妖怪——和香這樣說道。但笙之介不顧一切地飛奔而至，卻是因爲從二樓探出的臉是那位櫻花精靈。請不要說自己是什麼妖怪。妳明明就貌如天仙。

笙之介道，「我對當時讓和香小姐受驚深感抱歉，如果你能好好代我轉達這點，我就同意。」

我明白了——治兵衛深深一鞠躬。隔一會，看著一臉心滿意足的治兵衛，笙之介突然回過神。今天我來這裡做什麼？可不是來這裡開心賞花或爲這種輕浮事而臉紅。我得振作一點。

「這次換我請教你一個問題。」

請附耳過來——笙之介招招手，治兵衛納悶地眨著眼，把臉湊近。

「有什麼問題？」

「治兵衛先生，你今天特地爲我們準備賞花的格子席，是東谷大人的吩咐嗎？」

炭球眉毛揚起，變成倒八字，額頭上擠出三條皺紋。「啥？」

笙之介迅速地悄聲說道，「我知道你很會裝糊塗。我希望你坦白告訴我，今天這都是東谷大人的安排嗎？」

治兵衛打量笙之介半晌後，再度搖搖頭。「不，東谷大人什麼也沒對我說。」

這單純是偶然嗎？因爲是遠近馳名的賞花宴和大胃王比賽，幾件事剛好重疊在一起，治兵衛什麼也不知道。當笙之介暗自思忖時，治兵衛自行做出另一番揣測。

「笙兄，你以爲東谷大人對你那木人石心的模樣看不下去，要我替你想想辦法嗎？不不不，你想多了。這完全是我個人的主意。」

要利用像治兵衛這樣的好人，心裡實感歉疚。但機會來的時候若不利用，那就眞不知道待在江戶的目的爲何了。不能再蹉跎光陰。

「治兵衛先生，可以請你幫個忙嗎？」笙之介聲音壓得更低了。「村田屋一直都在找尋新的寫手吧？」

「前提是一位能力不錯的寫手。」

「可以請你在這場宴席裡廣爲宣傳嗎？就說你很需要一位嫻熟文書工作的寫手，最好能夠完全模仿原書的筆跡。」

「這是爲什麼？」治兵衛頗感詫異。「模仿畫還能理解，但你說要完全模仿筆跡。抄本的工作需要這樣的技藝嗎？」
「這可難說。完全仿效筆跡，是抄本工作的極致，不是嗎？」連笙之介都覺得自己眞是舌粲蓮花，但這並非他臨時想的說詞，打從決定要來賞花的一刻起，笙之介便在構思此事。「我看過《料理通》後心有所感，不光是圖畫，就連文字也有難以言喻的味道。組合之下有其精妙之處。若能完全仿效，豈不妙哉。」
「話是這樣沒錯。」
「拜託你。如果有人身懷此等絕技，我想向他學習。最近我一直在思考此事。」
嗯——治兵衛摩娑著下巴，將話題拉回和香身上。
「和香小姐也寫得一手好字呢。」治兵衛嘴角輕揚。
「既然這樣，我愈來愈期待與她見面了。」笙之介強忍心中的歉疚，擠出微笑。
「難得今天聚集這麼多人。」治兵衛望向貸席熱鬧的人群。「既然這樣，我就試試看吧。不過，眞有這樣的人嗎？」
應該有這號人物存在吧——笙之介在心中低語。

九

櫻花花瓣點點浮散於水面。
此時櫻花精靈仍棲附在這些花瓣上，組成船隊和花筏，搖著櫓往前划去，不斷吆喝。梨枝告訴他，再過兩天，整個池面的景致猶如鋪上一層櫻色地毯。櫻花一旦開始凋零，速度便快得驚人。笙之介向川扇借來小船和釣竿，泛舟於不忍池上。他得知東谷常垂釣的場所，將小船划向該處。
在上野森林的櫻樹包圍下，池面映照著藍天，不時有浮雲從頭頂掠過，這時驀然暗影籠罩，待浮雲散去後，原本的朗朗雲天又重現——望著池面的光景變化，頓時感覺釣魚的事變得不再重要。

他立起櫓，仰身躺下，雙手負於腦後，隨著小船搖晃。

藍天好近。感覺就像往小船上緊貼而來。如果現在坐起身環視四周，恐怕不忍池、運河、川扇全都消失不見，就只有眼前藍天包覆四周。

在藩國時，只要登上高處就會有這種感覺。父親宗左右衛門喜歡登山，春秋兩季常上山健行，順便摘採山菜。笙之介常跟著。去時背上的籠子是空的，回來時裝滿柔嫩的山菜新芽。秋天時還會摘採野菇和五葉木通。父親教過他，不論摘採何種山菜，都不能搜刮一空，得特地留下一些。

——這是山林對人們的恩澤，我們只是請山林分一些生命給我們。

原本就少言寡語的父親就算外出，話還是一樣少。自笙之介懂得這種原則後，父親變得更寡言。兩人不發一語地愉悅而行，互相出示彼此摘採的山菜，用纏在脖子上的手巾擦臉。有時笙之介差點就要碰觸藤漆（註）或是摘採毒菇，父親都會大喝一聲「喂」，笙之介總尷尬地搔著頭。

他停下動作，抬頭仰望，藍天占滿天空，和緩的山坡前方是整片城下町。搗根藩險峻的山地位於遙遠的北方，那令人望之卻步的姿態，不論是從城下眺望，還是在登山時仰望，一樣凜凜生威。

但父親說——搗根的群山不管遠看多麼險峻，它們都是像屏風般守護我們的溫柔高山。這廣闊的世界，有更多險峻的高山，那些高山不會賜給人們恩澤，而是一有機會就想把人排除在外，是難纏的敵人。

——住在搗根的我們眞是有福報啊。

不管到哪都只有一片天空。不論身處哪座山，哪個地方，頭上都是同樣的天空。

此時在春水氣味的包覆下，隨著小船晃蕩的笙之介仰望的這片天空下，他母親和大哥也在。他們現在過得怎樣？在忙些什麼呢？

註：一種有毒植物。

笙之介今天以這身奢侈的打扮拜訪川扇，並不是來這裡悠哉沉思，而是前來洽談製作川扇起繪的事。梨枝說——我剛好在作春天的糕點。

她建議笙之介在她作好前，可以先去池上垂吊——等您回來後，我再沏茶招待您。

笙之介划船離岸，接著被他仰望的蒼穹深深吸引，不知不覺間陶醉茫然，闔上眼。

在昨天那場大酒王比賽中，武部老師最後屈居第二。參賽者大多都喝兩、三升的酒，武部老師輕鬆以三升裝的酒斗喝了兩斗，至於冠軍則是家住小石川的一位姓天本的御家人，他以五升裝的大碗喝了兩碗，之後喝了十杯茶便馬上酒醒，只能說比太一遇上的對手還要難纏。

這位姓天本的御家人，年紀與武部老師相仿，但體格很弱小，足足小老師半圈。這樣的身軀怎麼裝得下這麼多酒？驚詫無比的阿金，可沒忘了逼問笙之介剛才的去向。

「笙先生，這可是武部老師這輩子最重要的勝負呢，你跑哪兒去啦？」

笙之介坦然道歉，並向她扯個謊，說他本以為看到一名朋友，結果認錯人了。

武部老師直說自己慚愧，夫人聰美頻頻在一旁安慰，笑得無比燦爛。他們看起來不顯沮喪之色，這令周遭人的心情跟著放鬆不少。井垣夫婦也大力讚揚武部老師的賣力表現。

一行人熱鬧地享受賞花之趣，品嘗餐盒料理和阿金的煎蛋，就在眾人準備結束時，富勘這才現身。他身旁沒帶女人，獨自前來。

「老師，你故意放水對吧？」

富勘重新綁好他長長的短外罩衣繩，悄聲對武部老師說道，這番話傳進笙之介耳裡。

「我是不會看走眼的。我看得一清二楚。那位御家人向你拜託對吧？」

他無論如何都需要那五兩的賞金。

「五兩對老師來說也是很大一筆錢。重感情的人就是這點不好。」板起臉孔訓戒的富勘，眼中也帶著笑意。武部老師掛著微笑，默不作聲。「不過，以今天的情況來看，像老師你這樣憑著自己的才幹，只要有心就不愁沒錢賺的人，日子過得遠比官位低下的武士還輕鬆呢。」

這世道還眞是奇怪啊——富勘低語。

池畔某處傳來一聲鶯啼。笙之介睜開眼，霍然起身，環視眼前春日的池面。

梨枝來到川扇前。她面向笙之介，手按著衣袖，微微揮手。

——我直覺可眞準。

還是說，剛才那聲鶯啼是梨枝小姐模仿的聲音？她會這招也不足爲奇。

「這是家母親手傳授的。」眼前是形狀模仿櫻花的可愛練切（註），是春天的糕點。

「以盤子裝盛飄落的櫻花，品嘗其風味——就是這樣的一種風情。」

我要享用嘍——笙之介行一禮後開始品嘗。梨枝替他沏茶。開水先以容器盛裝，冷卻再移往茶壺，光是把水注入茶葉中就散發出濃郁茶香。這就是所謂的玉露吧。此乃笙之介初次品茗的絕頂好茶。在他平日的生活中，當然無緣品茗，每次與東谷在此地用餐，飯後喝的都是番茶。

一口糕點送入口中，甘甜的白餡在舌上柔順融解。一旁點綴的紅色枸杞，突顯出練切的櫻花。

「聽說枸杞對眼睛疲勞頗有療效。」梨枝嫣然一笑。「最適合笙之介先生您了。」

看您好像很忙呢。

「託您的福，在江戶有很多事等著我學習。」

東谷告訴梨枝，笙之介從藩國到江戶求學。不過遊學的費用得自己籌措，才在村田屋的治兵衛底下工作——關於這件事，你這麼說就行了。她不是會打探你底細的女人。

「不過，最近總是被工作追著跑，學問的事都擱一旁了，眞是不應該。」

梨枝又是一笑。「笙之介先生的工作，應該也算是學問的一環吧。」

註：日式糕點的一種。

「製作起繪的工作也算嗎？」笙之介不自主地貶低起自己。不，這也許是在撒嬌。

今天東谷不在，梨枝的髮髻梳的是島田崩。煙花女子常梳這種髮型。雖然川扇是家小小的河船宿屋，但好歹是一店之主的梨枝看起來比平時沉穩，甚至給人一股威儀之感。

——梨枝小姐很適合梳這樣的髮髻。笙之介腦中浮現這樣的念頭。

梨枝眼中閃著光輝，「您真的會幫我作川扇的起繪嗎？」

「當然，只要梨枝小姐您願意的話。」

我太高興了——梨枝雙手合在胸前。「剛才我說過，我小時候見過八百善的起繪，當時覺得它好美、好有趣，深深烙印在心中。日後我一直記得此事，無限憧憬。」像這樣的小店——她無比慈愛地環視房內。「照理是不可能作出像八百善那樣氣派的起繪，但如今我有機會實現夢想，真教人高興。」

「梨枝小姐。」

在白餡的柔滑口感下，笙之介順口說出心裡的問題。

「您老家原本是開料理店嗎？」

梨枝微微眨眨眼。雖然沒露出排斥的神情，但笙之介對自己的提問深感後悔。

「請原諒我的失禮。我只是想，令堂作出如此高級的糕點，想必對料理有獨到之處。」

梨枝對不知所措的笙之介投以一笑，露出沒塗黑的一口貝齒（註）。

「請您不必慌張。您沒有任何失禮之處。」

「是……」

「家父昔日曾在淺草做外燴生意。我是外燴店老闆的女兒。」梨枝雙手併攏置於膝上，接著道，「我們的生意是在賞花或坐船賞煙火的日子提供外燴，所幸顧客的風評不錯，後來不光做外燴生意，還拓展生意市場，做起在貸席作菜的生意。」我們的顧客都很挑嘴，很多常出入料理名店。

「關於八百善這家店的事，我也是從這些顧客口中得知。」

原來是這麼回事。

「有顧客建議我們別再做外燴，或轉給別人做，改開料理店，但家父始終不願放下外燴的生意。這項生意不是重奢華即可，重點是用心，家父喜歡的就是這點。」我父母都很堅持原則——梨枝笑著說。「身爲女兒的我這樣說或許有老王賣瓜之嫌，不過他們眞的是感情很和睦的一對夫妻，所以家父應該很希望能和家母一起作菜。若是開料理店，女人就不能進伙房了。」

伙房嚴禁女人進入。

「城裡和大名宅邸也一樣。替主君備膳的全是男性。」

梨枝頷首，「人們說女人的手較溫熱，碰過生肉後，味道會折損，或者是女人性情不定，常會因天氣或風向不同而改變調味，所以不可信賴。」

最重要的是，女人天生汙穢。

「男人還眞是不可思議。明明疼愛女人，誇女人美，又嫌女人汙穢，避而遠之。」

談話的走向變得有點古怪，所以笙之介專心品嘗盤裡的練切。梨枝重新替他沏茶。

「我父母眞的是鶼鰈情深。」她以溫暖的語調說道，顯得無限懷念。

「就連過世的時候也是一起。店裡生意靠我一個人根本忙不過來，最後只好頂讓給別人。」

那是什麼時候的事、是怎樣的一個過程、當時梨枝又吃多少苦，她一概沒提。

「不過，現在我是這家店的主人。」她又流露出慈愛、疼惜的眼神，望著這個小廂房的橫梁、天花板，以及門楣。「我認爲，我父母一定很替我高興，因此我不時會作父母的拿手菜，從中得到快樂。」笙之介回以微笑，「我常吃的那些菜餚，都是梨枝小姐您親手張羅的吧？」

「是的，當中投注了我的用心。」梨枝微微低頭行禮，接著像突然想到什麼似地悄聲道，「不過，東谷大人現在炊飯的技巧進步不少呢。」

註：日本明治時代以前，已婚女性有將牙齒塗黑的風俗。

吃完茶點後，笙之介攤開他帶來的矢立（註）和裝訂的紙本。要製作起繪，得先知道川扇準確的屋內格局。梨枝揚手拍了幾下，喚來年輕的女侍和在伙房裡幫忙的一名年約四十的男子。之前到川扇都只會和他們打聲招呼，不曾聽他們報上姓名。

「我叫阿牧。」女侍很恭敬地以三指撐地行禮。她有雙圓眼，雖然膚色略黑，但長得很可愛。

「平素承蒙關照，感激不盡。」

笙之介受之有愧。他是個從未掏錢付帳的客人。男子名叫晉介，原本是一位船夫。

「我後來得知他刀法了得，就讓他在伙房裡工作。」

不忍池捕獲的魚如果要料理，這一帶就屬他的手藝最好——梨枝說道，晉介一臉難為情。

四人一起確認過川扇的格局，笙之介將它畫下。如果要製作起繪，哪個季節最合適？每間廂房要以什麼當裝飾？針對這幾個話題，他們討論得頗為熱絡。阿牧說起話來口齒伶俐，晉介則不像會炒熱氣氛的人，不過，像他這樣的角色安插在女主人與年輕女侍中間，正好合適。

儘管長相和體格都不同，但晉介的為人令笙之介想起亡父。他心想，晉介一定也喜歡狗。

「老闆娘，我看還是春天合適。」阿牧主張要「春天的川扇」。

「這個時節剛好池之端的櫻花盛開，不忍池的池水一片翠綠，是川扇最美的時候。」

梨枝傾向同意她的意見，但她難以割捨秋天的楓紅。

「我認為池水清澈的時節也很美呢。」

如果是川扇的起繪，我希望將水邊的景色也畫進去。兩人的意見都不無道理。

「既然這樣，乾脆就作春天和秋天兩組吧。」

嘩，這麼豪華——梨枝頗開心，一旁的晉介陷入沉思。

「晉先生，你怎麼看？」

在梨枝的誘導下，晉介若有所思地開口，「古橋先生，您說的起繪，除了店裡的裝飾、花朵、餐具外，連顧客也會一併畫進裡頭對吧？」

「這有可能辦到。」

梨枝說過，八百善的起繪裡，有的連顧客也畫進裡頭。

「晉先生，你是不是有什麼想法？」女人們移膝向前。

「我喜歡這座池畔的冬日景色。」晉介低聲道，「在枯木林立的池之端，水邊微微降下寒霜，彷彿只要邁步前行，霜柱便會發出聲響……」

這樣別有一番寂靜之美呢——阿牧講出這句頗有學養的話來。「但這樣不是很冷清嗎？」

「外頭只有單調的白色景致，這樣反而映照出店內的顏色，不是嗎？」

笙之介用力一拍膝蓋。「原來如此。這樣加進客人更合適。」

再加上客人的服裝，使店內店外的顏色形成強烈反差。或許還能進一步蘊釀出戶外的寒冷、川扇內的溫暖，以及燈火的顏色。不，前提是笙之介是否有這等水準的畫功。

「說得也是……」梨枝也興致高昂。「如果外頭是冬天，壁龕的鮮花、掛軸、菜餚、餐具，就有必要特別設計了。把我們現有最高級的東西全用在起繪中吧。」

現場氣氛一團和樂，笙之介也有點得意忘形。「昨天我參加了陶瓷店加野屋的賞花會。」

哦，神田伊勢町的加野屋啊——阿牧說。

「聽說舉辦了大胃王比賽。」晉介也知道此事。果然是遠近馳名。

「不論是櫻花還是大胃王比賽，都令人大開眼界，不過那家店擺出的商品也很出色。你們店裡可有使用加野屋的餐具？」

「不，一直沒那個機會。」但我見過幾次——梨枝說。「把一個大木框隔成許多方格，擺上許多酒杯，當成裝飾，令人讚嘆。」

「我也見過那個。真的很美。」

註：攜帶式的筆記用具。裡頭有毛筆和墨壺。也有人拿它作為防身用武器。

「其實我曾偷偷模仿過。」梨枝像個小姑娘似地吐舌頭扮個鬼臉。
「東谷大人一眼就看穿了，他說這樣無聊透頂，別再這麼做了，訓了我一頓。」
東谷不喜歡那種設計是嗎？
「那些酒杯五顏六色都有，爲了收進木框的隔間裡，形狀和大小不是得全一致嗎？他說這樣很無聊。」
——因爲酒杯會左右酒的味道。要隨著酒的甜味、甘醇、芳香來搭配不同大小和開口的酒杯。
如果搞成這樣，不就只能選用固定的酒杯嗎？
哦——笙之介頗爲驚訝。阿牧也是，晉介則笑咪咪的。
「古橋先生，除了酒杯外，還有其他東西吸引您的注意吧？」
在這圓融的提問下，笙之介頷首。
「有個大繪盤。藍色背景，上頭畫著一條栩栩如生、幾欲從盤中飛出的昇龍。」
在冬日景色的川扇裡擺上這麼一面繪盤，不知會是何種光景。笙之介任憑想像馳騁。在周遭低調的顏色下，面向池畔的廂房壁龕裡擺著這麼一面繪盤，上頭有條遨翔天際的飛龍。
「價格很昂貴嗎？」
「上頭沒標價。」
原來如此——梨枝與阿牧相視頷首。
「請東谷大人幫個忙吧。」梨枝就像自言自語般，瞇起眼睛低語。
談完事，將佩刀插回腰間，正準備打道回府時，笙之介再度得意忘形起來。由於晉介和阿牧都離開，現場剩梨枝一人，於是他說話就少了顧忌。
「梨枝小姐。」
「什麼事？」

「想請教您一個問題。」
「什麼問題呢?」
「是關於年輕姑娘……」他話出口後頓時羞赧起來。梨枝的眼神溫柔,此時看起來反而刺眼。
「我惹對方不高興。」
「哎呀,怎麼會這樣呢。」
梨枝一臉認眞,沒半點嘲諷之色。話說一半反而尷尬,於是笙之介索性一口氣把話說完。
「我不奢求像剛才練切那麼好的東西,但有沒有其他糕點可以……」
「您是想送對方,當作是賠禮,討對方歡心嗎?」
梨枝果然善解人意,令人佩服。
「是的。」笙之介頷首。「您知道江戶市內哪家店比較合適嗎?」
「笙之介先生,您太見怪了。」我來替您作吧——梨枝拍胸脯保證。
「要適合攜帶又可以延長保存期限的糕點吧?」
「不,我哪好意思提出這樣的要求。」
「當然了,我會收取費用。請包在我身上。」
雖然笙之介羞得臉都要冒火了,但還是鬆口氣。「慚愧。」
「馬上就要用到嗎?」
什麼時候會用到呢?什麼時候能見到和香呢?
「目前還不清楚。」
這樣的回答應該很古怪,但梨枝並未流露詫異之色。
「我明白了。我會做好準備,隨時等您吩咐。能做這樣的構思,我也很開心,無比雀躍呢。」
梨枝小姐眞是令人折服啊——一路上笙之介一直想著此事,飄飄然返回富勘長屋。剛鑽過那扇斜傾的木門,阿金便朝他飛奔而來。

「笙先生！」阿金抓著他的衣袖悄聲說道——你有客人。

「是一名臉色蒼白的武士。你知道是誰嗎？」

笙之介原本飄飄然的心情，頓時像櫻花般紛飛四散。

第二話

三八野愛鄉錄

一

坐在臺階上的人物確實氣色不佳。他個頭矮小，身材清瘦。至於年紀……不易判別。應該介於四十到六十之間。雖然這樣的猜測很草率，不過此人的長相就是給人這種感覺。一身旅裝，但沒戴斗笠。身上衣服嚴重破損，兩腳滿是沙塵。小小的肩搭行李，歷經風吹日曬雨淋，嚴重褪色。

簡單一句，就是一臉窮酸樣。

「閣下是古橋笙之介先生嗎？」

兩人一碰面，對方馬上起身直逼而來。對方冷不防把臉湊向面前，笙之介不禁後退一步。

「我再請教一次。閣下是古橋笙之介先生嗎？」

一臉窮酸樣的武士，步步逼近步履踉蹌的笙之介。

「沒錯，我就是古橋笙之介。」笙之介驚慌地回答道，這時，一件怪事（確實夠怪）就此發生。那名不速之客突然垂落雙肩，露出一臉頹喪的表情。

「唉——」他長嘆一聲，單手抵向額頭。「又弄錯了。」

就在這時。

咚！一直敞開著的房間紙門，猛然發出一聲巨響，從門檻上脫落。笙之介早習以為常，但這名客人大為驚駭。「啊！」他一躍而起，奔向門邊，想將它修好，笙之介急忙攔阻。

「請、請不用費心。」

富勘長屋每一戶的房間紙門都大同小異。想要順利開關，需要特殊技巧。住戶都懂得箇中訣竅。笙之介嗨咻一聲，重新將紙門裝回門檻。這名客人一直呆立著注視眼前這幕，當笙之介轉身面向他時，他急忙行了一禮。

「真對不起。在您外出時擅自走進屋內。」

與其這麼說，不如說是阿金向這名客人說「笙先生應該快回來了，請您在屋裡等」，引他進門。這名客人應該是認為即便是如此破舊的長屋，當屋主外出要等候時，關緊房門乃無禮之舉，所以特地打開房門。由於他不懂開門的方法，紙門才會脫落。

——是位正派人士。不過，此人到底是何方神聖？找我所為何事？

剛開始聽阿金提到「臉色蒼白的武士」時，笙之介腦中馬上浮現幾張臉。從臉色一點都不蒼白的大哥勝之介，到臉色比蒼白更沒生氣的佐伯老師，一連想到好幾個人，全都是藩國人。笙之介完全想不出來哪位是他認識，但阿金從未見過的武士。

像搗根藩這樣的小藩，藩士彼此認識。就連笙之介這種不太受人注意的家中次男，大家也都知道他的長相和名字。那種備受拘束的感覺，就是小藩的生活。所以若是有來自藩國的客人，他馬上能想到是誰，或至少見過面，但此人他完全看不出來歷。而且對方劈頭就確認他姓名。笙之介腦中一片混亂。

「古橋笙之介先生。」這名客人一臉尷尬地眨著眼。雙肩依舊垂落。「在下突然不請自來，又詢問您的大名，實乃無禮之至。真的很抱歉。在此向您賠罪，尚請見諒。」

來路不明又一臉窮酸樣的武士拍拍裙褲下襬，理好衣襟，以立正之姿深深鞠躬後報上姓名。

「在下長堀金吾郎。在奧州三八野藩擔任御用掛一職。」

他拘束地行了一禮。笙之介恭敬回禮，但他對三八野藩實在沒半點頭緒。

所謂的御用掛，一般是在藩主身邊服侍的職務。隨著工作型態的不同，這項職務的重要性也有不同，有的是打雜角色，有的是像將軍的側用人（註），擁有插手藩內政治和人事的權力。

——話雖如此……

就笙之介所知，三八野藩與搗根藩是相似的小藩，而且從長堀金吾郎的模樣來看，似乎不是擔

註：在將軍身旁服侍，在老中與將軍之間傳達命令，並向將軍陳述意見的重要職務。

任什麼重要職務。根據他這身旅裝判斷，應該是剛從奧州到江戶，而且沒隨從同行。

「聽我這樣報上姓名，您一定益發困惑吧。」長堀金吾郎搔著那頭沒半點光澤的月代（註），一臉歉疚地縮著身子。「在下明白此舉甚為無禮，但在解開您的困惑前，請容在下再問個問題。閣下今年貴庚？」

「咦？」

「今年幾歲？」就像在問小孩似地重新說了一遍。

「我今年二十二……」

「二十二歲。」長堀金吾郎跟著反覆低語，眼中的光芒倏然消失，但他又接著問。

「那令尊的大名該不會也是笙之介？或者可能是您的伯父。」

到底是怎樣，笙之介一頭霧水，他只能回一句「不是」。

「家父名叫宗左右衛門。家人和親戚當中，只有我一個人叫笙之介。」

長堀金吾郎沮喪地呆立原地。儘管不清楚怎麼回事，但他的模樣引人同情。不，也許是笙之介心地善良的緣故。

「謹慎起見，請容在下再問個問題，笙之介這名字會不會是閣下的劍術師傅或老師呢？」

他在問這個問題時，聲音愈來愈小。

「不是。」笙之介如此回答，這時連他也猜出幾分。

這名武士在找人，而且認錯人了。長堀金吾郎要找的「古橋笙之介」與笙之介年紀不合。笙之介應該太年輕了，所以長堀金吾郎才會向他確認父親和師傅的名字。

「這樣啊。」長堀金吾郎嘆息道，頭垂得更低了。「請原諒在下的無禮。」

他突然一臉疲態。笙之介此刻逐漸恢復平靜，這才看出他疲憊困頓的模樣。剛才此人不自主地低聲說一句「又弄錯了」。他找尋「笙之介」似乎不是這一兩天的事。

長堀金吾郎矮小的身軀猛然一晃，一屁股跌坐地上。血色從他的臉龐和嘴唇抽離，甚至還翻白眼。笙之介發出一聲驚呼，阿金馬上從敞開的紙門外衝進來。

「怎麼了，笙先生！」不知道怎麼回事，阿金手裡捧著一根抵門棍。紙門再度脫落，發出一聲巨響，這次緩緩往水溝蓋倒落。

「在下眞是太沒面子了。」

長堀金吾郎一面道歉，一面張口吃著飯糰。飯粒都沾到嘴角。他右手握著飯糰，左手端著裝開水的茶碗，趁著吃飯糰的空檔，咕嘟咕嘟喝著開水。與笙之介並肩而坐的阿金一見茶碗見底，馬上以鐵壺倒水。這大顆飯糰是川扇的梨枝特地包給笙之介當晚餐。剛拿的時候還很溫熱。那握得密實，份量十足的飯糰共三個，都用竹葉包裹，金吾郎吃的是最後一個。

「武士大人。」阿金看得目瞪口呆。

「在下名叫長堀金吾郎。」

這名一臉窮酸樣，而且無比飢餓的武士，禮貌周到地向阿金報上姓名，說話時飯粒噴飛。

「長堀先生，您是何時開始沒吃飯啊？」

笙之介朝阿金使了個制止的眼色，但還是慢一步，金吾郎突然停止嚼飯，轉爲頹喪之色。

「——兩天前，我身上帶的米吃光了。」

哎呀——阿金的眼睛瞪得更圓了。「從那之後一直餓著肚子？」

「說來慚愧，我都是靠喝水苦撐。」

難怪他眼花腿軟。

儘管如此，笙之介還是感到很可疑。長堀金吾郎是在主君身旁服侍的御用掛。藩主如果在江

註：自中世末起，成年男子將前額到頭頂的頭髮剃除的一種髮型。

戶，自然就不用說了，但就算只有他一人到江戶辦事，他應該住在三八野藩的江戶藩邸才對——倒不如說，非這麼做不可。但他似乎住在廉價客棧裡，還帶米在身上。

笙之介的疑問是武士一定有的質疑，金吾郎應該猜得到。他尷尬地低下頭，把飯糰移開嘴邊。

「我們藩國經濟拮据。」

就連江戶藩邸要籌措資金也是傷透腦筋，所以除了參勤交代外，家臣到江戶洽公都得依規定自備白米和味噌。

「因爲江戶物價高。」

笙之介緩緩頷首。阿金則聽得目瞪口呆，開口問道：「您連木柴都自己背嗎？」

這次笙之介同樣來不及以眼神制止，他感到一陣寒意，但長堀金吾郎皺得緊緊的眉頭卻舒展開來，回望阿金驚訝的眼神。

「如果能背的話，我也很想這麼做。」

「光白米就很重了吧？」

「阿金。」

「可是奧州很遠吧，你說是不是啊，笙先生？」

長堀先生可眞有力氣呢——阿金由衷地感嘆。笙之介則是心底一沉，備感沉重，沉默無言。

有句話說「吃米飯也是迫不得已」。在江戶，儘管住在窮人長屋裡的住戶也吃白米飯——除了每天辛苦賺錢，買米回來煮飯吃之外，沒有其他塡飽肚子的方法，就是這句話的含意。在富勘長屋裡，地瓜和雜糧才是主食，但這句話指的不是這種小地方，簡單來說它要表達的含意是——在江戶若不用錢購物，根本無法過日子。江戶市的居民早喪失自己摘採食糧、狩獵、栽種的技能。頂多只有小孩子在水邊撿拾蜆貝罷了，也不是撿來食用，而是拿去賣錢。

市町就是有錢能使鬼推磨的地方。就算是各藩的藩邸，也跳脫不出這個道理。

「這次在下離藩到江戶是擅自提出要求，所以更不能給藩邸添麻煩。」阿金料想無法徹底明白這番話的含意，金吾郎接著對她說道：「而且這裡的自來水相當難得，在下喝得肚皮發脹。」

眞不簡單呢——阿金朝笙之介望一眼。笙之介也不發一語地莞爾一笑。

金吾郎張口咬向吃一半的飯糰，一掃而空食物，接著逐一吸吮指上的飯粒，心滿意足地點頭。

「這是相模的白米呢。」

「您吃得出來？」

「要不就是房州的米。」有關東米的味道——金吾郎說。「我們三八野藩一直在尋求耐寒害的稻米品種。廣從各地找來秧苗和稻穀，傾全藩之力不斷嘗試混種，想種出全新的稻米品種。」

所以我才嘗得出各種稻米的味道。

「三八野藩的米飯很香哦。帶有一股甘甜，而且吃起來有嚼勁。」所以這個飯糰也很好吃。

「很感謝您的招待。哎呀，我一個人全吃光了。」

應該是心情放鬆後才注意到這件事。金五郎突然畏縮起來。

「這該不會是古橋先生您的晚餐吧？」

「您不必在意，這是別人送我的。」

「村田屋老闆嗎？」阿金很開朗地詢問，替笙之介解圍。

「嗯。」就當是吧。

「笙先生替租書店謄寫抄本哦。」阿金得意地抬起下巴。「是佐賀町的一家大書店。店主治兵衛先生前陣子邀我們賞花。全是因爲笙先生寫得一手好字，工作表現又好，我們才跟著沾光吃一頓。」

笙之介叫了聲阿金，打斷她的話，「開水沒了哦。」

阿金執起鐵壺後俐落起身，「那我去跟阿鹿夫人要一些來。地瓜應該蒸好了。」

「不不不，在下吃飽了。」

阿金朝慌張的金吾郎行了一禮，充滿活力地走出房。

「這位千金人眞好。」

「您說千金，她應該不知道是在說誰吧。」

笙之介應道，金吾郎聞言後微微一笑，接著重新端坐，規矩地行了一禮。

「慚愧。此次眞是天助我也，幸甚幸甚。」

他的氣色好轉些許，笙之介鬆口氣。人要是過度飢餓，進食的時候胃會無法承受。這種時候只能躺下靜養，用開水或米粥調養，慢慢恢復。要是長堀金吾郎在某處昏厥無法動彈，他應該會很傷腦筋。畢竟他的身分可不像笙之介這麼輕鬆——雖然笙之介並不認爲輕鬆。

「我沒有要打探的意思。」笙之介開口提問。「不過，有人和我同名同姓，終究算有緣。關於長堀先生您四處找尋的古橋笙之介，可否說來聽聽？雖然我不認爲幫得上多大的忙。」

笙之介瞄一眼剛才阿金離開的方向。

「誠如那姑娘說的，我靠謄寫抄本營生。雇主村田屋老闆經營租書店，所以人面甚廣。若您能在容許的範圍內告知您遭遇的情況，我或許幫得上忙。」如您所見，我乃一介浪人——隔一會，笙之介接著道。「我既沒主家，也沒主君。就這點來說，您不必擔心。」這時，笙之介沒就自身的處境多做說明。

長堀金吾郎嘴角的皺紋頓時加深不少。那既非板起臉孔，也非微笑，反而像是剛才咀嚼飯糰時的表情。

「這是第十人。」閣下剛好是第十人。「像您這樣給予親切回應的人，在下第一次遇到。」

「除了我之外，還有其他九位叫『古橋笙之介』的人嗎？」

儘管江戶地廣人多，但笙之介還是頗爲驚訝。

「古橋並不是什麼罕見的姓氏，而且『笙之介』也是很普遍的名字。不過，雖然同音很常見，但還沒遇見和我同樣是『笙』字的人。尤其是武家的男子，取這種名字的……」

「的確，之前我遇見的那九位古橋先生，『笙』這個字都是不同的漢字。」

果然沒錯。

「不過，連漢字都完全一樣的，閣下是第一位。我原本滿懷期待，可是……」

閣下太年輕了。

「我一看就知道弄錯人了。在下找的古橋笙之介先生，年紀至少五旬。」

所以金吾郎才會確認這是否是繼承自父親或師傅的名字。

「可以先請教您一個問題？」

「請。」

「閣下笙之介這個名字，是誰取的呢？」

「是家父。」笙之介坦然回答。「聽說家母很排斥這名字，她說笙這字意指吹奏樂曲的笛子，以它入名，顯得過於軟弱，不適合武士之子。但家父還是堅持。」

——我想將這孩子養育成一位如同笙樂般感動人心者。

金吾郎的眼神轉為柔和。「那令尊如今可安好？」

「數年前亡故。」

「眞遺憾。」金吾郎滿是皺紋的臉驀然閃過一絲懷疑笙之介身分的神色，但旋即消失。笙之介佯裝不知情，金吾郎沒多問。「在下找尋的古橋笙之介先生，也許是他本人長成後自封的名字。」

因為這名字很特別——金吾郎莞爾一笑。

「他也是一名浪人，也可以稱他是武藝家。據說他是新陰流的劍術高手。」

這次換笙之介伸手抵向額頭。「這就和我更無緣了。」

「哦，您劍術不精嗎？」

「何止不精，根本完全外行。」

「不過，您的學問深厚，足以讓您靠謄寫抄本營生。」

「在下才疏學淺。照我老師的說法，我不過是個略懂皮毛的毛頭小子。您找尋的古橋先生，在學問上也有很深的造詣嗎？」

「他聲稱自己修習山鹿流軍學，精通漢籍。」金吾郎似乎已無戒心，側著頭，盤起雙臂，如此苦笑道。「這到底是眞是假，現在我也不敢保證了。」

聽起來著實可疑。這位「古橋笙之介」十分古怪。不過笙之介倒不意外這樣的情況。

「至於在下……不，三八野藩爲何找尋這號人物……」金吾郎眨眨眼，鬆開雙臂後轉爲嚴肅的表情。「此事說來話長，不過，爲了替剛才的無禮道歉，以及答謝您美味的飯糰相贈，在下會毫不保留地告訴您。」

笙之介重新坐好，挺直腰板。

「長堀家代代侍奉三八野藩主小田島家，擔任御用掛一職。」

金吾郎繼承父親長堀金之丈的家業，從十九歲迄今三十個年頭，他一直都在小田島家第八代藩主小田島一正麾下效力。前年四月，小田島一正將藩主的位子讓給嫡男一隆並隱退時——

「在下一度辭去職務，將家位讓給長男，然而……」今年一月剛過完年，金吾郎又奉第九代藩主小田島一隆的命令復職，擔任小田島一正隱居所的御用掛。

「老藩主一正公與在下同年。家母曾是一正公的奶媽。」

金吾郎顯得有點難以啓齒，所以笙之介代爲接話。「也就是說，長堀先生的母親是前小田島藩主的奶媽。你們雖是主君與家臣的關係，但想必情同手足。」

隱退的小田島一正離開藩主的位子後，儘管保有權威，但他完全放下權力之後略感寂寥，想將親近的家臣留在身邊，於是向兒子如此吩咐或提出要求。這樣的情形不足爲奇。

然而，金吾郎似乎有話難以啓齒。「大致是這樣的情況沒錯。」

笙之介壓低聲音。「如果您不方便提的話，我就不再細問了。」

不不不——金吾郎搖頭，注視著笙之介。「一隆公順利坐上藩主之位。前年一正公隱退時也不是以生病爲由，臨時隱退，而是幾年前就決定好的事。對幕府沒任何忌憚。對領民們也無任何隱瞞。」

若非如此，兩人一開始見面時，金吾郎應該不會報上姓名和身分。他應該會隱瞞。這點就連個性大而化之的笙之介也看得出來。

「雖然沒有任何隱瞞，但是……」說到這裡，金吾郎突然變得吞吞吐吐。「一正公這半年來突然起了變化。」在隱居所服侍的家臣都深感畏懼。一些膽小的人甚至偷偷逃離，行事老練的金吾郎便被找去。

——好像惹上了什麼麻煩事？

笙之介對自己的親切感到有點後悔，但爲時已晚。

「老藩主一正公原本個性開朗。」

他愛酒、愛花，同時也對愛花的女人寵愛有加——金吾郎說。

「儘管退隱，但這種性情還是沒變。雖年屆五十，還是身強體健，他要精力衰竭還得再等上一段時日。但偏偏他又無法像在下一樣，把精力都用在農事上。」

不光是金吾郎，三八野藩的家臣們在退職後都過著半務農的生活。

「這並不是最近的風氣。這可說是在小藩貧瘠的土地上生活的人們想出的智慧。不過，我們沒辦法要求老藩主拿起鋤頭。除了請他改變生活方式，別無他法。」

退隱的生活費是個問題，因爲三八野藩的財務吃緊。

「一隆公的個性與老藩主截然不同。他身爲藩主，得當家臣和領民的表率，生活嚴謹，勵行儉約，勤勉自律。」

爲了解決慢性惡化的財政困難，一隆努力開源節流。

「雖然才上任兩年多，往後路途險峻，但要是袖手旁觀，藩國前途堪憂。」

說到這裡，金吾郎加重幾分力道。

「端看全民是否上下一心，全力朝改革藩政邁進。」

原來如此——笙之介一臉認眞地聆聽。

「然而……老藩主頗有意見。」金吾郎的臉因用力而緊繃，但陡然雙眉垂落，一臉哀戚。「關於一隆公的改革，他每件事都看不順眼。改革的餘波甚至遠及隱居所，更令老藩主光火，但偏偏無能爲力。因爲藩政的實權操控在一隆公手中。」而且道理是站在一隆公那邊——金吾郎直言。「我們三八野藩向來窮困。老藩主都不正視這個問題。他擔任藩主的模樣，身爲繼承人的一隆公全看在眼裡，心裡暗自難過，就連重臣也感到不安，但老藩主一直沒察覺。」

說完後，金吾郎略顯慌張地補上一句——糟糕，我講得太直接了。笙之介擺出不解其意的神情，回以一句——我只是個閑散度日的浪人罷了。

「一隆公今年貴庚？」

「二十五歲了。」

他繼承藩主大位時是二十三歲。眞年輕呢。笙之介發出由衷感嘆。和自己比較後更是驚嘆，我明年就二十三歲了，到時候是否能具備貴爲人君應有的人品氣度和能力呢？換個格局小一點的比喻好了，要是我被指派擔任富勘長屋的管理人，我是否有能力勝任？

——我不行。對了，富勘先生今年多大年紀？他應該年過五旬了。

愛酒、愛花、愛女人，小田島一正與富勘一樣六根不淨，他現在退隱未免太早了吧？而且，眞的可以像他說的一樣『對幕府沒任何忌憚』，也沒引發任何糾紛就順利完成藩主交接嗎？雖然心生疑竇，偏偏笙之介不好開口。

「我只是個浪人，只知道市街上的事。」笙之介始終都一派悠閒地應答。「像那一帶的蔬果店和魚店，每次當父親和兒子因做生意而意見相左時，總會鬧得一發不可收拾。一國之君想必更嚴重吧。」

「蔬果店和魚店……」金吾郎表情一僵，跟著重複一遍，接著再次露出刺探的眼神打量著笙之介。「古橋先生，您說您沒有主家，也沒有主君，這是……」
「是，打從我懂事起就一直是這樣。」
這時候就得繼續圓謊。我一直都住在長屋裡，是的。
「哦……」
「抱歉。我也許說了什麼冒犯的話。」
金吾郎緩緩搖搖頭，莞爾一笑。
「一點都不冒犯。是在下不好，與閣下素昧平生，竟然沒頭沒腦地告訴您這件事。」
因爲這樣的緣故——金吾郎以手指輕抵前額，轉爲正經的表情。
「老藩主自從隱退後便滿腔怒火，板著臉孔。當他知道情況不會有任何轉圜時，他變得悶悶不樂，沉默寡言。半年前起，他的沉默不語轉爲鬱疾。」
「您的意思是，他的狀況產生變化嗎？」
「是的。」
首先是不講話。
「他終日不發一語。他是隱退之身，不說話也不會帶來多大麻煩。不過，只要是活人，不管再怎麼不值一提的小事也要說話才行吧？例如天氣好壞、飯好不好吃、花開了沒、花謝了沒。」
金吾郎認眞地比喻，模樣很滑稽，笙之介一時忍不住嘴角輕揚。「嗯，沒錯。」
「喏，就像閣下這樣。」金吾郎一臉認眞。「一般人都有回應，而且早晚還要問候。」
「這些他一概都不開口嗎？」
「是的，就像一尊擺飾般靜默無語。聽負責隱居所的同僚說……」
——就像是一具空殼。
「不光是沉默不語，老藩主就像魂魄飄走，對任何事都沒反應，神情茫然。」
「他應該是以這種方式來表達他的憤怒吧？」

「我起初也這麼認爲。」金吾郎情緒激昂。「因爲……該怎麼說好，老藩主其實有點孩子氣。這點我最清楚了。每當有事不順他的意，他就會使性子。」

這是感情深厚的同乳兄弟才有的口吻。

「不過，當他一直保持緘默時，其他詭異的事發生了。」

老藩主開始寫信。

「他不找右筆代寫，而是親筆揮毫。寫上日期和畫押，格式看起來像一般的書信。」

但完全看不懂上頭寫什麼。

「因爲內容很支離破碎嗎？」

「不，是看不懂文意。」

「是字跡太潦草嗎？」

「不不不，老藩主寫得一手好字。」他的筆法俊朗秀麗，但一個字都看不懂。

「整面紙上寫滿漢字，但不是文章體。看得懂的就只有日期，但日期也完全不對。」

那都是十年、二十年前的日期。

「既然是書信，那應該有收件人吧？」

「同樣看不出來。也許上頭有寫，但看不懂。」

上頭寫滿漢字，而且漢字……

「怎麼看怎麼怪。我們平時寫的漢字，上頭一個字也找不到。」

笙之介沉思著。雖然這不是什麼難事，不過說說看也不吃虧，他隔了一會才開口：

「那這會不會是『密文』呢？」

亦即密碼。金吾郎雙手一拍，豎起食指指向笙之介。「說中了！閣下反應眞快。」

笙之介笑了。長堀金谷郎是位不炫己長的好人。

「如果是密文，某處應該藏有解讀的方法。一正公應該是向藩內的人們設下這個謎題，要你們找尋解密的方法，加以破解。」

「什麼樣的謎題？」金吾郎立即反問一句，笙之介一時語塞。一藩之主竟向家臣們設下謎題。而且此事情況複雜，又不是小孩在玩家家酒，就算解開謎題，大家也不會感到佩服，就此一笑置之。

「這……」笙之介無法接話，尷尬地搔著頭。這時，金吾郎突然雙肩垂落，眼神變得柔和。

「例如老藩主打算拉下一隆公，重登藩主之位。」

「啊，我不是那個意思……」

「或是藉此號召認同他這項企圖的人們起義。」

「不，長堀先生，我剛才那番話，並沒有這個意思。」

金吾郎就像要否認什麼似地再度緩緩搖頭。

「老藩主絕不會做那種事。如果他有這樣的骨氣和野心，當初就不會輕易讓位給一隆公了。」

這是意志消沉的口吻，他兩道眉毛垂得更低了。

笙之介拿定主意，深入細問。「當初藩位交接時，眞的進行得很順利嗎？」

長堀金吾郎毫不猶豫地答道：「我說的句句屬實。」

「一正公當初應該完全沒料到一隆公當上藩主會像現在這樣大刀闊斧地改革吧？」

「一隆公行事謹愼，沒讓老藩主知道他的想法。」

「那一正公是因爲什麼想法，才這麼快就隱退呢？」

長堀金吾郎眼中閃過一絲淡淡的微光。既非憤怒也非哀傷。

「他應該沒想太多。」金吾郎說到這裡又點點頭。「老藩主以爲隱退後還是能和以前一樣爲所欲爲。他心想一隆是年輕小輩，當藩主也不會有作爲。他不認爲三八野藩要改革什麼。」

他認爲三八野藩不會改變。

「老藩主當初因爲父親病逝，年紀輕輕二十歲就當上藩主。不過當時什麼事也沒發生。就算有事發生，也沒人注意。」在小田島一正平安無事、毫無作爲的治理下，三八野藩愈來愈窮困，最後有人發現事態嚴重。「不光是老藩主，藩內的家臣也都安逸度日，毫無作爲。只是在一隆公的喝斥下，比老藩主早一點清醒過來。」

金吾郎頗感慚愧，雙手抵在膝上，全身緊繃。

「我們三八野藩是個彈丸小藩。論藩主家世、論地利，都不是幕府提防的對象。因此，之前幕府不曾指派協助修繕或各項勞役的工作給我們，省去受罪。我們守著這塊彈丸般的領地，辛勤耕種，儘管褐衣疏食，過著平靜安穩的生活。」

「這……」和我們搗根藩的情況很類似——這句話笙之介硬生生吞回肚裡。

由於不受外界的強烈影響，至今堅守傳統的尙武風氣。沒半點進步，更沒任何改變。紛爭也就只有藩內的權力鬥爭。三八野藩沒這問題，說起來還比搗根藩來得強。比起身處在太平盛世還將重心擺在舞刀弄槍上的搗根藩，選擇拿起鋤頭的三八野藩務實多了。

笙之介說出心中的想法。「這表示貴藩一切安泰。」

「藩內再安泰，要是金庫沒錢，家臣無法糊口，領民因歉收而餓肚子，那也沒用。這種『安泰』根本就是愚昧。」

笙之介爲之一震。「長堀先生，您說得太過火了吧？」

金吾郎抬起頭，表情出奇平靜。「在下講得太過火也無妨。閣下聽過即忘就不會有事了。」

兩人互望一眼。

——我算是第十人。

笙之介重新思索此事。金谷郎找尋「古橋笙之介」之旅應該是徒勞無功。他擅自提出前往江戶的要求，爲了不給藩邸添麻煩，三餐不濟，一味四處奔波，到最後飢腸轆轆，頭昏眼花，雙腿發軟，一再的徒勞無功令他心力交瘁，所以找到第十位古橋笙之介，而且還是第一次受對方幫助（雖然笙之介既不可靠，又沒多大能耐）時，他很想吐露心事，儘管不能說出整件事的來龍去脈，但透露一小部分也好。

——究竟是怎樣的心事呢？

金吾郎的眼中再次閃動淡淡的光芒。這次終於看出來了，既不是憤怒，也不是悲傷。是同情、憐憫。不是基於長年在一旁服侍的御用掛身分，而是基於同乳兄弟的身分對小田島一正的閑散、愚昧及最後的處境寄予同情。

「在隱居所當差的同僚不明白老藩主爲何寫下這樣的書信，感到慌張無措，此事就傳進一隆公耳中。於是一隆公對在下說『金吾，我爹就拜託你了』，命在下前往任職。一隆公心中仍保有這份父子之情。老藩主的古怪行徑令他甚爲痛心。」

——金吾，我爹他是否心智喪亂呢？

這也是笙之介想問的問題。

「親眼見識那些書信前，在下也半信半疑。因爲一隆公有不少布局。」兩人不約而同地湊近彼此，金吾郎悄聲道：「一正公的正室產下一隆公後，同年懷了千金，後來在生產時喪命。從那之後，老藩主便恣意更換側室，興致來了，就算是出外打獵時看上眼的鄉下姑娘也不放過——就是這麼隨興。」

所以三八野藩沒有所謂的「藩國夫人」，她們全視爲「愛妾」。這些女人都沒產下男丁，因此一直沒發生權傾一方的事態。

「少了引發內訌的根源，實屬萬幸。但老藩主四處寵幸女人，數量如過江之鯽。」前年一隆公當上藩主後一聲令下，把父親的愛妾全部遣散。有的是幫忙找適合的人家改嫁，有的送回鄉下去。「對此，老藩主全忍了下來。」但惹惱他的最大主因也在於此。

「就算他再生氣也沒用，他的愛妾再也不會回來了。因爲一隆公監視著她們。只留下一名後宮女侍照顧老藩主的起居，此女名叫桂，有相當年紀，不過她聰穎機靈，深諳禮數，是老藩主重要的支柱，堪稱是隱居所的棟梁，可惜……」

老藩主隱退不到一年，她便病逝了。

「這是第一個布局。」金吾郎接著道。「老藩主雖非武人，但他對馬的鍾愛程度更甚於女人。擁有十多匹駿馬。」

這些駿馬在他隱退時全被沒收，留下一匹。

「去年九月中旬，老藩主騎著僅存的一匹馬出外打獵，但這匹名為『響箭』的灰毛馬馬腳不小心被兔洞絆倒，老藩主因此落馬。」

雖然沒受重傷，但有輕微跌傷，小田島一正躺了數日。後腳骨折的響箭遭到處決。

「這是第二個布局。」金吾郎嘆口氣。「失去心靈依託的女人，又痛失愛馬，接連的心傷終於令老藩主內心的平衡就此瓦解，在下擔心他不光是憂鬱成疾，恐怕已迷失自我。」

笙之介重重點頭。「時間上也剛好吻合……」

痛失所愛的悲劇接連襲來。第一波打擊勉強挺下，但第二波打擊令人完全心碎。

「不過，當在下前往隱居所任職，親眼見過老藩主的筆跡後，我的擔憂頓時消除。」

——老藩主神智清楚。

「他會寫這種詭異的書信，有其原因。」

「因為他的筆跡還是一樣工整秀麗嗎？」

「沒錯，但不光如此。」金吾郎加重語氣。「在下見過那一連串詭異的漢字。那確實是密文。老藩主年輕剛就任藩主大位時，與一位住在城下，自稱是『古橋笙之介』的武藝家過從甚密長達一年，那段時間裡為了避人耳目，他們在書信往返時都用這種密文！」

發明這種密文，教導年輕時的小田島一正如何使用的人，正是名為古橋笙之介的男人。

「誠如在下一開始所言，這位古橋笙之介是來歷不明的流浪漢。他租下城下一間醬油店的空倉庫，四處宣傳要開道場，整天一派悠閒地看書，或是揮動竹劍做做樣子，有時還受雇當保鑣，用賺來的工錢買酒喝，總之是個可疑人物。當古橋接近老藩主，展現出討他歡心的舉動時，我們都很提

防他。」

儘管如此，「古橋笙之介」還是在三八野城下待一年多，與年輕時的藩主互動頻繁，一來是當時他擔任三八野藩劍術指南的職務，拉近兩人的關係，二來是不管周遭人再怎麼勸諫，小田島一正始終都不肯和他斷絕往來。

「聽說這位古橋笙之介是新陰流的劍術高手。事實上，他曾造訪藩內道場——也就是上門踢館，擔任起劍術指南的職務，所以他並非是中看不中用。」

「長堀先生，您對那個男人了解不深是嗎？」

要稱呼對方是「古橋笙之介」，笙之介實在有點排斥。

「我與他有過數面之緣。老早就聽過他的傳聞。老藩主告訴我的。」

——金吾，城下有個男子很有意思。

金吾郎面露笑容，頻頻眨眼。

「不過，一直沒機會見他施展劍術，更沒和他好好聊過。因為我們只想著要他離老藩主遠一些。」不過一直無法得逞——金吾郎說。「在下當時剛繼承家父的職位，光是平日的工作便忙得不可開交。家父見那樣的可疑人物在討好藩主，應該有辦法嚴格制止和防範。」

「可是，最後那個男人還是離開三八野藩的城下，不是嗎？」

「不是我們趕走古橋，他某天突然離去。老藩主頗遺憾。他一直想納古橋為藩士。」

聽說「古橋笙之介」在離去前，向身邊的人透露他待膩這種鄉下地方。

「老藩主用的就是那個男人發明的密文。」

就像重回二十歲時的那位年輕藩主一樣。

「如今回想，對老藩主而言，那個男人也許是他年輕時唯一推心置腹的好友。」

藩主的權力與責任、孤獨與寂寥。年輕、不成熟、過盛的精力，全封閉在這座小城，這時從外頭吹來一陣奇特的涼風。笙之介隱隱有這樣的感想。

「不知道老藩主如今是在什麼念頭下想起此事。他用密文又是想傳達些什麼呢？」長堀金吾郎像在細細思索般低語，轉頭望向笙之介。「我需要密文的破解方法。既然無法從老藩主口中問出，就只能找出發明密文的男人，問個明白了。」

也許老藩主他——金吾郎猶豫片刻才拿定主意，接著往下說。

「也許他是藉由密文在向我下令——金吾啊，我現在無比寂寥，給我個朋友吧。」

「不管答案是哪一個都還是得找出那名男子，對吧？」

「在下是這麼認爲。」

「那位古橋先生人在江戶的線索，您可確定？」

「這個……」金吾郎頓時顯得怯縮起來。

「不確定嗎？」

「只知道他以前常在三八野城下誇口，說日後一定要在江戶功成名就……」

笙之介大爲驚訝，憑藉著名字和這句話當線索，就到江戶四處尋人？

「這麼說來，連此人是否還在人世也不確定？」

「是的。」

就連當時也不清楚此人的實際年紀。看起來比年方二十的年輕藩主長幾歲，不過模樣看來還不到三十。現在粗估約莫年過五旬。

「感覺就像大海撈針。」見笙之介發愣的模樣，金吾郎逃避似地垂下頭。

「儘管這樣，您還是要持續找下去嗎？有第十一個人或第十二個人要找嗎？」

金吾郎沒回答有或沒有。

長堀金吾郎想爲昔日主君做點什麼。見主君終日沉默，什麼也不做，一味寫著金吾郎無法解讀的書信，金吾郎無法坐視不管。

——這下果然麻煩了。

並不是金吾郎說的這件事麻煩，而是笙之介聽了之後內心受到震撼，難以平靜。

「我無法幫您尋人。」笙之介說完後，金吾郎抬起臉來。「不過長堀先生，那些書信您可有帶在身上？就算是謄本也行。」

「我有。」金吾郎伸手入懷。笙之介加以制止。現在還不用。不急，不急。

「之前可有誰試著解開密文？」

金吾郎手放在懷中，瞪大眼睛近逼而來，笙之介一時說不出話。

「依我推測，應該是沒人對吧？」

「現在藩裡除了我之外，沒人關心老藩主。」

儘管小田島一隆尚保有父子之情，但此時正值藩政改革之秋，他不可能命家臣去解讀父親所寫的詭異漢字。就只有你是吧——笙之介在心中暗忖。金吾郎就像要回應般悄聲說道：

「這件棘手的事，非在下能力所及。」

笙之介自言自語般「嗯」一聲，肩膀微微晃動。

「如果不會給您帶來不便……不，應該說，既然聽聞您的情況，就算會給您帶來不便也只能請您相信我了，我一定會守口如瓶。」

金吾郎以求助的表情說道，「在下相信閣下。」

長堀先生，您一定很疲憊吧。笙之介想。

「我也是第一次遇上這種事。不過幸好我在租書店工作，周遭意外有不少智者。就算我遇到困難也能請他們幫忙。」

當然了，我會替您隱瞞詳細情形——笙之介不忘補上一句。

「可否由我來試著解開密文呢？」長堀金吾郎眼中閃著淚光。笙之介已無退路。

二

長堀金吾郎手中共三封書信。每一封皆不是謄本，而是小田島一正親筆寫的正本。

「因爲老藩主每天都寫這種信。隱居所的書信盒都快裝不下了。」

選出這三封帶在身上是因爲……

「雖然內容一樣看不懂，但光就字面來看，就屬這三封信寫得最好。」

就文字排列來看，感覺像是反覆書寫同樣的字。

「字的寫法中也許暗藏破解密文的關鍵。若是這樣，光看謄本也無法解開。」

所以我才帶正本在身上——金吾郎說道，笙之介恭敬地收下。

「那我就收下了。」

「在下會時常來拜訪。不，並不會每天來……在下沒有催您的意思。」

金吾郎滿頭大汗地說完後，踩著比來時更穩健的步伐離開富勘長屋。笙之介獨處後整理桌面，攤開三封書信。雖然折得很整齊，但每封信篇幅都不長。只寫一張紙多，而且字體頗大。

笙之介一時看得入迷——寫得眞好。

果然寫得一手好字。不光是字體端正，每個小地方都活力十足。頓的地方頓得有勁，該挑的地方挑得有力。光就字來看，不覺得寫字的人心智有什麼問題。而且這字雖然詭異，卻不是亂寫一通。當中有規則，懂漢字的人仔細觀察就會發現。金吾郎說過，在三八野藩沒人這麼關心老藩主，一想到此便替他感到落寞。

笙之介知道——這個國家學過寫字的人們一般用的漢字，在信件上頭一個也找不到。「言字旁」加上「夕」，這字該怎麼念？「提手旁」加上「甘」又是什麼字？「頭部」底下加個「每」，這又是什麼字？但若試著將這些漢字拆解成「左偏旁」和「右偏旁」，就會明白這不是什麼怪字。

每個「左偏旁」和「右偏旁」都確有其字。

沒錯。就只是替換組合，所以乍看像亂寫一通。因爲上頭寫滿字，更教人看得一頭霧水。

好，就把它命名爲贗字吧。笙之介一面磨墨，一面思忖。

如果這是要寫給某人的書信，文章中一定會出現的字是什麼呢？

——應該是「候」(註)吧。

那就來找尋「矦」這個「右偏旁」搭不是「人字」的「左偏旁」所構成的贗字吧。笙之介瞪大眼睛，仔細檢視那三封信。不久，他眉頭緊蹙，抬起頭來。

找不到。沒有「矦」這個「右偏旁」的字。

換句話說，這個贗字並非單純只是更換漢字的「左偏旁」。「右偏旁」也在某個規則下被替換，與「左偏旁」重新組合。既然這樣，接著找尋使用頻率較高的贗字吧。既然是書信，假設有「候」字應該不會有錯。

只要找出三封信中使用頻率較高的字，就能假設它是「候」字。若能從中看出贗字的「左偏旁」和「右偏旁」由「人字旁」和「矦」替換而來，那這會遠比只更換「左偏旁」的情況更棘手，不過將會是解謎的線索。

笙之介幹勁十足，他很慎重地抄下每個贗字細數。一會兒後，他擱下毛筆，盤起雙臂。根本就雜亂無章。這三封書信找不到共通而且出現最多次的贗字。第一封最多的字是「設」，第二封最多的是「借」，第三封最多的是「怵」。

儘管如此，要是將這些字都換成「候」會是什麼情形？

所謂的密文、暗號，有的單純，有的複雜。就最單純的情況來說，例如「將『言字旁』的漢字全改成『人字旁』的漢字」，這樣的解讀方法只要事先口頭約定好即可。若是如此，要是不知道雙方約定的人在看過後將「言字旁」改成「人字旁」，謎題就解開了。

但這麼一來密文就不堪用了，更複雜一些吧——若是將「言字旁」改成「人字旁」，把「人字旁」改成「提手旁」，把「提手旁」改成「心字旁」，那就連使用密語的人也會記不住。若不光是改變「左偏旁」，連「右偏旁」也依照某個規則替換，那也是同樣的情形。

這麼一來，就得備好某種備忘錄，或是文字更換一覽表，使用密文溝通的雙方各持一份，取得這張一覽表就隨時能使用密文和解讀。

如果將「候」替換成某個贋字，應該就能以此作爲出發點推測替換規則。笙之介認爲有這個可能，或許辦得到。所以他細數可能是「候」的贋字，結果找到幾個。

這代表什麼呢？

爲了製作贋字而替換「左偏旁」與「右偏旁」的規則，亦即文字更換一覽表，可能不只一份。多花點時間倒也不是辦不到。但使用多種替換規則時，勢必得在密文或暗號文章裡藏指示，讓對方知道「解讀得用哪份一覽表」。

長堀金吾郎說過，這些書信中——看懂的就只有日期，但就連日期也完全不對。

這點著實詭異。日期、年號、干支該不會就是老藩主的指示吧？告知對方在解讀這些書信時，「得用某某文字更換一覽表」。例如上頭寫庚子就用這份，寫丙午就用那份。

笙之介盤起雙臂沉聲低吟，手中的筆蘸滿墨。好，分別挑出三封信中最常用的「左偏旁」，數數看有多少，或許看得出規則性。結果又讓笙之介沉聲低吟。「左偏旁」的使用頻率多寡不一，三封信找不出共通點。笙之介不認輸，他用同樣的方法針對「右偏旁」試一次，但一樣找不出規則。

眞有點麻煩。

眞希望多一點參考資料。如果小田島一正的書信全都在這，可用來解讀的材料能多一些，或許可以看出一定的規則性（就算不只一個也無妨），但眼前只有三封。

註：候文是日語在中世紀至近代期間使用的一種文語體。在句末使用助動詞「候」。

沒有就是沒有，說再多也無濟於事。他甩甩頭，鬆開雙臂，接著改為托腮，繼續思索。

據說老藩主一再反覆寫這三封書信，金吾郎才將它藏進懷中，四處找尋來路不明的古橋笙之介。反覆寫這三種書信有什麼含意嗎？

笙之介突然心頭一震。

倘若替換的規則不只一個，那小田島一正手中應該也有一覽表或備忘錄之類的東西，完全對照上頭的規則來寫。他不可能全記住複雜的規則。如果眞是這樣，老藩主在寫這些詭異的書信時，在隱居處服侍的家臣們應該有人親眼目睹過一兩次。這很容易發現。

難道老藩主將規則全記在腦中？

該不會他記得的不是替換規則，而是書信的內容吧？

會不會只是想起年輕時所寫的信，完全照著重謄呢？所以這三封信的文字一再出現的原因是內容令他印象深刻，或是他一直深植腦海。若是這樣，恐怕連小田島一正本人也忘了這些贗字的排列及解讀方法。

就算找出那位神祕（現在令周遭人頭痛不已）的古橋笙之介，恐怕連他也忘了這件事。**經你們這麼一提才想到，以前我發明過那樣的密文。文字更換一覽表？我現在已經沒那種玩意兒。連內容也忘得一乾二淨了，哈哈哈！**

笙之介想著於事無補的事，肚子突然唱起空城計，但梨枝特地準備的晚飯全進了長堀金吾郎的肚裡。

太陽下山後，笙之介點亮油燈，抄寫那三封書信。光一次還不夠，他一再照著臨摹。

抄著抄著，益發佩服那漂亮的筆跡。憑笙之介的功力，無法令文字蓄含這等勁力。

——這就是人品氣度的差距。

不是毛筆功力深淺的差距。寫字者的人生經驗差距全顯現在文字中。就算小田島一正這位藩主再怎麼無能，畢竟是統率一藩之尊，至今貴爲前任藩主，出身也截然不同。不像笙之介這個全身沾滿市街塵埃，風一吹便連同身上的塵埃一起被吹走的年輕小夥子，小田島一正的手指暗藏著笙之介沒有的力量。

笙之介對自己的毛筆字頗有自信。至少他自認毛筆字的功力遠在劍術之上。但他在臨摹小田島一正的贗字時，儘管能模仿秀麗的筆跡，卻無法完全一樣，總會帶著微妙的差異。儘管他一直喃喃自語，苦思良久，當天晚上還是睡著了。他隔天一起身又開始喃喃自語，前往茅廁，在井邊洗臉，接著一路苦思，返回屋內坐在書桌前。

他一面思索著如何模仿小田島一正的筆跡，一面抄寫書信，思考解開密文的關鍵藏在哪裡。模仿筆跡與解開密文間雖然沒半點關聯，但抄寫時頭腦清晰，思緒平靜。他隱約覺得，只要完全化身爲小田島一正，便能了解小田島一正腦中的想法。

全文抄寫完畢後，他又逐一抄寫贗字。這次著眼的不是字形，而是針對同音的部首分類，並不忘細數每個音出現的次數。笙之介全神投入其中。

「打擾了。」

富勘還是老樣子，穿著短外罩，長長的衣繩隨風晃盪，他前來時，笙之介正專注地寫著毛筆。

「打擾了，古橋先生。」

笙之介連頭都沒抬。

「古橋先生！」

耳邊聽到富勘的大聲叫喚，笙之介手中的毛筆脫落，回過神來。

「富、富勘先生。」定睛一看，富勘整個人趨身向前，兩人的額頭都快撞在一起了。阿金、太一、阿鹿、阿秀也全聚在門口，往內窺望。

「笙先生，你沒事吧？」阿秀喚道。「今早不管誰跟你打招呼，你都像沒聽到似地一直喃喃自語。你記得嗎？然後你一直關在房裡。」

「我就說嘛，笙先生一定在做什麼重要的工作。」阿金制止在場眾人，噘起嘴，像在替笙之介解釋。「昨天那位武士應該是有事請笙先生幫忙。所以他才會這麼忙吧？」

說起來都是姐姐妳們太大驚小怪了——太一一臉不悅。

「動不動就笙先生長，笙先生短的。」

「你少插嘴。」

「笙先生，你今天沒洗衣服吧？」阿鹿徐緩地說道，替他操心。

阿秀則面露苦笑。「你早上沒煮飯吧？午餐吃了嗎？」

「咦，已經中午啦？」

「說什麼呢。」富勘一臉驚訝。「早過下午兩點了。」

已經這麼晚啦？難怪肚子又餓了。「抱歉。我好像太投入了。」

「就說嘛。喂，散了！散了！」富勘粗魯地揮著手，把女人和太一趕走。「就算是古橋先生也不可能會坐在書桌前就這麼餓成人乾，他才沒那麼不食人間煙火。」

「就屬管理人的話最毒。」阿秀笑著推阿鹿往前走，就此離去，至於踮著腳尖往笙之介手裡的東西猛瞧的阿金則被太一拖著走。

「眞是豔福不淺啊。」富勘一屁股坐在入門臺階處，他這番話的口吻不像調侃，倒像有些嫉妒。

「我就算發高燒臥病在床，也沒哪個女人會用這麼關心的表情待我。」

沒想到向來很有男子氣概的管理人也說這種挖苦人的話。

「那是因爲富勘先生您有人會替您操心啊。」

「理應會替你操心的村田屋老闆，又塞給你什麼麻煩的差事嗎？」

富勘望向書桌上那疊笙之介寫的紙，蹙起眉頭。儘管沒想到管理人會說這種挖苦人的話，但他愛照顧人，愛替人操心的個性還是沒變。

「這不是村田屋老闆給的差事。」笙之介不禁眉頭緊鎖。都這時候了，竟然還沉迷於不是本業的事物上，甚至浪費這麼多的紙和墨。村田屋委託的工作交期明明迫在眉睫。

「要是我們兩人一直像牙疼似地皺著張臉，那可沒完沒了。」富勘道。「到底發生什麼事？聽說昨天來了一位陌生的武士。」

是你藩國的人嗎——富勘悄聲問，眼神無比認眞。

笙之介頗爲訝異。與東谷關係密切的富勘，果然略有所悉笙之介的身世。

「和我的藩國無關，只是另外接了份差事。」

笙之介回答後，突然心念一轉，將他謄寫的書信全拿出來。

「就是這個，您看了有什麼感想？」

富勘是管理人。雖然稱不上長屋的主君，好歹相當於家老的地位。長堀金吾郎應該不會怪他隨便拿給別人看才對。

富勘上揚的眼角猛然一震。「這什麼東西啊？」

「您認爲是什麼？」

富勘朝謄本檢視良久後，望向笙之介。「以前有過這種東西。」

「咦？」難道他想到了什麼？

「好像是發生在本所相生町的事。有家米行，好像是家裡生了男丁，爲了慶祝就準備像這樣的猜謎文字，作成傳單四處發送。」

這是猜謎文字吧——富勘向笙之介確認。

「如果能解開謎題，就能得到一袋白米。很慷慨吧？」

「是很難解的密文嗎？」

「不，只要懂漢字，任誰也解得開，非常簡單。只要把讀音連在一塊就行了。它其實是一句吉祥話。例如『しちふくじん（七福神）』或『たからぶね（寶船）』之類的。」

當時發出不少袋白米當獎品。

「那白米好像很好吃。」富勘將書信還給笙之介。「雖然上頭寫的是莫名其妙的漢字，但我看它很像是決鬥信。」

「決鬥信？」

「這筆跡霸氣十足。」

果然沒錯，能夠從字面上感受到寫字者意圖和想法的不光是笙之介。

「不過話說回來，你還眞投入。好歹吃個開水泡飯吧。」

笙之介懶得花時間用開水泡飯，直接吃起冷飯，過了一會，勝文堂的六助前來。六助說完午安，一見書桌四周的情景，臉上頓時泛起笑意。

「我鼻子眞靈。來得正是時候。你剛好紙和墨都快用完了吧？」

笙之介難爲情地笑著，告訴他事情經過，讓他看那些書信。接下來就找武部老師談談吧。

「笙兄，燒個開水吧。」

「六大，你該不會說，這是抵向熱氣後就會浮現文字的設計吧？」

「才不是呢。那就順便一起說了，這看起來也不像得用火烤。」六助呵呵輕笑。「笙兄，我看你的表情，活像吃冷飯給噎著了。剛好我也有點口渴。」

笙之介依言前去燒開水時，六助瞇起眼睛細瞧那些書信，有時倒著拿，有時翻到背面細看。

「嗯，這是密文對吧。」

「這我一開始就知道了。」

兩人喝完開水，略爲平靜些許。笙之介說出目前的想法，六助緩緩點著頭。

「眞虧你想得到。不過，如果解密的方法好幾種，笙兄你光憑想像是不可能解開的。有沒有其他線索？」

「也許從長堀先生那裡可以問出什麼。要是可以多拿到一些書信……」

「那表示目前只有這些線索。」六助天生的細眼彎成弓形，分不清是笑還是嘆息。

「書信中最常出現的漢字是『候』，這個前提沒錯吧？」

「難道還有其他？」

「例如像『之』。」六助彎彎的眼睛眨了眨。「或是『致』。」

「那得看書信的內容而定。」

兩人皆沉默。

「你說那位老藩主可能不是經過細想才寫下這些書信，他只是將記得的文字原原本本寫下，我贊成你的看法。還有……」六助以修長的手指在鼻梁摩娑。「我這麼說像在潑你冷水，請莫見怪。話說回來，這位老藩主年輕時，是否曾經用那麼複雜的文字替換一覽表寫過書信呢？」

因爲這只是一種遊戲吧？

「又不是密探或隱目付（註）的密信。穿幫也不會有人送命，或是謀反的企圖被推翻。就只是一位少主爲了和欣賞的流浪漢來往，不想受眾家臣的妨礙而特地寫的書信。」

笙之介頗感掃興。「你到底是什麼意思？」

「所以嘍，如果只是這種程度的書信，應該會用更簡單的方式寫吧。」

這種贗字的製作方法和解讀方式，應該可以直接記在腦中吧——六助道。

「這位老藩主是喜歡漢文典籍的人嗎？」

「這個嘛……長堀先生沒特別提。」

「那就更有可能了。因爲笙先生你只有一知半解，反而想多了吧？」

的確很像在潑冷水，不過一針見血。六助提出忠告，並且替笙之介補齊紙和墨之後（記在村田屋帳上）離去。笙之介沮喪地倚向書桌。

註：臨時受幕府命令擔任目付，暗中監視大名行動的職務。

——得工作賺錢才行。

心裡這麼想，但他不死心地鑽研起密文，然後打起瞌睡。

自古傳說英雄豪傑的筆跡帶有靈威。若是隨便在寺院神社的匾額文字下口出惡言，會遭到詛咒，輕者染病，重者喪命。小田島一正仍舊健在，而且稱不上什麼英雄豪傑，所以笙之介沒因此睡不安穩。但他做了夢，夢裡有許多「左偏旁」和「右偏旁」在腦袋四周翩然飛舞。

三

武部老師沒閒工夫陪笙之介解密文之謎。

隔天一早，為了借重老師的智慧，笙之介認為趁私塾的學生來上課前請教比較恰當，因此一起床便趕著出門，但老師和夫人聰美別說起床了，昨晚根本整晚沒睡。因為孩子們病了。

「不光是我家的孩子。數天前起，私塾的學生們便開始相互傳染。」

據說手指、嘴角、口內都冒出一粒粒紅疹，並伴隨發燒。雖然不是足以致命的重病，但發疹又痛又癢，年幼的孩子尤為難受。照料的父母也很辛苦。

「阿秀姐家的佳代也染病了嗎？」

「嗯，那孩子也發疹子，正躺著靜養。你沒聽說嗎？」

笙之介胸口一震。阿秀見他全神鑽研密文，替他擔心而前來叫喚，但他完全沒注意到阿秀身旁少了佳代。

「目前還沒傳染成人，不過為了小心起見，笙先生，記得勤洗手。」

「我明白了。如果哪裡我幫得上忙，請儘管跟我說，別客氣。」

「感激不盡。」

就這樣，武部沒問他有什麼事，笙之介也沒機會開口。

——既然這樣……

笙之介改前往村田屋找治兵衛談談。翻找村田屋的藏書，也許能找出記載密文的書籍。既然有這個可能就去試試看吧。

「哦，歡迎。今天可眞早。」笑臉相迎的炭球眉毛儘管明白笙之介並非趕在交期前提早交件，但也沒面露不悅。笙之介將密文的事說得口沫橫飛，而治兵衛態度沉穩地望著他，說道：

「看你急於找尋解開密文的線索，表示你其他事都停擺對吧？」

「抱歉。」

「沒想到笙兄也會有如此勇往直前的一面。」還眞不能小看你呢——治兵衛說。「好吧。我們到隔壁的房間談。我請老爺子助你一臂之力。」

治兵衛口中的老爺子是村田屋的老掌櫃。

「我們店裡哪些書放什麼地方，老爺子全都記得，可說是個活目錄。而且書本只要他看過一遍，大致都會記得內容。一定幫得上你的忙。」

那位老爺子搬來小書桌和硯盒，笙之介在四張半榻榻米大的房間坐下。這時聽他本人介紹，才知道原來這位老掌櫃有個很少見的名字，叫作「帚三」。

「家父是一位作掃帚的工匠，兒子們分別取名爲帚一、帚二、帚三。」

「原來如此，請多指教。」

「不過古橋先生……」帚三駝著背，身材乾癟，他用和本人一樣乾癟的沙啞聲音說道。

「密文這種東西，原本就是在使用者間口耳相傳。不會寫成文字遺留下來。就我所知，沒有記載這類密文的作法和解讀方式的書籍。」

這樣啊——笙之介頗感失落。

「讀物中有幾個故事，提到幽會的男女爲了暗通書信而想出彼此看得懂的密文。因此，只是一些用來告知幽會地點和時間的簡單密文，不過這或許能成爲線索。姑且先看看吧。」

帚三語畢後旋即離去，回來時捧著一疊書。「全看完很花時間。我會在上面做記號。」

很難相信帚三眞的把這些讀物全記在腦中，他以令人眼花繚亂的速度翻頁，用漿糊黏上便條。笙之介努力跟上他的速度。確實都是很簡單的密文，例如「新月影落掠鳥巢」，其實意思是「卯時在河船宿屋『新月』見面（註）」。算是一種文字遊戲。

「古橋先生，您懂荷蘭文嗎？」

「怎麼可能！我完全不懂。」

「每個人一開始都對外國語言一竅不通。長崎的口譯員有本名爲《荷蘭語諸事解讀事始》的著作，書中提到他是如何用心將異國語言轉換爲我國語言。與密文的解讀有相通之處。」

「哦，這樣啊。」

帚三將書連同荷蘭語字典一併帶來。接下來幾乎都是這樣的模式。帚三接受笙之介的想法，反過來提出另一個問題，導引他從不同的角度來思考。

兩人頻頻討論。這個贗字沒有含意，會不會是只取部首的音來念呢？不，還是得從中解讀出贗字的密文與原文的替換規則才對吧。日期和干支有含意嗎？三封信的前後關係爲何？它的順序會不會藏有什麼關鍵線索？

「光從音來看，沒有特別含意。」

「它的規則也許得跳著看。書信中的某個地方或許會透露規則。」

「整體看來分成左右偏旁的漢字居多，像『草字頭』這種上下分開的字比較少……」

「那只是分成左右兩邊的漢字比較容易當成贗字來處理吧？」

「會不會只是我個人才疏學淺，所以看不出來，這當中或許摻雜一、兩個眞正的漢字，只是看起來像贗字罷了。換句話說，這是本國不曾使用的眞正『漢字』。」

帚三霍然起身，用不像是駝背的飛快動作走進店內，捧著幾本積著厚厚一層灰的書走出。

「這叫作《字鑑》，是專爲解讀佛教經典作的字典。」

村田屋竟然藏有這種書籍。

「至於這本是梵字字典。因爲我覺得這些贗字當中，有的很像梵字……」

這名掌櫃連梵字都懂？

兩人翻著書，因上頭的灰塵而頻頻打噴嚏，這個不是，那個不是，一再討論。

「可是古橋先生。」

「哈啾。」

「寫這封信的人，有這麼深厚的教養嗎？」

「這我不清楚。」

帚三沒半句怨言，比笙之介更有耐性。中午時，女侍送來飯糰和熱茶，儘管休憩片刻，但笙之介腦中塞滿各式各樣的字。等到夕陽西下，笙之介才不得不認輸。

「現在才這麼說，或許有點晚……」

「什麼事呢？」帚三皺紋密布的乾癟臉龐，不顯一絲倦容。

「我們絞盡腦汁還是想不出來，看來這密文的設計其實很單純。」

這應該是當事人私下約定，缺乏規則性的『模仿密文』。簡言之，是一種文字遊戲。考量到兩人書信往來的關係，這就像是相約幽會的情書，就算程度與前面提到的「掠鳥」相仿也不足爲奇——看來六助的解讀沒錯。

帚三臉上仍是沒帶半點笑容。「我也這麼認爲。」

「眞是抱歉。讓您白忙一場。」

「別這麼說。就算看起來不太可能，在仔細確認前都不能排除可能性。」

「帚三先生。」

註：掠鳥的日語爲「むくどり」，與卯時的「六つ（むつ）」開頭同音。巢暗指河船宿屋。新月則是店名。

「什麼事？」

「您這名字取得眞好。」老掌櫃側頭不解。笙之介莞爾一笑。

「您眞的就像掃帚一樣。替我從摸不透的大山中掃出塵埃，讓那摸不透的山脊清楚浮現。」

帚三咧嘴一笑，嘴裡缺了好幾顆牙。「謝謝您的美言。」

笙之介離開時正要恭敬地答謝，治兵衛卻打斷他，遞給他一個包袱。笙之介心想應該是可供我參考的書吧，此外不知道還會有些什麼，於是滿心雀躍地收下。

「是工作。」

「咦？」

「今天出借我家老爺子給笙兄你用，我要你用工作回報。」

這包袱入手沉甸甸。

「助人固然是不錯，不過工作也得好好做哦。」

要糊口不是件簡單事——治兵衛若無其事地說道。

笙之介似乎頗受神明眷顧，只是分不清到底是工作之神，還是助人之神。這次他整晚都夢見贗字夾雜著梵字，漫天亂舞。武部老師天明時造訪富勘長屋。

「才過一天，眞是抱歉，希望您能幫我個忙。」爲了防止病情繼續擴散，他決定讓私塾停課幾天。「我決定將染病的學生們聚在家中，集中照顧。」

有些父母因爲孩子生病而無法出外工作。老師的孩子也臥病在床，得花時間照料。所以老師打算集中照料，讓症狀輕的孩子幫忙，教導他們明白互助的道理。

「畢竟這也是修身的美德之一。」

「原來如此，好辦法。」

「所以我希望笙先生幫忙照料其他健康的孩子。」

地點我已經找好了。

「相生橋前方有家名爲『利根以』的鰻魚店。店裡賣的蒲燒鰻刺多又難吃，店裡總是門可羅雀。他們同意讓我租用一間二樓的廂房。」

聽說是富勘居中協調。

「笙先生，可否幫我指導孩子寫字？放心，這並不難。只要指導平假名讀寫，帶他們複習算盤即可。我會讓他們自行帶文具，你人來就好，頂多四、五天。教科書就算沒打開看也沒關係。」

雖然是請託的口吻，但武部談妥一切，容不得他說不。因爲沒染病的學生此時全聚集在「利根以」二樓。

「我向來嚴格管教，所以我的學生都很守規矩。笙先生負責監督即可，還可以做自己的工作。雖然對您很過意不去，但還是請多幫忙。您的大恩我會銘記在心。」

就這樣，笙之介突然當起老師。

聚在「利根以」的八名學生，從四歲到十一歲皆有，男孩六人，女孩二人。女孩個個像是可靠的鄰家大姐，事實上，其中一位是和弟弟一起來。笙之介先詢問每個人的名字和住處後，在容許範圍內介紹自己。武部老師所言不假，這些孩子果眞很守規矩。不過，與他們接觸後，笙之介逐漸明白他們如此安分，是因爲擔心染病的兄弟姐妹或朋友。

「今天要先請你們告訴我，自己學過些什麼，又學到什麼程度。」

笙之介因爲村田屋的工作而抄寫過私塾的教科書，也在長屋教過佳代日文假名，但這不表示他一下子就能擔任八名學生的老師。就算要擺出架勢說一聲「我是老師」，但打從一開始他就沒有老師的威嚴，倒不如和孩子們和睦相處，稍微消除心中的不安就行了。笙之介如此暗忖。

第一天，他只確認武部老師如何教導。身爲新手老師的笙之介順利從最大只有十一歲的孩子口中問出這點，就證明武部老師是位很優秀的老師。下午兩點他讓孩子們回家，稍微喘口氣才猛然回神，然後慌張地返回長屋。身兼多項工作果然辛苦。

他在井邊遇見阿秀，氣喘吁吁地詢問佳代的情況。
「她已經可以下床玩了。發疹子的情況好像也開始好轉。」
「眞抱歉，我都沒注意到這件事。」
阿秀面露詫異之色。「笙先生，你爲何道歉？」
「佳代在家吧？」
「是的，我告訴她，笙先生代替武部老師當代課老師哦，她聽了一直吵著說要請老師教我，但她現在還在禁足。傳染給太一可就過意不去了。這種情形可以用『禁足』這種說法嗎？」
「可以，給妳打個圈。」
接著笙之介纏上頭巾，處理交期將屆的村田屋工作。他忙完後，爲隔天的授課做預習，這時太一喚道「澡堂的水就要放掉嘍」，他急忙和太一一起衝向澡堂。
「笙先生，聽說你在幫武部老師忙啊？」
太一每天忙著打零工掙錢，偶爾上武部老師的私塾讀書。老師知道他家裡情況，未加以苛責。拜此之賜，他才沒染上這次的傳染病。
「我還是別請你教我好了。」
「嗯，是我太不可靠對吧？」
「才不是呢。」太一撈起熱水，從頭淋下。「要是讓你教我讀書寫字，我就會想起你其實是身分比我高的武士。」笙之介不知如何回應，跟著撈起熱水洗臉。「笙先生，昨天不知道你在忙些什麼，無比投入，處理好那件事了嗎？」
經他這麼一提，笙之介第一次想起解讀密文的事。他壓根忘了這件事。如果說現在無暇顧及此事，對長堀金吾郎實在有點過意不去。當眞是顧此失彼啊。
「還沒呢，因爲我分身乏術啊……」
「這就叫作『窮人沒空閒』對吧？」

「是啊。」

太一噗哧一笑。「幹麼直接承認，好歹說『勤奮不怕窮』吧。你可是老師。」

說得一點都沒錯。笙之介也自嘲。

第二天，他請太一跑一趟村田屋，送交交期已滿的抄本，自己則懷著比昨天更沉穩的心情做好準備前往「利根以」。昨天匆匆問候幾句的「利根以」老闆夫婦，今天仔細一看，發現他們的臉和房間牆壁一樣又髒又黑，手則和榻榻米一樣粗糙。

「當初說好的，二樓的其他包廂可以招待其他客人。」

「好的，您請。」

「請您不要大聲朗讀教科書。因為這樣會讓客人覺得掃興。」

這對夫婦的眼神凶惡，就像鰻魚一樣，給人一種溼滑感。如果他們店裡的蒲燒鰻好吃倒還另當別論，但刺多又難吃，難怪店裡門可羅雀。

果不其然，別說二樓了，就連一樓的大眾席也沒客人上門，笙之介和這八名學生不慌不忙地複習九九乘法表。

中午休息完後，笙之介下午起就請這八名孩子各自說出父母的職業。如果是商人，則說明是做什麼買賣。是工匠的話，就說在製造什麼。聽完後，他明白他們全是賺辛苦錢的窮人家子弟，但個個表情開朗，完全不以為意。而孩子們似乎也是第一次這麼正經地說明出身，顯得有點難為情，不知所措，不過他們會替彼此補充，或是駁斥對方的說法，開心地說個沒玩。

不久，他們問笙之介。「老師的工作是什麼樣子啊？」

「替租書店謄寫抄本，是不是每天都和很艱深的書大眼瞪小眼啊？」

笙之介舉以前作過的抄本為例，說明完全不是他們想的那樣。想讓孩子做些什麼時，應該自己先做給他們看才對。我把順序弄反了，笙之介暗自反省。

他一時談得興起，孩子聽得津津有味，笙之介心中逐漸浮上一個念頭。他原本沒這個打算，只

是在離開長屋時不經意地將密文放進懷中。雖然此時此刻心思只能放在課堂上，但難保哪個時候不會突然想到什麼。

那幾張密文看在這些孩子們眼中，不知道會像什麼？

筀之介禁不住誘惑，從懷中取出一張謄本。

「各位，你們看一下這個好嗎？」

八個孩子全湊過來。八雙眼睛頻頻眨眼。

「與教科書上的字不一樣吧？這是你們從沒學過的漢字。」

孩子們叫嚷起來。我還沒學漢字啦。這麼難的字，我不會念。老師，這你會念嗎？

「其實老師也看不懂，正為此發愁呢。」

「什麼嘛，這樣我們一定更看不懂了。」

「老師，你要不要請教武部老師？」

話聲此起彼落，年紀最大的女孩剛好就叫阿文（註），她看了之後說道。

「這字寫得真漂亮。」筀之介不禁望向阿文。阿文雙眼緊盯著那排贗字。「老師，好美的字啊。」

「嗯，確實很美。」

一名男孩在一旁插話：「怎麼覺得這字好像圖案哦。」

許多漢字擺在一起，看在不懂含意的孩子眼中就像某種圖案。

阿文沒理會男孩的意見。一臉鍾愛、憧憬的眼神，注視贗字良久。

「武部老師常要我們用心寫字。只要用心寫，就算功力不夠，看起來還是很美。寫這字的人一定投注很多心力在上頭。」

註：日文的「文」，有書信的意思。

笙之介不覺得這是什麼線索。不過，長堀金吾郎聽到阿文剛才那番話應該會很高興。一定會的，所以笙之介對阿文道：「我也這麼認爲。謝謝妳。」

放學後，笙之介獨自留在包廂，重新從懷中取出密文書信。要是不趕快返回長屋處理村田屋的工作就擠不出時間解讀密文了。儘管心裡明白，但他感覺阿文清亮的聲音在耳畔縈繞，他想試著靜下心來面對這封信。

——寫這字的人一定投注很多心力在上頭。

面向走廊的紙門微微動了一下。感覺有人。笙之介抬起頭。

鰻魚店借來的書桌上頭有孩子用過的硯臺和毛筆。在私塾裡，自行洗清筆硯和收拾也是學習的一環，但因爲這裡無法擅自用水，只好擺著。打開紙門的人整張臉蒙著柿子色的頭巾，只露出一雙眼睛。此人眼波流轉，平靜地望向桌面說道：

「我來幫您忙。」

她與倒抽一口氣的笙之介四目對望，緩緩行一禮。

原來是和香。

她的和服衣袖頗長，看不到她併攏置於膝上的手背和手指。頭髮和肌膚全覆在頭巾下，宛如一塊擁有人體輪廓的布靜坐其上。儘管如此，笙之介認爲從頭巾縫隙間露出的一對明眸可充分認出她就是和香。看她這對明眸，可明白和香坐在這裡，著實是鼓足勇氣。

「謝、謝謝您。」笙之介喉中發出荒腔走板的聲音。眞是失態極了，笙之介直想當場咬舌自盡……不，是切腹自盡。爲什麼我不能發出更沉穩冷靜的聲音呢。

「打擾了。」和香行了一禮，踩在起毛邊的榻榻米上走進包廂。腳下套著白布襪。生活在市街的人很少在這個季節穿白布襪。難道連腳背都有折磨著和香的紅斑？笙之介坐在書桌前，一顆心噗通亂跳，像個傻子似地想著此事。明明還有其他事等著他細想。

「孩子們的硯臺裡還留有墨汁。請問墨壺在哪裡？」

「哦，在這裡。」笙之介急忙微微起身，想拿墨壺。「我來處理墨汁。和香小姐，您可以幫忙收毛筆嗎？我拿到下面去洗。您袖子會弄髒。」

聽笙之介這麼說，和香突然眼神一沉。她不發一語地從袖口取出一條紅色束衣帶，俐落地纏好衣袖。和香露出的雙臂左右手膚色截然不同。

燙傷起水泡後，儘管傷口治癒，皮膚的紅疤還是無法消除。和香左臂上的紅斑就類似這樣。從她手肘到手背一帶如果眞是燙傷的傷疤，一定是很嚴重的燙傷，上頭有一大片膚色泛紅。而且色澤有深有淺。色澤較淡處只是略顯暗沉，色澤較深處則是鮮明的紅色。

另一方面，她右臂膚質細緻白皙。兩相比對，確實不忍卒睹。

「這樣就不會弄髒了。」和香纏緊束衣帶後迅速地說，開始收拾硯臺和毛筆。

笙之介不知如何是好。不是因爲第一次直視和香的祕密而感到慌亂，只是單純不知如何自處。因爲他不知該用什麼表情面對這些。

——和香小姐有點壞心呢。

他心裡甚至這麼想。

——故意讓我看她的紅斑，想看我露出嫌棄的表情。

才不讓妳稱心如意。

「謝謝您前來幫忙。」笙之介整理起今天讓孩子們複習的本子。「不過，您怎麼會知道我在這裡當代理老師的事呢？」

「村田屋老闆告訴我的。」和香將硯臺的殘墨倒進墨壺裡，俐落地答道。「聽說村田屋老闆是從私塾的武部老師那裡聽聞此事。勝文堂的六助先生也知道這事。」

大家可眞是消息靈通啊。

「村田屋老闆建議我，如果要就之前對古橋先生的無禮行徑賠罪，最好到這裡登門拜訪。」

「之前的無禮行徑……是哪件事啊？」

和香把臉移開，沒回答。

「我去清洗。」和香端著一疊硯臺起身走出包廂。笙之介搔著頭，把毛筆綑成一束，接著忙原先的工作。今天一樣門可羅雀，閒得發慌而打起瞌睡的「利根以」老闆夫婦見和香走向井邊，頓時頗感興趣地望著她的背影。笙之介走下樓梯後，他們兩人瞪大眼睛望著他問：

「老師，那位是你親戚嗎？」老闆貫太郎問。

「老師，看你一臉純真，沒想到還挺有一手的嘛。」老闆娘阿道說。

第一個提問姑且不提，第二個提問到底在說什麼啊？這麼想的不光是笙之介，似乎連貫太郎也有同感。

「妳在說些什麼啊？」

「哎呀，你自己看嘛。」看她那蒙面頭巾——阿道說。「整張臉都遮起來了。瞧她那多所顧忌的模樣，我畢竟從事這項生意多年，對於客人在鰻魚店包廂幽會的事，我才不會說那些不識趣的話。不過老師，你把別人的老婆帶進教孩子上課的包廂，未免太大膽了。」

人會張大嘴合不攏，不光只有驚訝的時候，過度吃驚時也會。

「喂，才不是呢。」貫太郎率先開口。「再怎麼說，這位老師也沒那個膽子在鰻魚店裡偷情。

那應該是你姐姐吧？是姐姐吧？」

笙之介臉紅過耳，整張臉幾乎都要冒火。

「兩個都不是！」笙之介氣沖沖地回一句，穿上木屐，準備從土間走向井邊，這時他才想到該如何解釋。「她是我的工作夥伴。來這裡幫忙的！」

和香在井邊汲水，仔細清洗硯臺。笙之介氣得雙膝打顫。

兩人不發一語地清洗。從和香的眼神看不出剛才的對話是否傳進她耳中。

「我去拿抹布過來。」和香將洗好的硯臺和毛筆放進提桶交給他。笙之介無精打采地返回二樓，而「利根以」老闆夫婦維持同樣的姿勢和眼神注視著他們。

和香返回包廂後，開始以擰乾的毛巾擦拭桌面。笙之介將兩張桌子移向窗邊，擺上以手巾吸去水氣的毛筆和硯臺。若不事先將毛筆筆尖理好，孩子們粗手粗腳，很快就會變得像掃把一樣。

「眞意外。」和香擦拭著桌面，彷彿眞的很意外地說道。

「我竟然看起來像是古橋先生的姐姐。我明明小您三歲呢。」

原來她聽到啦？

「應該是因爲您的舉止穩重。」笙之介很生硬地回答。「而且看不到您的長相，更會有這樣的誤會。」

這句話也許不應該說，但終究還是說出口了。

和香拿抹布擦拭的手頓時停下。半邊身子背對笙之介，接著又開始用力擦拭起桌面。「墨汁灑出來了。這裡是臨時租來應急的包廂吧。要是不擦乾淨，會妨礙他們日後做生意。」

「他們個個都是精力旺盛的孩子，不但會噴濺墨汁，還會吵架。」

笙之介突然想起趣事而笑出來。他不是故意的，平常想到趣事發噱都是如此模樣。

和香斜眼偷瞄他一眼。

「學生都知道這家店生意清淡。聽說他們的蒲燒鰻吃起來像乾貨一樣。」所以啊——笙之介向和香露出笑容。「今天我們還聊到，要不要大家一起在拉門或紙門上塗鴉呢。」

先前他們在聊父母的工作時，話題不自主地轉往這上頭。

「如果塗鴉夠奇特，也許這包廂便會突然熱門起來，儘管鰻魚難吃，卻會有客人上門參觀。就算來嘲諷也沒關係，有客人上門，老闆和老闆娘便會拿出幹勁，認眞烤蒲燒鰻。」

和香停止斜眼瞄他，轉而正面望向笙之介，緩緩眨一下眼睛。

「妳不覺得這是好點子嗎？」笙之介望著她的雙眸。「今天我請孩子說明父母的工作。閱讀《生意往來》固然不錯，但就周遭的謀生方式相互討論也是很不錯的學習。我也從這些孩子身上學到不少。孩子真是不容小覷。」

一打開話匣子，話就說個沒完。

「是因爲蒲燒鰻難吃才沒客人，還是因爲沒客人上門，老闆提不起勁，蒲燒鰻才變難吃呢？先有雞還是先有蛋，這問題不光和做生意有關，也是與萬物相通的深奧問題。是因爲貧窮才變懶惰，還是因爲懶惰才變窮呢？是因爲吵架才交惡，還是因爲交惡才吵架呢？」

「一定是兩者都有。」和香的回答，令滔滔不絕的笙之介就此打住。

「因爲兩者環環相扣，形成一個循環。所以做些改變，切斷這樣的循環就行了。」

和香說完後，目光投向「利根以」黝黑的拉門和紙門。

「塗鴉或許是不錯的主意，但我希望您能先替他們重寫菜單。那幾個字我看得很不順眼。」

和香指的是貼在樓下客人座席牆上的菜單，上頭有「蒲燒」「白燒」「肝燒」（註）。

「就只有三個啊。」

「就算只有三個，字還是不行。不適合用它來表示食物。感覺就像擺出一排死鰻，看了之後沒人覺得好吃。這對老闆夫婦根本就欠缺做生意的幹勁。」

和香的聲音無比嚴厲，就像在訓斥人，但聽在笙之介耳中頗爲悅耳。

——挺有精神的嘛。個性滿好強的。

「治兵衛先生這陣子吩咐我要改寫一本讀物，我煞費苦心，現在還想不出可以讓治兵衛先生滿意的作法。」他指的是押込御免郎的那本讀物。因爲內容的緣故，他不能向和香透露詳情。不過，此時的笙之介恍然大悟。「那也是同樣的道理。我身爲向租書店承接生意的一員，治兵衛先生其實希望我多拿出一點做生意的幹勁來。」

笙之介一副心有所感的模樣，自言自語地說道；和香眼中浮現笑意。她那含笑的眼眸照亮笙之介的內心，讓他頓時浮現一個念頭。

今天笙之介不時有念頭浮現腦中，但絕不是什麼荒唐的突發奇想，這就和當時跟學生在一起一樣，這是在彼此融洽相處的歡樂氣氛下，突然產生的愉悅悸動。

「和香小姐，我可以借助您的智慧嗎？」

他滿心雀躍地從懷中取出密文信，攤在和香面前。

「哎呀。」和香眼睛也一亮。

兩人侃侃而談。笙之介忘了時間，和香也投入其中。

笙之介說明之前的想法。和香一聽就懂，她早知道前天笙之介與村田屋的帚三交換意見的事，似乎是從治兵衛那裡聽聞。

「既然連那位老爺子看了都不知道是什麼，表示這贗字眞的是有人編造而成。當中也有規則性，而它的規則若不是複雜得嚇人，就是簡單得令人覺得掃興，對吧？」

「勝文堂的六大也認爲規則應該很簡單。否則會變得很麻煩，不方便使用。」

和香的意見，全都是笙之介早在某種形式下檢討後屏除的意見，她因此愈來愈激動。

「啊，眞不甘心。」她緊緊握住手指。「本以爲好歹可以想出一個您還沒想過的意見。」

「那是因爲我早妳三天思考這個問題。」

最後和香說一句「請您先別說話」，伸手制止笙之介。她在手中的廢紙上一會兒寫，一會兒刪，一會兒數。笙之介靜靜觀看著，心想「和香眞有意思」。

這時，包廂的紙門後突然有人靠近。「打擾了。」回頭一看是「川扇」的梨枝。她身旁放著一個方形包袱，手指撐在榻榻米上，笑容滿面地行了一禮。

「梨枝小姐！」在笙之介這聲叫喚下，和香也抬起眼，但她維持手肘撐在桌上沉思的姿勢。

「打擾您了。給您送餐點來了。」

註：鰻魚的內臟串燒。

笙之介一愣，「您怎麼會來這裡？」

梨枝抬起手中的包袱，笑得更燦爛。「笙之介先生，您知道孩子放學後到現在過了多久嗎？」

笙之介與手肘撐在桌上的和香互望一眼，頓感飢腸轆轆。每次他太過投入就會這樣。

「看您的表情，應該完全沒發現兩小時前，村田屋老闆來這裡看過你們。」

治兵衛正是沒知會便送和香來的始作俑者。他放心不下前來偷看，順便告訴梨枝這件事。

「因為是臨時準備，我僅用現有的材料湊和，上不了檯面。但還是請你們解解飢，歇口氣。」

我來請老闆提供茶水——梨枝輕快地走出廂房。笙之介急忙追上去。

「梨枝小姐……」

「您放心。我從村田屋老闆那裡收取費用了。」

「可是……」

梨枝停下腳步回過身，湊向笙之介耳邊悄聲道：

「您要的點心，下次我再好好作，而且用來討這位小姐歡心的點心，現在看來是不需要了。我看你們完全和好了吧？」

梨枝淘氣地留下這麼一句，走下樓梯。緊接著「利根以」夫婦從樓梯底下探出頭。

「連我們也收到她送的餐盒呢。」

「謝謝招待啊。」

兩人嘴裡塞滿東西，講起話來含糊不清。笙之介僵硬地轉身返回廂房。

和香坐得直挺挺，雙肩無精打采地垂落。

「那位女子是誰？」就連詢問的聲音也沒什麼精神。

「是我昔日上司常去光顧的一家河船宿屋的老闆娘。村田屋的治兵衛先生也認識她。」

戴著柿子色頭巾的和香點點頭後低語，「這樣啊。看來我來這裡拜訪您，對您很失禮。」

「才沒這種事。」

「不管什麼時候，用什麼形式和誰見面，我都很失禮。因爲我長這副模樣。」
和香此時不同於先前，改採賭氣的負面口吻。笙之介頓時急起來。
——難道是因爲梨枝小姐人長得美的緣故？
或許吧。這也難怪。不，難道是因爲我這樣想，造成和香小姐誤會？
思緒至此，笙之介望向和香，發現她的眼神更固執了。這樣下去不行啊。
梨枝用大托盤盛著茶壺和茶碗返回房內。看著她笑容可掬的美麗臉孔，和香緩緩坐正。
「謝謝您的費心。我就不客氣了。」她就像剛才梨枝一樣優雅地以手指撐地行了一禮，接著脫下頭巾，折好置於膝上，切髮左右擺動。
笙之介頓時停住呼吸。
當眞就像半月一樣。右半邊臉無比白淨，但左半邊臉到處都被深色的紅斑掩蓋。儘管鼻子沒有紅斑，但就像要補足鼻子所沒有的部分般，她脖子一帶的紅斑偏多。
和香的雙眸晶亮。眼白甚至微帶青色，而左半邊臉的眼睛反而更加突顯她嚴重的紅斑。
她雙唇緊抿，儘管視線投向地面，卻未垂落眼皮，像個勇敢又固執的孩子般全身緊繃地露出整張臉，笙之介不敢正視她。他想：我若是移開目光，會不會傷及和香的自尊？但我直盯著她瞧，是不是更過份？笙之介不知如何是好，他完全沒想過這種場面。
——可是那時候……
和香站在河畔的櫻樹下時——確實看起來像櫻花精靈。
追究起來都怪笙之介不該那麼想，不該脫口說出那番話，打從一開始就是笙之介不對。沒想到會讓和香就這麼出現在別人面前，古橋笙之介完全沒料到演變成這種局面，全是他的錯。
笙之介一片空白的腦中，驀然傳來梨枝輕柔的聲音。
「您在用餐時都會取下頭巾吧？我應該先詢問您在府上都是怎麼做才對。請恕我失禮了。」
梨枝完全不爲所動。她高雅地行了一禮後，微微傾身靠向和香說道。

「小店是池之端的川扇。令尊令堂可一切安好？上一代店主會在不同時節光顧小店，眞令人懷念。」

梨枝知道和香家。笙之介瞠目，來回注視著她們兩人。

和香同樣面露驚訝之色。梨枝嫣然一笑，接著對笙之介說：

「和香小姐是富久町和服店『和田屋』的千金。」

富久町離富勘長屋不遠。這麼說來，和香在清晨獨自出現在那株櫻樹下就不足爲奇了；而阿秀承包洗張工作的那家店好像就是和田屋。

「您知道我家？」和香略帶顫抖地問。

「是的，再麻煩小姐轉告您的雙親，川扇恭候他們再度蒞臨。」

此事應該與村田屋有關——笙之介終於察覺。因爲治兵衛人面甚廣，可能與富勘有關。

和香將置於膝上的頭巾揉成一團，丟向一旁。

「啊，眞是丟臉。」那不是固執而顯得強悍的聲音，而是固執而扭曲的聲音。「不管我再怎麼躲著世人，知道的人還是會知道。眞是白費力氣。」

梨枝不爲所動。「今天見到您，心中不勝欣喜。您現在出落得亭亭玉立了。」

「您從什麼時候知道我的事？」

「從您仍在襁褓中的時候。」

「哦，是這樣啊。抱歉，我不知道有這麼回事呢。」和香固執不讓，一副想吵架的模樣。「因爲我爹娘對我的模樣很是擔心，都不帶我出門。」

「不過和香小姐，您現在不就一個人出門嗎？」梨枝的微笑與聲音始終都柔中帶剛。「今天您是來幫笙之介先生忙對吧。哎呀，笙之介先生開始難爲情了。」

笙之介不是難爲情，而是不知如何是好。

和香撂下狠話，「古橋先生眼睛不知該往哪擺，都是因爲我這副尊容吧。眞抱歉啊。」

她就像在嫌棄自己——不對，她這樣不對。
這是笙之介第三次察覺不對，和之前兩次不同，這次不是突如其來的念頭，笙之介全身顫抖。
想到什麼便脫口而出不是武士的作風，也不是男人的行徑，可說是輕率之舉，但算了，哪管那麼多。想說什麼就說吧。憋在心底只會令自己難受。
笙之介一臉嚴肅地抬起臉說道，「和香小姐，您對治兵衛先生也是這樣嘟著嘴說『因爲我臉上有紅斑』是嗎？還說『這麼一來，那位叫古橋笙之介的男人應該就不會想再見我了』。」
笙之介開門見山說道。和香一臉愕然，緊抿的一字脣形逐漸下垂成倒V，接著高高嘟起。
「古橋先生您才是，您現在的表情才是嘟著嘴。」
「我很不欣賞妳說話的樣子。」笙之介毫不畏縮地回嘴。「沒錯！就像妳不喜歡這裡菜單的毛筆字一樣。」
「你喜不喜歡，我才不在乎呢！」
「既然妳不在乎，爲什麼氣得橫眉瞪眼？」
「誰橫眉瞪眼啦！」
這時，梨枝噗哧笑出聲來，光用手摀嘴還不夠，甚至笑彎腰。
「眞是。」她笑得眼角都流出淚。「兩位像孩子似的，都嘟著嘴，表情一模一樣。」
就像這樣——梨枝擺出嘟嘴的模樣。
「我、我才沒那樣呢。」
「梨枝小姐，您別這樣。」
梨枝還是笑個不停，取出懷紙擦拭眼角。
「來，快吃吧。兩位調整一下心情，別再氣了，好嗎？」
根本沒有調不調整的問題，情緒這東西早不知飛哪兒去了，笙之介與和香之間出現一段空白。
笙之介肚子咕嚕嚕響。和香則像內心繃緊的絲線突然斷了一樣，噗哧一笑。

接著三個人都笑了。他們笑得開懷，在梨枝的服侍下吃起餐點。貫太郎和阿道悄悄跑來偷看，但他們渾然未覺。梨枝對散落一地的廢紙以及上頭的贗字很感興趣，於是笙之介與和香向她說明。兩人說話時起初像在替彼此補充，後來和香逐漸沉默，環視起四面髹兮兮的包廂。

「和香小姐，您怎麼了？」

在這聲叫喚下，和香又嘟起嘴。不過這次不像生氣，而像突然想到一個惡作劇點子的小鬼，滿心期待地盤算怎樣設計，雙眼炯炯生輝。

「古橋先生，就來塗鴉吧。」

「啥？」

「就把這三種密文的文章，大大地寫在這裡的拉門和紙門上，也請孩子幫忙宣傳。到時候一定會有很多人來參觀。這麼一來，或許有人會發現我們想不透的破解方法。」

這點子還眞大膽。

四

沒想到「利根以」的貫太郎和阿道很躍躍欲試。

「我先生作的蒲燒鰻又硬又鹹，難吃極了。如果能因有趣的設計而招攬顧客就太感激了。」

阿道毫不避諱地說道。

「內人說得一點都沒錯。」貫太郎也不覺得難爲情。

笙之介沒退路了。他惴惴不安地詢問武部老師的意見。

「讓孩子們在拉門和紙門上塗鴉？不行不行，要是孩子們得意忘形，養成愛塗鴉的習慣，那該怎麼辦？」

武部老師可沒說這麼不識趣的話。

「有意思。等我家裡的孩子痊癒，我也想參一角。」他也躍躍欲試。

儘管如此，笙之介還是爭取到兩天的考慮時間。這段時間要是長堀金吾郎來訪，就不會演變成我瞞著他惡作劇的局面了——笙之介一直祈禱他能出現，結果老天爺聽到他的請求。第二天傍晚，金吾郎再度拖著疲憊的步伐，出現在富勘長屋。

笙之介向隔壁的阿鹿分了點醬菜，急忙準備開水泡飯。

「抱歉，感覺就像在催您似的，不知道後來情況怎樣？」金吾郎很過意不去。

「先來吃飯吧。肚子餓無法上場打仗。」

阿金送來紅燒魚慰勞，稍微有點款待的樣子。笙之介覺得不再那麼難以啓齒。道出事情的始末後，金吾郎手中的筷子差點掉落。

——會生氣也是當然的。

他在縮著脖子的笙之介面前擱下筷子擺好，用力一拍枯瘦的膝蓋。

「習慣喝江戶水的人，想法果然就是不一樣。」

這什麼意思？

「在下是鄉下武士，只想著要到處找名爲古橋笙之介的人。但閣下就不同了。您打算把那位古橋笙之介引來這裡對吧！」

又多一位躍躍欲試的人。

「他不見得會來。不過，您、您眞的同意這麼做？」

「在下沒理由反對。不過，要是解開密文後，內容公諸於世，那可有點不妥……」

「這點我當然會嚴加保密。」

「這就沒什麼好擔心了。明天就會進行嗎？」

「是的，只要長堀先生您沒意見。」

「在下可以在一旁見證嗎？不知道會不會妨礙您？私塾的孩子們看到我這位滿臉皺紋的武士，

不知道會不會害怕？」

「這點您不必擔心。武部老師的長相比長堀先生還要粗獷，學生早習慣了。」

「這也是江戶才有的情況呢……」金吾郎莫名地嘆息。

市街生活裡沒有武士和町人之分，而且沒人在乎身分差異，笙之介來到江戶，習慣這種現象前曾有同樣的困惑。對於金吾郎眞實無僞的感嘆，他有種說不出的奇怪感受。

私塾的學生聞言後大樂。

「老師，眞的可以嗎？」

「可以在這裡寫字嗎？」

他們手裡拿著毛筆，興奮不已。

「這是範本。」笙之介將之前抄寫的密文謄本發給他們，仔細吩咐。

「聽好了，得完全照範本寫。不能添加多餘的字、隨便亂寫、改寫字的順序，或是在上面畫圖。你們可以寫的地方就只有包廂的紙門和拉門上的紙。注意別弄髒其他地方。」

「遵命！」話才剛說完，孩子們湧向硯臺和墨壺的筆尖已墨汁飛濺。紙門和拉門底下事先鋪有舊手巾和廢紙，不過塗鴉結束後還是得用抹布擦拭。一旁見證的長堀金吾郎不知道作何盤算，他提起裙褲的褲腳，身上纏著束衣帶，端坐在包廂角落地來回望著孩子，當孩子開始進行塗鴉，他那張皺紋密布的臉龐逐漸展露歡顏。

「這些孩子眞有精神。」他一再誇他們是好孩子。

「連這麼小的孩子也會寫字啊。這贋字很難寫吧。」

「因爲還不會讀寫漢字，所以不會在意贋字的古怪，反而很順利地書寫。」

對孩子們而言，這就像是古怪的圖畫。

「老師，可以寫大一點嗎？」

「可以，請寫成拳頭般的大小，讓人連細部都能看清楚。」
「可以寫得像小嬰兒的頭一樣大嗎？」
「不能像初生嬰兒的頭那麼大。」
字寫得太大就很難一眼看清全體。這應該是連貫的文章，至少希望一次看完整個段落。
貫太郎和阿道在走廊上觀看。貫太郎笑著說，大家都寫得很好。
「老師，其實我和內人都不識字。」
「那一樓的菜單是誰寫的？」
「原本貼的是我爹以前的菜單，但經過多年日照已經殘破不堪。所以我模仿字的形狀，重新寫過一遍。」
孩子們歡聲喧鬧，全神投入塗鴉，這對夫婦倆在一旁娓娓道出此事。
「這是我爹開的店。當初他在經營時，店裡風評絕佳，號稱是這一帶最好吃的蒲燒鰻。」
「可是我先生的手藝太差。」阿道苦笑。「其他菜餚和下酒菜還可以，唯獨鰻魚不及格。」
八年前貫太郎的父親中風過世後，蒲燒鰻的口味每況愈下，客人逐漸流失。
「沒想過做其他生意嗎？做居酒屋或飯館就不必刻意烤鰻魚了，不是嗎？」
聽笙之介如此詢問，貫太郎爲難地搔抓著後頸，阿道代爲回答。
「我已經對他說過不下百回。但他總是說這樣很不孝，不想這麼做，始終不聽勸。」
這眞是複雜的問題。是收掉父親一手創立，佳評如潮的鰻魚店比較不孝，還是持續作難吃的蒲燒鰻，流失客源，砸了父親的招牌比較不孝呢？到底何者比較嚴重？
「這樣問好像有點太過深入，你們這樣還繳得出店租嗎？」
貫太郎聞言，一雙小眼眨眨，接著露出奸笑。「有些客人有要事要談，就是需要沒其他客人礙事的包廂，在這些客人的圈子裡，我們算小有名氣。」
這些客人不去貸席而選擇這裡的包廂，還會意外多給他們一些賞錢。

這筆錢裡頭包含了封口費。笙之介暗自思忖。

「原來是這麼回事……」

「不過老師，就做生意來說，這算是走偏門。」阿道嚴肅地說道。「所以我建議，乾脆由我來代替他烤蒲燒鰻，也想過到其他店家學手藝。但每一家鰻魚店都不讓女人進伙房。」

不光是鰻魚店，具相當規模的料理店全都有這項規矩。

——梨枝小姐也說過類似的話。

「在下這麼說，或許各位會覺得我多管閒事……」

聽到這個聲音，三人同時轉頭，只見長堀金吾郎端坐角落，一本正經。

「人天生就有擅長與不擅長的事。」

是——以利根夫婦張著嘴，點了點頭。

「你可有充分接受過令尊的手藝調教？」

「手藝調教？」

「他的意思是，你是否學過鰻魚的料理方法？」笙之介幫忙解釋。

「學過。所以我才會切鰻魚、刺串。」

「但你做的蒲燒鰻味道還是達不到令尊的水準，這就是天命。你就乾脆一點，看開吧。」

「但這樣是不孝啊……」

「這是問題的重點。你自己好好想想。」金吾郎移膝向前。「令尊真正希望的是什麼？是你繼承家業，任憑鰻魚店的招牌受盡風吹雨淋，不走生意人該走的正途，靠走偏門過活，還是雖然沒繼承家業，但走的是生意人該走的正途，守住這家店？」

也就是說——金吾郎清咳一聲，清清喉嚨。

「究竟是招牌重要，還是生意重要？是面子重要，還是志向重要？」

不知從什麼時候起，利根以夫婦已端正坐好。「武士先生……」

「在下叫長堀金吾郎。」金吾郎行了一禮。
「長堀先生，也許眞如您所說。坦白講……」
學生早跑到其他包廂去了。喧鬧聲遠離，貫太郎的低語聲格外清楚。
「我根本不喜歡鰻魚。從不覺得好吃，也很討厭切魚。摸起來滑不溜丟的，很噁心。」
阿道聽得眼珠子都快掉出來。「拜託，你怎麼現在才說這種話？」
「我要是對妳說，妳一定會擺出這種臉，所以我遲遲說不出口。」
阿道雙目圓睜，沉默不語。
「我從小就這麼覺得，但對我爹根本開不了口。這是家好吃的鰻魚店，他又以手藝自豪。」
「老師，請再多給我們一些墨！」
笙之介將墨壺遞給衝進房的孩子後重新坐正。
「令尊要是在世，聽你這麼說，一定又生氣又傷心。」金吾郎的表情無比嚴峻。
「我猜也是……」
「不過，令尊已離開人世。先人皆成爲祖靈。是守護這家店和屋子的神。同時，先人將化身神佛，對你而言是無限慈悲的神。」這裡聚集你該尊敬的神佛——金吾郎接著道。「你應該正視內心，如果你走的是生意人的正途，神佛豈會動怒？祂們一定會守護你。即使你改做別的生意，只要不辱商人的志向，令尊也會爲你高興。」
這才是眞正的盡孝，不是嗎——金吾郎道。
「哎呀，眞是冒犯了。」金吾郎突然回神似地一臉難爲情。「孩子們好像到樓下去了。在下去看看他們。」他霍然起身，說聲「抱歉」就此走下樓梯。
貫太郎與阿道各自陷入沉思。笙之介莞爾一笑。「眞是金玉良言。」
「那位武士先生是何方神聖啊？」
聽阿道這樣詢問，笙之介代爲說出金吾郎一定會說的回答。

「是位爲人和善的鄉下武士。」
三人相視而笑，這時突然有人走上樓梯。是村田屋的治兵衛與勝文堂的六助。
「進行得很順利嘛。」
「笙兄，墨夠嗎？」
仔細一看二樓包廂的拉門和紙門全寫滿贋字。
「孩子們問我，大門口的拉門可以寫嗎，我說可以。因爲那是最顯眼的地方。」
六助環視包廂，開心地拍手叫好。「眞壯觀！如果這是菜單，不知道會是什麼料理。」
笙之介斜眼偷瞄「利根以」夫婦。雖然他們一臉恍惚，但表情開朗許多。
「看來可以確定不是白燒鰻或蒲燒鰻。」

中午時分，梨枝帶著川扇的廚師晉介和女侍阿牧前來。兩個女人捧著方形包袱。晉介則背個大竹籠。「來來來，吃午餐嘍。」今天又是川扇的餐盒，孩子也有份。
「只有飯糰和燉菜，不是什麼精緻料理。」晉介客氣地問候貫太郎和阿道，接著開口問：「老闆，您方便的話，可以借伙房一用嗎？我想準備一些燒烤和湯品。」
他背後的竹籠塞滿蔬菜和乾貨，也有雞肉和水煮蛋。
「沒問題啊，而且我們店裡那個也稱不上什麼伙房。」
貫太郎很沒自信地應道，但看晉介俐落地用束衣帶纏繞衣袖，貫太郎眼中逐漸浮現光芒。
「請問你是廚師吧？」
「是的，在下負責川扇的伙房工作。」
「那我可以在一旁幫忙嗎？想請你教幾手料理工夫。剛才的餐盒很可口呢。」
「謝謝您的誇獎。如果您不嫌棄在下的手藝，隨時歡迎。」
老闆夫婦和兩位女性都走下樓，於是笙之介和治兵衛把孩子叫回二樓。準備妥當前得先讓孩子遠離他們的午餐。

「那就來確認一下各位的字吧。如果有寫錯，要剪下來重貼。」

「好，我也來幫忙。不習慣看這些字的人最適合挑錯了。」

個性輕浮的六助很擅長逗孩子，很快就和孩子打成一片。

治兵衛朝笙之介使個眼色，於是笙之介湊近耳朵。「和香小姐不會來。」

笙之介要是突然拜訪和田屋，或是寫信給和香有所不妥，所以他請治兵衛代為告知此事。

「要她到這裡來實在有困難。這裡人這麼多，她應該很不適應。」

笙之介低頭望著地面，點點頭。

「都是小孩子，他們應該會很在意她的頭巾。儘管孩子沒惡意，但難保不會說些什麼。」

「這我知道，可是……」

「她明明是提議者，對吧？」治兵衛一雙粗眉往上挑，露齒而笑。「別看我這樣，以前年輕時，每次有人說我是炭球眉毛，我也在意得不得了。和香小姐的辛苦遠非我能比擬。」

她已經是大人了。在同樣是大人的梨枝面前，她也曾拿下頭巾展現眞面目，光憑當時那股不認輸的倔強還不能克服一切嗎？

「你用不著那麼沮喪。她很期待完成後過來。等沒有其他客人在場時，你再邀她過來吧。」

笙之介其實希望和香一起塗鴉。

「治兵衛先生，是因爲我還不夠替她著想嗎？」

我應該多設身處地替她著想。

「和香小姐說過，希望孩子也來幫忙塗鴉。所以我滿心以爲她會一起來。」笙之介忍不住嘆口氣。

「我應該先跟和香小姐一起塗鴉，就算只有一扇拉門也好。」

治兵衛打量起笙之介。「笙兄，你們孤男寡女在鰻魚店二樓共處一室，未免太早了。」

笙之介羞得滿臉通紅，正要開口解釋時，樓下傳來梨枝與晉介的聲音。他們叫喚著「大人」

「東谷大人」。

「咦？」笙之介衝下樓梯，只見東谷一身便裝，正將斗笠交給阿牧保管。他還順便從衣袖取出幾個小紙袋，一併交給阿牧。

「賣糖小販的叫賣很有意思。一時聽得入神才這麼晚到，但看來這頓飯還是趕上了。」

坐在角落醬油桶上的長堀金吾郎馬上起身立正站好，想必看出此人不是一般浪人。

「不必拘束、不必拘束。」東谷揮著他的大手笑著說道。「在下就是一般的鰻魚店客人。被香味吸引才到這裡。」

他肯定從梨枝那裡聽聞此事，可是他這麼閒嗎？笙之介大感驚詫。一行人聚在一樓用餐。面對這突如其來的招待，孩子看得眼花繚亂。

「要是有剩，可以讓我帶回家嗎？」

「與其帶回家，不如全部吃光，不要剩。」

「可是，我想讓我爹娘也嚐嚐。」

阿文令人敬佩的這番話，梨枝聽了一時說不出話來。這時，人在伙房裡的貫太郎馬上回應。

「放心，妳等著。叔叔我已經學會這道料理，改天在店裡煮給妳吃。我算妳便宜一點，到時候大家一起光顧。」

「眞的？」

「當然是眞的。包在我身上。」

貫太郎原本就不排斥做料理。之前只是沒覺醒罷了。這都是長堀先生的功勞——笙之介望向金吾郎，發現他眼眶泛著淚光。菜還沒吃完，笙之介便在東谷的要求下帶他前往二樓。

「還在門上寫字呢。」大致看完一遍，坂崎重秀從容地笑道。「不過笙之介，你不夠用功。」

「咦？」

「寫文字給別人，不見得都是書信，這點你沒想到嗎？」

「可是……這是書信。」笙之介伸手一揮，指著包廂裡的贗字。「雖然是書信，卻又不是一般的書信。」東谷注視著寫在眼前那面紙門上的一行密文。「依我看，這像是和歌。」

和歌。

「向人贈答的和歌。」

「照這字的排列來看，似乎不是我國的和歌。可能是漢詩。」

這是笙之介從未想過的解釋。

「眼前明明有一位和你互有好感的姑娘，爲了你這傻大個好，希望解開謎團的人早日出現。」

笙之介完全沒在聽。因爲他得到新的看法，正全神投入紙門上的密文中。

三天後，「利根以」取下鰻魚店的招牌，做起居酒屋生意。這表示從那天到學生返回武部老師私塾上課的三天裡，貫太郎學會這項料理。

連店門口紙門也塗鴉的決定眞是做對了。路過的人們起初面露訝異，接著幾個人穿過暖簾走進店內，得知原本很難吃的鰻魚店，現在竟然推出價格便宜，口味精緻的菜餚及定食，馬上一傳十，十傳百，打響名號。

笙之介每晚都到「利根以」來。長堀金吾郎與他同行。不論是與伙房對望的醬油桶座位，還是二樓的包廂都坐滿客人，每次來訪的人數不斷增加，他們又驚又喜。

「雖然生意興隆，但解讀的方法還是遲遲沒出現……」

貫太郎和阿道一臉歉疚，笙之介揚起手說道「我們明天再來」就離去。笙之介與金吾郎的交情漸篤，金吾郎提到故鄉三八野藩的事，笙之介聽得津津有味。之前村田屋委託他改寫那本讀物，並要求他「不光是謄寫，要讓它更有意思」，如今金吾郎說的事對他在改寫故事的潤飾上助益不少。但很遺憾，偏偏就是沒有報仇殺敵的故事。

——現在「利根以」生意這般興隆，那就愈難請和香小姐來了。

當初爲了什麼目的而塗鴉，他逐漸搞不清楚。就這樣過了約半個月。因爲忙著處理雜務，他現在終於開始進行擱下的川扇起繪了。笙之介往往投入某項工作就把一切拋諸腦後，只見阿道上氣不接下氣地跑來，他大爲吃驚。

「怎麼了？」

「你還問呢，老師！」終於來了——阿道說。

「看得懂贗字的人終於來了。」

五

是名女子。

從她眼睛周圍的皺紋和皮膚的膚質來推測，年紀應該與笙之介的母親里江相仿。但光憑第一眼印象無從得知此人身分。她完全不像武家妻女，也看不出是否像里江一樣貴爲人母。雖然不像是商人的妻子，卻完全不顯一絲寒磣。

簡言之，應該不是什麼良家婦女。

她頂著一頭笙之介從未見過的髮型。大大的髮髻纏著一塊淡紫色的絞染布，插有金蒔繪的髮梳。千筋（註一）圖案的和服繫上子持條紋（註二）的衣帶，雖然滿是條紋，但意外典雅。內襯衣領的深紫色，襯托出女子的臉部膚色。

今天「利根以」同樣許多客人光顧，但過用餐時間，二樓的包廂開始有空房。女子待在包廂一隅，面向貫太郎送來的茶點，側身而坐。

「我聽說關於這家店的塗鴉傳聞。」女子的聲音風韻十足，嗓音圓潤。「還聽說店裡的菜色不錯，專程從牛込前來一探究竟，當我一提到我看得懂上頭的文字時，老闆和老闆娘馬上大呼小叫起來。拜此所賜，我快餓死了。老闆說，在我念出這些塗鴉文字之前，料理和酒先擱著。」

只有茶可以喝——女子斜眼瞪貫太郎一眼。女子下巴有點突出，說話時嘴巴的動作很特別。
「眞的很抱歉。」貫太郎直冒汗。「馬上就會爲您送上，不過希望您先解讀密文。」
女子目光移向笙之介，嫣然一笑。「這位年輕老師，聽說您就是塗鴉的發起人？」
「在下名叫古橋笙之介。」
笙之介低頭行禮。女子眼角一震，雙眸游移，似乎頗爲驚訝。
——果然沒錯。她對這個名字有反應，那就沒錯了。
「聽說您是私塾的老師？年紀輕輕就當老師，眞不簡單。」
「受雇幫忙而已。在下一介浪人，您直接稱我古橋就行了。請恕冒昧，敢問您尊姓……」
「我叫志津江。我只是位教小曲的師傅，您就稱我師傅吧。」
女子旋即收起驚訝之色，享受這種打太極的回答方式。貫太郎以掛在脖子上的手巾擦臉，就此退下。包廂裡剩他們兩人，笙之介開門見山地問道：
「師傅，遲遲沒上酒菜款待您，眞抱歉。不過，我們並非是爲了標新立異才塗鴉，而是因爲某個原因，亟欲找尋解讀文字的人。既然您會解讀，可否請您告知上頭的文字爲何？」
志津江的衣領未有一絲凌亂，但她還是伸手整理衣領，抬頭望向一旁的紙門。
「坦白說，我不會解讀。雖然以前會，但現在忘得差不多了。」
笙之介心中一亮。這名女子以前知道密文的設計。這下眞的押對寶了。
「師傅，您該不會認識古橋笙之介這個人吧？」
「這不是您的名字嗎？」
面對中年女子風韻猶存的媚笑，笙之介正色以對。

註一：以不同顏色的四條縱線排列而成的圖案。
註二：粗條紋和細條紋平行並列的圖案。

「是一位和我同名同姓的人物。年紀應該比我父親大。」
「老師，您不認識那位古橋先生嗎？」
志津江原本就有一雙像狐狸般的細眼，現在瞇得更細。形狀猶如往下彎的弦月。
「我不認識。不過，對於古橋先生這種像密文般的獨創文字，我擅自取名為『贗字』，我想知道他如何構思得來。」
這樣啊——志津頷首。「他七年前就過世了。」遺骨早化為塵土——志津補上一句。
「更早之前，我先被他拋棄。」
長堀金吾郎……不，奧州三八野藩的老藩主小田島一正要找的古橋笙之介，早遠赴陰曹了？
「他是病故嗎？」
「酒毒攻心。他這人生活靡爛，死在榻榻米上算萬幸。他與我分離的那段時間就算死在路旁，或遭人斬殺也不足為奇。因為他也斬過人。」那是知之甚詳，毫不躊躇的口吻。「說起來，他是很會占人便宜的男人。既奸詐又厚臉皮。明明是自己將人棄之如敝屣，但又厚著臉皮回來。最後是我養他，送他走完最後一程。」
原本一直模糊不明的「古橋笙之介」，他的眞實身分因女子的這番話逐漸成形。個性奸詐又愛占人便宜——不過這名女子到現在還深愛著他。
「聽說他是新陰流的劍術高手。」
志津江那對細眼這次不光是流露驚訝，還帶著懷疑。
「老師，您對他可眞了解。」
「這也是有原因的。」
笙之介簡短回一句話後不再多言，與志津江對望不語。先移開視線的是那位不光風韻猶存，還帶些許狡獪的中年女子。她並非在逃避笙之介一本正經的神情，而是輕鬆地將之化於無形。
「這一行。」志津江指著紙門右邊的一行字。「我還記得。」

她微微闔眼默誦。

「我欲與君相知　長命無絕衰」

笙之介感到掩蓋四周的濃霧瞬間被風吹散。

是漢詩。東谷的直覺沒錯。

「您剛才說的……」他從懷中取出筆墨和紙本，重複剛才那句話，並且寫在紙上。

「寫成文字的話，是這樣嗎？」

我欲與君相知　長命無絕衰

「哎呀，好美的字。您一定是好老師。」志津江望向那行字，刻意轉移話題。

「這是出自漢詩裡的《樂府》。昔日漢武帝設立掌管音樂的官府，創作宮廷進行祭祀儀式時所用的樂曲，或是蒐集各地流傳的民間歌謠。這些通稱樂歌，但後世對這個官府所選用、整理出的歌謠體詩文，改稱之爲樂府。」

笙之介一本正經地說明，但志津江像在聽什麼甜言蜜語般一臉陶醉之情。

「其、其實我也不是很清楚。」笙之介頓時語塞。「一般來說，樂府大多是歌頌戰亂時的哀傷，或是男女情愛，很貼近我們的生活。這也是用來表明友、友情的一首詩歌吧。」

「咦？」

志津江優雅地單手托腮說道：「可是我曾經收過哦。」

「我收到的書信中寫有這首詩。不是別人寫給他的信。我那位不務正業的笙先生說，這是一首情歌。」

「有、有後續嗎？」

「好像是這一塊。」志津江圈起紙門上的某塊塗鴉。「不過，不知道是否眞的就像我記得的那樣。感覺好像少了些字。這上頭的字數少了一些。」

上了年紀的小田島一正如果憑記憶寫下文字，遺漏幾個字也不足爲奇。

「這行字我有印象。」志津江指著邊邊的兩行字默誦而出。

「夏降雪　天地合　乃敢與君絕」

笙之介急忙記下，然後仔細檢查內容。

夏降雪　地天合　乃敢與君絕

「『降』或許可寫成同音的『雨』字……」

「不管怎樣，指的都是夏天降雪吧？這句的意思是，若非發生這種天翻地覆的大事，我絕不會與妳分離。」

「……您可眞清楚。」

「我跟那個不務正業的男人學的。」志津江移開托腮的手，抬起臉並重新坐正。「老師，您是三八野藩的人嗎？不過，您沒有當地口音呢。若說您是我們昔日的熟識又太年輕了。」

正當笙之介大感躊躇，不知如何回答時，志津江突然轉爲輕浮的眼神，炫耀似地嘆息道。

「我發誓，我和少主很早就斷絕關係了。我原本就對他沒意思。不管他再怎麼苦苦追求，我也不想當藩主夫人。」我才不想過那種籠中鳥的生活呢——志津江不屑地說道。「而且還是在那種窮鄉僻壤。老天保佑哦。」

她再次很刻意地以輕浮的口吻嫌棄。

「您口中的少主，現在已經隱退，人們改稱他老藩主。」

志津江的狐狸眼顯得無比認眞，與笙之介四目交接。

「您說的是三八野藩的藩主吧？」

「是的，這是當然。」

「他都隱退了，爲何現在重提二十多年前的往事？難道是引發奪嫡之爭，四處找私生子？」

「他有私生子嗎？」

「怎麼可能有嘛，開什麼玩笑。」

雖然無法看清事情的全貌，但隱約瞧出端倪。笙之介逐漸變得冷靜。眼前這名女子是那位「古橋笙之介」的相好。而當初古橋笙之介與三八野藩藩主小田島一正交好時，這名女子也接近當時的少主，少主對她萌生愛意。

「不是這麼俗氣的事，請您放心。」

笙之介這句話似乎發揮極大的效用，超出他的預期。志津江突然喚起昔日的記憶，對位於深川一隅的這家居酒屋紙門上的密文，竟是顯得這般驚訝、畏怯。她風韻十足的媚笑與放蕩的姿態或許是天性使然，同時也是掩飾心中不安的障眼法。

「請告訴我，古橋笙之介是什麼樣的人。」

笙之介很誠懇地問道。志津江感受到他的眞誠。

「我不是說了嗎？他是個不務正業的男人。」

雖然說著同樣的話，但志津江的聲音帶有令聽者動容的懷念之情與濃濃愛意。

「他是江戶人。是窮旗本家的三男，生性風流。」是在家吃閑飯，游手好閒的人——志津江笑道。「就算待在江戶，要是找不到肯招贅的人家，一樣沒容身之所，無法獨立營生。所以他才會說要當一名畫師，雲遊各地展開修業。」

「他不是一名武藝家嗎？」

「劍術再怎麼磨鍊也不値錢。而且他在繪畫上確實造詣頗深。他也不排斥追求學問，所以懂得吟詠漢詩。」

「您是陪他展開修業之旅嗎？」

「我對外宣稱是向他學畫的女畫師，同時也是照料師傅生活起居的女婢。當然了，這件事一直沒讓他的遺孀知道。因爲我也是遊女。」

像這種情況，遊女一詞或許可以單寫成一個「娼」字。他們在哪裡邂逅，又是怎樣認識呢，笙之介暗自思考這個問題。

「我們四處旅行。」志津江的眼神飄向遠方。「途中發生許多趣事。之所以一路平安，沒遭遇凶險，全是因爲我們年輕，想到什麼就放膽去做，以及他擁有一身過人的劍術。說到這點，若不感謝他會遭天譴的。」

她連口吻也變得愈來愈恭順。

「當時好像經歷很長一段旅程，不過現在回頭細想頂多六年時光。因爲同一個地方我們不會待超過一年，所以過得很匆忙。」

「你們兩位很享受這樣的生活吧。」

志津江微微點頭。

「後來爲何各奔東西呢？」

志津江沒馬上回答，她獨自望向笙之介看不到的遠方。

不久，她的眼神恢復一開始刻意轉移話題時的媚態，斜眼望著笙之介，朝他湊過來。

「老師，您應該很會讓女人爲你落淚吧？」矛頭突然轉向笙之介。

「我、我……」

「世人都說女人陰晴不定，但實在是天大的冤枉。男人的本性才眞是陰晴不定呢。爲了一點小事就動心。」他另外有了女人——志津江說。「眞是的，我都這把年紀了，對年輕人講這種事還是難以啓齒。這點請您多多包涵。」

「是在旅途中遇上這種事嗎？」

「他終究還是沒丟下我一人不管。他派人送我回江戶。」

那位古橋笙之介在旅途中找到他覺得可以安身立命的場所，以及讓他產生這念頭的女人。應該是這樣沒錯。所以才會與一直跟在身邊的志津江斷絕關係。

「會是出仕任官嗎？」

「哎呀，那個不務正業的男人怎麼可能在城裡當差嘛。他說他找到一位願意贊助他的金主，今後要認眞展開繪畫修業。而且那位金主有位年輕貌美、個性純眞的獨生女。說來說去，他眞正看上的是那位小姐。」

原來是這麼回事。

「所以我現在仍對奧州懷有恨意。我有頭痛的毛病，應該朝北睡比較好，但心裡有疙瘩，我總是腳朝北邊睡。」

這番話很孩子氣。

「果然還是北邊的藩國吧。」聽志津江的口吻，似乎不想明說是哪裡（因爲她現在仍舊很不甘心），笙之介柔和地反問。

「沒錯，是盛行西洋畫的地方。不是三八野藩。」志津江說完後吐出舌頭，面露苦笑。「我記得可眞清楚。我當時一定很不甘心。」

她高高抬起下巴。她的眼神清楚寫著，她現在一樣心有不甘。

「我們在三八野藩頂多住十個月。那位少主莫名地愛親近我們，我就不用提了，他也覺得很不堪其擾。」

不管少主再怎麼賞識我，再怎麼說服我，我也不會出仕任官——這樣嗎？

「少主應該是日子過得很無聊，覺得像我們這樣的流浪者很有意思。不過，我們可不是馬屁精與藝者的搭檔。我們一點都不喜歡。而且城裡那些高官也很討厭我們。」還派刺客對付我們——她露出嚴峻的眼神低聲道。「眞是麻煩透頂。當時我們心想，既然那麼礙眼，那就早點離開。」

看在三八野藩的重臣眼裡，這對男女就像迷惑少主的狐狸精。就算採取行動對付他們也是情有可原。笙之介從小在鄉下小藩長大，很能理解這樣的情況。

「這密文，」這次換笙之介抬頭仰望紙門。「是古橋先生當時在三八野藩的城下想出的嗎？」

「不，他還在江戶時就創造這種密文，以此玩樂。就算是會被幕府問罪的落首，只要用這種方式寫，就只有懂密文解讀法的人看得懂。」

「的確。」

「當初他要是別那麼做就好了，偏偏他告訴少主解讀法……藩臣最重視的少主和我們走得很近，光這樣就難以容忍了，竟然還和少主以看不懂的書信往來，難怪目付大爲驚慌。」

「看他們慌張的模樣，你們覺得好笑，結果對方派刺客來對付你們吧。」

「我們確實開玩笑開得有點過火。」愈來愈想喝酒了——志津江再次單手托腮，衣袖處露出白皙的手臂。「該不會要將我五花大綁，帶去三八野藩吧？藩主現在還在生我們氣吧。」

她問話的態度應該半認眞，半開玩笑——笙之介有這種感覺。

「我並不是三八野藩的人。我只想找出解讀密文的人，如果可以，最好是古橋先生本人，但我並非要對他不利。」

「那您爲何要找他呢？甚至不惜大費周章。」

笙之介平靜地回答，「因爲三八野藩的老藩主現在仍舊很思念你們。」

志津江仍是維持單手托腮的姿勢。

「就像您至今思念著古橋先生一樣。」

笙之介並未預想志津江用什麼話語和表情動作回應。他只是在心中抱持期待，希望看到她給予特別的回應。志津江卻說道，「鄉下人還眞是執著呢。」

這回答一點都不特別，但確實很像她，至少可以確定是她眞實的感想。

「非常感謝您說了這麼多涉及個人隱私的事。」笙之介再度恭敬行禮。「我已經達成目的，這些紙門和拉門會重新貼過。我保證此事再也不會爲您帶來困擾。」

「眞這樣就行了？」

「是的。」

志津江重新坐正，轉爲正經的神情。「老師，雖然不清楚您究竟站在什麼立場，不過……」

「我的保證，您可以等同視爲三八野藩的保證。」

「應該不會給那人的妻子添麻煩吧？他有孩子。現在應該長大成人了。」
「這點您毋須擔心。」
那位古橋笙之介選擇和其他女人一起過著腳踏實地的生活，而志津江則被他拋棄，心有不甘，這一切就像昨天發生的事，儘管她很不甘心，卻處處替對方著想。
「絕不會以任何方式怪罪任何人。」笙之介斬釘截鐵地說道，對志津江投以一笑。「您至今惦記著他吧。」
笙之介原本想說「您只是外表刻意擺出高傲的姿態，其實您不是這樣的壞女人」，但後來他改變想法，心想這麼說一定會被她反駁，索性作罷。
「不過話說回來，一度與您別離的古橋先生，後來和您重逢了。」
「哦，因爲啊……」志津江眼中再度恢復生氣。「我知道一定是這樣的結果。他跟我以外的女人成婚，一定無法長久。我知道他早晚會回來找我，事先做了各項安排，好讓他輕鬆找到我。」
沒想到會等這麼久——她再度顯得很不甘心。
「不過都這個時候了，那個重要的人也長眠於九泉之下，眞是萬萬沒想到連三八野藩的少主也在找他。」
笙之介道：「他已經不是少主，一切都過去了。」
說得也是——志津江頷首。「那是老師您出生前的陳年舊事了。如今我也是個老太婆。」
我該告辭了——志津江流暢地起身。
「再等下去，他們也不會拿小菜出來招待。這家店眞不懂招呼客人，當眞是名過於實。」
儘管她嘴巴毫不客氣，但眼中滿含笑意。她在經過笙之介身邊時輕撫他的肩膀。
「老師，千萬別遇上我這種女人。但若是您能遇上我這種女人，那也是您一輩子的福分。」
她斜眼望著笙之介嫣然一笑，又突然停步，高歌似地用充滿抑揚頓挫的語調補上一句。
「這一行我也看得懂。」

走廊木格拉門的方格中各寫一個贗字。這一定是阿文所寫，她字字工整。

「不應有恨　何事長向別時圓」

是一首離別的詩歌。

——明月理應對人不懷恨意，但爲何偏偏在人們因別離而哀傷時滿月呢。

「這是我們離開三八野城下時，少主最後給我們的書信。」

志津江離去後，留下微微的薰香。

「已經可以了。」笙之介出聲叫喚，長堀金吾郎從隔間用的屏風後露面。令人驚訝的是和香也在，今天她戴著淡黃色的頭巾。

「原來您發現了。」

「是的，不過那位叫志津江的女子並沒發現。」

先前離開富勘長屋時，笙之介攔住剛好結束工作返家的太一，託他跑腿向村田屋的治兵衛傳話，告知看懂密文的人出現了。治兵衛會妥善安排後續的事。和田屋的和香姑且不提，如果是向三八野藩邸通報此事，太一畢竟還是個孩子，無法託他處理。

「長堀先生……」笙之介喚一聲後無法再說。長堀金吾郎和志津江一樣望著旁人看不見的遠方。

「老藩主他……」他用沙啞而細微的聲音說。「長期都在單戀。」

和香從頭巾間露出的雙眼與笙之介四目交接。她緩緩眨眨眼，微微頷首。

六

長堀金吾郎見貫太郎和阿道一副很過意不去的模樣，笑著要他們退下，自己前來幫忙重貼「利根以」的拉門和紙門的貼紙。紙門的紙姑且不談，張貼拉門紙對外行人來說難度頗高，但金吾郎有一雙巧手，一學就通，做起事來迅速俐落，一旁的工匠也嘖嘖稱奇。

「不愧是經驗老到的御用掛。」

前來幫忙的武部老師看了，發出這聲感嘆，只是他似乎有點搞錯方向。

隔天，金吾郎整理好旅行的行囊，來到富勘長屋。

「您要出發啦。」

「感謝您這些日子的關照。」

金吾郎在四張半榻榻大的狹小房間裡與笙之介迎面而坐，深深一鞠躬。

「請您不用這麼客氣。我其實沒幫上什麼忙。」

儘管笙之介阻攔，但金吾郎還是維持磕頭行禮，接著他抬起清瘦的臉龐，眼中泛著笑意說道：

「『利根以』今天一樣生意興隆呢。」

「現在就算沒有塗鴉，一樣沒有問題。」笙之介跟著點頭。改頭換面的「利根以」有了一群專屬顧客，極為捧場貫太郎和阿道作的飯菜。

「那位廚師叫晉介是吧。他是一位了不起的廚師。」

「不過，替貫太郎注入活力的人是長堀先生您。正因為您那一席話，『利根以』才重振。」

——令尊眞正的希望是什麼？金吾郎如此詢問貫太郎，當時的對話牢記在笙之介心中。

「回歸藩國後，在下應該不會再到江戶了。在下會好好努力，讓老藩主平靜過日子。」

因為擱在心中的大石頭已經取下——金吾郎微笑道。

「在下完全沒想到如此自我封閉的老藩主，心中竟然還一直縈繞著年輕時的情感。古橋先生，我會這樣粗心也是因為……」在下這樣的人都逐一淡忘以前的事了——金吾郎說。「回首過往，在下一直都很專注過自己的人生。當中許多都是不足以憶起的事，或是不願回想的事，所以就忘了。」

對在奧州小藩任職的武士而言，平日生活就是如此嚴肅緊繃。這也表示擔任主君御用掛的金吾郎沒仗著自己的立場恃寵而驕，反而時常和立場弱小的人們一起生活。眞如長堀金吾郎所言，今後恐怕無緣相見，笙之介感觸良深地凝望他的瘦臉。金吾郎抬起擺在身旁的小包袱，遞向笙之介。

「在下一直很猶豫，不知道送您這樣的東西當謝禮是否恰當。」

「哪兒的話。我怎麼好意思收禮。」

「請別這麼說，您先過目。」

拗不過他的要求，笙之介解開包袱，眼前是兩本書。

「請拿起來翻閱。」這是一本老舊的抄本，訂線鬆脫，紙張破損。封面貼著一張寫書名的題簽，但已半剝落了；另一本相當新，摸起來很牢固。舊書是《天明三八野愛鄉錄　抄》，新書則是《萬家至寶　都鄙安逸傳》。

笙之介眨著眼問道，「這是……」

「您知道嗎？」

「我記得在哪裡見過《都鄙安逸傳》。但我指的不是內容，而是書名……應該是在村田屋。」

他在租書店的龐大藏書中見過，還是看過提到這本書名的其他書呢？

笙之介急忙翻閱起來，發現《都鄙安逸傳》裡有天保四年（一八三三年）寫的序文，也就是三年前。難怪如此新。

「三八野愛鄉錄誠如書名所示，是三八野藩於天明大饑荒時寫的一本救荒錄。」

「天明大饑荒——」

天明三年（一七八三年）起長達六年，奧州發生前所未有的大饑荒。人稱天明大饑荒。據說從初春起便天候不佳，廣大的土地持續歉收。受害最嚴重的地區是津輕藩南部，饑民啃食山上的樹根，最後吃起人肉，此事有記錄留存。其中一項記錄是《餓鬼草紙》，笙之介也看過。

天明三年也是上野、信濃國境的淺間火山爆發的那年。在當時寫成的書中，就連微不足道的讀

物也會提及這件事，觸目所及皆是黑暗、陰沉的內容。現有的書籍並非當時的原書，而是經人謄寫流傳的抄本，但籠罩這個國家的不安與恐懼，在抄本中也鮮明地流傳下來。

不過也僅止於「鮮明」的程度。飢餓的恐懼實際爲何，笙之介無從得知。

「所幸三八野藩在奧州算災情較輕，但還是許多人民受飢餓之苦。聽說當時因居民逃難而荒廢的村落多達二位數，但實情並非村民四處逃難走散，而是大多死於饑荒。」

笙之介望向金吾郎，接著將目光移回書本。「上頭寫有稻草餅的製作法。」

「聽說大饑荒發生時，城下的稻米和雜糧都吃光了，人們吃起稻草餅。」

金吾郎也不記得那件事。

「因爲是五十多年前的事，在下還很年幼。不過我記得一段時間，三餐都看不到白米，老是吃雜糧。還有幾乎每天都有屍體從城下的災民小屋扛出，簡直是一場噩夢。」金吾郎突然語塞。「災民小屋裡的人並非全餓死，很多人是因飢餓虛弱，感染風寒或痢疾而陸續喪命。」

金吾郎的話伴隨著一股眞切感受，重新浮現笙之介耳畔——有些往事不願回想。

可能是有話鯁在喉中說不出口，金吾郎用力清咳一聲。

「《天明三八野愛鄉錄》裡詳細記錄當時的情況以及對饑荒採取的對策，但後面補上個『抄』字，表示是摘錄，然後發放給領民。說得明白一點，上頭詳細記載平時我們不吃的東西，以及不認爲是食物的東西如何處理食用，還提到藩內山林可以採集到的樹果、菇類、山菜的分辨和摘採方法，對於有毒的植物則提到如何去除毒素……」

可能是因爲笙之介手拿著書本呆立當場的緣故。金吾郎說到一半就打住，略顯顧忌地問道，

「古橋先生，您的藩國沒有救荒錄嗎？」

「或許有，但我沒看過。」

至少「月祥館」的書庫裡沒有。應該沒有。

「我的藩國不知道有沒有……」

「那再好不過了。救荒錄這種東西，用不到最好。」

「不，也許是我太粗枝大葉，不知道有這種書。」笙之介不自主地緊咬嘴脣。「聽說這一、兩年雖然不像以前那場大饑荒那麼嚴重，但北方持續歉收。我的藩國面臨同樣的情況，藩內的米倉只出不進。」

所以繼承人之爭才會被擱置。說來諷刺，但這都是拜歉收所賜——東谷也這麼說過。如今回頭來看，這樣的對話超乎粗枝大葉的程度，甚至可說是不懂分寸。

「耕作完全受天候左右。天候的確是由『老天』掌管，地上的人們很難改變。我們能做的就是事先防備。儘管如此渺小又微不足道，但畢竟是人們的智慧。」

有人因爲「老天」的捉摸不定而喪命，有人則因爲身分特殊便輕鬆倖免於難。不，甚至有人可以沒注意到「老天」的捉摸不定，完全置身事外。

「至於另一本《都鄙安逸傳》……」

就像要爲情緒低落的笙之介打氣，金吾郎的聲音加重幾分力道。

「這是本草學者和農學者爲了防範一再出現的歉收和饑荒，想讓更多人具備相關知識寫的書，可說是智慧的結晶。因爲歉收而沒足夠的米和麥時，該向何處尋求糧食，它上頭都有淺顯易懂的描述，連沒知識的人也看得懂，還附插圖。」

上頭確實有豐富的圖解。

「裡頭有各種雜糧飯的作法，非常有趣。」金吾郎露出靦腆的笑容。「對古橋先生來說，作爲一本與眾不同的料理書也很有意思。哎呀，眞是不好意思。」

半個月來，笙之介與長堀金吾郎交談的過程中，提及他向村田屋承接的工作，也提到押込御免郎寫的報仇故事，以及租書店裡頗受歡迎的料理書，並特別針對《料理通》說明它是何等極盡奢華的書，想讓對江戶市街生活感到好奇的金吾郎開心——或許還帶有一點炫耀。他告訴金吾郎許多事。笙之介記得自己說料理書也是一種文藝，講得好像很懂似的。

我才該不好意思呢。

「謝謝您，我收下了。」笙之介收下這兩本書。金吾郎再度拜倒行禮。

「這半個月來發生的事，於在下所剩不多的餘生中留下難忘的回憶。希望永遠記得這段時光，時時憶起。」

金吾郎笑容滿面。笙之介原本想回以微笑，但突然胸中一緊，笑不出來。雖然只有很短暫的相處，但慶幸認識此人。

「長堀先生，一切保重。」

「古橋先生您也是。在下會在奧州鄉間的某個角落誠心爲您祈禱，願您在江戶追求學問之路走得平順寬廣，並對人世有貢獻。」

長堀金吾郎就此返回三八野藩。

笙之介很投入閱讀兩本書。他還到村田屋與活目錄帚三談及此事，查出之前在哪裡見過《都鄙安逸傳》。原來是從村田屋書庫裡的一本《救荒書目提要》中見過，那是記載六十三本救荒書的索引書（圖書目錄）。他先前大致看過時並未特別留下印象，這又令笙之介感到羞愧。爲了救人於難而寫的救荒書竟然多達六十三本。自己對這樣的事毫不留心，實在可恥。

「笙兄。」治兵衛看不下去，出聲叫喚。「你一直表情凝重，打算持續到什麼時候？也該適可而止了。」

這個國家很遼闊——治兵衛說。

「而且人口眾多。就算你一個人再怎麼賣力，還是無法讓饑荒從世上消失。每個人都有生來該背負的使命。你的工作應該不是煩惱老天爺會不會賞臉讓白米收成吧？」

還是你索性要絕食？——治兵衛愈說愈過分，笙之介感到不悅。「好啊，我做給你看。」

「拜託。」治兵衛苦笑。「長堀先生一定萬萬沒想到你會一直煩惱此事。他只是想送你一本特別的料理書。」

「我不知道。長堀先生也許見我言行輕率，想勸諫我。」

「你想多了。」

兩人正你一言我一語時，勝文堂的六助來到村田屋。這名筆墨商人直覺過人，當需要有人幫忙或調解時，他都像一陣風似地現身。

「咦？眞難得呢，在吵架嗎？」既然這樣，我就好好欣賞一番——他將背上的行囊放在帳房旁，一屁股坐下。「火災和吵架正是江戶之妙。笙兄，你知道嗎？」

「……夠了。」

見六助那張絲瓜臉露出微笑，笙之介頓時全身無力。平時他應該會忍不住笑出聲，但今天不同。他全身虛脫無力，怒火在丹田一帶沉積不散。他突然鬧起彆扭，沉著一張臉。

「瞧你鼓著腮幫子，活像個孩子。啊，說像麻糬比較恰當。」

「勝六兄，現在對笙兄提到食物是一大禁忌哦。好了，拿出帳本吧。這個月要收多少錢？」

兩人談起生意，一旁的笙之介則頑固地注視著書架，到處拿書翻閱。不久，治兵衛走進店內，現場只剩他和六助兩人。這時六助突然湊向他，身子一半斜靠笙之介，在他耳畔悄聲道：

「我說，富久町那家和服店和田屋……」

笙之介頓時豎起耳朵。「怎、怎樣？」

「你知道對吧？就是富勘長屋的阿秀姐承包工作的那家店。」

六助那雙像絲線般的細眼看不出是竊笑還是緊張。

「和田屋怎麼了？」

「他們是我的客戶，也是村田屋的客戶。因爲裁縫女工和女侍全都喜歡租書。」

那又怎樣——笙之介應道，又轉過臉，但還是豎起耳朵仔細聆聽。

六助繼續悄聲道，「昨天我到和田屋時，女侍總管多津小姐招手要我過去。我算是那裡的熟面孔，她這樣的舉動有點奇怪，走近後，她問了我一件有趣的事。」

六助突然停頓。笙之介依舊頑固地背對他，但終究忍不住好奇而斜眼瞄六助。

六助也斜眼瞄著他，接著嘴角輕揚。「多津小姐問了我什麼，你很好奇吧？」

笙之介嘴角垂落。

「她問我說，勝六先生，您人面廣，應該知道吧？聽說富勘長屋有位年輕武士，承包村田屋的工作，對方是什麼樣的人啊？知道他的來歷嗎？」

笙之介依舊逞強，嘴角垂落。

「我問她，多津小姐，妳爲何想知道？她回答，和田屋的千金和香小姐前些日子很少見地獨自外出。出門時是店裡的小凡送去的，回來時是富勘長屋的年輕武士送小姐回來。」

小凡是村田屋店內的一名夥計。勝六提到和香外出，正是那名神祕女子志津江出現在「利根以」的那天。解開贗字之謎後，笙之介與金吾郎、和香聊了好一會，見夕陽西沉，他才送和香回和田屋。兩人到庭院後門時，和香說到這裡就行了，所以笙之介沒與和田屋的任何人問候一聲便離開。和香平安返家，他完成任務。

「多津小姐是忠心不二的女侍總管，擔任小姐的守護人。」六助說。「她一直很注意小姐。儘管小姐自以爲神不知鬼不覺，但多津小姐全了然於胸，她自然不會置之不理這位年輕武士。」

「這太奇怪了。」笙之介終於中了勝六的挑撥之計。「就算這位叫多津的女侍再怎麼耳聰目明，光從遠處看到我的長相，應該無從得知我住富勘長屋，以及我向治兵衛先生承包工作的事。」

六助咧嘴而笑，一張嘴都快裂到耳際。他雖然長著一對細眼，但有一張闊嘴。

「說得也是，所以是多津小姐質問和香小姐問出來的。」

笙之介心頭一冷，宛如被人潑一盆冷水。「和香小姐被擔任守護人的女侍責罵嗎？」

六助笑個不停。「這我不清楚。」

「你別打馬虎眼。如果她挨罵，那全是我害的。我得去道歉。」

「這麼說來，笙兄，你要上和田屋登門道歉？」六助馬上重新坐正，看向笙之介。「這次你會正大光明去？不是偷偷摸摸？」

「什、什麼啊？」

「所以我說嘛。」六助用力抓住笙之介的雙肩。「你振作一點啊，笙兄。多津小姐才不是生氣呢，她是擔心才來找我商量。」

六助扭動著身軀，用怪裡怪氣的假音說道：「最近我們家小姐無精打采。那位年輕武士從那之後就沒再聯絡，小姐應該很落寞。」

「咦？」

笙之介口中只發出一聲「咦？」但內心接連喊了好幾聲。咦？咦？咦？咦？

六助繼續用假音道：「若對方是正派人士，那就沒人阻礙小姐。多津我想居中協調，安排小姐再次和年輕武士相會，不知可不可行？勝文堂的六助先生向來待人親切和善，才來請您牽線。」

這次換笙之介抓住六助雙肩，用力搖晃。

「要怎樣才能與和香小姐見面？」

六助不再模仿女人，一雙細眼筆直望著笙之介，神色自若地說：「用雙腳走去不就行了？」

「我要問你的不是這個。」

「附帶一提，如果同樣是用腳走，那兩個人一起散步去呢？」

就來聊聊書吧——六助一派輕鬆地說道。

第三話

綁架

如果這件事輕輕鬆鬆就辦得到，誰會那麼煩惱啊。

笙之介還是躊躇不決。不過，他並不是漫無目標地原地踏步，而是想到一個很適合見和香的藉口，並且正努力地在完成，所以可說他有點進步。

這個藉口不是別的，正是川扇的起繪。最後笙之介決定依照春、秋、冬三季，作出櫻花、楓紅、草木枯黃三種景象，但偏偏只能趁村田屋的工作空檔一點一滴地進行，而且先前因密文那件事花費不少時間和心思，這個計劃就此中斷。

他打算一口氣完成起繪，送去給梨枝過目，再邀和香一同前往。這是很充分的藉口，同時能讓和香看他作的起繪。到時候與和香造訪川扇時，再趁機告訴她，請和田屋的大家像以前一樣繼續光顧川扇。這可行性應該相當高。

另外，這項藉口還有很大的優點。笙之介帶著和香一起造訪川扇，梨枝一定會熱情款待，屆時起繪剛好可以當作等價回報。如此一來，笙之介也有面子，梨枝也會認同。

現今這時節冷熱適中，在不忍池上泛舟無比愜意。和香想必不懂這種戶外活動的樂趣。川扇的所在地是一處靜謐的岸邊，和香應該可以度過一段悠閒時光，不必在意別人的目光。

愈想愈覺得這是好主意。笙之介重新綁好頭巾，埋首製作川扇起繪。他一旦開始專注在精細的事物上便沒完沒了。他全神貫注於作業中，猛然回神，發現此時浮現他腦中的不是梨枝，而是和香滿是喜悅和佩服的臉龐，他不自主地羞紅臉。

春天的川扇果然還是以櫻花的景致最適合，這句話說來輕鬆，但笙之介用他張羅得到的畫具，在起繪限定的形狀下加以呈現，還是比想像中困難許多。平時看慣的櫻紅色，一旦動手調配起來時，卻成了很稀鬆平常的淡紅。櫻紅色與淡紅色看起來似是而非，又是大家都很熟悉的顏色，兩者的差異一看便知。

冬天草木枯黃的景象也是同樣情形。水邊微微蒙上一層霜，池之端的樹林就像枝頭灑上白粉般掛著細雪——這樣的構思固然不錯，但在這小小的圖版上，要畫得讓人分辨何者是雪，何者是霜，其實難度頗高。在多次的嘗試和錯誤中，他試著將棉花撕成碎片貼在樹枝上，但組裝後會從旁邊開始變髒，因而作罷。他甚至想用銀箔和金粉，但這麼一來便悖離起繪原本的設計用意，那就是「孩子看了會喜歡的玩具樂趣」，笙之介對自己的愚昧感到羞愧。

色彩鮮豔的楓紅景致在描繪時沒花太多工夫，但水面的顏色相當棘手。春天時水面映照出明亮的藍天之色，冬天時，不忍池像月光般一片銀白，至於秋天，笙之介認爲比起楓紅似火的秋日景色，略顯昏暗灰濛的景象更具秋意，爲了達到此等意境，他一再重新調配顏料，重頭畫過。其實笙之介並沒多少預算用在顏料費上，但可以暫時賒賬，他就不細想逐漸累加的金額。俗話說，去時膽壯，回途膽怯，等回來再擔心就行了。

笙之介並不會直接組裝精心描繪上色的作品。起繪的樂趣就在組裝，他另外作了幾個沒上色的試作品，其中一組送給長屋的佳代。佳代和母親阿秀兩人組裝得很開心。笙之介收到她們送的燉魚和糖煮地瓜，幫了他一個大忙。

「笙先生，這家茶館在哪裡？」

「在池之端。」

「沒想到笙先生也會在那種地方出入，眞是不容小看。」雖然阿秀出言調侃，但她沒冒出一句「聽說您認識我一位客人的千金？」已令笙之介大大鬆口氣。冷靜一想，阿秀只是向和田屋承包工作，她應該不會聽聞這麼深入的事，不過此時的笙之介對跟和田屋有關的人事物都很緊張。

就這樣，當他完成川扇的起繪時……

「笙先生，又有客人來找你嘍。」

五月一個晴朗的早晨，儘管寅藏說「這麼好的天氣，就該舒服地睡個懶覺」，但阿金還是把他叫醒，並派太一陪同寅藏去魚市場，她則捧著木桶，裝著在井邊洗好的茶碗，探頭窺望笙之介房內。

「這次是一位女侍。她問是否有位古橋先生住在這兒。」不是一般的女侍，是一位女侍小姐哦——阿金特別強調。她的眼睛不知爲何骨碌碌地轉動著，顯得別有含意。

外頭傳來阿秀開朗的聲音。「哎呀，這不是津多小姐嗎。早安啊，眞是難得。」聽到阿秀的問候，一道粗獷的女聲應道：「原來阿秀小姐住這啊。我眞是糊塗，應該早點想到。」

富勘先生還是老樣子沒變吧？是的，一點都沒變，教人有點嫉妒呢。看來愈讓人嫉妒的人，愈吃得開，這句話一點都沒錯——兩人妳一言我一語地說個沒完。

津多小姐？笙之介經過阿金，與那扇不好開啓的紙門纏鬥一會後到門外。兩個女人就站在阿秀家門口。

「您要找的古橋先生，就是那位年輕人。」

阿秀用手掌比向笙之介，笙之介點點頭，接著瞪大眼睛。

好高大的女人啊。身高應該超過一百八十多公分，而且一身肥肉，簡直像女相撲力士。如果是從這具身體發出聲音，就算響若洪鐘也不足爲奇。阿金吃驚地雙目游移。

「好像是和田屋的女侍……」阿金在笙之介背後低語。「笙先生，你人面可眞廣。」

「您是古橋笙之介先生嗎？」女相撲走近他。

「是吧，笙先生？」阿秀笑得開懷，阿金默默回以禮貌性一笑。

「是的，我就是古橋。」

「請原諒我貿然來訪。我叫津多，在富久町和田屋擔任女侍總管一職。」

這名高大的女子弓身行禮，她滿是肥肉的後背高高隆起。要作她這身衣服，少說也要一反（註）布才夠用。不過，她叫津多？六助說過，和田屋那位忠心不二的女侍總管，同時擔任和香的守護人，名叫「多津」。她與長屋的多津婆婆同名，絕不會是自己聽錯，難道是不同人？

「我今日特地趕來是有事相詢。請問村田屋的治兵衛先生可有在您府上？」

「咦？」笙之介發出憨傻的驚呼，與阿金面面相覷。

「租書店的治兵衛先生。」

笙之介並不認識其他治兵衛。「不，他沒來。」

這名高大女子的一張大臉滿是陰鬱之色。她五官立體，額頭上方明顯的美人尖如同畫上去一般。她前額隱隱浮現三道皺紋，看來不是因爲不悅，而是有事憂心。

「今天早上，村田屋老闆沒派人向您傳話嗎？」

「不，沒人來過……」

「這樣啊。這麼說來，古橋先生您什麼都還不知道。」

到底怎麼回事——高大女子低下頭，喃喃自語道。

「村田屋老闆發生什麼事了嗎？」

聽見笙之介的詢問，像相撲力士般的女侍抬起眼，坐鎮在五官中央的高挺鼻子呼出重重氣息。

「治兵衛先生前天起便失去下落。」

「咦？」

這次不光是笙之介，阿秀和阿金也尖聲驚呼。

前天中午兩點，治兵衛拜訪和田屋。

「因爲我家小姐要的書湊齊了，他送書過來。」

六助說過，和田屋的裁縫女工和女侍們都是村田屋的顧客。和香更是村田屋的大客戶，她不但

註：布的單位，約寬37公分、長12公尺半。

看黃表紙（註一）和赤本（註二），也喜歡閱讀史書、歌集。所以和香要的書，治兵衛都親自接洽，時常出入於和田屋。

「他和小姐聊了約一小時後打道回府。之後不知道去了哪裡。」

如同斷了線的風箏，就此消失無蹤。

「這不像治兵衛先生的作風……」

和田屋的女侍總管，在笙之介的狹小住處裡尤爲高大。她一屁股坐向入門臺階，面向笙之介。頓時成了一座人形屏風，笙之介完全看不到站在門邊的阿秀與阿金。

「昨天一早，村田屋的人到我們店裡詢問，我們才知道此事。村田屋的人說，治兵衛一直沒回店裡，是不是突然有什麼急事，或是人不舒服，在您府上叨擾？」

當然了，根本沒這回事。若眞有這種情況，和田屋會派人前去村田屋通報一聲。和香也不覺得前天治兵衛有何異狀，而且離開時，治兵衛還背著一個大大的書盒，說要拜訪下一位客戶。

「他下一個要拜訪的客戶是誰？」

「聽說治兵衛先生沒去。不過，對方似乎沒和他約見面，對此倒是不以爲意。」

笙之介低聲沉吟。

「不過治兵衛先生畢竟是個大人，他們店裡決定暫時看看情況，可是……」

等了兩晚，治兵衛還是沒回來。和香擔心不已，無法保持平靜，昨晚徹夜未眠。

「今天早上，小姐吩咐說，或許富勘長屋的古橋先生知道些什麼，因爲他與治兵衛先生頗有交情，治兵衛先生可能在他那裡，不妨詢問一下。」高大的女子說到這裡停頓片刻，睜著一雙大眼，仔細打量笙之介。「就派我前來了，既然古橋先生您什麼都不知情，看來我們找錯人了。」

言談間有些許責怪笙之介的意味。雖然不清楚爲何被責怪，但笙之介還是出言道歉。

「聽我家小姐說，治兵衛先生很賞識古橋先生謄寫抄本的功力，相當倚重您。」

「不，我只是個新手。從治兵衛先生那裡學習到不少。」

高大的女侍骨碌碌轉動她那雙大眼。
「兩位有時會一起去風月場所，在那裡學習嗎？」
「什麼？」這次笙之介沒發出憨傻的驚呼聲，因爲怕被阿秀和阿金聽到。但她們早毫無顧忌地笑出聲。
「笙先生和治兵衛先生？」
「他們兩位都是書蟲啊，津多小姐。」
「治兵衛先生姑且不論，這位笙先生就算想去也沒錢啊。」
阿金，少在一旁多嘴。
「阿秀小姐，治兵衛先生畢竟是男人，偶爾會被花街柳巷的脂粉味吸引吧？」高大女侍總管額頭上的皺紋又加深些許。
「如果是這樣，他應該會先跟店裡的人說一聲吧？」
「拜託，阿秀小姐，沒想到妳對男人這麼不了解。男人做那種事，哪會一一跟別人說啊。」
也許是泡在哪個溫柔鄉裡出不來了——女子一口咬定治兵衛一定在哪裡流連忘返。
「如果治兵衛先生打算在花街柳巷尋歡作樂……」笙之介開口後，現場三位女人的目光登時往他身上匯聚。「就、就算因爲尷尬而偷偷前去，應該會跟掌櫃帚三說一聲。倒不如說，帚三先生早會料到這點，不會鬧大事情。」
一定是這樣——笙之介加重語氣。
「既然連帚三先生也不知道，那應該有特別的理由。看來和香小姐並不是白操心。」

註一：黃色封面的書，以繪本小說爲主。
註二：紅色原面的書，主要是兒童走向的繪本故事。

和香認爲笙之介應該會知道什麼，這點令笙之介很欣慰。未能符合她的期待，心中有點遺憾，但面對眼前這名高大的女侍總管宛如目付般的嚴峻目光，笙之介覺得這時表現出深感遺憾的表情應該比較妥當。整件事說來還眞是複雜。

「我與治兵衛先生認識至今半年，但我知道他爲人剛直。而且我從一位很了解他的人那裡聽說，治兵衛先生一直過著像僧侶般嚴謹的生活。」

自己是從富勘那裡聽說。笙之介不清楚說出實情是否恰當，言談之間極爲謹慎。

高大的女子聞言後倒搶先說了。「聽說他過著鰥夫般的生活，全心替已故的妻子祈冥福，任何人上門談續弦的事，一概被他回絕。」

這倒是第一次聽說，不過，從當時富勘說的話來看，這樣的情況不難理解。

「現在應該先去見帚三先生。我這就到村田屋一趟。」笙之介拿起佩刀。「多津小姐，請您轉告和香小姐，一有進一步消息，古橋馬上通知她，請她放寬心。」

笙之介原本要說「津多」，但一時不自覺說成「多津」。這時，女侍總管眼神驟變。阿秀爲之一驚，縮起脖子，偏偏笙之介看不到。

「古橋先生。」

「什麼事？」笙之介腰間插著佩刀，正立起單膝，那名高大的女侍朝他逼近。

「您剛才說什麼？」

笙之介面對那驚人的氣勢，微微向後退。阿秀在門口拉住阿金的衣袖，忍著笑正準備往外溜，偏偏笙之介看不到。

「我是和田屋的女侍總管，名叫『津多』。不是『多津』。」

「啊，是。」笙之介緩緩後退。「那、那應該是我聽錯了。眞抱歉。我之前聽說和田屋有位擔任和香小姐守護人的女侍總管，爲人忠心不二，名叫『多津』。」

女子的鼻孔撐得更大了。「您說的沒錯，擔任小姐守護人的就是我。」

女侍總管昂然而立，用力用厚實的手拍向胸口。

「我是『津多』。古橋先生，『多津』這名字，您到底從哪兒聽來？」

「從勝文堂的六、六助那裡聽說的。」

「那個葫蘆鍋！」津多發出一聲怒吼，阿秀再也忍俊不住地呵呵笑起來，緊抓著身旁的阿金。

「笙先生，你這樣不對啦。」

「不對的人是六助。眞不像話，下次讓我遇到他，瞧我把他的頭扭下來！」

怒不可抑的津多與現在才露出尷尬神情（但還是強忍著笑）的阿秀，妳一言我一語地說道。這位女侍總管確實叫「津多」，但因爲她體格魁梧、氣勢非凡、聲音粗獷，再加上是辰年所生，讓人起了聯想。

「他一定說我像是條猛龍（註一）。」

「不，對和田屋來說，您就像龍神一樣可靠，一定是這個意思。」

她才不像「常春藤」（註二）那麼柔順呢，根本就是「龍」，這綽號當中帶有這等嘲諷。就算因爲這樣而挨罵，笙之介只能自認倒楣，再次道歉賠不是。但她說「葫蘆鍋」又是什麼意思？不過用來形容嬉皮笑臉的六助倒很貼切。

「眞的很抱歉。」

笙之介的住處時而充滿生氣、時而滿溢歡笑、時而傳來聲聲道歉，無比喧鬧，這時來了一名村田屋的童工。阿秀和阿金站在童工兩旁，帶著他進房。那名童工滿臉通紅，可能是一路跑來，喘得

註一：津多讀音爲「つた」，反過來念爲多津「たつ」，音同地支裡的「辰」，而辰年即是龍年。

註二：常春藤的日文音同津多（つた）。

上氣不接下氣。

「古橋先生，您早。」他低頭行禮，沒理會現場情況，極爲恭敬地說明來意。「我家主人治兵衛有件事要請古橋先生幫忙，可否勞煩您移駕村田屋一趟……」

話還沒說完，這名童工才發現眾人神色有異。尤其那位活像龍神的津多一臉鐵青。

「請問是怎麼了嗎？」

我才想這麼問呢。笙之介想。

「治兵衛先生回來了嗎？」

不管怎樣，笙之介決定出門一趟。

村田屋的治兵衛看起來略顯憔悴。

火速趕至的笙之介行經帳房，被人帶進店內深處。這裡不是平日工作時借用、位在書庫旁的小房間，而是隔壁六張榻榻米大，設有壁龕的房間。這似乎是治兵衛的起居室。

笙之介如此推測還有另一個原因。壁龕裡擺的不是花盆或掛軸，而是一座小小的佛龕，這應該是治兵衛亡妻的牌位。

「我要拜託你的事，不好在旁人面前提起。」

兩天不在，治兵衛兩頰消瘦許多，他撫摸著下巴說道。

村田屋的活字典帚三從剛才露臉後就沒再出現。帚三神情不顯一絲慌張，店裡氣氛也很平靜。這樣看來，還不知道情況的恐怕就只有我了——笙之介推測。

「在談這個之前，治兵衛先生，先說說你這兩天到底去了哪裡，發生什麼事？這才是一個正常的步驟吧？」

炭球眉毛底下那雙圓眼瞪得老大。「咦，笙兄，你知道我這幾天不在家啊？」

「和香小姐很擔心你，剛才還派人來通報我這件事。」

治兵衛很難爲情地搔抓著後頸。「眞是抱歉，都怪我一時太激動了。本以爲他們會派人通報帚三此事。不過對方無暇顧及此事……」

雖然不清楚對方是誰，但看來治兵衛捲入一起令相關人等都變得很激動的嚴重事態中。

「你短短兩天就憔悴成這樣，到底發生何事？」

治兵衛意志消沉，聲音低沉無力。「本所石原町有一處名叫三河屋的貸席。專門替人辦各種慶祝酒宴或是技藝的發表會，生意興隆，是正派經營的店家，也是本店的客戶。」

店主的獨生女，今年正値二八年華的阿吉小姐遭人綁架。

笙之介倒抽一口氣。「確實是遭人綁架嗎？」

治兵衛消瘦的下巴點幾下。「今早有人投信三河屋。要他們拿三百兩替阿吉小姐贖命。」

阿吉前天早上失去下落。

「女侍叫她起床後，她從寢室到家裡後門的茅房如廁，此後沒再出現。」

她消失得無影無蹤。

「阿吉小姐消失後，三河屋家裡上上下下全找遍了。因爲事出突然，阿吉小姐應該還穿著睡衣。沒人見過她換衣服。她不可能穿著一身睡衣在外頭走動，所以研判是在家中某處昏倒了。例如突然感到身體不適之類的。」

因爲做生意的緣故，三河屋的房間多，庭院也很寬闊。有置物間，有倉庫。他們展開地毯式搜尋，連地板下、糞坑也全檢查一遍，但遍尋不著阿吉。

「簡直就像神隱。」

光聽他的說明，確實很像被神佛藏起來，或被天狗擄走。

「正當他們慌亂失措時，老闆娘勝枝夫人想起我。租書店的治兵衛以前有過同樣的經驗。去找他談談，看他覺得怎麼做比較好。」

三河屋的夥計跑了一趟村田屋。當時剛好過前天中午，治兵衛剛離開和田屋。

「當時我離開和田屋，走過仙臺堀旁，本想一路去御船手組的公宅。那時剛好與一路跑來佐賀町的夥計在上之橋碰頭。如果我是往冬木町走去，應該就會和他錯過了。說來還眞走運。」

這雖然是無關緊要的瑣事，但治兵衛還是一口氣做了交代。

「於是我就前往三河屋。我想先了解詳情。待我抵達三河屋後，眾人再次分頭在家中搜尋，但還是找不到阿吉小姐，接著派人向阿吉小姐的才藝師傅和同門師姐妹等熟人詢問下落。」

治兵衛說著說著，流露出陰沉的眼神，搖搖頭。

「但還是一無所獲。沒人見過阿吉小姐，沒人知道她在何處。即使進一步詢問阿吉小姐最近可有古怪之處，是否有離家出走的計畫，還是一樣問不出線索。」

兩天的時間就在東奔西走中度過，今天一早接獲那封投信。

「既然知道是綁架，那不管再怎麼四處搜尋也無濟於事。」

笙之介插話，「所以你回家後才發現連兩天沒回家，還沒跟任何人說一聲。」

治兵衛的炭球眉毛縮成八字形。「慚愧。」

「興兵衛先生想必訓你一頓。帚三先生應該也很擔心。」

興兵衛是治兵衛的大哥，是村田屋的本業書籍批發店的第三代當家。興兵衛就像軍學家，擁有威儀十足的嚴峻眼神，與治兵衛長得不像，年紀有一段差距。有一次曾聽治兵衛提起，興兵衛是長兄，治兵衛是么弟。

「大哥對我來說，就像父親一樣。」治兵衛一臉難爲情地苦笑道。「他對我劈頭一頓痛罵，我完全無言以對。老爺子倒不慌不亂。他好像以爲我遇上什麼物美價廉的古書，忘了時間。」

確實很像帚三會有的推測。

「不過，他們明白原因後都諒解我，還說難怪我會激動得失去理智。」

治兵衛停頓片刻，像要小心翼翼掏出什麼易碎品般望向笙之介。

「笙兄……你知道原因吧？」

笙之介雙脣緊抿，微微頷首。「我聽富勘先生提過。」

治兵衛炭球眉毛間浮現的皺紋緩緩舒解。「這樣啊。那就好。」

「才不好。照理來說，像我這種後生晚輩不該知道這種個人私事，可是富勘先生他……」

沒關係、沒關係——治兵衛急忙用力揮動雙手。

「這是富勘先生的體貼之處，很像是他的作風。笙兄是一位武士。身分與我們這些商人不同。雖說是工作，但總得在某種程度下推心置腹地與我往來，我到底是什麼來歷的男人，你心裡得有個底。富勘先生身爲管理人，他認爲應該讓你知道這件事，他的想法很正確。」

富勘才沒像你說的那麼正經呢。

——絕不能跟治兵衛先生談男女情事或有關女人的話題。因爲這樣對他太殘酷了。

爲了提醒年輕的笙之介別犯錯，富勘道出治兵衛痛苦的經歷。

「距今已經二十五年了。」治兵衛如此說道，視線移向佛龕。「登代過世……沒想到已經這麼久了，現在有時想起不免大爲驚訝。一切彷彿是昨日。」

我明明都多出好幾根白髮和皺紋，卻還這麼說——治兵衛擠出一絲苦笑。笙之介不忍直視他滿是哀傷的笑臉，所以他和治兵衛一樣望向整理得一塵不染的佛龕。

登代是治兵衛的妻子。她二十五年前嫁給治兵衛，不到半年便與世長辭，因爲慘遭某人殺害。

「當時一開始也像神隱一樣。」那是六月一日的事。

「當時我大哥把租書店交給我經營，我剛開始自立。雖已娶妻，但還是乳臭未乾的小子。很多事都還沒熟悉，終日忙碌。」

早上天未明就起床，晚上挑燈埋首於記帳和整理書籍中。登代一直陪伴在治兵衛身旁侍候。富勘說過，他們夫妻如膠似漆——成婚半年，夫妻倆連拌嘴的空閒也沒有。

「當時在正覺寺附近有家糕餅店，不過現在成了蕎麥麵店。有位遠從松江前來的糕餅師傅會作出令這帶的人瞠目的頂級糕餅。當中還有夏天才作得出來的葛寄（註）。」

由於數量有限，很難購得。那天登代特地為了愛吃甜食的治兵衛去買葛寄。

「因為上午就會銷售一空，她一收拾完早餐就馬上出門。」

然後一去不回。

「她走到後門旁合歡樹那帶時還回頭對我笑呢。」

——等我回來。

那是客人大排長龍搶著購買的葛寄，儘管登代並未馬上回來，治兵衛也不擔心。他臉上掛著微笑，心想她應該很有耐心地在排隊。

「等到快下午兩點了，還是不見她歸來……」

治兵衛派童工到糕餅店，得知當天葛寄老早就賣完了。詢問店員有無見過登代，他們都說沒印象。一來他們客戶泰半都是女人，二來登代不是店裡常客，店員不會記住她的長相。

治兵衛繼續等候。現在著急還太早。登代應該是路上遇到什麼急事，也許遇上熟識或買到難得的糕餅，突然想讓淺草田原町的父母先嚐為快。

但一直等到太陽下山，登代還是沒返家，也沒回田原町的娘家。正覺寺位在冬木町前，與佐賀町的村田屋距離不遠，可說就在附近。登代前往那裡，途中突然失去下落。

治兵衛整夜沒睡，天明才上衙門報案。這一帶有眾多運河，每當有人失蹤，一般的處理方式就是在河上尋找。衙門派出扁舟，順流尋找，一路來到大川，但始終沒找到登代。

接下來三天、四天、五天就這樣浪擲而過。最後看到登代的人是治兵衛，他在衙門接受訊問。當地的捕快展開行動，治兵衛發現捕快們正在查探他周遭的事物。看在外人眼中，他們夫妻倆感情和睦吧？他們倆成婚至今半年吧？妻子一旦出事，最先被懷疑的就是丈夫。只要有人失蹤，最後和失蹤者見面的人都值得懷疑。這是調查的固定模式，治兵衛很清楚。

興兵衛、帚三、村田屋的夥計們都只能安慰治兵衛，說登代被神隱了。

半個月過去，正當治兵衛開始習慣周遭人對他投以懷疑的白眼時，發現了登代的遺骸。

遺骸出現在與深川截然不同的方向，在千駄谷。夜裡只有零星幾戶武家宅邸以及崗哨點燈的燈火，登代的屍體就躺在鬱鬱蒼蒼的漆黑竹林中，身上穿著外出時那件和服，腳下沒穿屐鞋，髮髻和衣帶凌亂。一把像是匕首的東西插在左胸下方。她的手腳皆被繩索綑綁，嘴邊留有塞過布條的痕跡。她是被刺殺而死，似乎剛死沒幾天。這表示她失蹤後還活了十天左右，被人囚禁在某處。

到底是誰？在什麼地方下手？又是如何綁架她的？

「這是一樁綁架案，目標明顯是登代，我終於得到赦免。」

「赦免」這句話，治兵衛故意說得很誇張，接著陰惻惻地露出苦笑。

「這麼一來就能鎖定目標，認定兇手是對我或登代懷有恨意的人，接下來換對方陷入被查探的窘境了，偏偏我完全想不出誰是兇手。我們不過是一家小租書店，哪會跟人結下深仇大恨。」

不過，登代的情況就不同了。

「她父親是佛龕工匠，個性傳統守舊，少言寡語。除了『哦』、『嗯』之外，什麼話也不說。她母親個性溫順。不過登代曾經在大須觀音的門前町當過茶屋西施。」

她是有一對明顯虎牙的可愛姑娘，當時風靡不少人。

「詢問茶屋老闆娘後得知，當時甚至有人衝著登代的面子，固定到店裡光顧，糾纏不休地追求她。自從我們上門談婚事後，登代馬上辭去茶屋工作，這件事我完全不知……」

我甚至將兇手鎖定在這個範圍，但最後還是走進死胡同。因爲完全沒任何線索。

「發現登代的地點也很不恰當。說到千駄谷，現在稍有開發，但在二十五年前除了武家宅邸外就只有蚊蚋或狐狸。町人根本管不到那裡。」

富勘沒對笙之介說這麼多。他就提到治兵衛的妻子遭人綁架殺害，以及治兵衛因爲那件事（據富勘所言，那根本就是嚴重的誤會）而遭懷疑的事，另外還提到治兵衛至今忘不了登代。

此時治兵衛談及此事，並非向笙之介吐露一切詳情，而是因爲又發生一起綁架案，不管治兵衛再怎麼壓抑，二十五年前的痛苦回憶還是不斷湧現心頭，若不一次傾吐，他連呼吸都有困難。

治兵衛望著佛龕以及供奉其中的妻子牌位，雙眼並未溼潤。他的眼神游移。笙之介覺得，此時治兵衛就像與登代的靈魂相互頷首，確認彼此死別的痛苦，以及兩人至今心意相通。

「石原町的三河屋想到要請你來幫忙的原因，我現在明白了。」

笙之介朝丹田運勁，極力發出穩重的聲音。他的努力似乎奏效了，治兵衛眨眨眼，露出宛如從夢中醒來的表情。

「三河屋接下來打算怎麼做？應該先回應投信的要求。」

「關於這點。」治兵衛立刻重新坐正。「信中要求今晚子時鐘響，在御藏橋下派出一艘扁舟，老闆娘勝枝夫人帶著三百兩坐上船，划往大川。」

笙之介還不熟悉江戶的地理環境，他思索片刻。

「嫌犯打算在船上收取贖金，直接渡河逃走。」今晚是新月——治兵衛說。「今天晴空萬里，應該看得到星星。大川上如果沒燈光，根本看不清對方長相。」

「信中除了贖金，可有提到如何處理阿吉小姐？」

「沒有。」治兵衛蹙起眉頭。雖說是信，但只是很粗魯地寫幾個字。例如『阿吉　黃金三百兩　子時　老闆娘　御藏橋』。」

「裡頭沒寫說『拿三百兩來贖回阿吉的命，若不照辦，就會對她不利』之類的話嗎？」

「從筆跡來看，對方應該寫不出像樣的文章。那很像是我家童工寫的字。」

也許是故意那麼寫的。

「那封投信，真的是有人投進來的嗎？」

「是的，有人丟向後門的水缸旁。裡頭包著一顆小石頭，是一張皺巴巴揉成一團的紙。」

註：以葛粉作成的凝固狀點心。

「現場沒人看到投信的人？」
「有的話早就追上去逮住投信的人了。」
「那這也不見得是從後面投進來的嘍？」
治兵衛身子一僵，定睛注視著笙之介。「連笙兄你也這麼說……」
笙之介略顯怯縮，「可是……」
「我父親那代就和三河屋有往來了。他們都很清楚我和登代的事，最怕步上我的後塵。」沒錯，變得像我一樣──治兵衛緊緊握拳，重複說道。「當捕快或町內官差查錯方向，懷疑是家裡的人所爲而拖拖拉拉之際，阿吉小姐已經沒命了，也讓兇手逃了。」
「這麼說來，他們沒向官府報案？」
「報案又能怎樣？」治兵衛臉色一沉。「就算那些捕快進到店裡也幫不了忙。」
笙之介靜靜深呼吸，重新坐正。現在不光是阿吉小姐的綁架案，同時還得應對治兵衛以及了解他悲慘過去的人們心中的創傷。
「我明白了。我問投信是想確認實際情況，沒別的意思。治兵衛先生，請您冷靜。」
不過話說回來，不能照單全收治兵衛的話。在不被任何人發現的情況下，將剛起床的阿吉擄走，又在店內上下亂成一團的時候投信，若說三河屋內沒人與嫌犯掛鉤，實在很難辦到。如果有人做內應，那應該要做好心理準備。至於笙之介爲何得做這樣的心理準備呢……
「治兵衛先生，你是要我和三河屋老闆娘一起坐上那艘扁舟吧？」
與她隨行──不，是擔任保鑣。可能是被說中了，治兵衛顯得莫名慌亂。
「笙、笙兄你和三河屋沒半點關係，拜託你幫這個忙實在是找錯對象，我心知肚明。」
「沒關係啦。畢竟是治兵衛先生的請託。」而且──笙之介搭在腰間的佩刀上，抬起臉說道。
「雖然我骨瘦如柴，但好歹是武士。」
不過話說回來，劍術看的是技藝，與胖瘦無關。

「而且我也會划扁舟。」笙之介小小聲地補上這句，模樣幾分可愛。

與其說他正坐上這艘船，不如說當他發現時，船已離岸。不管怎樣，坐上就沒辦法下船了。

二

好拙劣的字。寫的全是平假名，筆尖顫抖，墨汁四濺。每個字朝不同方向，排列很紊亂，當真是寫得歪七扭八。

妓女常用這種歪七扭八的字寫情書給恩客，但這封信就只有提到交辦事項，完全不帶任何情感，甚至感受不到那名企圖威脅他們拿三百兩黃金來贖回小姐的嫌犯，身上應有的駭人氣勢。

笙之介在治兵衛的帶領下造訪三河屋。抵達後，他旋即與老闆重右衛門和老闆娘勝枝會面，同意接下保鑣的工作，接著馬上請託他們夫婦——請讓我看今天早上那封投信以及阿吉小姐平時起居的房間。可以的話，我想見見在阿吉小姐身旁服侍她的人。我一個人在場或許會造成不便，希望派店內的人在一旁見證。

笙之介此時在阿吉面向漂亮庭院的起居室裡。欄間的雕刻以及紙門上的圖案都別具雅趣，色彩鮮豔明亮，這是一間六張榻榻米大的房間，笙之介坐在阿吉的書桌前，細看投信。

治兵衛盤起雙臂佇立在庭院。剛才他在圍繞庭院的檜木圍牆及樹叢前方的小木門一帶來回查看。不論是阿吉還是其他人，一概都沒在庭院留下足跡。治兵衛應該很不甘心。

在起居室入口處，坐著一位叫阿千的女侍，神情沮喪。她約莫三十出頭，長著一張瘦臉，雙肩和胸部都很單薄。她一直是阿吉的隨身女侍，聽說小姐還在襁褓時就負責照料她，阿吉與阿千的關係就像和田屋的和香與津多。難怪這兩天來阿千一直食不下嚥，夜不能眠，光是坐著也會想起小姐。無怪乎她淚眼婆娑，鼻涕直流。

笙之介並非鎖定目標才特別請人帶他到阿吉的起居室。這兩天，三河屋的人們和治兵衛幾乎翻遍家裡每一寸土地，他不認爲還能找到線索。不過，親自到阿吉失蹤前的居所，或許能感覺到一些蛛絲馬跡。

到底會有什麼呢？

笙之介想起來了。父親古橋宗左右衛門切腹時所待的起居室。

父親與母親里江老早就分房睡。不知是父親要分房，還是母親把父親趕出去。可能是後者。因此，身爲一家之主的古橋宗左右衛門，他的起居室是東北方一座小房間，可望見他用心耕種的那畝田。這畝田理應該在南邊耕作，但里江絕不允許。

父親就在那畝田的角落切腹。竟然不是在庭院前，而是在田裡的角落——大哥勝之介很引以爲恥，但笙之介認爲，目送父親走完人生終點的是親手栽種的作物，他略感安慰。

那一夜，笙之介得知有不祥之事發生而衝進房時，臉頰感受到盈滿父親起居室裡的冰冷夜氣。那股寒意幾欲滲進眼中。即便一切都結束，運走父親的亡骸，地上的血痕也擦除乾淨，起居室內的寒氣還是揮之不去。儘管豔陽高照，外頭風和日麗，房內還是滯留著冰冷的夜氣。

——這裡留有爹的絕望。

笙之介接受閉門思過的處分，因此離開住處，交由母親的娘家新嶋家看管前，常到父親的起居室獨坐其中，心中如此思忖。

——只有這個房間知道爹的悲傷。

此外沒人知道。母親和大哥不想知道，笙之介想知道卻無從得知。

現在難道不能像那時一樣嗎？有沒有辦法從阿吉待過的房裡找出從這裡消失的阿吉所留下的殘存情感呢？如果阿吉強行被人帶走，應該能從房裡看出強烈的恐懼。應該會殘留這種情感。如果阿吉因爲某個原因（就算是被騙也一樣）而拋下家和父母，自行離去，這裡應該會留下阿吉心中的糾葛和猶豫。

——陌生人就感受不到這種情感嗎？

這裡窗明几淨。

「笙兄，情況怎樣？」

在治兵衛的叫喚下，笙之介眨眨眼抬起頭。仔細將皺折拉平的那封信就在手中。

「好醜的字。」笙之介回答。

治兵衛用鼻孔哼一聲，脫去屐鞋，規矩擺好後走進房間。

「我就說吧。很像小孩的字。」

「也許是用非慣用的另一隻手寫的。」

所以才會滴落墨汁，筆尖顫抖。

「信盒裡有沒有阿吉小姐寫的字呢？」

「信盒裡只有市村座春興行的演員登場表。阿吉小姐好像不喜歡習字。她擅長三弦琴。」

層架上擺了好幾本教本。

「可是我沒看到三弦琴。」

治兵衛關上紙門，屈膝跪坐，點頭應聲「嗯」。

「昨天我從她師傅文字春女士那裡聽聞，三、四天前阿吉小姐在習琴時說她的琴弦鬆了，不太好彈，寄放在師傅那裡，請常在師傅住處進出的琴匠修理。」

「現在還在那嗎？」

治兵衛挑動炭球眉毛。「應該是。」

「最好確認一下。」

治兵衛狐疑地望著笙之介。

「不管再小的事，只要和平時不一樣，最好還是確認一下。拜託您了。」

治兵衛站起身。「好、好，就照你說的去辦。」

「我也有事要拜託阿千小姐。」

在笙之介的叫喚下，頹喪的女侍嚇了一跳。「是、是。」

「接下來我想試著模仿這封信上的文字。盡可能用到各種筆墨，也想換不同的紙來寫，請將屋裡的硯臺、筆、墨、紙，全拿過來。誰有矢立也請借來一用。」治兵衛似乎有話想說，笙之介率先打斷他。「治兵衛先生，你的矢立借用一下。這樣就能增加一種毛筆。」

治兵衛板著臉，抽出插在衣帶裡的矢立遞給他。

「請問……您模仿投信文字要做什麼呢？」阿千戰戰兢兢地問。

「試著模仿上頭的文字或許能了解寫字者的心思。反正白天這段時間沒其他事可做。」

原本大家都說好，既然不知道綁架阿吉的人躲在什麼地方偷偷觀察三河屋，那在半夜交付那三百兩黃金前應該小心爲上，別做出太顯眼的行動。因此前來幫忙的笙之介在和店主夫婦打過照面後暫時無事可做。

「是。」阿千有點納悶，狐疑地望治兵衛一眼。治兵衛則很刻意地嘆口氣。

「這位古橋先生以謄寫抄本爲業，對於筆跡有獨到的見解。」

「可是……光模仿別人的字就能看出對方的心情嗎？」

「我也不懂。但我聽人發表過這樣的意見，對此深有所感，想試試看。」

他指的是在加野屋的賞花宴中認識的代書屋老闆井垣老先生。笙之介說明：

「井垣先生說過，筆跡的差異在於每個人眼睛不同。要是這世上有人能夠完全模仿他人筆跡，那他就能配合要模仿筆跡的對象，更換自己的眼睛。」

「這麼說來，笙兄，你是想逆向操作，藉由模仿綁架犯的筆跡來擁有綁架犯的眼睛嗎？」

「我很懷疑自己是否有這個能耐。畢竟我不是三頭六臂。不過，要是盡可能使用各種不同的筆墨，或許有幫助。」

這當然是眞心話，笙之介並無虛言。他眞的想試試看。但另一方面，這是一種障眼法。他其實有另一個眞正的想法，那就是收集屋裡所有筆墨，用來寫信的筆墨也許混在其中。他深信這個可能性。笙之介深深覺得，家裡一定有這起綁架案的內應。阿吉平空消失太玄了。就算對方巧妙騙她出家門，手段也太高明。他理解治兵衛的憤怒，但他還是覺得投信的事很可疑。

「我明白了。我馬上收集。」

阿千搖搖晃晃起身離去後，治兵衛冷淡地說道：

「乾脆請屋裡的人寫字，拿來和信做比對，你看這招怎樣？」

光是向治兵衛借矢立還是瞞不過他。完全被他給看穿。儘管瞞不過治兵衛，但重點是絕不能讓三河屋的人看穿，要是讓內應起戒心就麻煩了。

「治兵衛先生，你可別生氣。」

「笙兄眞頑固。三河屋裡沒這種心術不正的人，想以店主的獨生女當要脅，勒索店主。」

「我也希望這樣。所以治兵衛先生，這件事請你一定要保密。」

治兵衛雖沒答話，卻沉著一張臉，就像在說「誰叫你這麼多管閒事」，踩著重重步伐出房。不久，阿千抱著一個大托盆，裡頭擺滿硯盒和矢立，並帶著一名捧著冊子和一疊紙的侍童。

「全都在這了……」連擤鼻子用的紙也在裡頭，當眞是一板一眼。

「謝謝。」笙之介謝完，眉頭緊鎖的侍童低頭行禮。

「大家都很替小姐擔心。」阿千就像替侍童哭喪的臉解釋般低語。

「我猜得出來。」但哭根本無法成事。笙之介馬上俐落地著手計劃。

「這大開紙的裝訂本是帳冊嗎？」

「是給顧客簽名用的芳名錄，帳冊是這邊的小本子。」

翻到背面一看，上頭蓋著勝文堂的印章。

「你們與勝文堂有往來吧。」

「是的。他們有位叫金太的夥計，每半個月會來小店一趟。」

笙之介將名字記在腦中，打算事後再詢問六助。逐一確認每一個硯盒歸誰所有，以及擺在店內或屋內何處。笙之介詳實記錄下來，將它們擺在榻榻米上。矢立也做同樣處理。三河屋中，店主夫婦、掌櫃和四名夥計都各自攜帶矢立。

「好氣派的硯盒啊。應該很昂貴。」

客人用的硯盒上頭都有金蒔繪或螺鈿工藝（註），價格不菲。相較之下，屋內的硯盒造型簡樸，唯有重右衛門的硯盒蓋上刻有精細的仁王像。

「在慶祝或婚宴的宴席上，我們會拿出華麗的硯盒，也會提供場地供客人辦法會，這種時候會拿出純黑漆的硯盒，您需要這種硯盒嗎？」

「最近用過嗎？」

「不，最近沒有，都放在置物間裡。」

「那就不用了。」

阿吉的紅硯盒仍擺在桌上。它失去漆器光澤，連盒蓋角落的塗漆都剝落下來。看來使用多年，相當老舊。毛筆和硯臺不帶半點溼氣，墨壺裡也沒墨水。不管是誰寫那封投信，應該都不會鋌而走險使用阿吉的硯盒，一開始就可以屏除這個可能，不過硯盒年代久遠，引起笙之介的好奇。它與客人的華麗硯盒擺在一起，質樸的模樣更顯眼。

「我聽治兵衛先生說阿吉小姐不喜歡習字。毛筆是全新的，墨也完好如新，不過硯盒倒是年代久遠。」

阿千再度直眨眼。「是老闆娘給小姐的。」勝枝送給阿吉的。

「聽說是老闆娘嫁入門時從娘家帶來的。」

「想必夫人很鍾愛吧。」

當女兒到了習字年紀便以硯盒相贈。她送的不是髮簪、和服、衣帶，而是硯盒，這表示她個性一板一眼，從中看得出勝枝的性情及三河屋的家風。

「一直借用想必會帶給各位困擾。我用完馬上歸還，我會再通知您一聲。」

笙之介想趁機請阿千離開而故意這麼說，但眼中含淚的女侍遲遲不走。
「古橋先生……」
「什麼事？」
「模仿別人的筆跡就能明白對方的心思嗎？」
阿千那雙泛紅的眼睛帶有一絲不安，看起來不像對笙之介的說法感到懷疑或不安。
笙之介覺得有異。「怎麼說好呢，我只是認為比起坐困愁城，這麼做多少有幫助。」
這樣啊——阿千頹然垂首，單薄的雙肩垂落。笙之介決定進一步刺探。
「俗話說文如其人。我認爲『文』並非專指文章。一個人的字也表現出人品和心性，應該說字如其人。」
字如其人——阿千悄聲複誦，眼神游移。笙之介靜靜等候。
「其實小姐並不是一開始就討厭習字。」
阿千就此鬆口。很好——笙之介在心中暗自點頭。
「她約莫兩年前開始討厭習字。她之前都很認眞地和老闆娘學書法。」
「夫人親自教小姐書法。」
「如果不是寫得一手好字，根本無法做貸席的生意。店裡常會寫信給客人，像舉辦技藝發表會時，我們會承接請帖的製作和寄發。」
「不請代書幫忙嗎？」
「我們店裡一律自行處理。老闆和老闆娘親自揮毫。貸席最重要的就是風格和格調，一旦層次降低，客人的水準跟著下降。老闆常說，書信是店家格調的展現，我們不可能委由外人處理。」
正因爲做的是出借場地的生意，所以店內必須具備相當的格調。文字會充分展現出格調，這是

註：一種在漆器或木器上鑲嵌貝殼或螺蛳殼的裝飾工藝。

他們奉行的信念。

「這樣的想法很令人敬佩。」

阿千縮著身子，她變得更怯縮，接著說道：「小姐是繼承人，早晚得找一位適合的對象招贅，她將成爲三河屋的老闆娘。小姐也明白這點，她很認眞學習，希望寫得一手好字。」

「夫人是很嚴厲的老師嗎？」

阿千低垂著頭，微微頷首。「可是小姐從沒忤逆她。她很了解自己的立場。」

阿吉並非被優渥環境寵壞的千金小姐。

「老闆娘不光在習字上對小姐嚴格指導。茶道、花道、跳舞，小姐當然也拜師學藝，不過回到家中，老闆娘又成了小姐的老師。而這些技藝……」

和習字一樣，阿吉從兩年前開始深感排斥。

「小姐並不是突然排斥。應該說她的熱情逐漸冷卻，變得心不在焉。」

「可是，小姐不是喜歡三弦琴嗎？」

阿千頷首，悄聲說道。「只有三弦琴，她的喜好始終沒變。可是老闆娘說跳舞和三弦琴大致會就行了，希望她不要再學。」

「不同於茶道和花道，小姐對藝妓方面的才藝比較感興趣對吧？」

可能是笙之介這句話接得很恰當，阿千繼續悄聲說：「大約一個月前，小姐沒去上茶道課，反而跑去找文字春師傅，老闆娘大爲震怒，對小姐說——妳想當藝妓嗎？」

老闆娘厲聲訓斥阿吉，最後演變成哭喊聲不斷的母女爭吵。

「爭吵過後，老闆娘仍舊不想放鬆對小姐的管教。小姐雖然一度比較收斂，但學才藝時顯得很心不甘情不願，尤其是習字，小姐明顯退步許多，連我也看得出來。」

凌亂的文字，代表了內心的凌亂。

「小姐臉上失去笑容，常一個人望著庭院發呆，有時甚至眼眶泛淚。」

笙之介跟著壓低聲音詢問。「像這種時候，阿吉小姐會對您訴說心中的想法嗎？」

阿千按住泛淚的眼角，搖搖頭。「我夾在她們母女中間，感到惴惴不安，卻什麼忙也幫不上。而且小姐個性好強，根本不會倚賴我。」

阿千嘴巴上這麼說，但心裡還有話憋著而略顯躊躇。話纏繞在笙之介的舌尖上，等著從口中吐出。另一方面，阿千的舌頭則極力想把話吞回肚裡。

「這麼說來，阿吉小姐可以倚賴的另有其人嘍？」

阿千默而不答。她嚥口唾沫，喉頭滑動。原本纏繞在她舌尖的東西嚥了下去。

看來要她說出口沒那麼簡單，那就再補上臨門一腳。

「阿千小姐。」笙之介再度壓低聲音，微微移膝向前，朝阿千低語道：

「我來說說我的推測。如果說錯了，請莫見怪。您要笑我也沒關係，但請聽我說。」

阿千眼中的不安愈來愈明顯。

「您懷疑阿吉小姐不是遭人綁架，是她自己離家出走吧？」

阿千馬上低下頭，避開笙之介的視線。她慌忙拂開衣服下襬起身，猛然一個踉蹌，單手撐地。

「請、請恕我告退。」阿千逃出房，笙之介獨自在阿吉的起居室。顏色、形狀、款式全不同的硯盒包圍他。接下來嘛……

就試試看吧。治兵衛先生，請你原諒——笙之介自言自語。

三

夜裡的大川，水就像溼衣一樣，緊緊纏住笙之介手中的船槳。

三河屋張羅來的扁舟不像笙之介先前造訪川扇時，浮在不忍池上的小船，這艘扁舟打造得很堅固。所幸今晚風平浪靜，爲了橫渡因漲潮而水位升高的大川，笙之介緩緩划動又大又重的船槳。

三河屋老闆娘勝枝雙手提著燈籠，坐在扁舟的中央，全身緊繃。包有十二個切好的年糕及裡頭三百兩黃金的紫色包袱擺在她膝上。勝枝不時單手移開燈籠，撫摸包袱好確認它。她的手指在顫抖，連站在船尾處的笙之介也看得出來。

從御藏橋划向大川要多久才會到河中心一帶，笙之介租下這艘扁舟時事先請教過老經驗的船夫。有時會爲客人調度小船和轎子的三河屋，有認識的河船宿屋願意接受突如其來的請託，當中有位船夫回答笙之介問題，而且完全沒過問沒必要知道的事。

老船夫頂上一片光禿，與其說因爲上了年紀，不如說因多年海風吹襲加上日曬造成，他告訴笙之介，穿過御藏橋後便要開始數數。第一次用力划槳時數「一、二」，划第二下時數「三、四」，等數到三十下，差不多就到河中央。要是停止划槳，船會很自然地沖往下游，所以這時要數自己的呼吸，每數到二十便微微掉轉船頭。這麼一來幾乎可停在同樣位置。

笙之介繫在腰間，那盞沒印店徽的長型燈籠也是船夫借他的。船夫說——請繫在腰間左側，而不是背後。這麼一來可以看見船槳入水之處，而且燈籠的亮光會形成大光圈。儘管在黑暗中，遠遠也看得見扁舟浮在河上。

笙之介謹遵船夫的吩咐。帶著三百兩想贖回獨生女的勝枝，與一直在默數的笙之介完全沒有交談。沉默中扁舟來到河中央，靜靜晃蕩。

空中星光閃爍，但夜晚的大川氣味令人胸悶。雖然春天已過，顯現初夏的樣貌，但河面依舊冷澈。勝枝圍著一條圍巾，蜷縮著身子。

笙之介不斷數著呼吸，掉轉船頭三次，這時幽暗的下游處出現一個小亮點。是燈籠的光。

——武士先生，夜晚在水面上，物體的實際距離會比肉眼看到的要近。與其他船隻交錯或是會合時，請注意拍打船舷的浪潮聲及船身搖晃的情形。

笙之介牢記船夫的吩咐，他右手握著船槳，左手按向長刀刀柄，注視著黑暗前搖曳的燈光。亮光構成燈籠狀，放射出的光芒形成一道光圈，只見一艘駛近的扁舟逐漸浮現。

這時，傳來沙啞的咳嗽聲，笙之介瞇起眼睛。自己的扁舟像對這樣的相遇感到吃驚般，緩緩搖晃起來。勝枝吃驚地坐起身，雙手緊緊抓住船緣。

逐漸靠過來的扁舟上有兩道人影。一位在靠近船頭處，另一位則負責划槳。兩人都是男性，衣服下襬塞進衣帶裡，底下的兜襠布在黑暗中一樣白得醒目。兩人都用手巾蒙臉。划船者也許是專職的船夫。他繫在腰間的燈籠光芒照向水面。船槳一划水，便撥亂水面的光影。

「阿吉——」勝枝像在叫喊似地低喚。對方的扁船滑也似地駛近，船頭快撞向笙之介的船身時陡然停住。

「妳是三河屋的老闆娘嗎？」船頭處的男子起身，舉起右手遮臉。男子手中沒拿燈籠。

「是的，我是阿吉的母親。」

勝枝急忙要往船頭走，男子抬起左手，就像要把她推回去。

「老闆娘，請先熄去妳手上的燈籠。」

笙之介還沒來得及開口，勝枝吹熄燈籠。

「阿吉，阿吉人在哪兒？」

她將燈籠抛向一旁，把膝蓋上的包袱抱在胸前，跌跌撞撞地向前，緊抓著船緣。

「武士先生。」男子朝笙之介喚道。「你不是三河屋的人。」

笙之介丹田運勁地答道：「我是三河屋老闆的朋友。今日前來擔任交付贖金的見證人。」

男子高舉的右手遮住半邊臉。可能是蒙面手巾的結就在鼻子下方，他聽起來有點呼吸困難。儘管如此，笙之介還是一眼就看出——是名老翁。

此人弓著身子不是掩飾樣貌，而是原本就駝背。如果取下手巾應該會露出滿頭白髮。

「錢我帶來了。」勝枝雙手高舉著包袱，用盡全力高喊。「請把阿吉還給我。她人在哪兒？你們沒帶來這裡嗎？」

「阿吉小姐藏在其他地方。」

男子回答，沙啞地咳幾聲。他的駝背上下起伏。聽在笙之介耳中，那不是假咳，是眞咳。剛才那聲咳嗽也是這名男子發出。此人不但年邁，還有病在身。他的穿扮相當窮酸，體格也很瘦弱。

「請把包袱交過來。」

勝枝爬向船頭，準備要把錢丟給對方，笙之介急忙厲聲制止。

「老闆娘，請等一下！要先等阿吉小姐回來再說。」

笙之介沒想到會發出這麼大的聲音，水面也爲之震動。船頭男子原本抬起的手微微放下，原本一直背對笙之介的船夫也轉過頭望向他。從動作和體格來看，這位船夫似乎年輕許多。

「可、可是……」勝枝神色慌張地抱緊包袱。

「要是老闆娘把錢交過來，明早阿吉小姐就會返回三河屋。我們也不想無謂殺生。」

「眞的嗎？你們眞的會放阿吉回來？」

笙之介離開船槳，向前踏出一步。

「老闆娘，這樣不行。我們還不知道這些人是否眞的將阿吉小姐藏在某處。」

船頭男子就像嗆著似一面咳，轉身背對他們，然後從懷中取出某個東西遞給勝枝。那是一條淡藍色的衣帶，此時折疊綁成一個結。勝枝不自主地趨身向前，一時間包袱落地，切好的年糕撞向扁舟船底，發出一聲重重悶響。

「這……」這是阿吉的——勝枝解開衣帶結，泣訴著。「她用這當睡衣的衣繩。」

勝枝拿著衣帶磨蹭臉頰，船頭的男子道：「阿吉小姐衣衫整齊，妳可以放心。」他再度抬起手，小心翼翼遮住臉。船夫則背對著他們，彷彿他就是扁舟的船槳般一副事不關己的模樣。

「老闆娘，錢交給我吧。妳要相信我的話。」

「阿吉小姐人在哪裡？」笙之介強硬地問道。「怎麼可以光靠一條衣帶就交換贖金！」

哦——以手遮臉的男子暗自竊笑，接著劇烈咳起來。

「年輕人，你可眞強勢呢。」這語帶嘲諷的話語，聽起來好像很痛苦。

「老闆娘，妳請來當保鑣的年輕武士都這麼說了，我們乾脆取消交易吧？」

不不不——勝枝死命搖頭。她撿起地上的包袱，根本來不及阻止便馬上往男子拋去。包袱擦過男子肩膀，落向對方的扁舟。男子吃驚地正欲撿起包袱時，笙之介大步向前。

勝枝急忙緊緊抓住笙之介的裙褲。

「求求您，不要插手。這筆錢我付。我們只求阿吉平安歸來！」

勝枝雙手抱住笙之介，他無法動彈。他正準備以拇指推刀鍔離鞘時，勝枝急忙按住他的手。

「拜託您不要！我求您了！」

勝枝淚流滿面，放聲叫喊。對方的扁舟猛然偏斜一旁。船夫正準備掉轉船頭。

「確實是三百兩無誤。」男子強忍著咳嗽，沙啞地說道，並用雙手一把抓起十二塊切開的年糕。「阿吉小姐明早就會回去。妳就煮好紅豆飯等她吧，老闆娘。」

男子乘坐的扁舟，此時已是船尾面向笙之介。船夫一面划槳，一面低著頭遮臉。他們的燈籠一樣沒印店徽。不過笙之介發現那艘扁舟滿是泥巴，顯得很老舊，都是修補的痕跡。

「阿吉！阿吉！」

那艘沒載著阿吉的扁舟逐漸遠去。勝枝難忍悲傷之情，不斷哭喊阿吉的名字，彷彿深信女兒一定會聽見。但傳來的回應，就只有船槳在夜裡划過大川的水聲，以及蒙面男子痛苦的咳嗽聲。

那夜，三河屋就像將大川的河水引進店內般，氣氛冰冷沉重。

笙之介一回到店內，馬上向重右衛門和治兵衛說明事情經過。勝枝靜靜哭泣，阿千走到老闆娘身旁，兩人手握著手，哭得更難過。

「阿千，妳帶老闆娘下去休息。妳在旁邊陪著她。」

在重右衛門的命令下，阿千一路攙扶勝枝走進屋內。

「這也是沒辦法的事……」治兵衛垂落炭球眉毛。「在那種情況下，勝枝夫人只能那麼做。」

「慚愧。」笙之介鞠躬道歉。「我原本打算沒看到阿吉小姐的面絕對不走。如果沒能一手交錢，一手交人，付贖金就沒意義了。」

「可是，」重右衛門低語。「對方沒帶阿吉來，我們只能乖乖聽話。」

精疲力竭的勝枝在時，三河屋老闆還很鎮定，勝枝一走，他頓時像失魂似地顯出沮喪坐姿。

「要是笙兄當場斬殺那兩個綁架的惡徒，便無法查出阿吉小姐的下落。」

治兵衛就像在努力替笙之介找藉口。

「我原本就不打算斬殺他們。不過，我倒是想要他們供出阿吉小姐的所在處。」

自己這樣說，更像在辯解。

「沒關係的，古橋先生。」重右衛門的聲音，聽起來就像風吹過樹洞的聲響。「要是沒有古橋先生，那群惡徒拿走贖金後也許會直接殺了勝枝。這麼一來，他們就再也沒有後顧之憂了。」

笙之介忍不住反駁。「如果那名男子打這種主意，那他會不會放阿吉小姐回來還是個問題。」

重右衛門沒有答話。他圓睜的雙眼也像樹洞一樣。

「對方不是說他們不想殺生嗎？」治兵衛努力不讓自己感到沮喪。「就相信對方說的話吧。既然錢都拿到手了，惡賊沒理由對阿吉不利。平安送她歸來，不把事情鬧大，這件事就算落幕了。」

我也這麼認爲——重右衛門垂落雙肩。

再來就等天亮了。

「阿吉小姐的房間可以再借我一用嗎？」

白天時收集來的硯盒、毛筆、紙，還有一半維持原狀。

「我想趁現在畫下惡賊的畫像。」

「可是，對方不是蒙面嗎？」

「就算是蒙面的畫像，先畫下來，日後或許派得上用場。我記得他的體型及衣服花色。」

這時重右衛門說了些話，但聲音又沙啞又小聲，聽不清楚。

「您剛才說什麼嗎？」

笙之介出言詢問，重右衛門這才抬起眼注視著笙之介。

「對方咳得很嚴重嗎？」

治兵衛驚訝地挑起他的炭球眉毛。「重右衛門先生，您爲何想到這件事？」

「不……我只是想，病人應該沒那個力氣對阿吉胡來。如果是爲了張羅醫藥費才打這個主意，那他應該不是什麼十惡不赦的壞蛋。」

笙之介把手放在膝上，轉身看向重右衛門。「對方身材清瘦，看起來身子虛弱。就算感染風寒，看起來也不像是最近才染病。也許是肺癆。」

雖然算是沒來由的臆測，但他還是毅然說出心中想法。笙之介正面回望的眼神似乎令重右衛門感到刺眼，他別過臉。

「這樣啊。既然如此……對方也許眞的是走投無路。」

「三河屋老闆，對這種綁架年輕姑娘的惡徒，不需要體諒他們。」

治兵衛這句嚴厲的話語令重右衛門噤聲。

笙之介說了一句「我先告辭了」，就此站起身。「天亮前，兩位也請稍事休息。」

他拿了燈籠回到阿吉的房間，重重吁口氣，接著馬上面向書桌，打開硯盒。

——到底是怎麼回事呢？他一面磨墨，一面思索。

原本笙之介就對今晚支付贖金時，阿吉會不會平安順利地從惡徒的扁舟回到船上感到半信半疑。這並非是他的平空臆測。他有依據。

白天時，他收集三河屋內所有的筆墨來檢視，最後有了收穫。笙之介和勝枝一起前往大川時，他確定了一件事。寫信用的筆和墨是出自重右衛門隨身攜帶的矢立。這可視爲重右衛門所寫。如果是硯盒裡的筆墨倒還有其他可能，但如果是三河屋老闆隨身攜帶的矢立，那情況就不同了。

他用左手寫下難看的字。儘管如此，他還是擔心會被人看出破綻，所以上頭只寫了一些片段。

矢立裡的毛筆容易帶有主人的特性。不同於每次現磨的硯墨，矢立裡的墨汁在用完之前會一直留著，而且顏色不同，很容易與其他墨汁分辨。笙之介無法完全擁有綁架者的眼睛。但他習慣看字。只要仔細檢查，瞧出當中的端倪並非難事，他自己也很驚訝。

相反的，他很納悶為什麼治兵衛一直沒發現，不過，治兵衛現在應該沒把心思放在上頭。這完全是另一件事，況且之前請他幫忙找出用來寫信的筆和墨時，治兵衛應該馬上就明白他的用意。

換句話說，這場綁架案事有蹊蹺。根據阿千的態度，阿吉有理由離家出走，再加上投信的人是重右衛門，那這起綁架案應該是他們演的戲。

阿吉與重右衛門之間到底達成何種共識？何時達成的？一開始就計畫好佯裝成綁架案，送阿吉出家門，然後假裝支付贖金三百兩嗎？還是說，離家出走是阿吉的決定，而在女兒失去下落，三河屋上下忙著東奔西走的兩天裡，阿吉以某個方法聯繫上父親，請他安排成是一樁綁架案，向父親要錢？

為何重右衛門允許這種事？阿吉也是，既然要離家出走，順便從家中的書信盒偷點錢就行了，為何如此大費周章？難道三河屋對錢看得很緊，阿吉無從下手？連老闆重右衛門也無法瞞著妻子塞錢給離家出走的女兒，這家店對金錢的進出當真這麼滴水不漏？

若是這樣，那還有另一個可能，也就是阿吉並不想離家出走，但外面有人需要這筆錢，阿吉想出資幫忙，因而哭求父親，上演這齣綁架戲碼。在這種情況下，等順利交付贖金後，阿吉只要一直假裝是遭人擄走就行了，事後應該會平安歸來。愈早回來愈好。這麼一來，這齣戲的破綻才不會太明顯。只要阿吉聲稱對方一直都蒙著臉，而且她太過害怕，什麼都想不起來，就不會有人一再追問。

然而，今晚阿吉沒回來，兇手並未一手交錢，一手交人。還有後續嗎？光給錢還不夠，還有後續演出嗎？為了多打探一下他們的盤算，笙之介甚至在扁舟上做勢拔刀，但在勝枝的苦苦哀求下，根本就是白費力氣。

沒錯，勝枝毫不知情。她完全被屏除在計畫之外。當勝枝看到對方的扁舟在黑暗中靜靜駛來時的模樣，以及緊抓著笙之介，哀求他不要插手時的聲音和神情，怎麼看都只像是一位希望女兒平安無事的慈母。

三河屋究竟發生什麼事？這齣戲背後有什麼隱情嗎？那名用雙手一把抓起三百兩，像是病患的男子，與阿吉是什麼關係呢？

笙之介皺起眉頭，全神貫注地畫著人像。描繪他眼中那名站在扁舟上的男子。趁對方痛苦的乾咳聲完全從耳中消失前趕緊畫下他吧。

長夜已盡。

旭日東升，人們紛紛起床。大路上人聲喧騰。

阿吉並未回到三河屋。

四

四天過去，五天過去，阿吉遲遲未歸。

笙之介拜訪三河屋。一天去一次還不夠，有時一天去兩、三趟。每次他都在心裡期待——今天或許可以聽到「啊，剛才我們家小姐平安回來了」。

但始終不見阿吉的人影。笙之介心中的懊悔和煩悶與日俱增。

早知如此，當時在扁舟上就應該採取更積極的手段。眞該跳到歹徒船上，拔刀威嚇，要他們說出阿吉在哪裡，或是揪住像病患的男子胸口，使勁搖晃，逼他帶我們前往阿吉的所在地。

重右衛門與勝枝如同行屍走肉，身形日漸消瘦。兩人食不下嚥，夜不安枕。治兵衛在三河屋裡住下，時而勉勵他們夫妻，時而訓斥，在一旁悉心照料，但情況未見好轉。

笙之介也不知道每天起床、吃飯、洗澡、工作時該以什麼臉面對。事實上，他每天都過著渾渾噩噩的日子，但猛然回神時又深感現在不是做這種事的時候而愣在當場。

「笙先生，你不要緊吧？」阿金很替他擔心，但笙之介不知如何回覆。

笙之介悲傷和失魂落魄的模樣，很快在富勘長屋的住戶間傳開。大家都不知道是什麼原因，除了做事雖然可靠，但內心還是個孩子的太一外，大家都是懂得拿捏分寸的大人，沒人直接逼問「笙先生，你到底怎麼了」，所以大家都遠遠觀察他，各自做不同揣測。多津婆婆認定一定是他求官的事告吹，大聲地逢人便說，她兒子辰吉急忙阻止；阿秀偶爾會用別有含意的眼神望著笙之介，但不知她在想些什麼。佳代似乎以為笙之介吃壞肚子，這是阿秀告訴她的吧；至於阿金與太一的父親寅藏則一如往常，喝得醉醺醺地說：

「笙先生，俗世的煩憂，一醉便可解千愁。」但換來阿金一頓罵。「又說這種話，爹，你是想要笙先生請你喝酒對吧！」

剛好來收房租的富勘一面重綁他長長的短外罩衣繩，一面打量笙之介，原本似乎有話想說，最後還是作罷離去。

笙之介心中的煩悶，摻有一股冰冷的恐懼——難道是我嚴重誤判？

他認為用來寫信的筆和墨是重右衛門的矢立。換言之，這場綁架案是一齣戲，既然他沒強出頭，阿吉應該不會有性命之危，所以他在交付贖金時才沒採取行動。

但如果是自己誤判呢？

阿吉不就會因為笙之介的誤判而有性命危險？歹徒奪得贖金後，阿吉派不上用場。不論是要殺她，還是轉賣他處，都隨他們高興。阿吉沒回到三河屋，不都是笙之介輕率判斷造成嗎？

如果真是演戲，為何重右衛門如此憔悴？倘若他知道阿吉很安全，也知道上演綁架劇的戲碼，那就算他擔心的模樣全是裝出來的，也不至於變得如此憔悴。

話說回來，笙之介其實也稱不上確定這些內幕。這些是他自以為，沒有進一步的保證。

不知是第二天還是第三天，勝文堂的六助前來，笙之介告訴他這件事並下了封口令，要他絕不能洩露此事，同時詢問常在三河屋出入的夥計金太。他心想，該不會是金太與阿吉暗通款曲，相約私奔吧？

絕不可能——六助拍胸脯保證道。

「因爲金太另有相好。但對方是附近飯館的女傭，和這樣的姑娘成婚也沒什麼好驕傲的。」

「那金太會不會是爲了娶那位姑娘，需要這筆錢？」

笙之介劈頭這麼問，六助難得露出不悅之色。

「這眞不像笙兄你平時的口吻。金太才不是這種人呢。」

「不過，人有時難免會起邪念。」

「說到起邪念，你剛才的說話方式才是呢。」

不，不對，你這種情況應該算是說溜嘴——六助恢復原本輕浮的表情。

「笙兄，不管怎樣，你一個人爲此煩心也無濟於事。最好跟衙門報案。」

「治兵衛先生不會答應的。」

「不答應也沒辦法啊。被綁架的又不是治兵衛先生的女兒，再這樣下去，三河屋老闆夫婦會憔悴而死。」

話雖沒錯，但笙之介垂首不語。

第六天早上，笙之介在沒睡好的狀態下洗把臉，這才猛然想到去見和香吧。和香應該很擔心後來發展。她很聰明，接下來怎麼做，也許可以借助她的智慧。他走向和田屋時的腳步一點都不輕鬆。現在他只想著要見和香，和她說說話，但不想讓和香知道他處理不當。他害怕見到和香臉上浮現可怕的猜疑，懷疑他的推測錯誤害死阿吉。

他來到先前送和香回家時見過的招牌前，望著那面藍染的大暖簾在潮溼的微風下擺動，笙之介躊躇不前。

「哎呀，您可終於移駕前來了。」高處傳來這個聲響，笙之介抬頭望向和田屋的屋簷。在大屋簷與小屋簷間高掛著寫有屋號的匾額。「您看錯地方嘍，古橋先生。」

說話的人在身後。多津——不，是津多。這名女中豪傑身上纏著束衣帶，露出壯碩的臂膀，她像仁王般雙手插腰，俯視著笙之介。「爲什麼不早點來？小姐等好久了。」

眞沒用——笙之介被一把抓住後方衣領拉進和田屋。

在像是會客間的六張榻榻米大廂房裡，壁龕處掛著一幅掛軸。上頭畫了八尊達磨，或怒或笑，表情各有不同，看起來年代久遠。

「這是我祖父畫的。」他的嗜好是作畫——和香補充。

是——笙之介應道。和香一如平時，臉上套著頭巾。雖然這不會令笙之介感到困擾，但津多就像要監視他們的會面般背靠著紙門而坐，這令他深感困擾。

「我可沒有在這裡。」津多再度從高處輕鬆地說道。就算坐著，她還是一樣高大。「如果嫌我礙事，請把我想成火盆。」

哦——笙之介怯縮。這火盆未免太巨大了，而且也不適合時節。

今早和香戴的是水藍色頭巾。可能是因爲梅雨季快到了，笙之介心裡想。

這時，和香從頭巾中露出的雙眼猛然呈現嚴峻之色。

「古橋先生。」

「啊，在。」

「請振作一點。」突然劈頭一句訓斥。

「我不夠振作嗎？」

「你現在的表情，就像惡作劇被武部老師罰站的學生。」語畢，和香莞爾一笑。「因爲漢詩那件事，我在村田屋老闆的介紹下結識了武部老師。他的夫人待人溫柔，是位好人。」

在笙之介不知道的這段期間，和香慢慢與人往來。

「我想在私塾裡幫點忙。如果是謄寫孩子的教科書或是習字帖，我應該能勝任。這麼一來，我就會成爲古橋先生的生意對手了。」

「那、那我可傷腦筋了。」

「傷腦筋的話就好好努力，別輸給我。」明明比笙之介小，卻像大姐姐似地說教。

「這幾天您看起來憔悴許多呢。」和香的聲音轉爲柔和。津多在一旁竊笑。

「何事令您這般苦惱呢？和前些日子村田屋老闆失蹤的事有關嗎？」

失蹤嗎，他那樣才算失蹤是吧。笙之介不禁笑了。他鬆口道出一連串發生的事。和香完全沒插話，提到扁舟那件事情時，她雙手緊握置於膝上，專注聆聽。

說到一個段落後，和香轉頭望向津多。「請幫忙端茶來。」那高大的身軀無聲地站起，從房內消失。和香重新轉身面向笙之介，取下頭巾，筆直地注視他的雙眼。

「古橋先生，現在您眞的得振作一點了。」

「看來我果然是誤判了。」

「不，不是這個意思。我要您拿出自信來。」

拿出自信？

「既然這是古橋先生您的鑑定結果，那封投信應該就是三河屋的重右衛門先生所寫。這樁綁架案是一齣戲——至少一部分是。」

「可是，既然重右衛門先生知道劇本，爲什麼還那樣萎靡不振，難過痛苦呢？」

「古橋先生，這就是關鍵。」和香略顯焦急地揮動著拳頭。「不能因爲重右衛門先生痛苦難過，就否定他們演戲的事實。痛苦難過是內心的感受，肉眼看不到，雙手摸不著。不過，投信的筆跡肉眼看得到，還能鑑定。能夠鑑定的事物，比起肉眼看不到的事物更不會誤判。」

津多移動著高大的身軀，再次無聲無息地端著茶點返回。

「重右衛門先生與這起綁架案有關。應該是與她女兒阿吉小姐說好，一起演出這齣戲，才會寫下那封信。但老闆娘勝枝女士似乎不知情。」

「我認爲她完全不知情。根據她在扁舟上的模樣，我很肯定。」

「也許是重右衛門先生把妻子看得和獨生女一樣重要，如今女兒的事瞞著沒讓妻子知道，他心裡難過才顯得憔悴。自己知道實情，但蒙在鼓裡的妻子日夜悲嘆，這造成重右衛門先生的重擔，他才會面容消瘦。有這個可能性吧？」

確實如此。原來如此，內心的想法不是肉眼能看穿，端看怎麼解釋。

「您應該盡快找重右衛門先生談談。」

「馬上嗎？」笙之介正欲起身，和香做出像用雙手按住他的動作。

「您別急，先等一下。儘管重右衛門先生內心如此苦惱，卻仍瞞著勝枝夫人，我認爲他不會輕易就從實招來。」

「從實招來？」津多照著重複，倒茶的手就此停下。「小姐，您在哪兒學會這種字眼的？」

「妳不是火盆嗎？火盆是不會說話的哦，津多。」

是是是——高大的女侍應道。

「那我就當一隻善於學人話的鳥吧。不是有從南蠻渡海來的鸚鵡嗎？裝在漂亮的鳥籠裡。」

「妳再多插嘴，小心我真的把妳關進鳥籠。」

「眞好意思說。您明明才是籠中鳥。」

笙之介大爲驚詫。和田屋的小姐與她的守護人在交談時，彼此竟然毫無半點顧忌。看起來個性溫順的和香意外也有潑辣的一面，想必是受這位女侍的耳濡目染。

津多微微一笑，「您要是講話太潑辣，會被古橋先生嫌棄哦。」

和香臉泛紅霞。笙之介這才發現，今天她臉上的紅斑變淡了。果眞如治兵衛所說，隨著季節和身體狀況不同，紅斑的情況隨之改變。

「不，我、我不會……」連笙之介也跟著難爲情，不知如何自處。「和香小姐的潑辣，我一點都不會嫌棄。」

儘管難爲情，卻還是說出這句話。

「太好了呢，小姐。」

「可、可是，您認爲應該怎麼做才能讓重右衛門先生招供呢？」

「這還需要其他的證據。」和香重振精神，一手貼在沒有紅斑的半邊臉上說道。「需要可以讓古橋先生您拿來抵在重右衛門先生鼻子前的證據，好當著他的面說『因爲如此如此，這般這般，我認爲這場綁架案全是一齣戲』。」

「如果不是抵在他鼻子前，好好用講的，不可以嗎？」

「都可以。」見笙之介怯弱的模樣，和香覺得有點掃興，微微噘嘴，接著笑出聲來。「您先冷靜一點，喝杯茶。阿吉小姐一定平安無事。您就這麼想吧。既然她親生父親在這齣戲中插花演出，女兒自然不會有性命之危。」

「插花？」這次換津多和笙之介異口同聲說道，和香的臉更紅了。「抱歉，我用詞不當！」

津多朗聲大笑，因此笙之介也不覺得尷尬。

和香依舊紅著臉，轉爲一本正經。「我認爲不妨找擔任阿吉小姐守護人的阿千及勝文堂的金太先生聊聊。特別是阿千，她最清楚阿吉小姐在綁架案發生前的事。」

笙之介鬱積胸中的疑問就此除去，腦袋開始運轉，他重重地點頭。「沒錯，她們母女間好像存在什麼問題，難以對我這種外人啓齒。」

「金太先生也算是外人，但他常進出三河屋，而且有些事外人反而容易發現。」

還有三弦琴——和香注視著前方的某一點，食指抵向脣前。

「阿吉小姐的三弦琴嗎？」

「沒錯。她在綁架案發生前才送去修理，所以古橋先生您很在意吧。」

「我單純是因爲這件事和平時不太一樣……」

「如果假裝綁架而離家出走，那麼阿吉小姐就無法帶著身邊的事物一起走。唯獨那把心愛的三弦琴，她無法割捨。也許是為了日後能偷偷取回才事先寄放他處。」

笙之介猛然一驚。聽聞和香此言，他意識到自己這麼想過，但只是隱約有這種模糊念頭。和香小姐果然聰明。她明明不清楚外頭的世界……不，正因為不清楚才不會被蒙蔽。

「我馬上調查，看誰去取那把三弦琴。」

「由我去吧。」津多往胸口一拍。「要是古橋先生您突然跑去找三弦琴的師傅，一定講不出個結果。一個沒弄好，搞不好還被三河屋老闆發現。」

「可是，我們只知道文字春師傅，一概不知那位常在她那裡進出的三弦琴工匠。」

「我會仔細查探。我不只會當火盆，也會當消防水桶。」

津多似乎不光充當和香的守護人，也擔任密探。

「此外，古橋先生您還有發現其他異狀嗎？再瑣碎的事都能說來聽。」

綁架案發生前後，有沒有在三河屋裡目睹或聽聞其他事。

「仔細一想……」笙之介雙臂盤胸。「扁舟上的男子頻頻咳嗽，我聊到他有肺癆，那時……」

重右衛門有點古怪——對方咳得很嚴重是嗎？

「好像很替對方擔心。對方明明是綁架他女兒的歹徒啊。」

事實上，就連治兵衛也對三河屋老闆擔心此事感到詫異。

「三河屋老闆接著說，如果對方是病人，應該不會對阿吉胡來，當時我沒細究此事。」

和香眨眨眼。「不過，您現在還是很在意吧。」

重右衛門或許認識扁舟上的男子，甚至擔心他的身體狀況。

「還有，三河屋對帳目的控管滴水不漏……也許是夫妻倆對金錢特別嚴格，一旦關係到三百兩的大筆金額支出，若無合理藉口，恐怕就連重右衛門先生也無法擅自動用，這最好確認一番。」

「我明白了，還有其他嗎？」

笙之介搔搔鼻頭。「總之……老闆與老闆娘目前憔悴不堪，一直躺在床上……」

「飯也不吃，想必很傷腦筋。」

肚子餓根本沒辦法上戰場打仗——津多說。

「小姐心情鬱悶吃不下飯時，我會煮蛋粥給她吃。這不傷腸胃，也能暖和身子。」

「這不重要吧。」和香如此說道，但一提到蛋，笙之介猛然憶起。

「很遺憾，聽說勝枝夫人不吃蛋。」

昨天才從治兵衛那裡聽聞。

「誠如津多小姐所言，蛋是營養高，又容易取得的食物。治兵衛先生也帶著蛋去慰勞她，但勝枝夫人一吃蛋就會出狀況。」

和香爲之瞠目，笙之介頓時慌起來。「抱歉，說了這種無關緊要的事。」

「您說出狀況，是怎樣的狀況？」和香移膝向前。

「全身發癢，嚴重時甚至會發燒。」

「確實有這樣的人。」津多那張大臉隨之頷首。

和香的眼睛瞪得更圓了。「吃蛋不合她的體質嗎？」

「好像是。」

「關於這點，阿吉小姐也是嗎？」

這點倒是沒聽說。「這個嘛……」

「請加以確認。」

笙之介一怔。「這件事這麼重要嗎？」

和香一本正經地說道，「是的，非常重要。守護人阿千應該知道……不，不行。別找阿千，最好詢問其他人。另外還有一點。」和香正極力思索，她光滑的眉眼間微微泛起皺紋。「請順便詢問阿吉小姐長得像父親還是母親。第一眼看到她時會覺得像誰，直覺問出這問題即可。」

津多一臉滿意地望向和香。「那麼古橋先生，我們就來著手進行吧。」

兩人站起身，這時和香就像猛然回神般喚住他們。「因爲是查探別人的不幸內幕，古橋先生和津多，你們不能展現出幹勁十足的模樣。這樣太不謹愼了。」話雖如此，和香自己看起來幹勁十足，說來當眞古怪。

江戶人似乎都稱這種女孩「茶挽」。在笙之介的藩國則稱之爲「WASASII」，意思是伶牙俐齒，外加個性好強，意思有褒有貶。

「我家小姐很會使喚人呢。」

高大的津多朝笙之介悄聲說了這麼一句，順便在他背後使勁一拍，笙之介頓時一陣踉蹌。

五

五天後。

笙之介前往三河屋找治兵衛。

勝枝終日躺在床上，重右衛門不知是略微振作，還是非振作不可，如今以三河屋店主的身分重回崗位。但治兵衛始終沒離開三河屋，租書店的生意擱在一旁。

「治兵衛先生，今天我來找你，要和你談談我們生意的事。」

肅三先生託我來的——笙之介補上一句，治兵衛旋即露出尷尬的表情。

「我對老爺子很過意不去。」一想到阿吉小姐的事，我不管做什麼都心不在焉——一再替自己解釋的治兵衛來到富勘長屋的木門前，發現情況不對。

「笙兄，你要去哪兒啊？」

「請你到我家坐。我有話想跟你說。」

津多和勝文堂的六助早等候在笙之介的住處。眼前四張半榻榻米大的房間，光津多一個人在場就呈現十足的擁擠感，治兵衛見狀，炭球眉毛往上挑，雙目圓睜。

「又發生什麼嗎？」

六助起身行禮。「眞不好意思，村田屋老闆。請您先找空位坐。」

「這裡有空位。」

津多移動她的豐臀，斜眼瞪六助一眼。但治兵衛的目光被橫放在六助與津多巨大身軀間的某個東西吸引。那是一把三弦琴，外頭以華麗印花棉布製成的布袋包覆，應該是用舊和服的布料修改。

「這是……」

「好像是阿吉小姐的三弦琴。」

六助的眼睛細得如絲線，而且平時就彎成弓形，無從判斷他此時究竟是得意還是不悅。

笙之介讓呆立原地的治兵衛處在一旁，自己坐在入門臺階說明用意。

「治兵衛先生，我認爲讓您明白就好談了，因此採用這種方式。抱歉，您受驚了。」阿吉小姐的綁架事件，其實全是一齣戲——笙之介開門見山說道。「一切全是阿吉小姐與她父親合演的一齣戲。阿吉小姐平安無事，而重右衛門先生心知肚明。請你也保持冷靜。」

治兵衛一雙大眼骨碌碌轉個不停，就像富勘上身似地拉扯他短外罩的衣繩。「笙兄，你怎麼又提這件事……」

「我一步步來說明。」

笙之介說明整個前因後果。他從划船前往大川交付贖金前，就懷疑寫信的人是重右衛門這件事說起，接著提到五天來他與津多以及中途加入的六助四處打聽調查。

「不光是重右衛門，就連與阿吉小姐最親近的守護人阿千小姐，或許也和這齣戲有關。打從我第一次和她交談便隱約覺得不太尋常。不過，就算我當面逼問，她應該也不願意說。」

「所以我們採用『由外而內』的絕招。」津多用力往胸脯一拍。

「負責監視誰來取阿吉小姐三弦琴的人也是我。」

「我在重要時刻幫上了忙。」六助道。

「不過，我卻因爲你而惹人嫌呢。」

「誰叫笙兄你講了那麼不識相的話，我眞是錯看你了。」

治兵衛挑動那雙炭球眉毛，緊繃的神情就此放鬆，坐在笙之介身旁。

「你說你們四處打聽，到底去了哪些地方？」

其實就是問三河屋外頭，長期觀察他們的那些人。

「謹愼起見，我們詢問時非常小心，刻意不讓人知道阿吉小姐失蹤，您大可放心。」

「因爲我想到了一個好藉口。」津多扭動著身軀，擺出一副講悄悄話的模樣。「我對附近的人們說，我家少爺對阿吉小姐一見鍾情，想上門談親事，但不知道有沒有希望，有點擔心……」

治兵衛伸手抵向額頭。「那你們到底到哪些地方打聽？」

「三河屋的客戶。」

笙之介看過店裡的帳冊，當初是爲了比對筆跡和墨色，沒想到最後竟派上用場。

「不善演戲的我負責幕後工作，津多小姐上場演出。一提到談婚事，可能因爲阿吉小姐正值適婚年齡，每個被問到的人都知無不言。」

「因爲這是可喜可賀的事。」津多咧嘴而笑。治兵衛顯得更加無力。

「三河屋的客戶中，有些人家的千金與阿吉小姐自幼便是好友，問起話來方便許多。」

他們口中問出的線索，津多全都謹愼記下，無一遺漏。

「早在一年前，勝枝夫人與阿吉小姐之間就有問題。」

娘的管教太嚴苛，不但嘮叨，還老愛爲難我——阿吉常對親近的人發牢騷。

「這並非是阿吉小姐的偏見。三河屋承辦宴席時多次和客戶洽談，決定宴席舉辦的各個步驟，這種時候勝枝夫人都會求阿吉小姐在場，每當阿吉小姐表現不好，勝枝夫人便當著客人的面訓斥。阿吉小姐常臉色鐵青，眼中噙著淚水。不少人目睹過這樣的場景。」

——夫人想鍛鍊女兒的心不難理解，但實在教人難以忍受。

「就商家來說，這是司空見慣的事。」治兵衛像要替不在場的勝枝說話般強硬地插話。「她是爲了日後店裡的接班人著想才如此嚴格管教。」

「這我能理解。不過，有時候腦袋明白，但心裡卻無法接受。」

「這只是母女拌嘴。笙兄，你想多了。」

笙之介頷首。「沒錯，想多了。不過阿吉小姐認爲這件事不是光用想多了就能解決。」

——也許我不是爹娘的親生女兒。

「哪有這種事。」治兵衛咧嘴而笑。「正値叛逆期的年輕女孩常胡思亂想。誰都經歷過這種時期。一旦說出口，周遭人就急忙安慰或開導，她們非得這樣才甘願。」

「一般是這樣沒錯。」笙之介頷首。「不過阿吉小姐不同。借用治兵衛先生說的話，這種胡言亂語，有人聽了之後大爲吃驚。阿吉小姐見對方驚訝，加深心中的懷疑。」

治兵衛的炭球眉毛變爲一條橫線。

「村田屋老闆，外頭有這樣的傳聞。」津多的聲音無比溫柔，像在安撫治兵衛。

「以前三河屋就一直謠傳，聽說他們的獨生女阿吉並非老闆夫婦親生。」

「我、我不知道這件事。沒聽說過這傳聞。」

這荒唐事是誰說的——治兵衛不悅地說。津多的聲音變得更溫柔了。

「我是和田屋的女侍，只是區區一名傭人。這種話對村田屋店主的治兵衛先生您非常失禮。正因爲明白這點，容我先跟您道聲歉，再來說明此事。」

傳聞這種事，有時立場不同，便無緣聽聞——津多說。

「三河屋是村田屋的客戶。換言之，治兵衛先生居於三河屋的下位。不過，知道這個傳聞的人們如同古橋先生所言，是三河屋的客戶，也就是居於三河屋的上位，並與他們往來。」

有的瞧不起三河屋，有的看得起三河屋。隨著立場的不同，有些事他們知道，有些事完全不知——津多說明。

「告訴我們傳聞的人們平時絕口不提這事。因爲我很巧妙地談及此事，他們不小心說溜嘴。之後我再補上幾句，他們就全講出來，像三河屋的母女感情不好、那家店的家裡有些狀況之類的。」

——我以前就聽說，他們家好像有這種情況。

——經妳這麼一提才發現，他們家的女兒跟老闆夫婦長得一點都不像。

——不過，他們親子感情很好。傳聞怎樣不重要，只是三河屋應該不會嫁女兒才對，妳家少爺要是眞想娶她爲妻，只能入贅到三河屋了。

津多重新說出她聽到的傳言，治兵衛的炭球眉毛化爲一字形，眉毛下的雙眼眨個不停。

「聽說勝枝夫人的體質與蛋不合，無法吃蛋。」笙之介道。「有人就是這種體質。而父母這種體質，孩子往往有類似情形。但煎蛋是阿吉小姐最愛的食物之一。這是我從常在三河屋進出的外燴店老闆問到的。」

這樣又如何——治兵衛眨著眼反問。

「好好好，我明白了。阿吉小姐眞的與勝枝夫人個性不合，並猜想自己不是三河屋的親生女兒，離家出走。但爲什麼演這麼一齣戲，而且重右衛門先生願意幫忙？太不合理了！」

笙之介望向津多和六助。六助彎成弓形的眼睛，看起來就像哭喪著臉。

「教阿吉小姐三弦琴的文字春師傅，是位溫柔婉約的女士。」津多柔和地說道。

「阿吉小姐失去下落後，三河屋向師傅解釋因爲阿吉小姐與夫人吵架，暫時不會來學琴。師傅深信不疑，一直很擔心她們母女吵架的後續。師傅知道勝枝夫人對於阿吉小姐熱中三弦琴一事始終沒她好臉色看，感到歉疚。」

因此阿吉那把三弦琴修好後，一直由師傅保管。

「就在前天。」津多接著道。「在勝六工作的勝文堂裡，有位名叫金太，常出入於三河屋的夥計。聽說重右衛門先生直接吩金太先生取回寄放在文字春師傅家的三弦琴，請金太暫時保管，還對他說『母女倆爲了三弦琴的事吵架，暫時不讓阿吉碰這把琴，得先藏好，這事就拜託你了』。」治兵衛停止眨眼，濃眉誇張地上下挑動。「什麼？我前天也在三河屋啊。和重右衛門先生一起……」

「雖然您在，但不會如影隨形地跟著吧？」

「話、話是這樣沒錯。」

「三河屋的生意照常經營，勝文堂的夥計進出店內也不足爲奇。」

六助搔抓著後頸插話。「前天是金太固定到三河屋拜訪的日子。我也知道這事。」

然後……勝六光是搔抓後頸還不夠，順手在臉上摩娑起來。

「從津多小姐和笙兄那邊聽聞此事後，我在意起這件事，於是我向金太確認。結果那小子眞的代爲保管三弦琴。」

——因爲是客戶的委託，由不得我說不，眞傷腦筋。這可是三河屋家小姐最寶貝的三弦琴。

「金太向來很重視客戶，是好人。他很清楚阿吉小姐的事。」

——三弦琴被拿走，小姐一定很難過。

「金太先生也不知道阿吉小姐失蹤。」笙之介道。「他完全相信重右衛門先生的話。」

治兵衛緊盯著那把三弦琴，緊咬著嘴唇。

「我這才明白笙兄的話。我對金太說，三河屋小姐這樣太可憐了，不如我偷偷把琴還她。我做這件事就不算是金太違背重右衛門的吩咐。」

就這樣，阿吉的三弦琴此時出現在這裡。

「問題不在金太的舉動。重右衛門先生請金太先生代爲保管三弦琴時曾對他說道。」

——要是永遠拿走阿吉的三弦琴，她也太可憐了。等她們母女的爭吵平息，我會告訴她我請勝文堂代爲保管那把三弦琴，日後阿吉前來取琴，請你交還她。

如果阿吉前來拿取的話。

「就算這是爲了讓金太先生信服而編的謊言，但如果阿吉小姐眞的被綁架，不知道人在何方，重右衛門先生還會說這種話嗎？」

治兵衛雙脣緊抿，沉默無語。

「重右衛門先生完全知情。阿吉小姐根本沒被綁架。她平安無事藏身某處，正在觀察目前情況。如果她想取三弦琴，隨時能前往勝文堂。」

「唯獨不能讓老闆娘知情。」六助再度往臉上摸一把，低頭望著地面。

治兵衛一動也不動。

「雖是離家出走，但不是一般的離家出走。」

笙之介緩緩說道，治兵衛緊繃的雙肩鬆卸下來，他望向笙之介。

「他想把女兒離家出走改編成一齣戲，讓她帶三百兩走。但這是難題。不過我認爲對重右衛門先生來說，有件事比錢財更重要。」

治兵衛說道：「你是指，不能讓勝枝夫人知道阿吉小姐離家出走？」

不光笙之介，津多也跟著點頭。

「那對夫婦不管什麼事都是兩人商量決定。重右衛門先生應該不曾瞞過勝枝夫人。」

「聽帚三先生說，就連金錢的進出，這對夫婦也管得滴水不漏。」

笙之介詢問此事時，老爺子馬上告訴他。村田屋常出入於三河屋，所以帚三知道這件事不足爲奇。人往往看不見自己的弱點。

「被一手養育長大的女兒背叛，甚至離家出走，勝枝夫人會有多悲傷啊。」治兵衛說完後，雙手掩面。「所以重右衛門先生才如此大費周章。」

「這樣您明白了嗎？世界無奇不有。」

治兵衛至今思念著他二十五年前如同神隱般失蹤的妻子，笙之介不了解治兵衛的心，感受不出他的悲苦。不過笙之介知道，平時的治兵衛應該很快就發現破綻，但他沒能看出，一味同情三河屋，顯得方寸大亂，這全是因爲他透過三河屋不幸的遭遇，看到自己的過去。這樣不對。這是不同的事。因爲把兩者混爲一談，治兵衛心生迷惘，他大可不必如此勞神，卻把自己搞得不成人形。

「阿吉小姐離家後，應該有地方可以投靠吧？」

笙兄，你認爲呢——治兵衛詢問，眼中浮現答案。笙之介看出他眼中的答案，津多和六助也看到了。

「她眞正的父親，親生父親家。」

這實在教人難以啓齒啊——津多嘆息。

「不過只能這麼想了。傳聞果然是眞的，阿吉小姐有眞正的父親，他們應該是父女相會了。」

「我也這麼認爲。」治兵衛頷首後沉聲低吟道，從入門臺階處起身。

「如果不是這樣，重右衛門先生應該不會幫這個忙。不過他們以後……」

現在再多推測也無濟於事——治兵衛緊縮炭球眉毛。

「就來直搗黃龍吧。」

六助縮著脖子，一副窩囊樣，自言自語地道「要是有人哭，那可不好啊。」

六

六助很慶幸三河屋的重右衛門沒那麼輕易流下男兒淚。

「三河屋老闆，很抱歉，因爲事出無奈，有件事想和您談談。可以請您移駕村田屋一趟嗎？」

治兵衛就說了這麼一句，重右衛門就猜出他要談什麼。他像被拖行似地踩著沉重的步伐前往村田屋。到了村田屋時，笙之介、勝文堂的夥計都在場，每個人都帶著尷尬又歉疚的神情，他一看就心裡有底，待治兵衛說出此事，他反而鬆口氣，皺紋深邃的眼角轉爲柔和，嘴角垂落。

「眞的很抱歉，老爺。」勝文堂的金太突然道歉，不斷向他磕頭鞠躬。「小姐那把三弦琴的事，我不小心告訴六助這傢伙。」

金太既生氣又懊悔，很不客氣地說「六助這傢伙」，準備瞪向一旁的六助，但那張好好先生的圓臉怎樣都凶不起來。

「沒關係的，金太先生。」重右衛門有氣無力地淺淺一笑。

「原本就是我疏忽。要騙你，就該編個更好的謊言。眞的有心要說謊，才發現可眞難啊。」

金太又磕頭鞠躬，六助噘起嘴望著他。

「這麼難的事就別再做了，一切實話實說。」

聽見治兵衛這番話，重右衛門點點頭。

說謊眞的很難。那是難以承受的重擔。在治兵衛的詢問下，重右衛門逐一說出阿吉的事以及他們合演的戲，笙之介注視著他的側臉，突然想起孩提的往事。

當時笙之介才六歲，還不懂事。有一次他爲了大哥是否沒告訴母親一聲就吃了別人贈送的糕點，和大哥勝之介吵架。他至今記憶猶新，那糕點確實是勝之介吃進肚裡。因爲這是笙之介親眼所見，他知道。

他們都正値能吃能長的年紀，只要訓斥一頓就夠了。但里江氣得橫眉豎目，罵他們不知羞恥，就像要逼孩子切腹般表情駭人。大哥可能心生恐懼，抵死不肯承認是他吃的，硬要笙之介揹黑鍋。

笙之介當時年幼，不善言詞。他再怎麼極力辯解，母親也充耳未聞，他說這是大哥吃的，母親反而當他是說謊，他放聲大哭，換來更嚴厲的訓斥，最後他被罰不准吃晚餐，關進後院的倉庫裡度過一晚。深夜時，父親宗左衛門偷偷救他出來。笙之介因爲安心而飢腸轆轆，因而哭起來，父親輕撫著他的頭。

——勝之介剛才對我坦承是他吃了糕點。但你不能責怪你哥，也不能怨恨你娘。

父親在笙之介面前伸出食指比出鉤子的形狀。

——笙之介，謊言這東西就像這種形狀。它就像釣鉤——父親說，他自己明明是個只喜歡翻土種田，完全不碰釣竿的人，卻以此爲例。

——爲了讓魚上鉤後無法輕易掙脫，釣鉤的前端設有倒刺。謊言這種東西同樣有倒刺。人們上鉤容易，但一旦上鉤就很難脫身。自己的心也很容易上鉤，可是一旦上鉤就很難放下。

——如果還是想脫身，就會比當初刺入的時候傷人更深，自己內心也會刨出一大塊傷口。

勝之介也哭了——父親說——因爲拔出說謊的魚鉤感到痛苦，所以他哭了。

所以嘍，笙之介——父親接著道——不能因爲一些枝微末節的小事就說謊。只有在你下定決心，要一輩子都說謊時才能這麼做。

父親並非訓話，要他不能說謊，而是告訴他，既然要說謊，那只能選在你打算一輩子都讓說謊的魚鉤刺進心頭時才這麼做，必須是這麼重要的謊言才行。

三河屋的重右衛門演出女兒被綁架的這齣戲時，應該決定要和謊言一起共度餘生。這並非輕易做出的決定。他需要覺悟。然而，魚鉤刺進心崁裡無比疼痛，甚至紅腫化膿，深深折磨著他。他望著因爲謊言而痛苦的勝枝和治兵衛，心裡的傷痛日益加重。

此時重右衛門正準備拔下謊言的魚鉤。他的心被魚鉤的倒刺刨出大塊傷口，鮮血直流。儘管如此，要清淨傷口療癒，就只能說出一切。

「阿吉是我們店裡一位叫阿雪的女侍的私生女。」

那是十六年前的事。

「阿雪又瘦又小，一臉純眞樣，在她肚皮隆起前沒人注意到她懷孕。」

懷孕的事令三河屋上下大感驚詫，不管怎麼逼問她孩子的父親是誰，阿雪還是堅持不透露。

「也許有難言之隱。」

有人說，或許是某位客人一時起了歹念，調戲所造成。

「說到可能用花言巧語迷惑單純女侍的客人，我倒想得出一、兩位。勝枝和我有同樣的想法。」

當時三河屋交由重右衛門接手，勝枝是老闆娘。上一代店主夫婦不久前相繼辭世。

「當我們討論如何處理時，勝枝毫不猶豫地提議收養這名嬰兒，讓她當三河屋老闆的女兒。」

勝枝嫁給重右衛門，兩度懷有身孕，但不幸流產，沒能擁有自己的孩子。

「勝枝說，不知道日後我們是否還有機會產子。這是一種緣份，她想收養這名嬰孩。」

重右衛門大為吃驚地極力勸諫勝枝，說此舉太胡來，但勝枝堅不退讓。

「她很堅持說道——既然發生這種醜事，不可能繼續留阿雪在三河屋。但若將她掃地出門，她們母女倆便會流落街頭。不如我們替阿雪找出路，孩子由我們三河屋養育。」

重右衛門最後只能讓步。

「阿雪竟然同意。」

聽聞治兵衛的低語，重右衛門眉頭深鎖，雙目緊閉。「女侍犯錯，等同老闆娘犯錯。依勝枝當時的脾氣，應該相當生氣。她覺得顏面無光。阿雪就在一旁羞愧地嚶嚶哭泣。」

最後阿雪足月順利產下孩子，勝枝在短暫的時間裡四處奔走，替阿雪找尋夫家，後來找上一名年老退休的親戚，阿雪當他的續弦，兩人年紀懸殊，別說看起來像父女，甚至像一對祖孫。

「就像拿家裡的小狗送人，但阿雪乖乖聽從。」

當時萬萬沒料到，阿雪嫁入門還不到半年就逃離夫家。

「勝枝下定決心，不能讓這孩子知道自己出身而感到自卑。我們極力隱瞞阿雪與人生子的祕密，連對親人也隻字未提，當時店內雇用的員工也陸續遣散，全換過一遍。」

三河屋的傭人全換過一輪，阿雪的孩子成了三河屋的獨生女阿吉，養育成人。

「送走阿雪時曾曉以大義，希望這孩子幸福就要完全與她斷絕關係。我們認為阿雪明白。」

當阿雪從她改嫁的夫家逃離時，勝枝方寸大亂——阿雪會帶走阿吉！

「但阿雪並未在三河屋現身。」

她失去下落。

「我們期望這表示她放棄了阿吉，掌握自己的人生，可是……」

全是一場空啊——重右衛門垂落雙肩。

和田屋的津多一直在推測阿吉「如何」遇見她生母，但根本沒如何遇見的問題，阿吉的生母打從一開始就知道阿吉被當作三河屋的獨生女養大。三河屋不可能逃走，他們只能暗自期待，希望藏身在這片天空底下的阿雪安分地忘了阿吉。

儘管這是很自私的希望。

六助覺得很不滿，這不光顯現在嘴角，連那張絲瓜臉也扭曲成倒V字形。笙之介用手肘輕輕撞他——你可別亂說話哦，六大。

他問重右衛門：「阿吉小姐何時見到阿雪女士呢？」

「去年春天。」

教三弦琴的文字春師傅租用三河屋的貸席，爲弟子舉辦發表會。適逢賞花時節，熱鬧的宴席間賓客雲集。

「附近的居民能自由進出，因爲當天完全不設限。」

加野屋的賞花會也是如此。

「阿雪應該一直暗中觀察三河屋，老早就在等這個機會。」

重右衛門低語，下巴往內收，似乎在強忍心中的情緒。他下巴的肥肉鬆弛，頓顯老態。看他側臉的神情顯得既懊悔又不甘心。

——不過，就算是暗中觀察三河屋的情況……

阿雪總不能整天緊貼著三河屋跟監吧，應該另有其他辦法。

「三河屋裡應該有人對阿雪女士通風報信。不，講通風報信有點可怕，應該是有人站在阿雪女士和阿吉小姐這邊，幫忙撮合兩人。」

重右衛門默而不答。他噙著淚水的雙眼光是眨眼就忙不過來了。笙之介猜想他並非不知情，正因爲知情才不回答。

——是阿千。

阿雪接近擔任阿吉守護人的阿千。阿千不同於深閨的阿吉，可以獨自在外行走，而且她與阿雪同是女侍，阿雪比較容易傾吐自己的苦衷，博取阿千的同情。

重右衛門當然很生阿千的氣。但既然決定要隱瞞勝枝眞相，阿千的事自然只能選擇沉默。阿千也是，她背叛主人和夫人，內心痛苦，而夾在他們與阿吉中間更令她備感煎熬。當時她欲言又止的表情以及閃躲逃避的舉止，現在謎團全解開了。

「是阿千小姐。」

重右衛門停止眨眼。治兵衛大吃一驚，身子仰後，金太瞪大眼睛。六助沉默不語。他跪坐在地上，膝頭不知是犯癢還是發疼動個不停。

「這家裡出了內奸。」

重右衛門壓低聲音，治兵衛則加重語氣勸諫他。

「三河屋老闆，你別這麼說。阿千其實很可憐。你應該也知道。」

守護人就如同是母親——治兵衛說。

「她待在阿吉小姐身旁，見她與勝枝夫人爭吵不斷，爲之苦惱，心裡很擔心。雖然她這麼做是不應該，但你不能說她是內奸啊。」

這很像是津多坦護阿千會說的話。

「坐著扁舟前來取贖金的男子，您知道他的身分吧？那名上了年紀，頻頻咳嗽的男子。」

您很替他擔心吧——笙之介問道。重右衛門抬起頭，像在看什麼可怕的事物般凝睇著笙之介。

「古橋先生，您還眞是可怕。什麼事都逃不過您的法眼。」

「我如果這麼厲害，就不會眼睜睜讓對方駕著扁舟逃走了。」

重右衛門頹然垂首，「應該是阿雪的現任丈夫。」

「你們沒見過吧？」

「沒有，只聽阿吉提過。」

「那他患有肺癆的事，您也聽說了？」

「是的。」

「那男人該不會就是阿吉小姐的親生父親吧？」

重右衛門搖搖頭。「眞是那樣，阿千應該會聽說。阿吉不會完全沒提。」

可是阿吉她——重右衛門最後語塞。「她現在都稱那個男人『爹』。這是可以確定的。她說，她爹的醫藥費得花不少錢，急需用錢，希望讓她爹娘過輕鬆一點的日子。」

所以才需要三百兩。

「重右衛門先生，您知道現在他們三人在什麼地方嗎？」

「不知道。阿吉沒告訴我。」

這是當然。

「那您有事要和阿吉小姐聯繫時怎麼處理？」

「託人傳話。」重右衛門講得咬牙切齒，狀甚痛苦。

「請阿千小姐傳話嗎？」

「是的，不過，阿千沒辦法直接和阿吉見面。」

原來如此，如果阿千可以直接聯絡阿吉，重右衛門想必不會束手無策。儘管瞞著不讓勝枝知道，但暗中跟蹤阿千或是逼她招供，便可能找到阿吉。

「古橋先生，對方也找人來助拳呢。」重右衛門道。

笙之介腦中浮現扁舟船夫的男子背影。看出他的表情，治兵衛猜出幾分。

「哦，扁舟上的另一名男子。畢竟是交付重要的贖金。就像我們請了笙兄當保鑣，他們雇用的也不是一般船夫。應該是同夥。」

不論同夥還助拳者，問題是對方在什麼情況下加入。當中還牽涉三百兩一大筆錢。

注視著重右衛門的治兵衛，炭球眉毛底下的雙眼微微泛紅。

「得和阿吉小姐見個面。」請讓我和她見面——治兵衛馬上端正坐好，轉身面向重右衛門。

「我來說服她。不，我並沒有要訓斥她。只是她這種做法對勝枝夫人太殘酷了。喏，重右衛門先生，你不也是憔悴許多嗎。」

重右衛門弓著背，身子蜷縮。

「阿吉小姐或許認爲勝枝夫人管教過於嚴格，深感不滿。也可能是她非常思念親生母親，難以忍受這份思念之情。要說的話，多的是藉口。但不能用這種做法，太殘酷了。」說著說著，治兵衛搖起頭，直喊著「這樣不行」。「一個人突然消失無蹤，音訊全無，有時比死別更教人難受。因爲留下來的人無法看開，我想讓阿吉小姐明白這點。」

請務必讓我見她一面——治兵衛雙手撐地，磕頭請託。

「阿吉小姐思慕親生母親的心不假，但重右衛門先生和勝枝夫人思念女兒的心同樣不假呀。」

「治兵衛先生，請您不要插手。您這麼做，我更加無地自容。」

重右衛門搖著治兵衛的雙肩，老淚縱橫。勝文堂的金太也眼眶泛淚，六助的表情變得更扭曲，活像是醃絲瓜。

「我對勝枝也覺得很抱歉。不過讓她知道眞相，我會更過意不去。」

醃絲瓜突然開口。「您錯了，老爺。只要告訴夫人眞相，讓她和小姐敞開心胸暢所欲言，盡情大吵一架就行了。」六大——笙之介出聲制止，但六助置若罔聞。他改向笙之介噘起嘴。「笙兄，我沒講錯話，你用不著擺出可怕的表情。三河屋的夫人和小姐十六年來一直是母女。就算親生母親出現，這十六年來的養育之恩也不會平空消失吧？」

眞的非常抱歉——同樣是勝文堂夥計的金太不斷道歉，還打算壓著六助那顆絲瓜腦袋一起磕頭賠罪。「這傢伙說話不知分寸。喂，六助，還不快向三河屋老闆道歉！」

六助堅持不道歉，重右衛門也沒說話。治兵衛的眼睛愈來愈紅，微帶破音。

「只要重右衛門先生告訴阿吉小姐家裡的情形，料想她不會擺出事不關己的態度。請您就當作賣我個面子，安排我和阿吉小姐見面。」

不過，重右衛門先生最好別跟來——治兵衛明確地道。

「不相干的外人反而比較好談。」

「也不知道阿吉願不願意……」

「請您轉告她，就說我抱持著非見她一面不可的決心，想和她好好談談，如果她不願意，我會向官府通報這起綁架案。」

「說得對，這主意不錯。因爲阿吉小姐可能被騙了。」

六助這小子說的沒錯，不過他實在太多嘴了。

「老爺，您其實心裡多少懷疑過吧？小姐的親生母親阿雪女士姑且不談，她的先生和那名助拳的男人也許要的是錢，而不是阿吉小姐。阿吉小姐搞不好是他們的搖錢樹。」

講得太直接了，六大。

「我也認爲……不能這樣……可是阿吉她……」

重右衛門說不出話。治兵衛的表情愈來愈悲壯。

「到時候我也陪同吧。」絕不放過他們——笙之介牢牢握住刀柄說道。

「治兵衛先生說得對，重右衛門先生最好別在場。不過，要請阿千一同前來。」

治兵衛的炭球眉毛變成一條橫線。「笙兄，地點選在哪？我店裡也可以。」

「最好選一處離三河屋和村田屋都有點距離，而且不會讓勝枝夫人知道的地點，我們也要熟悉那個地方。」

那就是位於不忍池畔，梨枝的「川扇」。

七

說到川扇，雖然因爲這次的風波而略微擔擱，但笙之介還是完成川扇的起繪，只剩親自送給梨枝。當時他原本另有用意，打算邀和香前往，所以作得特別起勁，但現在因爲其他原因而前往。

「我絕不插嘴你們的談話。我會躲在暗處默不作聲，請帶我一起去。」

我想聽聽阿吉怎麼解釋——和香極力說服，由不得笙之介說不。

川扇的梨枝果然是見過世面的人物，儘管接受請託，要在她店裡舉辦火藥味濃厚的聚會，她卻不顯一絲驚訝。

「請使用二樓的蘇芳之間。和香小姐與陪同的女侍可以在隔壁的木蓮之間等候。那是打開拉門便可互通的隔壁房間。」

這場聚會，菜餚就不用說了，就連茶點也不必張羅。

「那我請晉介在樓下守著吧。」也許歹徒會逃走——梨枝補上一句。

「歹徒是吧。」笙之介不知怎麼說才好。

「應該是歹徒吧。阿吉小姐不算，那位幫忙演這齣戲的人不知人品如何。」

這時笙之介也開始思索此事。萬一有人動粗或揮刀相向，只有他一位保鑣實在不太放心。最好向武部老師坦白說明，請他幫忙。

經營私塾的武部權左右衛門馬上一口答應，和笙之介一同事先到川扇勘查地形。

「請事先將船槳藏好。這樣就不必擔心歹徒搭船逃離。有一條從庭院直通池畔的小路，最好堵住那條路。」

「那我在路上擺一輛貨車。」

「我就躲在樓梯下。希望晉介先生到屋外守著。笙先生會陪同在治兵衛身邊吧？」
「是的。」
「絕不可露出破綻。老闆娘說得沒錯，對方不單是弱女子。小看對方的話小心被反將一軍。」
期望這場聚會的治兵衛或許只想嚴厲勸說一番，但現況愈鬧愈大。
「笙先生，你斬過人嗎？」
「不，沒有。」
做好拔刀的準備，就如同做好殺人的準備。笙之介做好心理準備了，但他沒有殺人的經驗。
「武部老師呢？」
「我曾在不得已的情況下，有過一次經驗。」感覺很不舒服——權左右衛門說。
「不過這次如果遇上這樣的場面，絕不能猶豫。爲了平安帶回那位叫阿吉的姑娘。」
關於這次的事件，武部權左右衛門似乎比任何人都清楚狀況。
「一名正值適婚年紀的姑娘與父母起衝突，而歹徒趁虛而入，想藉此發一筆橫財。不管那姑娘的生母是否爲歹徒同夥都沒必要手下留情。知道嗎？」
「我認爲阿吉小姐思慕親生母親的那份心應該不假。」
「她母親是否眞能回應她這份心意，令人懷疑。也許阿雪想見阿吉，但不是以母親的身分，而是以女人的身分。」
否則豈會想出用心愛女兒當誘餌的主意，來勒索三百兩。
「就算是阿吉本人的主意，但如果她是爲女兒著想的母親，應該會曉以大義，加以勸阻。」
權左右衛門顯得義憤塡膺，這麼一來就知道他是可靠的保鑣了。
誠如三河屋的重右衛門所擔心的，約阿吉出來見面費了一番工夫。治兵衛曾說如果見不到阿吉就向官府報案，這套說辭似乎不如預期管用。阿吉認識治兵衛，深知村田屋與三河屋交誼匪淺，但她或許沒把治兵衛放在眼裡，料想他不至於眞那麼做。事實上，治兵衛也知道要是告上官府，後果不堪設想，情勢對笙之介他們不利。

「不妙啊。趁歹徒逃走前要先找出他們的住處，強行硬闖嗎？」

竟然想找阿吉當面談清楚，治兵衛先生還眞是濫好人呢——武部老師說起話來毫不客氣。

這時，和香想出一個新點子。「這麼做對三河屋有點抱歉，不過如果請阿吉小姐在斷絕父女關係前再和勝枝夫人見最後一面，就再送他們三百兩，這主意你們覺得如何？」

「用錢誘她上鉤嗎？」

「要看對方同不同意，藉此試探對方。」

再追加三百兩，看阿吉他們會不會上鉤。

結果有了好消息。不，這對三河屋夫婦來說或許是壞消息，但阿吉前來川扇赴約。就這樣，舞臺搭建完畢。治兵衛在蘇芳之間靜候阿吉。和香與隨行的津多則待在木蓮之間。武部權左右衛門與晉介各就崗位。廚房有阿牧，招呼阿吉的工作則由梨枝和笙之介負責。

如果此事圓滿，就一併將這幕光景畫進起繪中吧。正當笙之介胡思亂想時，阿吉正好到來。

兩頂轎子一前一後抵達，阿吉來到川扇。一早不斷下著小雨，天氣潮溼悶熱。從轎子走出三河屋獨生女，她穿著一件肩口和下襬處繡有繡球花圖案的和服，腰間繫著雲朵圖案的衣帶，雙唇塗有濃豔的口紅。

後頭轎子走出阿吉的同行者，笙之介一看到他的臉，馬上想到此人就是那天晚上的船夫。男子當時手執扁舟的船槳，背對著勝枝和笙之介，不讓他們看見自己容貌。他此時穿著一件清爽的條紋便服，輕輕用手指拂去進川扇前淋在身上的雨滴，動作顯得很矯作。

「阿吉小姐，幸會。在下叫古橋笙之介。」笙之介站著行禮。「因爲與村田屋老闆認識，此次前來見證。關於這次的事件，在下並非今天第一次擔任見證人。」

笙之介面向那名身穿條紋便服的男子。

「那晚在下與你在大川的扁舟上見過面吧？」

「哦，原來是當時的武士啊。」男子露出和善的笑臉。此人膚色白淨，一點都不像船夫。他抬起手抓臉頰，手指相當修長。「當時冒犯了。我叫傳次郎，只是無名小卒。哎呀，三河屋請來的保鑣原來是位威風凜凜的浪人先生。」

他說「浪人先生」的口吻帶有挖苦。笙之忽然在意起自己褪色的裙褲。

「哥，」阿吉朝男子投以嚴峻的目光。「用不著多說。我們快點處理完這件事。」

她的下巴微微往前突出，嘴角有顆黑痣。細長的雙眼帶有一絲凶悍。雖然稱不上美女，但帶有一股媚勁，她這種長相正是男人喜愛的類型。

「別那麼急嘛，難得到這麼雅緻的河船宿屋。」傳次郎朝梨枝笑道，毫不掩飾地露出欣賞女人的眼神。「而且老闆娘又是位美人。」

「謝謝您的讚美。」梨枝嫻雅地行禮。「請進，座位在二樓。」

梨枝在前方帶路。笙之介跟在後頭，朝躲在樓梯深處的武部老師使個眼色。武部老師不發一語地頷首。治兵衛人在蘇芳之間，一見阿吉到來立即端正坐好。

「阿吉小姐，看您似乎一切安好。」治兵衛打從心底鬆口氣。

不過阿吉好像無心搭理治兵衛的感慨，她環視包厢道：

「我三河屋的爹在哪？我娘應該也來了？」

治兵衛瞇起眼睛，聽著她凶悍的口吻，「您到現在還稱呼三河屋夫婦爹娘啊？」

阿吉明顯擺出不悅之色，站著不動，傳次郎催她坐在治兵衛對面。

「真抱歉，我們也勸她別生氣，但阿吉就這麼固執。」

男子雖然一副嬉皮笑臉，但皮笑肉不笑。

「你哪位？」治兵衛問。

「那閣下又是哪位？不好意思，我們對三河屋的生意不太清楚。」

阿吉毫不客氣地說道，「這人是常在三河屋出入的租書店老闆。不知道爲什麼常對我們家的事發表意見。」

我爹到底在哪——阿吉高聲喊道。

「他說只要我和我娘見面，就能斷絕親子關係，所以我才專程前來，但他現在在哪？」

「就這樣斷絕親子關係，眞的好嗎？」

「哪有什麼好不好的問題，我再也不會回三河屋了。」

「勝枝夫人因爲擔心妳，變得骨瘦如柴。」

「管她瘦不瘦，都和我無關。我現在和她沒半點關係。」

傳次郎嘴角輕揚，「眞不好意思。如您所見，年輕姑娘一旦鬧起脾氣來根本拿她沒轍。」

在下是阿吉的哥哥——男子刻意恭敬地低頭鞠躬。

「阿吉的親生母親阿雪是家父的續弦。阿吉算我妹妹。雖然我這妹妹個性剛強，不過既是自己的手足，我自然很疼愛她。」

原來他們這夥人是這種關係。阿吉的親生母親阿雪除了有染病在身的丈夫，還有一個兒子。

「兄長自然希望妹妹過得幸福。三河屋夫婦或許有諸多話要解釋，不過當事人阿吉的態度誠如各位所見。所以……您是村田屋老闆吧？」他向治兵衛討好道。「讓您這位外人這般勞心勞力，眞過意不去，不過可否請您高抬貴手，讓阿吉回到我父母身邊？」

傳次郎比手劃腳，滔滔不絕，衣袖就此往上捲。他左手手肘以下裸露在外。笙之介發現上頭有消除罪犯紋身（註）的痕跡。難道這傢伙有犯罪前科？

傳次郎也注意到笙之介發現紋身。不，他是故意展現出來。他動作古怪地輕撫衣袖，再度嘴角輕揚。

「家父肺癆纏身，後母阿雪終日勞心勞力，身子骨孱弱。光靠我一個人賺錢，只能勉強供他們糊口，藥也買不起，所以才請阿吉幫忙，說來實在顏面無光，但她們畢竟有一份母女情。」

一會兒說外人，一會兒說母女親情，如此一再反覆，眞教人噁心。阿吉難道完全感受不到嗎？這名男子的可疑行徑，她難道感覺不出嗎？

「村田屋老闆，我爹娘在哪裡？」阿吉始終擺出一副要吵架的樣子。

「我想快點解決這件事。還是說，你們要給錢，其實只是誘我前來的權宜之計？」

她鼻頭向天，重重哼一聲。

「這很像是他們會做的事。就算來硬的，也要把我帶回三河屋嗎？不好意思，不管怎樣，本姑娘今天不會回三河屋。因爲我不是他們的女兒。我有我眞正的爹娘。」

笙之介偷偷窺望治兵衛的側臉。這位愛管閒事的租書店老闆此時的表情，彷彿阿吉一字一句全重重打在他臉上。

「妳這麼憎恨妳三河屋的父母嗎？」

他維持同樣的神情，語氣平靜地問。阿吉的眼神略顯動搖，想出言反駁卻說不出話。

「妳完全感受不到半點親情嗎？他們細心呵護妳，把妳養到這麼大啊。」

「細心呵護？」阿吉旋即眉角上挑。「那哪是細心呵護啊！妳這樣不行，那樣不好，妳這不成材的女兒，他們總對我百般嘮叨，成天說教！」

「這也是希望妳日後成爲一位像樣的三河屋老闆娘。」

「就是這樣。他們只重視三河屋。至於我，他們當我是繼承家業的道具。」

一個好用的道具——阿吉咬牙切齒地說道。

「乾脆從其他地方撿更好用的道具回來不就好了嗎？反正他們就像撿小狗一樣撿走了我。啊，不對，應該說我就像小狗一樣被他們撿走了。我娘就像狗一樣被趕出三河屋。」

阿吉講得氣喘吁吁。治兵衛緩緩頷首，狀甚悲戚。

註：江户時代，會在罪犯左臂紋上一圈或兩圈的線條，以此作爲懲罰。

「這樣啊。妳不能原諒重右衛門先生和勝枝夫人，因爲他們拆散妳和阿雪女士嗎？」

「沒錯，這還用說嗎？我娘當時投靠無門，他們還把她嫁給一個來路不明的色老頭。」

眞是太過份了——傳次郎像感同身受般在一旁幫腔。

「我完全被蒙在鼓裡。遇見我娘，聽聞眞相之前，我完全不知道。我要是知道就逃出三河屋了。」早知道我娘吃了這麼多苦……阿吉含淚說道。「想到我娘從三河屋那裡受到的對待，區區三百兩還算便宜。原本想就這麼和解，他們竟然還囉哩囉嗦的。」

阿吉拿出懷紙拭淚，按向嘴唇的口紅。治兵衛重重嘆口氣。

「我說阿吉小姐。」治兵衛開始搬出阿吉小時候到最近他所知道的一切，說明三河屋夫婦與阿吉間的情誼，絕非像撿回一隻小狗養大般膚淺。

治兵衛的聲音傳進阿吉耳中，但沒傳進她心裡。治兵衛講得愈多，她的神情愈是頑固。最後她索性把頭轉向一旁，鼻頭朝天，不時斜眼瞄向一旁的傳次郎，互使厭惡的眼神。

最後治兵衛終於投降了。

「阿吉小姐，妳……」我很替妳難過——治兵衛低語。

「你要怎麼難過，請自便。跟我沒關係。」

「妳無論如何也不想回家吧？不打算跟妳娘道歉，告訴她其實自己根本沒被綁架，抱歉，欺騙了她嗎？」

「抱歉，欺騙了妳——該這樣道歉的人是你吧。」阿吉怒不可抑地回嘴。「我可要說一句，我當初離家時原本想拿錢就走。說不想讓勝枝知道，特別演出這齣綁架戲碼的人是爹。我離開時其實有好多話想對娘說，甚至想賞她一巴掌。」

好了好了，別那麼激動——傳次郎伸手搭在阿吉背後。

「用不著那麼生氣。這位先生只是負責居中協調我們和三河屋，妳不能緊咬著他不放啊。這麼一來，妳就眞變成一隻狗了。」

傳次郎抬眼望著阿吉，笑著說道；阿吉則緊緊握拳。

「村田屋老闆。」傳次郎看著治兵衛。「這樣談下去談不出結果的。我們進一步談正事吧。」

治兵衛看髒東西般睇起單邊眼睛。「怎麼進一步談？」

「那還用說嗎？」傳次郎望向隔間的拉門以及剛才走過的房間。「三河屋老闆和老闆娘都在這吧？他們躲在某處觀察這裡吧？因爲他們心愛的女兒都到這裡來了，他們怎麼可能不在呢。快點讓他們面對面，把該給的東西給我們，很乾脆地結束這場聚會吧。」

治兵衛眉眼低垂，雙手併攏置於膝上。「好吧。」他抬起眼低聲說道。

傳次郎眉開眼笑。「這就對嘛。」

「不，傳次郎先生，阿吉小姐的哥哥，請你不要誤會。」

「咦？」

「今天只有我和這位古橋先生前來赴約。三河屋老闆不在這。勝枝夫人則臥病在床，重右衛門先生很擔心她，寸步不離地守在床塌，由我當代理人。」身爲他的代理人——治兵衛突然加重音量，瞪大眼睛。「如果阿吉小姐未回心轉意，這約定便不算數，就算沒和三河屋老闆見面也無所謂。我們撤消這項約定。」

「什麼？」阿吉臉色驟變。「撤消約定？這什麼意思？那筆錢怎麼辦？」

「如果妳問錢的事，妳應該早就收過三百兩了。那算贍養費。」

「之前不是這麼講的吧！」阿吉口沫橫飛，幾欲撲向治兵衛，沒半點年輕女孩應有的韻味。傳次郎不見原本溫柔態度，他一把抓住阿吉頸後的衣領拉她回來，接著猛然趨身向前。阿吉一個踉蹌，抵向地上的榻榻米。

「村田屋老闆，你這是什麼意思？把我們找來這裡，要我們空手回去嗎？」

治兵衛回瞪對方，不被氣勢震懾。「這也無可奈何。我沒上官府告你們，你們就該慶幸了。」

傳次郎捲起衣袖逼近治兵衛，他立起單膝，不但露出手臂的罪犯紋身，甚至完全顯露眞面目。

「我才不怕官府！我又不是擄走別人家女兒，阿吉是阿雪的女兒。一名被養父母虐待、終日哭泣的女兒，她想見親生母親，我只是幫她忙，這又不是什麼見不得人的事！」

「既然這樣就別大呼小叫。你們走吧。如果轎子走了，我馬上幫你們再叫兩頂過來。」

傳次郎原本鼻翼賁張，滿眼血絲，極力展開恫嚇，但表情突然一百八十度轉變。他收回立起的單膝，重新坐好。

「村田屋老闆，你可眞不簡單。」他喉中發出輕笑，指著治兵衛衣服的鼓起處。

「我們說好的三百兩，你明明就帶在身上，好端端地收在懷裡。喏，沒說錯吧？」

治兵衛懷裡確實藏著三百兩。這樣他竟然也能發現，難道這男人聞得出錢的氣味？

「廢話不多說，我們就來談談怎麼活用這筆錢。」

感覺到傳次郎的聲音有異，阿吉頻頻眨眼，面露不安。

「哥，你在說些什麼啊。」

傳次郎沒搭理她，緊盯著治兵衛。

「村田屋老闆，我呀，其實一點都不恨三河屋夫婦。我爹和阿雪也是，畢竟都事過境遷。永遠帶著仇恨根本無濟於事。」

「才不會呢。哥，你別亂說。」

「妳少插嘴。」傳次郎頭也不回，語帶不悅地說道，他單邊臉的肌肉歪斜，朝治兵衛一笑。

「我說村田屋老闆，我也是我爹的兒子，我懂什麼是親情。我做個提議，你看怎樣？如果你把懷裡的三百兩送給可憐的阿雪，我就直接把阿吉還你們。」

阿吉此時已超越不安，改爲恐懼。她喉嚨發出一聲尖銳的叫聲，緊緊抓住傳次郎的肩頭。

「哥，別再說了！你到底在說什麼啊！」

傳次郎一把抓住她的手並從肩上移開，此時他根本懶得回望阿吉，僅僅盯著治兵衛——應該說是治兵衛懷裡，不曾移開。

「不要，我不要回三河屋！」

傳次郎轉頭望向吶喊的阿吉，怒吼道：「妳很吵吔！」

他粗魯地甩開阿吉，用力推她一把。阿吉向後飛倒，跌落地面。

「你幹什麼！」

笙之介作勢拔刀，傳次郎陡然伸掌比在他面前。

「哦，你可別衝動，浪人先生。」

現在大打出手就太不識趣了——傳次郎面帶奸笑地說道。笙之介很想一拳打在他臉上，但治兵衛制止他。

「笙兄，你冷靜一下。我們不妨聽聽傳次郎先生的想法。」

「果然還是你比較上道。不像這位三流武士。」傳次郎開心地輕笑。「我要的不外乎就是那個。你們乖乖交出三百兩，我收下後再把阿吉還你們。你們就帶她回三河屋。」

哥——背後傳來阿吉輕若細蚊的聲音。她髮髻凌亂，臉色慘白。傳次郎轉頭望向阿吉。

「喂喂喂，幹麼擺出那種臉啊。阿吉，對妳來說這是最好的安排。」

他一臉得意地說起教來。「妳乖乖待在三河屋裡，早晚會得到好夫婿，三河屋的財產全歸妳所有。我在那之前會好好照顧阿雪。妳想來的時候再來看她就行了。要是妳肯找個房子供她住，我還可以讓她住妳家附近呢。」

「哥——」阿吉重複喚道，「我娘她……我娘對這種安排……」

「不會接受嗎？妳可真傻，所以我才說妳是完全不懂人情事故的小鬼。真受夠妳了。」

聽見傳次郎的嘆息，治兵衛仿如戴面具般沒任何反應。

「阿雪也是，有妳這麼一位嬌生慣養、沒拿過比筷子重的東西，又沒半點用處的女兒在身邊，不如直接拿錢比較好。阿吉，妳只是我們的累贅。」語畢，傳次郎眉毛輕挑。「要是妳和三河屋斷絕親子關係，那就真的是個累贅，但若妳是三河屋的繼承人，日後可就大有用處。」

「可是，我想和我娘……我的親娘……」

「沒錯，阿雪是妳非常重要的親娘。她的女兒向她盡孝也算是人之常情吧？那到底該怎麼做？就用妳那空空的腦袋好好想一想。」

傳次郎滔滔不絕地說著，一對薄唇動個不停。笙之介感覺有血從他口中的齒縫滴落。那是阿吉被傳次郎用牙齒咬得粉碎的內心所滲出的鮮血。

「村田屋老闆，我們乾脆就這麼說定吧。」

傳次郎厚著臉皮伸出手掌想握手，治兵衛一笑，接著突然朝他臉上吐口唾沫。傳次郎發出一聲怪叫地後仰。

「我早料到你會這麼做。阿吉小姐，這下你明白這傢伙的真面目了。」

你這個渾帳！傳次郎咆哮著起身，變魔術般從條紋便服的胸前衣襟取出一把匕首。治兵衛見白光閃動，略顯怯縮。傳次郎趁勢往後躍開，一把抓住阿吉，接著立起單膝，架住阿吉的脖子並用匕首抵向她喉嚨。

「奉勸你們別亂來。否則我會毀了你們寶貝阿吉的這張漂亮臉蛋。」

阿吉瞪大眼珠，全身僵硬，淚水撲簌流下。「哥，我……」

「村田屋老闆，把錢丟來吧。不過這次的生意不算數。阿吉我帶走了，如果還有事找你們會改日再聯絡。」

傳次郎興奮地笑道，治兵衛從懷中取出裝三百兩的包袱拋向他腳邊。包袱由治兵衛親自打包，打結處還綁上紙繩。

「阿吉，去撿錢過來。」

阿吉無法動彈，她的手臂無比僵硬緊繃，只有手指在顫抖。

「那是妳和妳娘很重要的一筆錢啊。妳慢慢伸手去撿，這點小事總辦得到吧。」

阿吉闔上眼，淚水順著臉頰滑落。她移動手臂，顫抖的指尖碰到裝著三百兩的包袱，然後拉近握住。

「眞聽話，要拿好哦。」傳次郎站起身，他用阿吉當人質，緩緩退向包廂門口。阿吉活像溼透的衣服般一路拖行。笙之介手中的刀鍔微微離鞘，雙腳貼地而行，逐漸縮短與傳次郎的距離。

「哼，你這種三流武士哪砍得了我。」傳次郎嘲諷笙之介。「你那瘦弱的手臂就算用力揮刀也砍不中我，只會不小心削掉阿吉的鼻頭。你小心一點啊。」

就在這時。

「卑鄙小人！」

一陣剛勁有力的聲音傳來。那是和香。

突如其來的女聲，還是位年輕姑娘的喝斥聲讓傳次郎大爲震驚。就在這短暫的刹那，他架住阿吉的手臂微微鬆手，目光四處游移，尋找聲音從何傳出。笙之介猛然一個箭步向前，他並非使刀，他一拳擊向傳次郎心窩。同時武部權左右衛門一腳踢翻隔間的拉門衝進來，用刀鞘擊向傳次郎。

「哥！」阿吉一脫身便放聲叫道。包袱掉在榻榻米上，多虧紙繩才沒鬆開。「哥！快逃啊！」

笙之介和武部老師兩人合力壓制傳次郎——理應是這樣，但笙之介在下個瞬間頭冒金星，一陣天旋地轉地一屁股跌坐地上。

「妳幹什麼！」

武部老師厲聲喝斥。阿吉竟張口咬向老師。

「別殺我哥！哥，求求你，快逃！」

傳次郎按著心窩發出低沉呻吟，弓著身子逃出房外，快步衝下樓梯。

「笙介，要小心！對方手中握有匕首！」

武部老師朗聲大叫，極力揮動雙手想甩開阿吉。雖然她是弱女子，但被她卯足勁緊抱不放還是很傷腦筋。

「阿吉，妳到底在想什麼！爲什麼放他走？」

「阿吉小姐！」治兵衛也過來幫忙，努力想拉開阿吉。這時笙之介好不容易讓雙眼重新聚焦，恢復清醒，但腦袋右側頭痛欲裂，到底發生什麼事？

「你振作一點，古橋先生。」

身旁是今天戴著藍染頭巾的和香，她輕撫笙之介隱隱作疼的頭部。

「我到底怎麼了？」

「你被阿吉小姐用裝有三百兩的包袱打中，疼嗎？」

阿吉伏臥在榻榻米上啜泣。

「妳哥哥是吧？」

津多扶起踢倒的紙門，重新嵌進門檻後來到一旁。她俯視阿吉那張大臉，表情無比扭曲，猶如發現跑進米甕的象鼻蟲。

「我看他不光是妳哥，也是妳男人吧？說得更明白點，妳已經是那個雜碎的女人。」

咦？眾人一愣，津多對眾人的反應感到驚訝。

「否則她怎麼會不惜張口咬老師也要讓對方逃走。」

原來是這麼回事。

津多的眼神無比冷峻。「真是的，妳徹底被他騙了。妳打算怎麼辦？」

阿吉不理會津多的詢問，一味地哭泣著。

八

我恨你——

川扇二樓的蘇芳之間，終於恢復平靜。

阿吉收起淚水。當她被淚水溼透的雙眼和臉頰風乾後，她橫眉豎目，說出這句話。

「我一輩子都恨你。」
她滿懷恨意地瞪視著村田屋老闆治兵衛。治兵衛一臉倦容，雙肩垂落。
「我揭露傳次郎那個男人的眞面目，所以妳恨我是嗎？」
治兵衛這麼一問，阿吉神情閃躲，臉轉向一旁，呼吸急促。津多像要堵住蘇芳之間的出口般端坐其中。面向不忍池的一面紙門完全敞開，武部老師坐鎭。吹過池面的風送入房內，涼快許多。
梨枝剛才曾露面。她見事情雖落幕，但殘局未收拾，正準備先退下時，和香喚住她。兩人悄聲說些話，接著梨枝端來一盆水，笙之介用浸過冷水的手巾冷卻隱隱作疼的腦袋。待手巾變溫熱，和香重新替他擰過。
治兵衛嘆口氣。「恨我可以讓妳消氣，那妳就儘管恨我，然後乖乖回三河屋。」
「我不回去。我又不是三河屋的女兒。」
阿吉的眼神和聲音還是很銳利，一味地固執己見。
「我聞到了。」武部老師望著窗外，高挺的鼻子擠出許多道皺紋，突然低語。「好臭啊。這臭味眞是揮之不散。」
老師環視在場眾人。「你們聞到了吧？沒聞到嗎？」他甚至捏起鼻子。
「請問您聞到什麼？」
津多客氣地詢問，武部老師朗聲笑道：「一股壞脾氣的臭味啊。哎呀，我的私塾裡也有很惹人厭的小鬼，但脾氣這麼臭的，倒很少見。」他很開朗地說道，最後望向阿吉，一臉認眞地說道：「小姐，那個叫傳次郎的男人，他的本性臭不可聞。妳身上也摻雜他的臭味。妳自己知道嗎？不知道吧。因爲自己的屎還是一樣臭。」
沒想到武部權左右衛門是會說這種話的人。
好勝的阿吉那雙炯炯精光的雙眼又開始溼潤泛淚，嘴角垂落。
「武部老師……」治兵衛居中調停般悄聲喚道，老師回以一笑。「抱歉啊，村田屋老闆。但對這種人說教根本就白費力氣。三河屋老闆夫婦最好死了這條心。既然她堅持不肯回去，乾脆隨她去吧。」

好巧不巧，正好從樓下傳來燒烤的氣味。

「啊，好香的味道。」武部老師挺起胸膛，深吸一口氣。「眞是鼻子的好眼福啊。不，這樣說有點怪。是鼻子的福氣，所以是好鼻福。」

剛好我肚子餓了——他一派輕鬆地說。

「我聽說，今天前來幫忙的工資就是免費享用這裡的佳餚，此話當眞？」

「沒錯。」治兵衛應道。笙之介也頷首，但皺著眉頭。只要一動頭部就發疼。和香馬上替他更換手巾。

「讓那個臭小子逃走，眞是顏面無光，不過，沒繼續讓對方得寸進尺也算交差，那我就大方收下這筆工資。」

哎呀，這香味令人垂涎三尺呢——老師幾欲搓起手。他眼中似乎沒有阿吉。當然了，他是故意表現出這種態度，不過向來習慣應付小孩的老師此舉頗爲有效。

「妳在這裡做什麼？不是不回三河屋嗎？這樣留在這裡也沒用。妳快走。」

他對全身僵硬，呆坐原地的阿吉下逐客令，並落井下石道：

「妳就兩手空空回去。沒三百兩可拿。如果妳還是想要錢，可以跟三河屋老闆磕頭。」

不管阿吉再怎麼逞強，她終於明白與傳次郎這種男人發生關係，還爲了男人背叛父母，但這個男人竟然沒半點眞心。笙之介覺得阿吉的身影愈來愈小。

——對不起。

明明一句話就能了事，她卻說不出口。不論再怎麼失意仍不願彎腰低頭，阿吉的好強與頑固令笙之介想起母親里江。

治兵衛哀傷地垂落炭球眉毛。武部老師盤腿而坐，雙手插進懷中。高大的津多仰望天花板。

這時，和香突然趨身向前。

「三河屋的阿吉小姐。」和香在藍染的頭巾下圓睜著一對杏眼，用手指撐向榻榻米，低頭行禮。「我是和服店和田屋的女兒，叫和香。與村田屋老闆是舊識。」

一位十九歲姑娘的舊識。

「關於此次的事件，我這樣的外人從旁置喙，著實僭越。」和香語畢，莞爾一笑。「不過，和母親口角，我可是很有一套。」

接著她蔥指一揚，摘下頭巾，露出左半邊覆滿紅斑的臉龐。原本斜眼瞄著和香的阿吉大為吃驚，轉身面向她，但接著認爲正面盯著和香很失禮，於是目光游移，轉過臉。見她慌亂的模樣，和香又是一笑。

「抱歉，嚇著您了。阿吉小姐眞善良。不過我早習慣這張臉。請您不必在意，聽聽我的說法。」

武部老師手握佩刀，站起身。「治兵衛先生，我們先離席。笙先生也一起來。」

和香立即回應道：「謝謝您。不過我希望古橋先生留下。」

笙之介取下手巾，端正坐好。「明白了。」頭上腫包旋即發疼，他急忙按住，模樣難看至極。

武部老師神情愉悅地轉動雙眼，步出廂房。治兵衛跟在他身後，津多則輕輕關上紙門，發出咚的一聲輕響。和香望向阿吉。阿吉望著地面。

「我不光是臉，身體一半也是這副模樣。打從襁褓時便是如此。」她的聲音很沉穩。「看起來像胎記，但其實有點像肌膚粗糙，還會隨著季節和身體狀況時好時壞。」

阿吉肩膀緊繃，雙手抵向膝蓋而坐，她一句話也沒說。

「聽說家母年輕時和我一樣。」

此事笙之介倒初次聽聞。他取下手巾，憨傻地發出「咦？」的一聲，和香笑著回望笙之介。

「沒錯。」她微微頷首。「家母天生受此肌膚粗糙的毛病所苦。」

「可、可、可是……」

「現在看不太出來了。不是痊癒，是症狀減輕了。」

「……原來是這樣啊。」笙之介握著變溫熱的手巾發愣，和香一手接過，重新幫他擰過。

「這似乎不是病，而是一種體質。我母親家那邊有人也是同樣體質。我外婆沒有，但姨婆是同樣的情形。」

「這麼說來，和香小姐日後長大成人會像令堂一樣痊癒？」

「我現在已經長大成人了。」

和香噘起嘴應道，模樣甚是可愛。和香見笙之介結結巴巴的模樣，再度笑出聲。

「因爲我今年十九，這年紀嫁人也不足爲奇。就阿吉小姐來看，我還是上了年紀的大姐。」

笙之介拚命用手巾擦臉，含糊不清地應一聲，不知道是說「嗯」、「哦」，還是「是啊」。和香格格嬌笑，阿吉微微抬眼偷瞧她們。

「我母親家那邊偶爾會出現這種體質的女人。我在十三歲那年得知自己是其中之一。這是家母煮紅豆飯替我慶祝時告訴我的。」

當對她對我說——和香道。

「娘生產後，皮膚粗糙的問題就好了。換句話說，是在生下妳之後。」

和香也是和田屋的獨生女。

「聽說女人會因爲生產而改變體質。家母也是。剛才我提到我姨婆，她也是這樣。」

——日後妳會和我們一樣。

「但我聽了滿腔怒火。」和香的口吻不顯一絲憤怒。「我對家母說——娘，這麼說來，妳是爲了擺脫自己的痛苦才生下我嘍。」

只要生產，肌膚粗糙的問題就會不藥而癒。但另一方面，如果生下的是女兒，可能會背負同樣的痛苦。明知如此，和香的母親還是生下她。

「妳太自私，太壞心了，只想到自己。」

和香一再責備母親，大吵大鬧。

「接下來整整三年，我都把家母當成同住一個屋簷的仇人。」

現在還是有一點——和香含著手指輕笑。「偶爾還是會吵架。但不像當時那麼嚴重。」

「爲什麼？」

阿吉問。她既沒吶喊，也沒破音，只是微微發顫，聲音顯得稚嫩。

「爲什麼不再和她吵架？妳爲什麼可以原諒妳母親呢？」

和香微微側頭尋思。「爲什麼呢？我也不清楚。」

也許因爲累了——和香說。「憎恨讓人覺得好疲累。」因爲疲累而開始仔細思考。

「我認爲我娘很可憐。她又不知道自己生的孩子是女兒，也不知道女兒是否會繼承同樣體質。聽說我出生後，她知道我擁有和她一樣的痛苦時，她終日哭泣，哭得幾乎讓人耳朵快聾了。這件事是剛才那位女侍告訴我的。」

不過，我可沒就此原諒她——和香的口吻無比溫柔。

「我在家中是很難伺候的人。嬌縱任性，口無遮攔，說什麼也不肯嫁人，有人上門提親，便馬上把對方掃出門。」和香模仿拿掃帚的動作。「我一直認爲我和我娘是不幸的母女。因爲我看得見我們爭吵、傷害彼此心靈的不幸原因是什麼。

「原本我一直以爲自己是世上最不幸的人，但我錯了。」

看不到原因更痛苦——和香道。

「人的內心是看不見的，這才教人困擾。」

阿吉的嘴形彎成倒V字。這次不是頑固的倒V，而是深切省思所流露的嘴形。

「阿吉小姐，無論您要不要離家出走，都應該先和父母好好吵一架再說吧？」

請您一定要這麼做——和香用開朗的眼神說道，就像鼓勵對方寫情書給心上人。

「好好大吵一架，把心裡想說的話全說出來。」

勝文堂的六助也這樣說過。深諳人情世故的筆墨店夥計，與擔任守護人的女侍口中的「籠中鳥」和香，兩人抱持同樣看法。

阿吉垂落的嘴角微張，擠出一句話。「可是，我要怎麼向我娘頂嘴。」

「不行嗎？」

「我怕……」

「這樣啊，原來您害怕。」

「我是他們領養的孩子。她對我有養育之恩。」

和香瞠目，笙之介也大爲吃驚。

「您一直感到歉疚嗎？」

「那是當然的啊。」

可是，她雖然沒頂嘴，行徑卻很胡來。

「因爲我覺得，我要是敢跟我娘頂撞，一定會被趕出三河屋。」

老是說要離家出走，要斷絕親子關係的女兒，其實很害怕被趕出家門。

「都這時候了，這種事，您就全部老實說出來。把心中積壓已久的話一次傾吐乾淨，這樣會輕鬆許多。我認爲這樣比較痛快。」和香臉上流露豪邁的笑意。「最近我娘好像也鬆懈了，我差不多該和她吵一吵了。偶爾就得這樣替她提振精神才行。」

我可是很辛苦的——和香突然轉爲嚴峻的表情補上一句。

阿吉的眼神變得柔和。本以爲她要落淚，沒想到露出苦笑。和香見狀也笑了。房內籠罩著兩位姑娘的笑聲，傳去外頭。笙之介緊按著頭上的腫包。手巾裡的水流入眼中，使得眼前兩名相視而笑的姑娘顯得有些模糊。

和香說很想坐船。

最後，治兵衛帶著阿吉回到三河屋。川扇正在張羅菜餚。津多在廚房幫忙。武部老師悠閒地在一旁等候。這時和香央求笙之介載她在不忍池上泛舟。一下下就好——她像孩子般不斷請求。笙之介載著和香，划動船槳。吹過池面的和風讓和香展露原本的容顏。她瞇起眼睛，碰觸池水。

「好舒服啊。」

笙之介原本打算找一天邀和香到川扇坐扁舟遊湖。沒想到最後用這種方式成眞。

「古橋先生，你頭上的包腫得好大呀。」

傷口隱隱作疼，教人傷腦筋。

「風吹會疼嗎？」

其實有點疼，但笙之介故意逞強。「沒事。」

「沒冰敷行嗎？」

其實還想冰敷，但因爲妳說要坐船。

——的確是任性的姑娘。

和田屋的和香小姐是令人頭疼的人物。不過，雖然令人頭疼……

——但實在很令人敬佩。

水面平靜無風，但笙之介心裡激起陣陣漣漪，是很舒服的漣漪。

「古橋先生，可以問您一個問題嗎？」

「什麼問題？」

「令堂是什麼樣的人？」

里江的臉浮現眼前。他在回答前笑起來。

「我說了什麼好笑的事嗎？」

笙之介看著一臉吃驚的和香回答：「我娘是個悍婦。」和妳一樣——笙之介說。

「好過分。」和香鼓起腮幫子。「這種形容對令堂、對我都太過分了。」
「沒辦法啊。因爲眞的就是這樣。」
「我明白了，古橋先生在令堂面前始終抬不起頭吧，所以這樣說她壞話。」
沒錯，自己在里江面前確實抬不起頭。
川扇所在的岸邊愈來愈遠。笙之介擺好船槳，自己坐向扁舟中央。和香的切髮隨風搖曳。與第一次在長屋旁的櫻樹下看到她時一樣。當時沐浴在朝陽下，現在則在斜照的陽光下，亮澤的烏黑秀髮閃閃生輝。
「抱歉，說了冒犯您的話。」
一道髮絲貼在和香臉頰上。
「沒關係，妳說的是事實。」笙之介在船上伸個懶腰，仰望天空。
「我有位表現傑出的大哥。我在大哥面前同樣抬不起頭。」
這樣——和香說道，撥起掛在臉上的髮絲。「他是什麼樣的人？」
「很驃悍的人。」這句話最適合用來形容大哥勝之介了。
「身心都很驃悍。繼承了我娘的特點，和我一點都不像。」
兩人任憑扁舟搖盪，沉默半晌。
「令尊是什麼樣的人。」
「我爹他……」
就像平靜的池面突然一陣波浪動蕩，笙之介的內心因回憶動蕩。父親的臉。父親的聲音。父親說過的話。
「他以前是很溫柔的人。」
「以前？」
「他大約一年前過世了。」

所以我才在江戶，離開藩國，認識村田屋的治兵衛，在富勘長屋長住——全要告訴和香嗎？
「您一定很落寞。」聽和香低語，笙之介頷首。「你大哥像令堂，那古橋先生就像令尊嘍？」
一定是的，我這麼認爲。和香說道，羞赧地望向遠方。
笙之介見她這樣的表情，正準備叫喚她時，和香發出一聲驚呼。
「啊，那是哪位？」
笙之介轉身望向川扇岸邊，差點當場起身。小船就此斜傾，險象環生，和香急忙抓緊船舷。
「古橋先生，您認識嗎？」
站在川扇碼頭上的是搗根藩江戶留守居——坂崎重秀。
「東谷大人！」
東谷朝笙之介他們揮手。他身穿便服，挺著一顆圓肚，站姿威儀十足。
「留守居大人？哎，這可是大事。」
和香畢竟是商家之女，知道江戶留守居的事。兩人急忙把船划向岸邊，東谷笑臉相迎。
「眞有閒情雅致。」
笙之介大汗淋漓。「您什麼時候來的？」
「約一個小時前，順道過來看看梨枝。」
但川扇似乎有事要忙，梨枝一臉歉疚。
「沒辦法，我只好到池邊走走打發時間，結果遇到一名歹徒手握匕首，慌張地從川扇跑來。」
是傳次郎。笙之介與和香聞言大吃一驚。
「然、然後呢？」
「我怎麼可能放他走。我打落他手中的武器，略施薄懲。」
我可沒殺他哦——東谷急忙朝和香舉起雙手。
「也許斷兩、三根肋骨，他爬也似逃走了，保住小命。但大概再也不敢到這帶來了。」

東谷忍不住打量這兩名年輕人。

「我告訴梨枝這件事，她跟我說，關於那名歹徒，您就問笙之介先生和他身邊可愛的小姐吧。那個人到底是誰？」

笙之介與和香互望一眼，東谷莞爾一笑。

「而這位與你同行的可愛小姐，又是哪家的千金呢，笙之介。」

兩天後，三河屋派人前來富勘長屋恭敬道謝，因爲阿吉安分地留在三河屋。重右衛門與勝枝決定將阿雪和他有病在身的丈夫一起找來同住。傳次郎下落不明，不過這個小惡賊應該學到教訓，阿吉也不再迷惘。

三河屋派來的人拎著滿滿一大盤豪華散壽司，聊表心意。

「因爲時節的關係，全用火烤過的餡料作成。這是與三河屋素有往來的外燴店拿手料理。請各位好好品嘗。」

拜此之賜，三河屋在長屋住戶面前給足笙之介面子。當時他頭上的腫包也消腫。

「笙先生，你到底做了什麼，收到這樣的大禮啊？」

太一嘴裡塞滿壽司，鼓著腮幫子詢問，笙之介微笑應道：

「被人用三百兩砸中腦袋啊。」

當眞是難得的經驗。

第四話

落櫻繽紛

一

梅雨季過去，夏日的腳步悄悄來到江戶町。

無邊無際的藍天令笙之介想起藩國的夏日晴空。與江戶町相比，一切都小上許多，在質樸的故鄉，天空終年看起來都是這麼高遠。

「笙兄，你的藩國應該沒那麼遠吧，遠到連天空的高度都和這裡不同。」

治兵衛笑著說，若要說差異的話，確實有所不同。

笙之介在這片夏日晴空下，固定會到和田屋報到。

關於此事，周遭人有不同的看法。笙之介自己認為是「固定報到」，但勝文堂的六助和武部老師可就不是這麼說了。他們說笙之介是「整天窩在和田屋裡」。

這樣講多難聽啊。笙之介並非別有用心才往和田屋跑。他受和香之託，教她製作起繪。

貸席三河屋的綁架事件落幕，笙之介帶著和香再次造訪川扇。為了送川扇的起繪給梨枝。梨枝撫掌大樂，和香同樣眼睛一亮，她第一次見識這種東西。兩人當場纏起束衣帶，將晉介和阿牧一起找來，拼裝三個起繪，樂在其中，和香對此深感著迷。

「我想試著作我們家的起繪。如果順利學會，我想作村田屋的起繪送治兵衛先生。古橋先生，您可以教我嗎？」

因為這個緣故，她給笙之介一筆指導費。對笙之介來說，這是堂堂正正的工作，是一筆生意。事實上，他是以村田屋承辦者的身分與和田屋談妥此事。擔任和香守護人的津多也替他說不少話。不然憑他這麼一位住長屋的浪人，每天上門找和田屋的千金，老爺自然不會答應。

至於和田屋的老闆娘，亦即和香的母親，笙之介只向她問安一次。由於之前在川扇時曾聽和香對阿吉吐露心事，所以笙之介見到老闆娘時心想……

——哦，她就是和香的母親啊。

不知該說是怯縮還是提防，笙之介有點緊張，但對方完全不知他有這樣的想法。他們彼此恭敬地行禮問候，互相寒暄。老闆娘說，村田屋生意興隆，令人欣喜。

她與和香長得很像。眼睛一帶長得一模一樣。待老闆娘離去，笙之介向和香提及此事，結果和香板起臉孔訓斥道：「我才不像我娘那樣眼角上吊呢！」

看來一談到她母親，她就無法坦然面對，或她就是得表現出很不坦率的樣子才甘心。

雖然身爲指導老師，但笙之介要在和田屋四處閒逛觀察宅邸格局，終究還是不妥，勘查就交由和香處理。不過，當他依據和香畫的內容，準備要畫起繪的設計圖時，雙方又意見不合。和田屋是雙層建築，但拿和香畫的內容來比對榻榻米數量時，發現二樓空間會比一樓大。逐一比對問題出在哪裡後，得知是將鋪木板的房間和土間的坪數換算成榻榻米的數量時估少了。

走廊與房間的連接方式也很怪，窗戶的配置更怪。光問和香也問不出個所以然來，他便請津多帶路到現場，結果發現和香畫的內容，與實際建造簡直就天差地遠。他向她指出這個問題時——

「咦？咦？咦？」和香臉泛潮紅，汗珠直冒，並非全然是天熱的緣故。「這就怪了……明明是我家啊。」

這是她住慣的房子，那些也是她看慣的牆壁、走廊、窗戶以及樓梯，她再熟悉不過了。但那不過是生活在其中，用身體去熟悉這一切，並未逐一測量數量和尺寸，在腦中具備這些知識。因此，想正式將它畫成設計圖便會產生偏差。

耐人尋味的是，終日窩在家裡，足不出戶的和香，在繪製和田屋店面和店內構造時倒相當精準。因爲她平時對此沒印象，只能向人確認，反而正確。津多偷偷告訴笙之介，這位平日鎖在深閨不出的小姐，突然到店面興沖沖地詢問我們和田屋的大門多寬，待客用的廂房幾間、如何相連，從哪裡進房，夥計們全大爲吃驚，那一幕有趣極了。

人們是用肉眼看事物，但要保留所見之物，得用心。人活在世上，是不斷將眼睛所見的事物留在心中，而心靈也藉此得以成長。內心也益發懂得去觀察事物。眼睛雖然只會看事物，但內心卻能對所見之物做解釋。有時內心的解釋甚至會與眼睛所見有所出入。

在與和香聊及此事時，笙之介想起先前在賞花會的宴席中，他與代書井垣老先生的談話。

當時笙之介問他，如果有人能完全模仿別人的筆跡，就連被模仿的當事人也無法分辨眞僞，那會是什麼樣的人呢？結果老先生回答他：

——此人應該能配合他要模仿筆跡的對象，更換自己的眼睛吧。

當時笙之介覺得頗有道理。但正確來說應該不是換眼睛，而是心中之眼。必須配合被模仿者來更換內心。

和香聞言道：「若說要更換的話，得先將自己的內心交給對方才行吧。」

笙之介一面思忖此事，一面喃喃自語。

「如果不是這樣，那名模仿者一時會擁有兩種不同的內心。」

「說得也是。」這樣就得改說法。不是換內心，是配合模仿的對象改變自己心境，是嗎？

「古橋先生，可曾有人拜託您模仿別人的筆跡謄寫抄本？」

和香似乎正用她自己的想法，思索笙之介那番低語的含意。

「其實我以前曾見過這樣的絕技。」不能說出實情。他決定只說梗概。

「當事人完全不記得寫過這種東西，但擺在他面前的文件，怎麼看都像是他的筆跡。」

和香眨了眨眼。「當事人眞的完全沒半點印象？」

「是的，一點印象也沒有。」

「可是筆跡一模一樣？」

「沒錯。」

古橋先生——和香神情轉爲嚴肅。「也許當事人說謊哦。」

笙之介爲之一怔。「不，他不像是會說謊的人。」

「是嗎？可是古橋先生，你有點像是個濫好人呢。」

「不光是當事人這麼說。連周遭的人也都認為那是家父的筆跡……」

笙之介一時說溜嘴。和香眼睛瞪大。笙之介直冒冷汗地低下頭。兩人間隔著設計草圖，相對無語。沉默化為一塊看不見的布，緊緊包覆兩人。與其這樣尷尬地保持沉默，不如向她坦言我爹古橋宗左右衛門的事。

「古橋先生……」和香率先開口，想揭開那塊沉默的布。她額頭冒著汗珠。在進行起繪指導時，和香從一開始就摘下頭巾，以原本的面目面對笙之介。「經這麼一提才想到，您還沒仔細見過我的筆跡呢。」我寫給您看，請稍候片刻——和香說道，急忙走出房外。笙之介獨自待在房內，深深吁口氣。

不久，和香返回，若說她只是去拿自己所寫的字，時間未免太長。她胸前捧著一本書。

「這是從村田屋那裡借閱的書當中，我近來最感佩的一本。所以自己也謄寫了一本。」

笙之介接過一看，原來是國文學者著的《更級日記標注》。

「噢……」這不像是一般商家小姐會輕鬆閱讀，心生「感佩」的書。

「和香小姐喜歡《更級日記》吧。」

「是的，我謄寫過《更級日記》。看完這本書後，發現它與我的解讀不同，所以更加喜愛。」

那我就拜讀一番——笙之介翻開頁面，和香的筆跡躍然紙上。

「和香小姐從這本書中獲益不少。」

「是的，我眼界大開。」

「想必很開心。」

「您看得出來？」

笙之介莞爾頷首。「妳的字會笑。」

「字會笑？」

「會微笑，會生氣，還會裝模作樣呢。」字如其人。抄本也是同樣的情形。

「這本《更級日記標注》也一樣，在讀國學者的抄本與讀和香小姐的抄本時，閱讀的感受應該不同。文意當然沒變，但隨著筆跡不同，感受也不同。」

這類似同一個人在面對不同地點、不同對象時會顯現出些微的表情差異。

和香頓時表情一亮。「也就是說書是有生命的嘍。」

「沒錯、沒錯。」

樂在其中的兩人開心地笑了，接著突然難爲情起來。和香臉頰泛起紅潮，紅斑因此沒那麼顯眼。

過一小時，笙之介離開和田屋。他沒回富勘長屋而前往村田屋，走著走著，幸福感逐漸退去，心裡納悶起來——許多事好像都是順便發生。

有事得詢問治兵衛才行。上次在加野屋的賞花宴中，笙之介請治兵衛代爲宣傳如果知道哪位代書有完全模仿他人筆跡的絕技，請介紹他認識，之後便沒再問及此事。

「哎，笙兄，今天沒去和田屋嗎？」

突然開口就這麼一句。老爺子帚三看起來也像面帶調侃的笑臉，是自己想多了嗎？

「我剛從那邊來。」

面對縮著脖子的笙之介，治兵衛並未特別搭理。由於三河屋一事已經落幕，他不會像先前那樣回想起亡妻而心頭紛亂。他理好思緒，將心傷送回原本存放的心靈角落，重新鎖上。炭球眉毛底下的一雙大眼骨碌碌地轉動，聲音很宏亮。

笙之介坐在帳房旁邊，說出來意。「治兵衛先生，你該不會忘了吧？」

治兵衛的炭球眉毛往上揚。「哦，如果你指的是那件事，我已經四處宣傳過了。」

「可有回音？」

「不知道該算是有，還是沒有。」儘管面露苦笑，治兵衛的笑容還是一樣柔和。「笙兄，說到模仿別人的筆跡，只要有心，大部分的代書都辦得到。因爲他們寫得一手好字，而且能用各種方法來寫。」

所以根本沒必要四處找這樣的人，找個有本事的代書，吩咐他這麼做就行了。

「你想作出保留原書韻味的抄本，這是別具巧思的構想，但沒必要非這麼做不可吧？不少人還笑我，說村田屋老闆在這種怪事上還眞是執著。」

這樣啊——笙之介雙唇緊抿。治兵衛見他這種表情，露出詫異的眼神。

「聽別人那麼說，我都隨口應付幾句，沒往心裡放。不過，看你此時的表情，你要的應該不單是模仿別人的筆跡，而是模仿得幾可亂眞，亦即製作贗品的絕技吧？」

「是的，正如你所言。」

「也許是我瞎猜，若有人身懷這等絕技，應該不會用在謄寫抄本這種小事上，反而會用來圖謀不軌。」

事實上，確實有人圖謀不軌。

「治兵衛先生，你四處詢問此事，加野屋可有對你說些什麼？」

「他們會對我說什麼？」

「可有向你打聽，問你爲何要找這樣的代書？」

治兵衛直眨眼。「爲什麼加野屋這樣問？他們是陶瓷店吔。」

難道加野屋沒採取行動？

坂崎重秀是這麼看的——應該是波野千在引發店內奪權行動的同時，爲了讓幕後黑手見識僞造文書的力量才設計陷害古橋宗左右衛門。

東谷認爲那名神祕莫測的代書就在江戶。要在小小的搗根藩裡隱藏這項絕技不容易，擁有這項絕技的藩外人士也會引人注目。更何況這位藩外人士還與藩內重臣暗中往來（或是有必要這麼做），想到這點，此人更不可能在搗根藩內。

不過，就算此人在江戶生活，搗根藩的幕後黑手應該也有管道和神祕莫測的代書聯絡。在兩邊的聯絡上理應有位中間人。加野屋應該就是中間人。

如果與波野千有生意往來，在江戶生意興隆的加野屋應該有這個能力，難道找錯目標了？還是加野屋不理會治兵衛的宣傳，也沒問他爲何找尋身懷此等絕技的代書，只是因爲沒去深思治兵衛這番話背後的含意？或是他們經過深思後，認爲治兵衛這傢伙四處放話，行跡可疑，但還是小心提防，決定暫時擱置？

光猜測不會有結果。

「有時這種事會自己傳開，等到大家都遺忘時就會有回音。你就再耐心等一陣子。」

雖然治兵衛這麼說，但笙之介實在無法耐住性子等候。長堀金吾郎憑著「古橋笙之介」這個名字，不斷在江戶市內四處找尋，走到腿都快斷了。或許笙之介該這麼做。

——找井垣先生幫忙吧。

將那名老先生當作開頭，透過代書同業的人脈逐一追查，就像下跳棋一樣，從這位代書到另一位代書，展開地毯式搜索。不是靜靜坐著等待，而是馬上採取行動。但笙之介還是有問題要面對，他得賺錢糊口。他又從村田屋承接新工作。他捧著包袱回到長屋，甫一穿過木門，阿秀喚住他。

「笙先生，你回來啦。」她扯住笙之介的衣袖，穿過木門，拉著他往後走。「我問你，你今天一樣去和田屋找那位小姐吧？」

阿秀向和田屋承包洗張的工作。她與津多熟識，早聽說笙之介與和香的事。

「聽說你擔任那位小姐的習字老師吧？笙先生很會教導，想必那位小姐也很快樂。」

阿秀出言誇獎，但眼神躲躲藏藏。

「我說笙先生。」阿秀在笙之介耳畔悄聲道。「阿金最近常在哭，但你可別放心上啊。這種時候隨她去就好了。你就當沒看見。」

雖然不清楚怎麼回事，但笙之介好不容易重新振作，似乎又有事找上門來。

二

不知道幸還是不幸，接連數天，笙之介都沒和阿金打照面。

不，正確來說是儘管兩人碰面，也都假裝沒看到。他們都住在這狹小的富勘長屋裡，就算再怎麼不願意還是會碰頭。不過一見到笙之介人影，阿金就像見鬼似地拔腿就跑，笙之介見阿金跑走也沒理由追上前，他只是納悶。

儘管如此，這種不自然感令人難受——我是不是做了什麼令阿金感到不悅的事？在這種膽怯想法驅使下，他偷偷向太一詢問此事。

「阿金爲了什麼事生我的氣啊？」

太一聞言後露出極爲古怪的表情。眞要形容的話，他就像是吃了一件從未吃過的東西，不知如何用言語來形容味道。

「我說笙先生。」

「嗯。」

「這種事你不該問我。」

「爲什麼？」

「因爲她是我姐姐啊。」太一搔抓著鬢角。「雖然她很傻，但畢竟是我親姐姐。」

「阿金一點都不傻。」

「才怪，她傻到家了。」她在這件事上可夠傻——太一在嘴裡咕噥道。

「笙先生，有沒有人說過你是什麼人什麼心的？」

笙之介聽得一頭霧水。「你是說以仁存心嗎？」

他朝天空寫個「仁」字並說明，這是用來表示爲人的正道和禮節用的漢字。

太一很傷腦筋。「這我不懂。可以給我一天嗎？我去請教武部老師。」

太一隔天拿著一張紙來，武部老師寫的字墨漬未乾。

「就是它。我想說的就是這個。武部老師說，你應該一看就知道什麼意思。」

上頭寫著「木人石心」。笙之介當然看得懂，這次他只能搔抓著鼻梁。

阿金是位好姑娘。她性情好，爲人勤奮，但對笙之介來說她就僅只如此；阿金似乎也沒理由愛上笙之介。此刻笙之介正逐一細想原因，不知該說他是少不更事，還是木人石心，不過他自己倒從未想過這種層面。反過來看，阿金爲何啜泣呢，應該是因爲笙之介最近勤跑和田屋。阿金以爲他與和香情投意合，難過鬧彆扭。

這純粹是誤會——笙之介很想這麼說，但他沒把握這純粹是誤會一場。雖然一半是誤會，但另一半還不清楚怎麼回事——他只能這麼說，他還摸不透和香的心思。

藩國的老師教導過笙之介。**在面對看不透的事情時切忌心急，勉強了解自己不懂的事，就像突然拿刀把魚剖開一樣，不懂的事物將會溜得無影無蹤。因此，當你遇到不懂的事物時，要像把魚養在魚池裡一樣任其悠游，然後仔細觀察，這才是正確的理解之道。**笙之介在學習任何事情時，心中常浮現老師的教誨。

話雖如此，老師的這番言論不能用在男女情愛這類俗事上。當然了，老師完全沒想到這個層面。不過，笙之介眼下只能搔抓鼻梁，別無他法，他此次決定忠實地遵守老師的教誨，暫時將這件麻煩事放進池子觀察。他一概不向阿金解釋，或勸她別再愁眉苦臉，仍像之前一樣過日子；由於阿金躲著不碰面，倒沒想像中那麼難。阿秀很擔心他，臉上又因爲好奇而容光煥發，還不時給他建議，所以倒平安無事；唯獨對太一有點抱歉，太一鄭重其事地問武部老師「木人石心」這句話，並請老師寫在紙上，足見他比笙之介更懂人情世故——他最常說的一句話就是「不要問我」。

太一不像笙之介那樣愛講大道理，他直接看出結論。太一說過，敬鬼神而遠之，災難不上身，換言之，不管我姐怎樣都別理她就好了。笙之介雖然略感歉疚，但還不至於逼到得用言語或行動安撫太一。

倘若情況相反，太一突然氣沖沖地說「笙先生，你把我姐弄哭了」，或直嚷著「我姐她太可憐了，你想想辦法吧」，沒半點替笙之介著想的念頭，情況想必更棘手。

因此笙之介實在該感念太一這份恩情。這孩子的機智對他的助益，在日後笙之介遭遇一件大事時有更深切的感受，此事容待日後再提。眼下多虧太一備好養魚的池子，幫他一個大忙。

——再說我現在無暇為這種事煩心。

他不得不為其他事繃緊神經。事實上，笙之介近來頻頻在江戶市內走動，找尋代書的線索。

他找上的井垣老先生是武士，掛著代書招牌從事這項營生的人大多相同身分。不少人是退休武士或浪人，也有御家人在外兼差。他們生活在市井中，卻保有武士的矜持——倒不如說他們一直期待有機會用合適的方式顯露這份身為武士的心情，所以當笙之介尋人時提出「要模仿別人，是不是要配合對方來更換自己的內心和眼睛呢」的古怪問答，簡言之，就是超越世俗，很值得討論的議題時，他們都顯得興致高昂。拜此所賜，笙之介完全沒掌握到任何重要線索，因為光是拜訪一位代書就得耗去不少時間。這種情況反覆上演。

不用說也知道，找尋代書賺不了半毛錢，所以村田屋的工作怠惰不得。太陽下山後若是點油燈，燈油費相當可觀，因此他夏日天一亮便工作，吃完午飯便前往市街。

夏去秋來，晝短夜長，這個方式就行不通了。他花了整個夏天四處走訪仍一無所獲，目前該另尋他法。不過，比起整天茫然度日，現在笙之介的生活精采多了。

從事代書生意的人們所說的話和治兵衛相去不遠。既然從事這項生意，如果有人提出這種要求，大多人都有辦法模仿他人筆跡。箇中老手更能像笙之介說的那樣寫出唯妙唯肖的筆跡，連當事人都難辨真偽。

然而，非得模仿得這麼精細不可的理由很令人懷疑。他們都想細問箇中緣由，客人若能坦然說明原因讓人接受，那倒還好；如果客人難以啓齒，讓人覺得事情不單純，那就不會承接委託，除非客人開出驚人的高價。不，就算開出高價也不會承接。比起轎夫、小販，代書有格調多了，這項生意乍看很適合失去奉祿的武士從事，但他們平日的生活與每天掙錢糊口的轎夫、小販沒什麼兩樣，同樣都是沒地位和名聲，也沒官職作後盾的弱勢者。這些人不想惹禍上身是人之常情，遑論兼差當代書的人。爲了賺幾個小錢搞丟職位，實在得不償失。

另一方面，有代書的說法與和香雷同。

「看到和自己筆跡完全相同的文件，卻堅稱不是自己所寫的那位仁兄，該不會是說謊吧？」

「這可是關係著武士的名譽。」

「正因爲關係名譽，才不能招認是自己寫的啊。」

有位代書還說：「你說那筆跡模仿得維妙維肖，就連看見文件的當事人也分不出眞僞，這件事的前段應該有問題吧。」

說這話的人是一名比笙之介年長，但就從事代書生意的人來說，算相當年輕的浪人。

「您說前段是……」

「也許筆跡沒那麼像。」

兩人因爲年紀相近，說話時不拘禮數。

「古橋先生，你親眼見過那份文件嗎？」

笙之介沒見過。那份號稱是父親古橋宗左右衛門所寫、直指他收取賄賂的鐵證，一直由藩內的目付隱密保管。

「不，我沒見過。」

「那就更可疑了。」

「可是，當事人是這麼說的。」

「可能一時太激動了，或因爲什麼苦衷，明明不是多像的筆跡卻說得一模一樣。」

笙之介第一次聽聞這種解釋。說到賄賂，母親里江明目張膽地替大哥四處求官，父親對此負責而背負冤罪，此事毋庸置疑，但父親確實很驚訝那份僞造文件，一直聲稱這不是他親筆所寫。

——難道是這點有問題？

然而，如果是這樣，父親一開始就承認是自己寫的，這樣不是乾脆多了嗎？一味地堅稱文件不是他的筆跡，這對父親有什麼好處？他當時再怎麼憔悴也知道這只會把事情搞得一團亂，沒半點助益。

年輕代書見笙之介沉默不語，溫柔地看著他道：「人心會變，有時因爲一點小事就改變心意。黎明時深信這樣才正確，傍晚時卻褪了色，這種事不是很常見？」

說得也是——笙之介應道，就此告辭。

他沒過問年輕代書的來歷。但總感覺他不是因爲沒能繼承家業，無從糊口才過起市街生活。可能和笙之介一樣有類似古橋家的遭遇，因而失去家業，離鄉背井，流浪到江戶。

另一名代書則用別的方法讓笙之介聽到他從未想過的意見。他和井垣老先生一樣是上年紀的老者，童山濯濯，穿著一件價格不菲的十德(註)，說起話來全是武士用語。而且兩人交談時，他頻頻用長菸管呑雲吐霧。

「在下認爲，有如此過人本事的代書會願意接受這種可疑的委託，除了看在錢的份上，一定還有其他原因。」

「您的意思是，光靠錢無法引誘他這麼做嗎？」

「沒錯。」老者重重頷首，菸管輕敲菸灰缸邊緣。「當然，如果那位代書與客人素有交誼，就算面對可疑的請託仍無法拒絕就另當別論了。」

笙之介頷首表示同意。

註：穿在窄袖和服外的垂領型外衣。

「一種情況是雙方意氣相投。像那種僞造文件……在下可以直言它是僞造嗎？」

「可以，您直說無妨。」

「那位代書深感認同客人想製作這種文件的目的，決定助其一臂之力。但若說製作僞造文件是爲了助人或是改革時局，這就誇大了點。」

老者用他那雙小眼緊盯著笙之介。

「您是指從僞造文書的用途中看出正面的意義吧？」

「沒錯。但雖說是正面的意義，可是僅對委託的客人有正面意義。」

至於另外一種情況——這次老者瞇起單眼。

「那名代書完全沒這種熱情，而且他很清楚稍有閃失將惹禍上身，但他覺得有趣。」

「覺得有趣？」

「就算只是一封情書，只要僞造並善加利用，便可能引發軒然大波，之後的紛擾不難預見。儘管如此，對方還刻意沾惹此事，足見他是怪人。」

換言之，只因爲有趣。

「不過是區區一名承接工作的代書，那名客人想必不會一一報告僞造的文件造成什麼後果。那位代書應該不知道發生什麼事，但光是猜想他親手創造的僞造文件後來怎麼被人運用，他就暗自竊喜。他想必是心腸歹毒、憤世嫉俗的人，世上倒不是沒有這樣的人。」

笙之介細細思索這番話，「反過來看，儘管客人一再叮囑這份文件事關重大，絕不能洩露，要是違背約定，包准小命不保，但這位代書聽了反而覺得有趣，會不會有這樣的人呢？」

穿十德的老代書嘴角輕揚。「應該有。在如此重大的事件中參一角就更有趣了。」

因爲這種生活實在很乏味——老代書說。

「別看我這樣，我曾經是某藩的御醫。如今懷才不遇，流落江戶，以代書爲業，勉強糊口。從事這項生意的人大多和我有一樣的遭遇。吃飯睡，睡飽吃，每天過同樣生活，在一點一滴耗損生命的日子裡，突然有人威脅說『要是敢背叛的話，包你小命不保』，那是多麼熱血沸騰的樂事啊。」

應該會喜出望外地接下這項委託——老者目光炯炯，露齒而笑，似乎覺得很有意思。

這線索與笙之介要找的代書無關。不過，聽聞老者一席話並非毫無助益。他重新想起父親及古橋家的事，給了他重新思考此事的機會。

——每個人似乎都懷才不遇。

那位年輕代書、擔任過御醫的老代書，單就吃飽睡、睡飽吃這點來看，目前的生活尚能滿足，但他們內心空虛。彷彿心靈出現裂痕，滲入寒風。

生來就沒有家名的町人光擁有一技之長便覺得萬幸，對他們來說，代書這種想法委實荒誕。然而，對曾經擁有「家名」、有侍奉的主君、有需要保護的人、自己曾受他們保護的笙之介而言，隱約看出他們心中的裂痕。他彷彿感受到同樣的寒風。

如今的笙之介並非被逐出搗根藩，但只是形式上沒有罷了。他回到藩國也沒有容身之所，母親和大哥應該不會開心地迎接他。母親里江在笙之介啓程離藩時，中了坂崎重秀的花言巧語，勉勵笙之介前往江戶，爲振興古橋家好好努力，不知道她現在心裡又怎麼想。里江過年後便沒再捎信，而且還接受陷害父親的同黨——波野千的餽贈，過著優渥的生活。

笙之介肩負的重大使命是找出僞造文件的代書。這關係著搗根藩下一代的安泰與祥和，同時能爲父親雪恨，洗刷汙名。但安於目前生活的里江對這件事一無所悉，而朝著功成名就的目標邁進的大哥勝之介也許早忘了他窩囊的弟弟。

搗根藩內如果結黨營派，互相牽制，那一直希望飛黃騰達的勝之介早晚得選邊站。他現在也許加入其中一方。勝之介完全不知情笙之介知道的內幕，他加入的一方或許是陷害父親的黨派。檯面上藩內對他大哥的處分相當鬆，他一旦加入相信的黨派，應該會以他剛直的個性全力效忠。

笙之介許下承諾，他在和香完成和田屋的起繪前會固定來指導，因此他持續到和田屋報到，但心早已不在此，思緒動不動飄往他處，有時和香說話也沒在聽。雖然他想辦法掩飾，沒讓和香起疑，但還是覺得很沒面子。

終於結束實地勘查和草圖，他們開始畫起繪的設計圖。

就像先前製作川扇的起繪，要選擇哪個季節、壁龕裡要擺什麼裝飾、什麼地方配置誰的紙人，他決定這些瑣事（同時也是樂趣所在）等還是白紙的和田屋組裝好再思考。這天，他爲了繪製全新的設計圖又向阿秀借來長尺，來到和田屋一看，和香在平時待的包廂哭紅雙眼。

笙之介心底一涼。繼阿金之後換和香落淚，他懷疑又是他造成的。這種念頭或許有點往臉上貼金，但既然阿金有機會透過長屋的住戶阿秀得知和田屋的事，引發騷動，那就算有人對和香或津多說些什麼也沒什麼好大驚小怪。

和香見笙之介一臉怯縮，毫不遮掩她哭腫的雙眼，直接說道：「我和我娘吵架了。」

笙之介當眞鬆一大口氣。「到底爲了什麼事吵架？」

和香噘起嘴。「我不能說。」

「是，我的確不該問這個問題。」

「不，正因爲和您有關係，我才不能說。」

好不容易才鬆口氣，這下根本連喘口氣的機會也沒有。

「和、和我會有什麼關係？」

和香又說了一句「我不能說」。「我要是隨便說出此事，會害您心緒紛亂。」

現在明明就亂成一團了。

「和香小姐，妳這樣是吊人胃口。我反而靜不下來。」

「古橋先生。」和香很不自在地搓著手指。「您不是提過善於模仿別人筆跡的代書嗎？」

笙之介瞪大眼睛。

「看，您馬上露出這種表情。這件事應該很重要。您自從提到那件事後就常若有所思。」

她早發現了。和香在書桌上趨身向前，悄聲道：「我不是大嘴巴。我當時並沒完全告訴我娘古橋先生說的事。我發誓句句屬實。」

根據她刻意強調這點，笙之介不小心脫口說出他父親的事，和香一直牢記在心。

「然後怎樣嗎？」

「我娘她……」和香的眼神無比認眞，最近她臉上的紅斑變淡許多，但今天顏色又略微加深些許，難道是因爲吵架哭泣？

「關於古橋先生您說的那位擁有模仿絕技的代書，我娘似乎心裡有數。」

笙之介聞言後說不出話，和香像在道歉似地朝他低頭鞠躬。

「當我進一步追問詳情，她怎樣也不肯說，嘴巴閉得跟死蛤一樣緊。我又氣又惱，忍不住和她大吵一架。」

怎麼會這樣。笙之介感到一陣天旋地轉。

和香的母親，亦即和田屋的老闆娘，名叫鼎。聽說是取自「問鼎輕重」裡的鼎字。這名字威儀十足。笙之介急忙透過津多請求與鼎面談。鼎乾脆地答應，在津多的陪同下到和香房間，她看著笙之介說道：

「小女多嘴，果然傳進古橋先生您耳中。」

雖然言談間帶有責備，但聲音不帶惡意，神情也不顯不悅。笙之介略鬆口氣。

至於面對母親的女兒，她的嘴巴噘得更高了。「我怎麼可能默不作聲。」

鼎望了一眼女兒那鼓著腮幫子的模樣，手抵著緊纏著暗色衣帶的胸前嘆口氣。

「因爲不是我們家裡的事，娘才不好開口。妳難道不懂嗎？」

「不管我懂不懂，妳都不會告訴我詳情，不是嗎？」

「因爲妳很容易動怒，講話這麼大聲，才聽不到我說的話。」

仔細一看今天老闆娘的鼻子右側隱隱浮現紅疹。雖然她沒生氣，但可能有事感到苦惱。她內心的糾葛馬上表現在臉上，單就這點來說，這對母女的個性可說是率直無僞。

「讓兩位爲此事煩心，眞的很對不起。」

笙之介很恭敬地道歉，鼎愧不敢當。

「老師，您快快請起。讓您笑話了。」

稱我老師是吧。

「我們母女向來感情不睦。」鼎神色自若地道。「相信您早已耳聞，和香對我相當苛刻。她原本就是好勝的女孩，她嚴苛待我，我身爲她的母親感受最深。」

「話不是這樣說的。娘，我又不是都針對妳。」

「就像現在這樣。」鼎莞爾一笑，朝笙之介行了一禮。「面對如此難伺候的女兒，老師您還願意擔任她的指導老師，我們夫婦倆甚爲感謝。感激之情難以言表。因此，只要有我們幫得上老師忙的地方，我們絕不推辭。」

可是——鼎壓低聲音。「一來，這是很久以前的事，二來，此事與其他店家有關，我實在不便透露。」她之前說這不是我們家裡的事，原來是這個含意。「就對方來說，此事有損名聲，換作是我站在對方的立場，要是有人對外四處宣傳，想必頗感困擾。」

與和香長相相似的鼎，臉上蒙上一層憂慮之色。笙之介上半身重重行了一禮。

「我明白您的情況。我帶來這件麻煩事，理應由我向您賠不是。」

今天同樣背對著紙門而坐的津多看得津津有味，眼中閃著光輝。

「我四處找尋這樣的可疑人物，其實有我難以明說的苦衷。我雖是一介浪人，但好歹算是武士。若說這是爲了我古橋家的名聲，不知您可否體諒？」

鼎的表情動搖。津多的眼神也有改變。和香噘著嘴。

「我從您這裡聽到的一切，絕不會向外人透露半句。我以古橋家的名譽立誓，絕對守口如瓶。可否請您相信我，告訴我此事。」

鼎重新將雙手併攏擺在膝上，雙唇緊抿，微微頷首。

「我明白了。」她斜眼瞄和香一眼。「當我一開始從小女聽聞關於代書的事情時，一度還懷疑是和香從某處聽聞我知道此事，假借古橋老師的名義向我套話。因為老師您找的那位代書，與一位在我所知道的事件中展現絕技的代書完全吻合。」

真可怕的巧合。

「我才不會那樣惡作劇。」和香仍舊是鬧彆扭的口吻。「話說回來，我會在哪裡聽到這個消息？我明明整天關在家中。」

「說得也是。」

此時鼎臉上流露的既不是和田屋老闆娘，也不是母親的表情，而是一位與人分享祕密的小姑娘，朝和香投以微笑。笙之介推測，她少女時代應該擁有跟和香一樣的痛苦，常獨自一人躲在家中。和香之所以擺明著頂撞鼎，對她生氣、鬧脾氣，部分當然也是因為生氣，心情鬱悶，但不管再怎麼鬧彆扭，她知道最了解她感受的人，就是和她擁有同樣痛苦的母親。

「約莫是二十年前的事了。」鼎道出此事。「我老家是一間雜貨店，附近有家陶瓷店，老闆的女兒和我同年，我們倆從小常膩在一起。」

後來那家陶瓷店發生繼承人之爭。

「和我感情好的那位女孩名叫阿福，阿福有兩個哥哥。兩兄弟差一歲，我小時候常和他們玩。他們兄弟倆感情不睦，長大更形同水火。」

因為長男耽於玩樂，尤其喜愛賭博，沉迷其中。

「在我印象中，阿福他爹曾經扯著嗓門痛罵長男。當時我父母說過，如果痛罵幾句就戒得掉玩樂，父母就不會那麼辛苦了。」

他們父子爭吵不斷，最後斷絕父子關係，長男離家出走，失去下落，猶如斷線的風箏。年後由次男繼承家業。

「大約兩年後，生意做得有聲有色的陶瓷店老闆突然昏厥倒地，不到半天就斷了氣。」

好像是中風。

「店裡上上下下亂成一團。」

好在繼承家業的次男很沉穩，順利辦完喪事，正當大家以為事情落幕時，長男突然返回家中。陶瓷店裡的人們都對這位大少爺的意外歸來大為吃驚。這名浪子如果因為父親的死而洗心革面，倒是美事一樁。再怎麼說都是他的骨肉至親。但這並非是大家預期的美談。這名被斷絕關係的長子非但沒悔改，甚至變本加厲，他徹底淪為惡徒。

「有人控制了他。」

因放蕩玩樂而欠一屁股債的長男脖子上套了兩、三條繩子，被其他人緊緊勒住，分別是一位賭徒無賴，以及一位自稱是新內節（註二）師傅的放蕩女人，兩人是那位大少爺的酒肉朋友。他們圍在他身邊，見沒油水可撈，便看準店內的財產，慫恿長男，拱他回陶瓷店繼承家業。

「他不是被斷絕父子關係了嗎？」

和香在一旁插話，鼎緩緩搖搖頭。

「老店主就口頭上說『我和你斷絕父子關係』。」

「對方就是抓準這點吧。」笙之介說。「雖說被斷絕父子關係，但拿不出證據。要是他說『我私下見過爹，他同意恢復我們的父子關係』，一切就完了。」

「沒錯，老師，就是這樣。」鼎完全用「老師」來稱呼笙之介。

「無賴在這方面特別會動歪腦筋。時而威脅，時而哄騙，陶瓷店的老闆娘認為長男終究還是他的寶貝兒子，他們看準老闆娘會念這份舊情，處心積慮地滲透陶瓷店。」

當時鼎跟和田屋談妥婚事。鼎的雙親見陶瓷店被無賴霸占，深感不安，要是寶貝女兒有什麼萬一，那可萬萬不可，所以他們嚴禁鼎接近陶瓷店。

陶瓷店傷透腦筋，那位次男找當地的捕快商量此事，這位捕快聰明可靠，替他想出一計。

——對付那種人，如果不講出個道理來，根本沒完沒了。

如果只是一味地各說各話，他們這麼厚顏無恥，我們只有挨打的份。

「要講什麼道理？」和香問。笙之介猜出幾分，心裡一陣騷動。

「拿出老店主的遺書就行了。」

我猜也是。

「清楚寫著與長男斷絕父子關係，將家業交由次男繼承的遺書。他們得拿出這份遺書，把一切說清楚。」

就算沒告上官府，帶著遺書找町名主（註二）評理，應該治得了那群無賴。只要有這麼一份遺書，我便能替你辦妥此事。那名捕快說道，攬下這份差事。

「可是根本沒這樣的遺書吧？」和香說完才恍然大悟。「哦，原來是這麼回事。」

「沒錯。無中生有。」

鼎望著笙之介的雙眼，笙之介也頷首回應。

「所以找代書幫忙？」

「是，就是這麼回事。」

所幸許多文件可作爲老店主筆跡的範本。依照這些範本寫得出一份眞假難辨的遺書。如果草率仿造，只會給那群無賴找到藉口，藉題發揮。這齣戲最重要的就是遺書。

「最後這場風波平息，無賴們離開陶瓷店，前後鬧了約一個月之久。」

鼎像在遙想往事般瞇起眼睛說道。

註一：淨琉璃的一支流派。

註二：江戶時代負責管理町內事務的官員。

「最後成功了嗎？」
「一切進行得很順利。」
鼎從好不容易恢復開朗的阿福那裡聽聞來龍去脈。
「阿福看了假造的遺書，也覺得是父親親筆所寫。那封遺書呈交到町名主面前，請他評判。」
此事町名主事前便知悉，不過還是煞有其事地拿遺書與眾多文件以及陶瓷店的帳冊比對，做完應有的步驟後，鑑定這確實是老店主的遺書，判定次男繼承家業。
「因爲沒告上官府，光這樣就足以趕走那批無賴。聽說還請了捕快的上司關照此事，包一大筆錢。」
大家因此達成協議。長男這次眞的與家人斷絕關係，那筆錢當作贍養費。
「這遠比被他奪走所有財產好多了。陶瓷店還有阿福這位女孩，要是被那班人占去，不知道下場多淒慘。」
遺書就像是相撲裡的德俵（註），它是陶瓷店用來守住店面，全力挺住的最後關鍵。雖是假造，但若沒有，陶瓷店恐怕被無賴鯨吞蠶食，完全霸占。不過話說回來，這件事也和遺書有關嗎？眞是可怕的巧合。
「想必老師您猜到了。」當時那位代書——鼎略微壓低聲音。「聽說陶瓷店費了好大一番工夫才找到他。一旦託人處理才發現一般的代書無法模仿出幾可亂眞的遺書。」
配合要模仿的對象改變內心，這種人可不是隨處都有。
「我也沒從阿福那裡聽說幫陶瓷店寫遺書的是哪位代書。」
「什麼嘛，原來娘也不知道啊？」和香說道，津多瞇起眼，擺出責備的神情。只要和母親在一起，和香就會變得性急又孩子氣。
「不過，阿福倒說過……」
——我們當時爲此發愁，找本家商量此事，本家的人說，我替你們想辦法，結果眞的替我們想出辦法來了。
笙之介緩緩重複鼎的話。「您剛才提到本家嗎？」
鼎略顯怯縮。「是的。」
「夫人您知道那家陶瓷店是某家店的分家吧？」
「沒錯。是他們的親戚。他們的本家是一家大規模的老店……生意相當興隆。」
她的聲音愈來愈小。
「我與阿福感情好，很早就和他們本家有往來。他們常邀我去他們家做客……現在也常有聯絡。」她像在逃避似地說得特別快。「本家的生意做得廣，人面也廣。有困難時請他們幫忙，他們會發揮人脈關係，鼎力相助，這不足爲奇。」
確實如此。
「老師，陶瓷店雖然還不至於像古董店那樣，但不時會利用陶瓷或漆器附的來歷說明來幫助買賣，因此培養出鑑定筆跡和文件的眼力，常與擁有鑑定技藝的人往來。」
附帶一提，他們會和懂得僞造文件的人往來。
「老師，阿福的本家是一家正派經營的大店家。」
鼎說起話來感覺像是牙齒裡咬著某個東西，應該是因爲她不能說出「本家」的店名。既然他們現在有往來，有所忌憚是理所當然。
原來如此——笙之介恍然大悟，用力一拍膝蓋。今年春天時和香前往加野屋舉辦的那場賞花

註：相撲場地上，會以二十個裝土的袋子圍成圓圈當作比賽的範圍，此稱之爲土俵。而這二十個土俵中，東西南北的中央各會有一個俵，比一般的俵位在更外側。力士來到這裡，會多一分繼續留在場中的機會，所以稱之爲「德俵」。

宴，他一直以爲是治兵衛邀請，原來不是，和香因爲與陶瓷店有這層關係才受邀在場。

「夫人，」笙之介轉身面向鼎。「既然是商家的往來關係，自然有您的顧慮。我不向您打聽本家的寶號爲何了。」

不過——笙之介凝視著和田屋的老闆娘。

「接下來我會說出某家店的店名。如果店名無誤……如果這家店是當初介紹代書給您那位好友的陶瓷店，助他們度過難關的本家，可否請您保持沉默呢？相反的，如果我說的店名有誤，還請您告知。」

他又問了一聲「可以嗎」，鼎小聲應一句「好的」。

「娘，」和香不自主地喚道。「妳放心，我會守住這個祕密。」

鼎眉頭微蹙，她神情不安地搓著手指，望向笙之介。

笙之介開口道，「神田伊勢町的加野屋。」

鼎默然。

津多也沉默不語，和香望著笙之介。

「謝謝您。」

聽見笙之介簡短的答謝，鼎轉頭望向津多，突然改變口吻。

「哎，不用這麼拘束。津多，快端茶招待老師。」鼎轉爲柔和的眼神說道。「小女如此任性，老師您還願意教她，眞是與眾不同，這是我一點小小的謝禮。」

這其實是很大的回禮。

三

笙之介急忙捎信給川扇的梨枝，請她向坂崎重秀報告他從和田屋老闆娘那裡聽聞的消息。他很想當面和東谷談，但主君延遲兩個月，現在正好前來江戶，江戶留守居應該會比平時忙碌，想必不易撥空前來。他們找尋的代書與加野屋有關。那名代書從加野屋搭向波野千，再從波野千搭向搗根藩的幕後黑手，彼此勾結。

話雖如此，今後笙之介若要貿然接近加野屋得要三思。現在不同於先前那場可以混在人群中潛入的賞花宴，也許有波野千的人在加野屋進出，駐派江戶的藩士就不用說了，與主君同行的人也可能會造訪加野屋。藩士之間都認得彼此，不知道會在哪裡被人撞見，常進出又會讓人起疑。查探加野屋的工作就交給東谷大人。就像在藩國時，東谷在波野千裡布下眼線，他現在應該會在加野屋安排眼線。

笙之介四處拜訪代書屋。由於該問的事變多了，他再次拜訪之前見過的代書。您可曾接受神田伊勢町的加野屋這家陶瓷店的委託？可曾受託替古物或陶瓷寫來歷說明文。如果有，是什麼樣的工作呢？當時聽說過什麼傳聞？您認識的代書中可有人擅長僞造這類文件？或是您聽過誰是這方面的高手？

「怎麼又是你啊？老問一些怪事。」第二次拜訪的代書笑著這樣說；而第一次拜訪的代書更驚訝，儘管如此，他還是四處找尋線索。

波野千、加野屋、神祕代書之間的關係緊密，爲他先前摸不著頭緒的探索帶來一道曙光。對他而言，這是很大的一步，遠遠超乎想像。他之前一直奉東谷之命行事，深信不疑東谷的話，但東谷口中那位「是你殺父仇人」的神祕代書是否眞有其人——他原本半信半疑。這件事打從一開始就很難以置信，而且笙之介見過許多代書，常聽他們說——該不會是堅稱不是自己筆跡的那人說謊吧？

對方這樣反問後，他更懷疑了。笙之介認爲這樣的反問如同在說「你爹說謊」，這令他心生動搖。與其像東谷說的那樣，承認有這麼一位身懷危險絕技的代書，倒不如想成是父親因某個不得已的原因被迫說謊，或是因爲心頭紛亂而一時眼花，這還比較合情合理。

但眼下眞有這麼一位代書。早在父親宗左右衛門的事件發生前就有人用這項絕技騙人。雖然還不知道真實身分，但世上確有這號人物。

他寫下目前得知的現況、自己的想法，以及推測，然後在腦中重新整理。他很想找人暢談一番。找誰？不是東谷，他想找和香。他想坦言一切，聽聽和香的意見。

他知道向商家之女說出藩內要事和祕密是輕率之舉。儘管心裡明白，但很想聽她的意見，況且也有其功效。雖然身分和地位不同，但東谷和笙之介都用同樣的觀點看待此事，但和香不同。

笙之介說服自己前往和田屋。今天天氣悶熱，他滿身大汗，前來應門的津多很吃驚地說一句「您這是怎麼回事，就像往身上沖水似的」。這不全然是天氣熱的緣故。

他一如往常到和香的房裡，津多正準備坐在紙門前時，笙之介緩緩說道：

「和香小姐，不好意思，今天請您屏去旁人。」

津多比和香早一步明白他話中的意思。這種時候大奧的女侍可能就會伸手取出懷劍了，沒帶懷劍的津多那張大臉漲滿怒意，雙手握緊拳頭。

和香忍不住笑出聲。「津多，妳先退下。」

「可是小姐……」

「如果有事，我會大聲叫的。」

如果有事的話。

津多很不情願地起身，笙之介低下頭，刻意不看她凶惡的臉，低聲說一句「請海涵」。紙門關上後，剩下他與和香兩人。笙之介深呼吸著。

「請說。」和香道。「我保證不說出去。我娘也不會知道。不瞞您說，我很期待這天到來。」

就像笙之介的輕率之舉，這姑娘也有好奇心重的一面。兩人剛好半斤八兩。

說完整個來龍去脈，笙之介喉嚨無比乾渴。和香喚來津多端水。津多辦完事後馬上被打發走，她再次在笙之介面前握緊拳頭，惡狠狠地瞪他。

「您一定很痛苦。」和香道。「但令尊若地下有知，一定得以安息。因爲您這麼思念他。」笙之介靜靜喝水。

「我們就照順序一步步來看吧。」

和香拉來書桌，打開信盒。她一面磨墨，定睛望著某個看不見的事物。

「我想重新確認一下整起事件的起源。」

「妳要確認的是……」

「這項陰謀，打從一開始就和你們的前任藩主……」

「請稱呼他望雲侯。」

「是打從一開始就和望雲侯留下的遺書有關嗎？還是說，奪取波野千這件事發生得更早？」

此事說來複雜，但和香很清楚整個關係。

「奪取波野千比較早。」笙之介答。

當初第一次暗中談到父親這樁冤罪時，東谷曾經說過。

——我認爲這件事得先從波野千店內引發的權力爭奪著眼。

一般都會反過來想，城裡的幕後黑手向波野千提議「因爲某某原因，我們需要僞造遺書，你們肯幫忙就不爲難你們」——這樣的想法比較自然；而接受提議的波野千則向「幕後黑手」報告他們在江戶的客戶加野屋，認識很適合執行這項工作的人。太好了，那你馬上安排他們去做——此事由幕後黑手主導，波野千則是跑腿。

不過這麼一來，爲什麼會有賄賂風波、波野千爲何更換店主，實在無法說明實際發生的事。前任店主處以磔刑，店內一度停止營業，拆下招牌，但過沒多久便獲得高層許可，重新開張，也沒撤除御用商人的地位。乍看處分嚴厲，但根本高高舉起，輕輕放下，很不合理。

話說回來，不管城內的幕後黑手是誰，假造前任主君遺書是一件天大的陰謀，他們會把藩外人士拉進來嗎？這項陰謀應該暗中進行，知道祕密的人愈少愈好。

幕後黑手理應不會把城下的商家扯進陰謀中，他們會試著自行處理。就算是爲了找尋僞造文書的代書，或是擅長仿冒的高手而必須把手伸向江戶，他們自己也有能力處理。

這件事的關鍵前提，就是有這麼一名代書存在。笙之介很清楚。

波野千企圖奪取店裡實權的首謀，透過加野屋認識一位有辦法僞造文書的代書。因爲知道此人曾展露絕技，波野千想如法炮製以侵占店內實權。換句話說，一開始是波野千裡的某人爲了「竊占波野千」而向城內高層提出捏造賄賂事證的計謀，並做了不少事前工作。此人告訴城內高層——我會告訴官府，說有官員向我索賄，到時候再麻煩你們處理。當然，我會奉上相對的報酬。

聽聞提議的高層發現對方這項計謀另有用處，並從中發現更勝於錢財的好處。這位高層心想，如果波野千底下的代書眞能將文件仿造得幾可亂眞，連被模仿者都分不出眞僞，那不就可以請他製作望雲侯的假遺書嗎？只要接受波野千的提議，讓古橋宗左右衛門蒙受冤罪，便能從中確認那名代書的僞造功力。倘若一切順利，賭這一把一點都不吃虧。

「我第一次聽東谷大人談到家父蒙受的冤罪背後藏著這種內幕時，眞是驚訝莫名。世上竟有這麼厲害的代書，我對此半信半疑。但我現在很確定來龍去脈一定是這樣。」

和香瞇起眼睛。「也就是說，你們藩內的幕後黑手知道代書一事純屬偶然，他心想，有這麼好的寶貝，可以好好利用一番，於是接受波野千的提議。」

「沒錯。」

「早在波野千竊占店內實權，提出那項建議前，那名幕後黑手就在了。」

當然。

「那幕後黑手是誰，應該鎖定得出目標吧？」

事情沒那麼簡單。

捏造那場賄賂風波時，波野千中處理事前準備的人是目付眾裡的哪一位呢？若沒能事先打點好此人，這項陰謀根本無法得逞。可能幕後黑手就在其中，或兩者間有緊密關聯。

不過，光拉攏一人還不夠，也許波野千用花言巧語騙得兩、三人，而且目付眾各自有所屬的勢力，諸如城代家老的今坂、文官之長黑田、武官之長井藤、藩內名家三好和里見等。因爲是彈丸小藩，彼此間有複雜的關係糾葛。

「搗根藩沒有一位統管目付眾的大目付嗎？」

「沒有。目付眾無法裁決的案件會交付家老審議。還是無法裁決就交由主君定奪。但這種情況很少見。」

和香低吟後說道，「還眞不好分析。」

一點都沒錯。

「那我來問另一件事。古橋先生您現在正在找尋那名代書嗎？」

「極力尋找。」

「您不認爲那人不在人世了嗎？站在幕後黑手的立場，對方製作完假遺書，再滅口會比較安心吧？」

笙之介現在相當習慣和香總隨口說出這等駭人聽聞的事。

「現在還不會殺他吧。對幕後黑手來說，讓那名代書保住一命，日後萬一發生什麼事，還能派上用場。畢竟他擁有罕見的絕技。就這樣送他歸西，實屬可惜。」

笙之介同樣駭人聽聞。

「那可以推測幕後黑手抓住那名代書，將他囚禁在某處，等候下次出場，無論軟禁在哪裡都行。人也許早就被帶往搗根藩了。」

「不可能。」笙之介篤定地說道。「和香小姐或許不能理解，不過，搗根藩的世界非常小。外人特別引人注意。就算囚禁在某座宅邸裡，消息還是會從常在那進出的人們傳出。」

「如果帶進深山裡呢？」

笙之介苦笑。「那更會引人注意。外地人在當地一眼就會被認出，遠非這種市街能比。」

和香噘起嘴。「這麼說來就是囚禁在江戶的某處嘍。」

「其實沒必要刻意大費周章地囚禁。也許是派人監視。」

「要是代書逃走怎麼辦？」

「他不會逃走。我反倒認爲那名代書成爲幕後黑手的手下。幕後黑手眞正擔心的不是那名代書會害怕，而是擔心他投靠敵方那邊。」

和香露出嚴峻的目光。「您可眞壞心。那名代書很可憐。他也許遭到波野千脅迫。」

笙之介轉述當過御醫的代書所說的話給和香聽。從事這行的人有的脾氣古怪；有的很不滿足眼前的生活；有的雖然過著這樣的生活，卻覺得心靈出現裂痕，滲入寒風。他們渴望有趣的事，儘管以身涉險，但只要跳脫得出眼前這種吃飽睡、睡飽吃的日子，他們便毫不躊躇。

「這位代書模仿他人的筆跡，完全化身成對方。他可以變換眼和心。如果他的眼和心像和香小姐您一樣流著溫熱的血，豈會做出這種事。」

此人的眼和心已死，無血無淚，因此能夠輕易取出和更換。

「我自己也是脾氣古怪的人。」和香發出格格嬌笑。「但幫著別人陷害他人，還覺得有趣……」

「您不會這麼做。我相信您。」

「那是因爲古橋先生您人太好了。」

和香一本正經地說道，隔一會，兩人都笑了。

「我不像您那樣認定那名代書是壞人。當然，他做了壞事，令尊的事令人同情。但我寧可認爲那名代書也是被波野千和貴藩的幕後黑手脅迫，他是一個擔心害怕、備受煎熬的人。」如果不是——和香如此低語地低下頭。「此人任憑壞人擺布利用，這樣令尊的遭遇就更令人同情了。」

笙之介也爲之默然。

「您找到他之後會殺了他嗎？」

「咦？」

和香看著笙之介。「找到那名代書後，您會親手殺了他嗎？他是令尊的仇人。」

「我不會殺他。如果他不親口供出一切，就無法洗刷家父的汙名了。」

「等這一切都結束後，您殺了他嗎？」

「懲罰罪人，不是我的工作。」

「要是藩主准許您殺他，您會怎麼做？」

笙之介緩緩說道：「那就視情況而定了。」

和香原本在抄寫彼此對話要點，這時她擱下筆。

「陷害他人，讓人受苦，還感到有趣……」她低頭注視自己的手地低語。「這種人不可原諒。但若眞有這樣的人，我並不認爲他的心和眼都死了。」

她到底想說什麼？

「如果心死了，反而什麼都感覺不到。看別人不幸而感到快樂，表示這個人的心還活著，只是他的內心扭曲。」

那純粹是他的內心嚴重扭曲變形，無法恢復原狀——和香說。

「和香小姐，請您不必想得這麼深入。」

笙之介不該這樣說。

「抱歉。」

聽見笙之介的道歉，和香沉默不語，她微微搖頭，手抵向唇前地沉思著。

接著她抬眼望著笙之介說道：「古橋先生，我說一句會讓人不太舒服的話，可以嗎？」

「如果是會讓人不舒服的話，我剛才說很多了。」

「我要說的是其他事。」和香光滑的眉間擠出皺褶。「我認爲是其他事，但您或許不這麼認爲。」

「您指的是？」
「古橋先生，您最近可有從周遭感到可疑的目光？」
和香突然說出像故事書般的內容。笙之介忍不住笑了。
「您說的可疑目光，是怎樣？」
經他反問後，和香顯得忸怩起來。
「不是我發現這件事，而是津多。她呀……不是我拜託她，因爲津多擔任我的守護人，她將每件事都看得很重……」
這次換笙之介眉間擠出皺褶。「這什麼意思？」
和香縮著脖子。「津多她好像……很注意您平日的生活……」
「很注意我平日的生活？」
和香蜷縮起來。笙之介察覺她臉紅了。
「對、對不起。說來眞是丟人。不過我發誓，眞的不是我拜託她的。」
津多爲和田屋的掌上明珠盡忠，笙之介明白。
「津多小姐是厲害的密探。」他以前就這麼覺得。「我完全沒發現自己被人監視。」
「津多這人就是這樣。明明高頭大馬，行動悄然無聲，無孔不入。」
沒錯，三河屋阿吉遭綁架的事件中，津多就展現她的本事。
「而且她眼力又好……」所以她發現了——和香急著往下說。「大約一個月前。津多說有人在監視古橋先生。說監視太誇張，但有人想接近您，這可以確定。但對方並非正大光明的造訪，反而偷偷摸摸。」
「這名行跡可疑的人，是武士，還是町人？」
「津多說是一名武士。」
笙之介雙唇緊抿。

和香戰戰兢兢地道：「該不會是古橋先生您的動向被幕後黑手察覺了吧？」

因爲笙之介毫不掩飾地四處找尋那位代書，這樣的結果並不令人意外。打從他決定不再等待，改爲主動出擊的時候，便做好心理準備。

「這早在我的預料之中。您放心。」

今後得多留神了。

和香嘆口氣。「聽起來實在很難令人放心。」

其實笙之介也這麼認爲。

四

翌晨，天尚未明。

富勘長屋外一陣騷動。笙之介被聲音驚醒。

原本便早起的住戶，今天一早比平時更喧鬧。向來個性悠哉的阿鹿與鹿藏夫婦正慌張地說些什麼，個性溫順的辰吉大聲地叫嚷。來回奔跑的應該是阿金或阿秀。笙之介揉著眼往外望，正巧與太一打照面。平時個性沉穩的太一難得臉色蒼白，這應該不全然因爲戶外光線昏暗。

「抱歉，笙先生，你可以來一下嗎？」

「怎麼了？」

有人倒臥路旁在長屋大門旁的稻荷神社。

「多津婆婆拜拜時發現的。」

她發現時嚇得閃到腰，可見事情多嚴重。若不是有人倒臥路旁，多津婆婆不會大驚小怪。

「那人渾身是血。」太一說。「衣服前面沾滿血。他是武士，可能與人決鬥。」

難怪這般喧鬧。

「他運到我家躺下了，不過他一直小聲說什麼武士的慈悲之類的，我才來找你。」

還沒聽他說完話，笙之介趕往阿金、太一、寅藏一家人的住處。狹小的土間裡擠滿長屋的住戶，這時高大的辰吉剛好跑出門口，笙之介與他迎面撞個正著。辰吉穿著一件當睡衣用的浴衣，右肩沾滿血漬。應該是扛這名武士進屋時沾到的。

「笙先生！」同樣臉色蒼白的阿金驚叫，她捧在胸前的水桶堆滿染紅的手巾。寅藏陪同在武士身旁，請阿秀幫忙，準備將白布纏向傷者腹部。

「阿秀小姐，用力按住。」

「像這樣嗎？」

「再用點力！」

寅藏每天這個時刻都在睡懶覺，阿金和太一老吼著「會趕不及採買」「魚市場的魚都發臭了」，但他現在不僅完全清醒，還精神奕奕地四處奔忙，用粗獷的聲音叫喚那名傷患。

「武士先生，會有點痛，請您忍耐。喂，要開始纏嘍，阿秀小姐。」

「我也來幫忙。」笙之介見阿秀一副快哭的模樣，急忙來幫忙。口中念念有詞的武士此時暈厥。此人確實是武士，但卻是浪人。沒剃淨的月代、凌亂的髮髻、骯髒的衣服、到處脫線的裙褲。這是一名窮困潦倒的浪人。他骨瘦如柴，猶如地獄圖的餓鬼。

「一、二、三！」

寅藏在武士身上纏緊白布，旋即又有鮮血從白布底下滲出。笙之介從阿金手中接過手巾，像要給傷處蓋上蓋子般死命按住。

「不縫合傷口止不住血。得叫大夫來才行。」

「辰吉先生通報富勘了。」阿鹿緊抓著鹿藏說道。她別過臉，盡量不看血淋淋的畫面。鹿藏雙手合十，祈求上蒼。

「富勘會帶大夫來。」

「可以仰仗的時候，沒叫管理人來怎麼行呢。」

阿秀說起話來很沉穩，但走下土間時搖搖晃晃，緊抓著阿金。

「啊……我不行了。寅藏先生可真厲害。」

「他常殺魚，早習慣了。」

阿金同樣微微顫抖。阿秀走出紙門，發出作嘔的聲音。

「辰吉先生腳程慢，我也去好了。」

太一正準備往外衝時，笙之介喚住他。「你找武部老師。也許老師有止血藥。」

「我、我知道了！」

「阿金，妳再去多燒開水。大家把所有鍋子全拿來用。手巾和白布再多拿一些。」

「我也來幫忙。」阿鹿和鹿藏帶著阿金快步離去。寅藏和笙之介輪流按住傷口，不斷更換手巾，但無法止血。

「笙先生，你覺得這是怎樣？」

寅藏終年鼻頭泛紅，十足酒鬼模樣。此時他鼻頭冒著汗珠，閃閃發光。

「好像不是與人互砍的刀傷。」

笙之介頷首，目光落向浪人枯瘦的身軀，此人肋骨浮凸。

「他的長短刀呢？」

寅藏不發一語，朝房間角落努努下巴。那裡擺著一對外裝簡陋的長刀與短刀。冒犯了──笙之介用眼神致意後迅速檢視那對長短刀。兩把都是鈍刀。短刀的刀鍔和刀柄都染著血。

「他蹲在稻荷神社前，手中緊握著那把刀。」

變鈍的短刀。

笙之介回望寅藏。這名貪杯又愛睡懶覺的魚販表情悲傷地扭曲。

「他應該是想切腹。」

門外傳來富勘制止房客喧鬧的洪亮聲響。

「那位武士現在怎樣?」

和香悄聲詢問。她沒戴頭巾，跪坐在和田屋後門的入門臺階處。和香最近灑脫多了。

「富勘先生帶來的町內大夫大致治療過，不過……」

聽說那位大夫是富勘的落首同伴，擅長治療金創傷。

「很遺憾，大夫診斷的結果說他恐怕撐不過明天。」

和香眼神一沉。「眞可憐。」

那名瀕死的武士現在由長屋的住戶輪流照顧。這是他們的體貼，不想讓他一個人孤零零死去。笙之介加入行列。剛剛町內大夫前來診治，一切都告一段落時，太一告訴笙之介：「附近都傳聞說富勘長屋發生一場械鬥。」

笙之介馬上趕往和田屋。他心想，要是這項錯誤的傳言傳進和香耳中，又會令她無謂擔心。

「如果是手巾或白布，我們店裡多的是。待會兒我派津多送。」

「感激不盡。」

稍頃，津多帶著一名童工前來，不光送來手巾。童工揹著一個大竹簍，裡頭塞滿蔬菜。

「可以借爐灶一用嗎?我要煮味噌湯。」津多準備作菜慰勞富勘長屋的住戶。「至於白飯，村田屋老闆會派人送來。」

治兵衛親自帶著女侍趕來，就像算準時間似地捧著一個大飯桶。

「各位一早到現在什麼都沒吃吧。來，快吃。」他朗聲說道，接著在笙之介耳邊悄聲道：「我是聽和香小姐說的。她做事可眞細心。和田屋老闆是有情有義的人。」

「治兵衛先生，你不也是嗎?感激不盡。我們大家就不客氣了。」

富勘長屋的住戶全靠工錢度日。一早遇上這種狀況，今天一整天的工作幾乎泡湯，現在不用愁沒飯吃，可說是謝天謝地。
阿秀幾名女性忙著洗衣，不過，有些再怎麼洗也無法洗去的血漬，鹿藏索性升火燒了。因爲現在不是冬季，升火格外低調（註二）。一縷裊裊輕煙乍看如送葬時焚燒的白煙。不可以有這種喪氣的念頭。笙之介搖搖頭，心想說不定武士的情況會好轉。
「富勘先生人呢？」
「上衙門去了。」
遇到有人倒在路旁或是迷路，都得一一通報衙門不可。後續處理全看衙門如何安排。
「這樣就放心了。富勘先生應該會與衙門交涉，讓各位在這裡看顧。這種時候富勘先生最値得信賴了。」說完後，治兵衛略微壓低聲音說道：「前提是各位方便的話。」
「這是當然。畢竟有緣嘛。」
治兵衛那對炭球眉毛底下的骨碌碌大眼帶著一絲溫柔。「這位姓氏不明的的權兵衛先生（註二）可眞是選了個好地方切腹啊。」
因爲大家同樣是窮人，不會棄之不顧——阿金代替眾人說出心中想法。
武部老師接著提到，但很不巧，他身上沒有止血藥，於是他包些錢要補貼大夫費用，富勘不肯收，武部老師還板起臉孔。他的說法是「武士就該互相幫助」。
「治兵衛先生，此人好像不全然是姓氏不明的權兵衛先生。」
武部老師和笙之介檢視過武士懷中的物品。雖然錢包空無一文，卻找出一張折疊整齊的家譜。這是「山片家」的家譜，年代久遠。是支系繁多的一份家譜。
「他身體瘦弱，很難猜出歲數，不過推測三十歲左右。應該是家譜最底下的名字。」最底下的一排名字中有六名男子。
「稱他山片先生應該不會有錯，這唯一可以確定。」
「山片權兵衛先生是吧。」說著說著，富勘從飯桶裡取出一顆飯糰嚼起來。

「富勘先生在就不必操這個心了，但要是他本人可以說話，最好從他口中問出是否有仇家。」
這不像是治兵衛平時的口吻，可能因爲他此時談的是平時很少遇上的事。
「萬一這裡的住戶捲進麻煩的風波中可不成。」
「我明白了。」笙之介完全沒想到這個地步。治兵衛果然處事周詳。
「不知道他是不是單身。」
「富勘先生請衙門張貼他的畫像。他妻子也許在某個地方等他返家。」
這位山片先生並非一身旅裝。他就算從別藩流落至此，現在一定住在江戶某處，離此不遠。
「此事已經傳開，早點有人聽聞此事前來就好了。」
治兵衛平靜地說道。

希望那名武士情況好轉的期待落空。山片先生始終不曾醒來，過下午四點便嚥下最後一口氣。富勘長屋的住戶個個情緒低落。儘管與他只有半天緣分，眞與他有瓜葛反而麻煩，但阿金嚶嚶啜泣，太一哭喪著臉，阿鹿與鹿藏口中不斷念佛。一直陪在山片身旁的寅藏就像突然想到似地說他想喝酒，坐著發呆。向來喜歡散播謠言，道人是非的多津婆婆此時特別安分，因爲她之前發現山片時當眞閃到腰，而她兒子辰吉忙著張羅桶棺和壽衣，聽說這包含在「天道干」的生意內，他和同伴打聽就能便宜購得。
武部老師也到富勘長屋，他在山片枕邊誦經，聽起來有模有樣，他說這是耳濡目染。
「我當初到江戶時住在海邊大工町的長屋，牆外是一座寺院。我聽他們早晚誦經，就算不喜歡

註一：非冬季時升火，會讓人以爲是火災。
註二：權名衛用來泛指不知名的人士。

還是記住了。」這種誦經只是做做樣子，不過這樣他就能升天成佛了——武部老師說。

「因爲長屋的住戶們都爲他盡心盡力。」

始終守在山片身旁的寅藏坐著打起瞌睡。儘管睡著，鼻頭仍舊泛紅。津多離去時，阿秀與她同行到和田屋道謝。佳代在喪禮結束前都寄住武部老師家。

「一直待在這裡可能沒察覺，其實四周瀰漫著一股血腥味。這對佳代這樣的小孩來說太殘忍。」武部老師慵懶地眨眨眼，望著覆在山片臉上的白布問道：「笙先生，你可曾想要切腹？」

不曾——笙之介應道。「不過家父切腹而死。」

武部老師不發一語地回望笙之介。笙之介沒看他地逕自說。

「介錯人是我哥。」

寅藏就連打瞌睡也鼾聲如雷。

這樣啊——武部老師應道。「抱歉，我不會再過問。」

半晌，聽太一說「到外頭去找和尚來」的富勘，帶了另一人回來。

「這位是死者住處的管理人。」此人是山片住的長屋管理人。

「在管理人的同業中，這件事早傳開。能找到他眞是太好了。」

「給您添麻煩了。」這名恭敬地低頭行禮、年約五十的管理人叫五郎兵衛，他管理的長屋在赤坂溜池北側的山元町。

「眞是意想不到的地方啊。」武部老師大爲驚訝。管理人五郎兵衛也很驚訝。

「三益先生在大川這邊應該沒有認識的人。」

「三益先生？」

除了富勘外，笙之介與武部老師皆異口同聲反問。寅藏被聲音驚醒。

「原來是富勘啊，你在我屋子裡做什麼？」

「你這是對管理人應有的說話口吻嗎？你還欠繳房租呢。」

在富勘的反駁下，寅藏摸摸他泛紅的鼻頭，重新坐正。
「雖然姓氏不同，但應該沒認錯人。最好先檢視一下死者的容貌。」
武部老師掀起死者臉上的白布。五郎兵衛合掌朝死者一拜，頷首道：
「是他沒錯。是我的房客三益兵庫先生。」
三益兵庫前天中午離開長屋後一直遲遲未歸。
「我聽說死者身材枯瘦、腰間佩著一對鈍刀，而且是切腹自殺，我猜是三益先生沒錯。」
三益兵庫一個月前痛失妻兒。
「因受到梅雨的寒氣侵襲，感染風寒。」
他的妻兒在赤貧如洗的生活中缺乏營養，體力不足，撒手人寰。
「三益先生此後動不動想尋死。他說這是武士生命的盡頭，至少讓我切腹。」
他在離開長屋前曾拜託五郎兵衛借他錢。
「他說要從當鋪裡贖出長短刀，這樣就能切腹了，我一直不答應。」
武部老師兩鬢抽動。「這麼說來，三益先生非得用佩刀切腹不可嘍？」
五郎兵衛縮著雙肩。「我原本想如果三益先生肯改變切腹的念頭，我可以稍微資助他。」
「眞是這樣嗎？你眞的是替三益先生著想嗎？」
武部老師的聲音愈來愈大，果眞如他的綽號赤鬼。笙之介連忙居中調解。「武部先生，別這樣。你責怪五郎兵衛先生也沒用啊。要是有人爲了贖回佩刀切腹而借錢，誰也不會答應。」
五郎兵衛小小聲地說起三益兵庫的遭遇。武部老師一臉怒容很駭人，他一直望著笙之介。
「我猜三益先生的名字並非本名。他在成爲浪人之前似乎有一段很複雜的過去，他說自己拋棄家名。」
三益兵庫少言寡語，不太容易親近。他並未和長屋的住戶打成一片，就連和五郎兵衛也一樣。除非有必要，否則他絕不會主動提及自己的事。

「依我看，他大概過五、六年的浪人生活，一直漂泊不定，居無定所。」
三益兵庫的雇主好像是神田明神下不影流道場的主人，他在道場內擔任劍術指導一職。
「但那是很久以前了。就我所知，三益先生靠製傘維生，四處求官。他的生活拮据，家中妻兒教人同情。」
三益先生一家三口始終不願打進長屋住戶的圈子，過著貧困的生活。不過他不像治兵衛擔心的那樣另有仇家。沒人打探三益兵庫的消息，也不曾有人登門做客。反過來說，他也沒人可以倚靠。
「他雖然是武士，但畢竟是房客，他向我借錢時，我想擺出房東的架子，好好向他說教一番。」
——請您好好和大家和睦相處。在裏長屋生活，得要眾人互相幫助才行啊。
「我溫和地曉以大義，但他的反應很冷淡。」
互相幫助是吧——三益嗤之以鼻，提出反駁：在下不倚靠這種事，早就決定不再相信別人。
武部老師盤起粗壯的雙臂，嘴角垂落。寅藏再度摸起鼻頭。
笙之介不希望把他想成原本就是這樣的人。三益說過「決定不再相信別人」，隱約看出他往日的爲人。失去奉祿、拋棄家名——不，或許是被撤除奉祿，逐出家門。這樣的不幸遭遇令三益兵庫變成言談偏激的人。儘管如此，他心中留有對家名的思念，收藏在錢包裡的家譜便是證明。
「不管發生何事都不能死。要在眼前的生活中全力以赴，守護妻兒，這是男人的職責。」
武部老師咬牙切齒地說道，富勘嘆口氣。
「您說得沒錯。所以三益先生在妻兒辭世後只能選擇一死。」
因爲他深切感受到肩上已無任何職責。
「他離開山元町的兩天裡不知道去了哪裡，做些什麼。」
爲了找尋命終之所而四處徬徨嗎？夜裡在神社或地藏堂的屋簷下過夜，日出繼續前進，走向遠方到沒人知道的地方。他要找沒人認得他，不知道他平日生活樣貌的地方。然而，他虛弱的雙腿在走過大川後達到極限。

「他從沒提過藩國的事，不過，他帶有些許信州口音。」

他想要遠離的或許是他位於江戶西邊的故鄉。

笙之介不禁想起父親宗左右衛門的臉龐。父親在庭院切腹。那是他眞正想要的結果嗎？父親可曾憎恨那加諸在他身上的不白之冤？爲了擺脫冤罪，他可曾想過逃往他鄉，拋棄家名、家人，逃往一處沒人知道古橋宗左右衛門的地方？

五郎兵衛領取三益兵庫的遺體，運回山元町。辰吉張羅的桶棺和壽衣，五郎兵衛一併收下。目送三益兵庫的遺體離去，阿金再度落淚。她緊依著木門不願離去，淚流不止。

「阿金。」笙之介看了不忍，向她喚道。阿金用衣袖遮臉。

「三益先生一定很感謝妳和寅藏先生。大家都如此爲他盡心盡力。」

阿金遮著臉說些話。笙之介聽不清楚，把耳朵湊近。

「笙先生日後會變成那樣嗎？」

笙之介全身一僵。

「武士覺得沒面子便活不下去嗎？覺得貧窮很可恥嗎？」

阿金抽抽噎噎，說起話來舌頭不太靈光。她呼吸急促，講話斷斷續續。

「既然這樣……無論如何……你都得變成有錢人才行。就算讓和田屋招贅……也沒關係。我再也……不會嫉妒了。」

笙之介說不出話。

「要是笙先生一直待在這，總有一天會覺得這是武士之恥。既然這樣……」

阿金索性蹲下身。好小的背影。好纖瘦的後頸。這女孩用她嬌小的身軀肩負著生活。

「我不會像三益先生那樣。」

因爲笙之介不會失去對人的信任。

「三益先生會切腹是因爲他找不到活在世上的意義，失去生活的目標。與武士的面子無關。」

我有我該做的事。在蚊聲嗡嗡的夏日黃昏下，笙之介聽著阿金的啜泣聲，心中暗忖。

兩天後發生一件事，就像在試探他心中這個想法究竟多強烈。

「笙先生，你有客人哦。」

同樣是日暮時分。今天笙之介同樣出外找尋代書，他剛從外頭返家，正用溼手巾擦拭身體，順便將熱得發脹的雙腳泡進水盆，坐在入門臺階處，享受涼快的片刻。

誰來找我？笙之介急著擦乾臉，還滑了一跤。要是像多津婆婆一樣閃到腰可不行。這時紙門被人打開，出現一道人影。

「呵，你這位追蹤者還眞是漫不經心啊。」

那是從未聽過的破鑼嗓音。對方站在昏暗的光線下，看不清楚。

「我是古橋笙之介。請問您找誰？」笙之介維持眼下這難看的姿勢，剛毅地回應。

這時，那破鑼嗓音回應道：

「——我就是你要找的代書。」

五

好濃的酒味。

在昏暗中現身的男子微帶醉意。光憑他這身酒臭，不用看臉也猜得出來他喝醉了。他步履虛浮，跨過門口的門檻時還一陣踉蹌，手指戳進紙門裡。笙之介急忙點亮燈。男子臉部浮腫，明顯因爲常喝酒而臉紅，眼白特別顯眼。

男子臉上掛著淺笑。「你那是什麼表情。」

他指向笙之介的鼻子，又引來一陣踉蹌，並像在嘲諷般發出一聲破音。

「我不是說了，我就是你四處奔波找尋的代書。」他戲謔說道。「我專程前來，你連說聲謝謝都不會嗎？」

此人不但穿著簡陋，甚至略顯髒汙。他邋遢地穿著條紋單衣，外披老舊短外罩，兩者滿是汙垢，處處補丁。他的短外罩上沒家紋，身上沒佩刀，衣帶裡插著矢立。要是他再帶上籤筒，模樣像極算命師。此人應年過五旬，不論是蓬頭垢髮，還是嘴邊的鬍碴都顯花白。儘管身材清瘦，卻挺著一顆圓肚，應該是喝酒所致。

「嗨咻。」他發出老頭特有的低吟聲，跨過笙之介泡腳用的水盆，一屁股坐向入門臺階處。他的膝蓋微微打顫。

「您該不會是認錯人吧？」笙之介平靜地詢問。

這是酒品很差的醉鬼。他可能從某處得知笙之介找代書，想到這裡嘲弄笙之介一番，順便要點錢來買酒。這名渾身髒汙的男子醉得不輕，打個酒嗝，接著慵懶地轉頭看笙之介。

「你四處找我，我就讓你四處找。」

他哼歌似加上旋律地自言自語，接著獨自笑起來。

「為了替你省時間，我還坐轎子來呢。你該好好感謝我才對。」

笙之介就近一看發現說話毫不客氣的男子，右頰有一道明顯舊傷疤。似乎是刀傷，約一寸長。太一和阿金從敞開的大門探頭看。笙之介朝兩人使眼色，要他們關上門。阿金點點頭，太一正準備把門關上時，男子把手指戳進剛才戳破的紙門破洞。

「請問尊姓大名？」

男子背對著笙之介，打個酒嗝。「我沒名字。」

因為我可以化身成任何人——男子接著道。

「我有心就能化身成任何人。可以成為貴人，也可以成為在橋下賣春的流鶯。如果是貴人，就寫出符合貴人身分的文字，倘若是流鶯，就寫出像是流鶯會寫的文字。」

笙之介緩緩瞪大眼睛。「您從事代書的工作嗎？」

「我不是說過了嗎。」男子清瘦的後背往後挺。

「我擁有天下第一絕技。不論誰的筆跡，我都模仿自如。」他突然轉身，臉湊向笙之介。「要我當場展現這項絕技嗎？不用付費。把筆墨和紙拿來。」

兩人對峙一會，最後笙之介站起身，將書桌拉至身旁。墨壺裡還留有今早處理村田屋工作剩的墨汁。

「你在這裡寫下名字。」男子慵懶地朝笙之介努努下巴，下達指示。笙之介執起筆，筆尖移向全新的紙左側，仔細地逐字寫下。

「這字眞無趣。」男子不屑地說道。「寫得不好也不壞。」

笙之介不發一語地把筆遞向男子。男子身體斜側一旁，連拿兩次筆都沒拿好，最後才接過去。不知是中風，還是酒毒行遍全身，他因此顫抖的手到底怎麼回事？他根本連字都寫不好。笙之介看著看著，男子早在自己寫好的名字旁寫下「古橋笙之介」五字。

男子移開筆尖，接著又寫一行字。

「古橋宗左右衛門」

笙之介不禁倒抽一口冷氣。

是父親的字。父親在笙之介小時候親自執筆教他習字。他看過無數次父親筆跡，絕不會有錯。

他抬眼一看，模樣骯髒的代書得意洋洋地笑著。

「如何，這樣明白吧。」

笙之介吃驚得連眼睛都忘了眨。

「如果你還是不能接受，那我把收取賄落的證明寫給你看。我忘了細部，不過大致還記得。」

笙之介趨身向前，力道猛到幾乎把書桌撞向土間。「那份文件確實是你寫的對吧！」

「剛才我不是就說了嗎？你這小夥子悟性可眞差。」

代書緊盯著呼吸急促，並在悶熱夜氣中顫抖的笙之介，毫不掩飾地說道。

「只要有人委託我，我什麼都寫。不過收費不便宜。」

「你到這裡來做什麼？」

代書露出誇張的驚訝表情。「你怎麼這樣問？你不是在找我嗎？你找到我之後想怎樣才對吧？」

「陷害我父親古橋宗左右衛門的那份僞造文件，是你寫的吧？」

該從哪裡問起？不，在那之前應該一把揪住他的衣襟。

「沒錯，是我寫的。」

「誰委託你這麼做的？」

代書後退一步，視線望向別處。「這個嘛，我忘了。」

「別開玩笑了！」

「我沒開玩笑。我做生意罷了。」用我的手藝——代書朝自己瘦弱的上臂用力一拍。

笙之介熱血激昂。「誰叫你寫那份文件的！」

代書就像反擊般朝他怒吼道。「我管他是誰！」

聲音之大，連破紙門也震動作響。代書起身，搖搖晃晃地站在笙之介面前。

「只要給我錢，不管替誰寫字，寫多少字，我都肯做。你這乳臭未乾的小子沒資格說我！」

「你竟然有臉講這種話！」

笙之介一躍跳下土間，想抓住那名代書，但突然頭冒金星，橫身倒下，撞向入門臺階。

笙之介挨了一拳。代書緊緊握拳，接著摩娑著拳頭，朝一旁吐口唾沫。

「你這窩囊廢。」

笙之介掙扎著爬起身。他無法置信。爲什麼這名又瘦又髒的老頭可以擺出這種態度？

「講個道理給你聽。」代書呼出濃濃酒臭，直逼笙之介而來。「小子，你聽仔細了。我確實寫過那份文件。記錄收賄情況的文件，那份證明有不法黑金往來的鐵證。」

不過——他指甲裂開的手指抵向笙之介。

「但不是我陷害你爹，也不是付我錢，要我寫文件的人。」

笙之介一陣暈眩。這男人到底在說什麼？

「你爹被冠上收賄的罪名，是因爲你爹就是如此微不足道的男人。區區一份文件就讓人失去對他的信任，他就是這麼點程度的男人。」

他欠缺人德——代書說。

「你這傢伙……」

當眞是天旋地轉。笙之介怒氣勃發、熱血沸騰。

「你是在侮辱我爹嗎！」

「我沒侮辱他。我只是讓你明白世上的道理。聽好了，小子。」他揪住笙之介的衣襟，把他拉起來。笙之介宛如一尊木偶。「你爹要是有些許的人德或人望，又有誰會去懷疑他呢？應該有人會挺身提出抗辯，說古橋宗左右衛門先生不是會收商家賄賂的人。有這樣的人出面嗎？有嗎？」

笙之介在幾乎鼻子相貼的近距離下注視代書的眼底，注視著他布滿血絲的眼白及渾濁的眼珠。

「沒人。挺身袒護你爹的人，一個都沒有。我僞造的文件比你爹的名譽、信用都更令人信服。你爹的性命連一張薄薄的紙都不如。」

要恨的話，就恨這個吧。

「你爹就只有這點價値，才淪爲被人犧牲的棋子。」

代書一把推開笙之介。

「你爹就是這樣被犧牲的，就算犧牲他也無所謂，所以才會被犧牲。不是我害的。」

代書撂下這句話後就像摸到髒東西似地甩甩手。他身體顫抖，覆滿鬍碴的瘦臉扭曲。

突然有一股連笙之介也不明白的想法從胸中湧現，穿過此時的憤怒和混亂。這名骯髒的老人爲何流露這種神情？他雖然橫眉豎目地辱罵笙之介的父親，但爲何頻頻顫抖？

「你……」笙之介終究還是沒說出口「你這傢伙」這句話。

「你明明瞧不起我爹，卻記得他的筆跡。」

代書神情變得慌亂。

「爲什麼你還記得？」代書背過臉，身子移向那小小的座燈光圈外。笙之介繼續追問：「爲了模仿我爹的筆跡，你一度完全化身成我爹。你現在體內留有我爹的影子。」

「還以爲你要說什麼，沒想到竟然是這種莫名其妙的話。」

代書又不屑地說道，但笙之介並未退卻。

「你現在辱罵我爹，其實就是辱罵自己。」

沒錯，聽在笙之介耳中確實是這種感覺。

「你是因此才專程來見我嗎？」

什麼傻話——代書略帶破音地笑著說道。

「我想來拜見一下思念他被人犧牲的父親，比他父親更窩囊的兒子到底什麼模樣。」

「那你就好好拜見一番。」

笙之介重新坐正，雙手置於膝上，堅毅地抬起臉。

「這就是我的長相。你從中看出什麼呢？」

代書背後瘦得幾乎沒半點肉。

「你剛才說沒人相信我爹，願意挺身袒護他。藩內的確沒人相信他。但有我。我只是年輕小輩，人微言輕。也許就連我爹也聽不到我相信他清白的聲音。儘管如此，我還是相信他。到現在我還是相信，所以我才四處找你。」

儘管不受人重視，但他是笙之介唯一的父親。古橋宗左右衛門是用慈愛養育笙之介的父親。是替他取這個名字的父親。

「請告訴我。」笙之介低頭鞠躬。「誰雇用你，要你寫那份僞造文書？我認爲誣陷我爹的那件事只是測試……雇用你的那班人爲了確認你的本事而刻意那麼做。我說的有錯嗎？」

代書沒答話。

「你應該是被委派另一項重大的工作。對你來說這只是一項生意，你拿到報酬即可，但這份文件有強大的影響力。這股力量足以影響我故鄉搗根藩的未來。我不能默不作聲，任憑僞造文件囂張跋扈，扭曲眞相。」

笙之介聽到某個聲音。像是沉聲低吟……

難道這名代書在哭？笙之介再次瞠目，他像凍結般無法動彈。

那名代書在笑。他低著頭，忍不住笑而全身晃動，他捧腹狂笑，轉頭看笙之介。

「你眞是無藥可救的傻瓜啊。」他朗聲大笑，出言嘲弄。

「什麼是眞相？你就眞的對嗎？你憑什麼這麼有把握自己是對的？」

還說什麼搗根藩的未來——代書拭去嘴角垂落的口水，笑個不停。

「像那種一吹就散的鄉下小藩，他們的權力鬥爭根本無關緊要。不管哪方獲勝，誰繼承藩位，太陽也不會因爲這樣而不再升起。」

笙之介一驚。之前的推測果然沒錯。這名男子知道藩內情況。他明明知情，卻還參與其中。

「你寫了望雲侯的假遺書吧？還是說，你準備要寫？」

「不知道。這件事和我無關。」

「到底是誰雇用你？請告訴我。你再繼續這樣，早晚有性命之危。」

「我有性命之危？」代書覺得有趣，他挑動眉毛。「我怎樣都無所謂。小子，人總有一死。眞正難的是死前要怎麼活。吃飯、睡覺、起床，然後又是吃飯，喝得酩酊大醉。」

代書收起笑容。不論大笑前還大笑後，他的眼神始終沒變。

那是黑暗，還是邪惡？笙之介認爲兩者都不是。那是空洞。空虛的黑洞。
「你爹最後是英勇地切腹嗎？」他的聲音改變，猶如輕聲低語。
「是自己切腹，還是被迫切腹？」
他這麼問，表示他並非全然不在乎古橋宗左右衛門的事。
「你爲何這麼在意這件事？」
代書哼一聲，「你哥是否和你一樣，那麼在乎你爹的名聲？」
這次換笙之介震懾。「你連我哥的事都知道？」
代書並非瞪視笙之介，而像在揣測他般流露出憐憫笙之介無知的眼神。
「到底是誰雇用我，你想知道眞相就去問你哥。這是最快的辦法。」
猛然轉身的他再度踉踉蹌蹌地撞向紙門。代書使勁將門拉向一旁，那扇不易開關的紙門從溝槽滑脫。富勘長屋的住戶急忙散去。寅藏單手撐住快倒下的紙門。太一從他腋下探出頭。
「還不快讓開，醉鬼。」
代書朝寅藏喝斥，接著悠哉地走出屋外。長屋住戶全望著他的背影發愣。
「啊，跌倒了。」阿秀不自覺地說出這句話，接著急忙摀住嘴巴。
「他自己才是醉鬼呢。啊，他走了。」
「笙先生，你沒受傷吧？」
阿鹿和鹿藏問。笙之介坐得端端正正，與現場情況格格不入，他腦中和心裡不斷迴響著剛才的話，神情恍惚。
「那個人是何方神聖啊？」阿金走進屋內，湊向笙之介身旁。「笙先生，你振作一點。」去問你哥。
這表示勝之介知道些什麼。
「笙先生，你的臉腫起來了。難道你挨揍了？對了，那個人好像傷到手。」

你爹最後是英勇地切腹嗎？

替父親介錯的人是大哥，而且是後介錯。大哥揮刀斬下父親的首級。

這表示大哥知道什麼。

沒多久，村田屋的治兵衛到富勘長屋。他並非剛好前來而是一路飛奔而來，臉色大變。

「笙兄……」

翻倒的書桌維持原樣，笙之介換好衣服準備出門。他非得見坂崎重秀一面。

「笙兄，請等一下。」治兵衛按向他肩膀，笙之介隨手撥開他，穿上木屐。

治兵衛說道：「不管你要去哪裡，都請你先聽我說句話。我是來跟笙兄你道歉的。」

這時笙之介發現治兵衛神色有異。

「聽說那男人來過這裡對吧？」都是我的關係——治兵衛說。「他有報上名號嗎？可有說些什麼？我知道他對笙兄很感興趣，但沒想到他竟然突然跑來找你。」

都是我不好——治兵衛雙手掩面，指縫間露出的那對炭球眉毛倒成八字眉。

「治兵衛先生，你這話是什麼意思？」

治兵衛放下手，順便擦拭臉上的汗珠，雙肩和眉毛一樣往兩旁垂落，顯得神情沮喪。

「我全招了。我不求你原諒，但至少請你聽我說完話。」

這次換治兵衛知道某些內幕。

「我不知道那個人的眞名。就算我問他，他也不肯說。」

但治兵衛知道他的化名。

「他叫押込御免郎。」

治兵衛沉聲說道，「關於他的事，我曾對笙兄撒謊，也對你隱瞞不少事。」他原地跪下，端正坐好，接著雙手併攏，前額抵向土間地面。「我跟你磕頭了。眞的很對不起。」

笙之介一屁股跌坐在入門臺階上。「這到底是……」

治兵衛先生對我撒謊？

「你說的押込御免郎，就是寫低俗讀物的那人嗎？」

治兵衛弓著背點點頭。那些讀物最後還是無法全部改寫完畢。笙之介無比驚詫，他手上還有一本書待處理。

「治兵衛先生，那書是……」

治兵衛做好覺悟般注視笙之介。

「那書是他原本的筆跡。應該是五年前的事了，他當時親自帶書來找我。」

原來治兵衛五年前就認識那名男子。

「治兵衛先生，你之前對我說，押込御免郎是令尊的朋友，已經辭世，還說他是一名浪人，四處承接工作糊口，度過餘生。」

「對不起。」治兵衛蜷縮身子。「家父確實有這麼一位朋友。不過那人並非押込先生。因爲我不能對你說實話——說到這裡，治兵衛聲若細蚊。

「所以我加了一些謊言。」

笙之介深深嘆口氣。治兵衛像受他影響般長嘆一聲，低垂著頭，娓娓道來。

「那是五年前，剛過完年的一個寒風刺骨的日子。」

灰濛濛的天空不時飄降雪花——治兵衛道。

「那個人出現在我店門前。」

對方整年都穿同一套衣服。

「當時他穿著滿是補丁的衣服，外頭披著一件有香菸燒焦痕跡的棉襖。」那人說一句「這是我寫的，你看一下」，宛如熟客般無禮之至，把一個包袱遞向治兵衛。

「我當時滿心以爲他要我看他的字。因爲那時候我們店裡開始雇人謄寫抄本。」

但押込御免郎並非這個意思。

「那是一本讀物，我對他說，我們不是出版商。他聽了之後回答，這本書沒辦法送去出版商那種高級的地方，頂多擺在租書店裡。」

他與我交談時總是扯開嗓門，一副漫不在乎的模樣，氣焰囂張。

「而且當時喝得醉醺醺的。」

「他一直都那樣嗎？」

「他剛才來這裡的時候也是嘍？」

「是的，一身濃濃酒味。」

「眞是壞毛病，而且都喝劣酒。」治兵衛就像在說自己般一臉歉疚。「總之，我也不好一直讓他坐在店門口。不得已之下暫時收下他的包袱。我心想只要打發他走，往後再想辦法就行。」

醉漢離去後，治兵衛打開包袱一看，大爲吃驚。

「上頭的字非常工整。」那是端正秀麗、格調出眾的毛筆字。

「沒錯。」笙之介極盡嘲諷地說道。「所以我才相信你的謊。說什麼這是一位叫押込御免郎的浪人寫的讀物，由令尊親筆謄寫。我還以爲村田屋的前任店主寫得一手好字，心裡滿是佩服。」

治兵衛垂頭喪氣。笙之介見狀，心裡有點後悔。

「但讀物寫得很糟。」

是啊——治兵衛的炭球眉毛垂落。「糟得讓人想笑。」

治兵衛極爲坦率，笙之介不禁嘴角輕揚。一點都沒錯。治兵衛雖然一臉頹喪，但似乎略微鬆口氣，挺直原本彎駝的背。

「我決定擱著。結果四、五天後，那個人又來了。」

——那種書能賣嗎？

「當時他一樣喝醉酒，氣焰甚高。我又好笑又好氣，坦白對他說您寫的書，連我們這種租書店也沒辦法收。」

我心想，這名醉漢要是敢生氣動粗，我就把帚三和店內童工叫來一起把他轟出去。

「我後來靜下心朝他細瞧，發現他瘦得如同地獄圖裡的餓鬼，彷彿我伸手一推就能推倒他，心裡也吃了顆定心丸。」

也許是治兵衛強硬的口吻發揮作用，那名醉漢並未動粗，收下遞回來的包袱。

「他說了一句我會再來就離去。當時是他第一次報上姓名。」

——我名叫押込御免郎。租書店的，你最好記住這個名字。

一個月後，他很不死心地到村田屋，手中拎著一個新包袱。

「我從那之後便開始和他往來。」治兵衛的眼神中帶有些許苦笑。「他書中的內容都沒什麼變。辛辣的情色描寫、壞心腸的反派角色，以及被壞人陷害，誓言殺敵報仇的年輕武士。」

只有反派角色不時更換，有的是企圖侵占家名的邪惡家老，有的是貪婪的商人，有的是凌虐領民爲樂的主君或代官（註）。

「我強硬地告訴他，不管你再來多少次，結果都一樣。只要你寫同樣的內容就絕對行不通。不過我提議道『你寫得一手好字，要不要兼差替我們謄寫抄本』。」

押込御免郎對治兵衛的提議嗤之以鼻。

——誰要做那種無聊的工作啊。

「接著我對他說『可是你要生活就得工作才行吧』，他回答『我的本業是代書，如果是要賺生活費，我會靠代書工作掙錢。』」

——有時一次就能賺進大把銀兩。因爲我是手藝高超的代書，舉世無雙。

「我沒當眞他當時說的話。」治兵衛急著要辯解似地說道。「不過，他說自己以代書爲業，這我倒能接受。」

「因爲他寫得一手好字。」筆之介道。

「是的，酒要有錢才買得起。他總是喝得醉醺醺，表示他有辦法賺到酒錢。」

但實在教人費解。

「所以我問他，押込先生，你一再被我退件，爲何堅持要寫書送來呢？」

結果押込御免郎回答道——那是我吐出來的東西。

「吐出來的東西？」

「是的。」

——我吐出我的過往。多年積在體內的嘔吐物，我寫成讀物吐出來。

「我恍然大悟。」

當時押込御免郎的樣貌就像現在這樣。腰間沒插著長短刀，也沒綁浪人髮髻。但很多當代書的武士都三餐不繼，可是押込御免郎說起話來沒半點鄉音，治兵衛認爲他原本是御家人。

「我問他『你的讀物，該不會就是你自身的遭遇吧』。」

筆之介微微皺眉。治兵衛這時猛然回神，急忙在面前擺手。

「我不認爲那讀物完全是現實生活中的事。不過，那個人反覆寫同樣的內容，我才會想……也許那名被惡人奸計逼入絕境的年輕武士就是他自身寫照。押込先生或許基於某個原因才失去家名和武士身分。」

押込御免郎面對治兵衛率直又略嫌失禮的提問，並未正面回應。

他就應了一句。「我的人生，就像嘔吐物一樣。」

治兵衛覺得這樣的回答已經很充分了。

「之後，我認眞地閱讀他的書。」他是性情多變的人——治兵衛呑呑吐吐地說。「有時一個月露面三次，有時半年多都不見蹤影。」

他寫的讀物還是一樣教人看不下去。關於這點，治兵衛一再勸說並好心提出建言，結果是白費脣舌。

「但他很滿意。仔細想想，至少這世上還有我看他的書，對他來說這很重要。」

要是每本書都退還給他，對他也過意不去，所以治兵衛將收下的書擱在身邊。

「當然了，這根本賣不了錢。」他苦笑。「我問過他，是否年輕時就寫這種讀物。結果他像毛毛蟲爬進背裡似地露出很嫌棄的表情。」

——說什麼傻話啊。

「從他回話的態度來看，他知道自己的書多麼低俗，讀者心裡多不舒服。」

——因爲我酒毒行遍全身，隨時可能一命嗚呼。我對俗世感到噁心作嘔，自然就得對俗世盡情吐個夠，才開始寫這種書。

治兵衛牛鈴般的大眼眨幾下後，定睛看著笙之介。「笙兄，你猜他現年幾歲？」

「不清楚，應該頗有年紀了。」

「我若沒記錯，他今年四十八。」

笙之介大驚。對方看起來比實際年紀老得多。

「因爲生活靡爛，很早就老態龍鍾。事實上，我認爲他沒幾年好活。」

因爲感到性命即將告終，因而把「俗世之毒」化爲故事，盡情傾吐。他不傾吐乾淨便不願闔眼。

「就這樣……」治兵衛遙望遠方。「自從他來店裡找我，一晃眼兩年就過了。某天他突然帶著一大筆錢來。」

當時治兵衛坐在帳房裡，押込御免郎隨手將十兩黃金拋在他面前。

「我嚇一大跳，問他這是做什麼，結果他回答我說，這是我看他書的賞錢五兩，還有日後看他書的賞錢五兩，一共十兩。」

——這工作很好賺吧。

「我驚訝莫名。代書這種生意不可能賺得這麼多錢。我猜他幹了什麼壞事，急忙逼問並對他說『你從哪兒偷來這些錢？你要是不老實說，我會去通報官府』。」

治兵衛臉色大變，而押込御免郎卻嬉皮笑臉地望著他。

——開租書店的，你膽子可眞小。

「他對我說，眞拿你沒辦法，就讓你見識一下我的拿手絕技。」

拿筆墨紙過來，順便再拿本當範本的書來——押込御免郎吩咐。

「接著他讓我見識了……」

那項絕技。

「我用來當範本的是我爹的抄本《化物草紙》。那是我小時候很喜愛的讀物。尤其那是我爹的抄本，我很珍惜。」

押込御免郎模仿得維妙維肖。不光筆跡，圖畫也無可挑剔。

「我再次大吃一驚，眼珠子都快掉出來了。」

村田屋的前任店主寫字有特殊習慣，這些習慣有難以形容的風格。例如止和鉤特別用力，右上方偏高，往上的筆法特別有勁。押込御免郎連這些小地方都模仿得很細膩。治兵衛陸續拿出其他範本。押込御免郎每本都模仿得幾可亂眞，甚至模仿治兵衛本人的筆跡。

「我店裡的老爺子寫得一手好字，此人也會模仿。店裡童工是十足孩子氣的字跡，他照樣模仿。」

——這項絕技，就是我酒錢的來源。

押込御免郎愉悅地道。這項代書絕技舉世無雙。只要你想要，我不管什麼筆跡都能模仿。

「換句話說就連僞造文書你也敢做嘍？我這樣逼問他，結果他很大方地承認，毫不羞慚。只要有人委託，他什麼都寫。不論是貸款的借據、家譜，還是古董來歷說明。」

全是假造的。模仿原本就有的筆跡再捏造。

那不就是用來騙人的技藝嗎——治兵衛扯開嗓門喊道。

「那時，他突然轉爲嚴肅的表情。」

——是被這種東西騙的人不對。

剛才的對話猛然在笙之介耳畔響起。你爹欠缺人德。不是我陷害他。是你爹太過微不足道。

笙之介沉默不語，緊緊握拳。

「笙兄也聽他這樣說嗎？」治兵衛聲若細蚊。

笙之介鬆手後撫著膝蓋並抬起眼。「治兵衛先生，我從和香小姐的母親口中聽聞一件事。」

他全盤托出在和田屋聽聞的事後，治兵衛牛鈴般的大眼幾欲飛出來。

「沒想到你竟然打聽到這個消息。」原來和加野屋有關——治兵衛沉吟道。「這世界可眞小。眞的太小了。」

太可怕了——治兵衛縮起身子，顫抖似地搖晃身軀。那動作令笙之介覺得有點誇張。

「這件事聽起來確實讓人覺得世界很小，不過加野屋和村田屋的生意都很廣，沒什麼好大驚小怪。」

治兵衛打斷笙之介，問道：「笙兄你之前是以夫人的話當線索，想找出那人吧？」

「沒錯。原來治兵衛先生早就知道我爲何那麼做，但我毫不知情。」

這次笙之介並無嘲諷的意思，但治兵衛一臉歉疚。「抱歉。我道歉幾次都行，而且我會一一吐實，但你聽說的可是二十年前的事？」

「是的。那個男人好像從年輕時候起就用這個方法在賺錢。」

「也許他是因爲陶瓷店那件事才走這行。」治兵衛陷入沉思，接著露出熾熱的眼神，「若換個想法，那件事可說在助人。不能一口咬定說那就是壞事……」

治兵衛說到一半發現笙之介沉著一張臉，急忙往臉上一抹。他望著自己的手，就像對自己的行徑感到驚訝般搖搖頭，發牢騷似地低語：「不過他從事僞造文書那麼多年，我和他只有五年交情，就算我對他說教，他可能不會聽。」
「你曾經說教嗎？」
「當然啊！我勸過他說偽造文書是很嚴重的壞事，別做了，也不該這麼做。」
押込御免郎當然不會乖乖聽從——餓成人乾我無所謂，但沒酒喝就傷腦筋了。
「我也苦口婆心地勸他。」
治兵衛罵過押込御免郎，警告過他，也試著懇求他。
「你再不金盆洗手，我就不保管那些書了。你在我店裡進出會帶給我困擾。請你好好考慮。」
押込御免郎往後不再帶書來，也不再當著治兵衛的面談他本業。
「不過，他以客人的身分前來，我也不能怠慢他，而且其他客人在看。」
總不好撒鹽趕人吧？
「我並未親眼見過他作惡，就聽他提起而已。他這人作風古怪，我猜他信口胡謅。」
要是不這麼想，心裡實在無法接受。
「說來慚愧，其實是我被他玩弄於股掌。他一露面，我就主動問他最近有沒有寫書。」
「他怎麼回答？」
「笑而不答。」
也許他心中的積忿吐得差不多了。
治兵衛耐著性子看完他的書，他感到心滿意足。而知道他在傾吐心中積怨的治兵衛多方關照、體恤他，還讓他把自己耍得團團轉，男子因此感到滿足。
治兵衛端坐在土間上。這時紙門拉動，門縫間出現兩顆眼珠，一個在上一個在下，窺望房內。上方是阿金，下是太一。兩顆眼珠驚訝地瞪得老大。
笙之介搔著頭。「治兵衛先生，現在這樣子好像我很了不得。你別坐那裡。」
「不，就維持這樣。」

治兵衛的堅持令笙之介背後一涼。治兵衛要坦言一切，接下來還有什麼隱瞞他的事嗎？

「我在前年櫻花盛開的時節認識東谷大人。」

那是在落首聚會中賞花時的事。治兵衛話鋒一轉，口吻隨之改變，變得像低語般低沉。

「我早在之前便見過他。不過，我那時才知道他有搗根藩江戶留守居的重要身分。當時是富勘先生告訴我的。」

好個消息靈通的管理人。

「東谷大人吩咐我，說他藩國裡有位年輕人到江戶來，請我多方關照。」

「那個人就是我。」

治兵衛注視著土間，微微頷首。「那是笙兄你到江戶前個月的事。」東谷同樣請富勘幫忙。

「東谷大人對我和富勘先生都說笙兄是他一位親戚，不是家中長男，目前出路未定。東谷大人心想與其在藩內無事可做，不如到江戶生活也不錯，便把你找來。」

除此之外的事東谷大人一概沒提——治兵衛拐一個大彎說道。

「眞的就這樣。我不清楚笙兄的身世。」

「我明白。」笙之介迅速打斷他，心裡有不祥的預感。

「不過……」治兵衛欲言又止。「後來笙兄向我們承接工作，某次到我們店裡帶著書離去時，押込先生來了。」

他當時並未和笙兄打照面——治兵衛急忙補上一句，不過他的神情令笙之介起疑。

「擦身而過嗎？」

就在那短暫的瞬間。

「當時押込先生轉頭望向你的背影。」

——那名年輕武士是誰啊？

「我告訴他，你是這次我委託謄寫工作的一位武士。我還特別叮囑，對方個性純樸，還沒習慣江戶生活，千萬不能招惹人家。」

事實上，押込御免郎（一來也是因爲每次都喝酒）不時在村田屋的店門前招惹顧客，治兵衛相當頭疼——鄉下人是吧。難怪一副窩囊樣。他是哪裡人？

治兵衛不經意提到笙之介來自總州搗根藩，結果發生一件令治兵衛覺得很稀奇的事。

「什麼，你說搗根藩——那個人很驚訝地說。」

——哪裡不對嗎？

——那名窩囊武士叫什麼名字？

「我心想這不是什麼得隱瞞的事。」

治兵衛聽起來相當痛苦，幾欲喘不過氣。

「我猜想押込先生該不會也是搗根藩出身，所以才那麼驚訝。」

——那名武士尊姓古橋。

旋即發生一件怪事。押込御免更加震驚，還目瞪口呆，接著捧腹大笑。

「他笑彎腰，直說再也沒有比這更有趣的事了。」

——那年輕人的家不久前才被我僞造的文件毀了。這世界眞小——押込御免郎笑得東倒西歪。

「接著他把整件事的來龍去脈告訴愣在一旁的我。他接受委託時要是不清楚僞造文件用於何處及每處細節，不管對方價碼再高也不會承接。」

——不知道的話就太沒意思了。

笙之介望著緊緊抱頭又蜷縮著身子，像要找地洞鑽進去的治兵衛，一臉愕然。

這太巧了。治兵衛不自主地說一句「太可怕了」來形容這世界的小，但應該由笙之介說才對。

「我因而得知你的遭遇。我也知情令尊發生的事。」

原來你知道。

這句話宛如回音，在笙之介胸中反覆迴盪，久久不散。**我也知情。我也知情**。

「我不知道雇用押込先生陷害令尊的人是誰，只知道是搗根藩的某人。有人居中牽線。」

居中牽線的可能是加野屋。

「那個人不是問清楚委託人的目的才承接工作嗎？」

「儘管如此，對方也不會坦言名字和身分。假造身分很簡單，而且押込先生也不是笨蛋，過問太多，他自己有生命危險，他不會跨越紅線。話說回來不管對方什麼人，他都無所謂。只要劇本有趣，能夠在當中參一角，他就心滿意足了。」

笙之介倒抽一口冷氣。這什麼怪脾氣？怎麼會有這種想法？根本不理會正義和善惡嗎？果眞如和香所言，他的內心嚴重扭曲變形

「我在得知事情的來龍去脈後呆立原地。心想怎麼回事。」

治兵衛的低語聲更沙啞。

「我是否該馬上向笙兄透露那個人呢？我心中有過這個念頭，但不確定是否爲明智之舉。」

「不應該考慮這個問題吧！」笙之介不自主地厲聲一喝，治兵衛低垂著頭。

「你說得對。如同笙兄你說的，但我還是猶豫了。」

「爲什麼？」笙之介發現他的聲音聽起來不像在逼問，反倒在央求。

就像剛才那聲厲喝，他既不是在怒罵治兵衛，也不是在責備他。

笙之介只是悲傷。

治兵衛竟然隱瞞這麼重大的事。他瞞著天大的祕密，還一副毫不知情的模樣與自己談論謄寫抄本的事，望著難得一見的起繪，眼中發出炯炯精光。

治兵衛帶著《料理通》前來時滿是喜悅的表情至今歷歷在目。當時笙之介對它極盡奢華的裝幀感到吃驚，治兵衛則展現出無比的自豪。

和香的事也是。治兵衛看出笙之介一見鍾情於他從門縫間窺望到的切髮姑娘。理應無緣相識的兩人，在他的牽線下，透過加野屋的賞花會結緣。

——這麼一提才想到。

就像有隻冰冷的手掌滑過胸前，笙之介猛然想到和香那件事發生時，治兵衛的態度也是如此。由於和香是村田屋的客戶，治兵衛聽聞對方是留著切髮這種罕見髮型時就知道笙之介看到的姑娘是和香，但他當下沒明說，只說想不出這麼一位姑娘。他的言行舉止不像裝蒜，似乎真不知情，但其實心知肚明。

「爲什麼？」笙之介竭盡全力喊道。「爲什麼你不馬上告訴我押込御免郎的事？」

因爲太可怕了——治兵衛回答。

「一來，我要是告訴你這件事，押込先生肯定有性命之危。事情傳進笙兄耳中，東谷大人一定馬上得知。押込先生到時候絕不可能置身事外。也許會在東谷大人的指示下逮捕或受罰，甚至接受拷問，逼他說出受誰的指使陷害笙兄的父親。」

「那也沒辦法。是那男人自作自受，他只是爲自己的惡行付出代價！」

「這我知道。我當然知道。」治兵衛全身顫抖地辯駁。

「但我還是很同情他。我和他只有短短五年的奇怪交誼，但我對他這樣的人產生移情。」

押込御免郎很不屑地說自己的書是「嘔吐物」，而治兵衛持續讀他的書，成爲那骯髒男人在這世上唯一的朋友。

笙之介忍不住插嘴。「對那種男人產生同情，是治兵衛先生你錯了。當然了，對我及古橋家而言，家父那件事比什麼都重要，但那其實是敵人牛刀小試。家父遭人陷害的背後藏著更大的陰謀。一個足以撼動搗根藩的……」

我知道——治兵衛說。「此事我從押込先生那裡聽說了。」

笙之介目不轉睛地注視著治兵衛。「你連這都知道，那你還袒護那個男人！」

「就是因爲知道才袒護他。」治兵衛抬眼望向笙之介，他眼眶泛紅。

「那你也一併聽說對方的陰謀，以及押込接下來會奉命僞造什麼文件吧？」

治兵衛搖頭。「這我就不知道了。至少在他告訴我笙兄及古橋家的事時，他也還不知道。雇用他的人還沒透露此事。」

——你先等著，時候到了再找你。

「所以他說自己現在被人『豢養』，拜此之賜，這十年來第一次過著這般奢華的生活。他一定是指可以盡情買醉的奢華。」

果然是這樣。笙之介頻頻點頭。

古橋宗左右衛門的冤罪不過小試身手，確認僞造文書多大功效。捏造這起冤罪的人眞正目的，是要僞造望雲侯的遺書——東谷推測方向沒錯。不過，押込御免郎還沒僞造遺書。他在笙之介剛到江戶時還沒寫，因爲歉收導致藩內財政吃緊、主君延遲離藩，諸多因素重疊，所以「時候未到」。

因此，藩內的幕後黑手決定豢養押込御免郎。時候到來就命他僞造遺書，往後他這身絕技還是大有用處。與其殺他滅口，不如留他一命。此次事發後，難保日後不會遇上需要他大顯身手的局面。

果眞被笙之介猜中了，但猜中也沒功勞，更沒什麼好高興。

「他眞悠哉。每天喝得酩酊大醉，路都走不好。想必他的飼主用很高的價錢買下他的手藝。」

「我不是說了，他做事只看是否有趣。什麼是義，什麼是忠，他一概不管。有人看中他的手藝，委託他辦事，他什麼都做。不管僞造的文件是與藩內要事有關，還是放高利貸的人用來催討債務，對他來說全都一樣。」

誰先買到押込御免郎，他就站在誰那邊。他樂於靜觀紛爭演變。

「就這層意含來說，他這人有值得信賴之處。他接下差事就絕不會背叛，而且使命必達。」

沒想到「値得信賴」這樣的形容也會用在那男人身上，聽了眞不舒服。

「就算是脾氣彆扭的野狗，只要有食物吃，一樣會成爲忠犬。就是這麼回事吧。」

笙之介的反問令治兵衛垂頭喪氣。

「他這次絕不會改變陣營，投靠東谷大人。」押込御免郎絕不會毀了雇主的計畫。

「不對。」笙之介強硬地反駁。「那個男人今天不是主動來嗎？他來見我，當我的面痛罵我爹。他發現我四處找他，非但沒躲藏，甚至公然露面，報上名號。是他自己要毀了他雇主的計畫。」

「那是我不好。」治兵衛道，他眨眨布滿血絲的雙眼。「是我害的。我說了不該說的話。」

治兵衛到底想說什麼？

「笙兄，你知道他接下來要僞造什麼文件嗎？」

突然被問一句，笙之介一時語塞。

「大致猜得出來。」

「東谷大人也是嗎？」

「那原本就是東谷大人的推測。」笙之介說完後望著地面。「我初次聽聞時驚訝莫名。」

笙之介再次對自己感到羞愧。

「笙兄奉東谷大人的命令，四處找尋他的下落吧？」笙之介咬著牙，微微頷首，治兵衛接著道：「現在我不想多做辯解，但我從未聽笙兄親口說出自己的立場和想法。」

的確如此。笙之介也想過，不知治兵衛是否知道什麼，是否從東谷那裡聽說什麼，但最近沒將此事放在心上。

——沒錯，不過……

治兵衛不時朝笙之介投以關心的眼神，或體恤他內心想法的眼神。正因爲感受得到，笙之介才懷疑治兵衛是否從東谷那裡聽說關於古橋家的事，以及他的身世。結果根本不是如此，治兵衛透過押込御免郎得知部分事實，內心歉疚。

「笙兄，你開始找尋那位代書之前，我一直以爲你不知道自己父親背負冤罪，以爲你心裡認定那是你父親一時鬼迷心竅，接受賄賂，因此被問罪。我暗自祈求你眞是這麼想。」

古橋笙之介痛失父親，同時失去古橋家。他揮別過去，開創全新人生才到江戶——治兵衛如此期盼。

「治兵衛先生，你不能用這些話當藉口。」此時的笙之介已超越憤怒，感到一股幻滅。「就算我認定爹做出失德的行徑，但要是你知道那是冤罪，也應該要告訴我。這是做人的道理啊！」

治兵衛突然強硬地反問。「既然做人的道理管用，那死者是否能因此重返人間呢？」

笙之介渾身凍結。

「笙兄知道眞相也許會更痛苦……」

笙之介聽到治兵衛這番話，血液在凍結的身體裡逆流。

「別人姑且不談，但你怎麼說這種話？換作是你，你會講出同樣的話嗎？」

二十五年前，治兵衛突然失去下落，最後化爲一具遺骸的妻子登代，從笙之介心中掠過。

「登代夫人爲何下落不明，爲何遭人殺害？你一直沒弄明白。你現在備受痛苦。」

「沒錯，我很痛苦。不曾有一日稍忘。」

「如果有人知道登代夫人發生何事，你應該希望他告訴你眞相。要是那個人說『你要是知道眞相，反而會更痛苦，所以我不告訴你』，始終三緘其口，你應該會很怨恨他吧？」

治兵衛露出虛脫般的表情，猶如活死人。

「我不知道。」

「可是……」

「但不知道也許比較好。」

笙之介無法理解，內心像打滑般一再空轉。

「三河屋發生綁架案，當你知道那全是一場戲時，你說阿吉她錯了。一個人突然消失無蹤，音訊全無，有時比死別更教人難受。因爲留下來的人無法看開。你當時不是很努力地想讓阿吉小姐說出眞相嗎？眞相就是這麼沉重……」

「阿吉小姐還好端端地活著。他們有辦法原諒彼此，可能重修舊好。」

但死人辦不到。

「留下來的人不管用什麼方法，只要內心得到平靜，最好就像孩子睡著一般別把他吵醒，靜靜地任由他去吧。」

世上哪有這種歪理。

笙之介趨身向前，正準備反駁時，治兵衛抬起手攔阻似地說道：

「其實登代也有不好的傳聞在外頭流傳。」

自從她失去下落，治兵衛周遭就有人竊竊私語。

「有人說，她又不是三歲小孩，這裡也不是荒山野嶺，一個女人家在江戶市內就這麼平空消失，實在很詭異。我看啊，登代其實不是被綁架，是自己離家出走。」

登代嫁入村田屋之前曾在茶屋工作。

「可能是她一直和之前的男人藕斷絲連，或是和我這種不懂情趣的男人一起生活，心生厭倦，因而和和昔日男人舊情復燃。不管怎樣，她都不可能自己一個人，一定是和男人私奔。」

「但登代夫人遭人殺害。手腳遭綑綁，嘴裡還塞著布條。」

「發現她的屍體時，她失蹤半個多月了。登代與情夫起爭執，眼看快被情夫拋棄，她急起來，最後落得那個下場，這種情形不無可能。」

治兵衛嘴角輕揚，露出苦笑。

「或是我暗中查出登代和她情夫的藏身處，那名情夫逃之夭夭，登代無法獲得我的原諒，死在我手裡。所以我大費周章地故布疑陣，讓屍體躺在草叢，佯裝遭人綁架。也有人放出這種傳言。」

對於登代的不幸遭遇，町人們曾懷疑是治兵衛所為，笙之介確實聽過此事。

「那是有心人捏造的謠言。我不會殺害登代。」但我忍不住胡思亂想——治兵衛雙手抱頭。

「登代搞不好是離家出走。雖然我自以為與妻子感情和睦，但無從得知她真正想法。也許她厭倦我，結識比我更好的男人。」

一方面想知道眞相，卻又不想知道。

「她突然消失應該有原因。只要查明登代爲何會死，也能得知她消失的原因。」

這正是我害怕的——治兵衛說。

「隨著時間流逝，現在我反而更害怕。」

我如今不想打探任何祕密。關於登代，我想保留美好的回憶。

「登世夫人被你想成這樣，我眞同情她。」笙之介注視著緊緊抱頭的治兵衛。「被人用同樣標準評估我和我爹，這更令人生氣。我爹沒收賄賂。他清清白白。」

所以他才那麼困惑不解。想到這裡，笙之介突然停住呼吸。

儘管困惑不解，父親最後終究還是切腹。不，是被逼入切腹的絕境。介錯人是大哥勝之介。

那名代書的聲音在耳畔響起。

——到底是誰雇用我，你想知道眞相就去問你哥。這是最快的辦法。

笙之介感到全身鮮血流出體外。

「笙兄的父親一定很了不起。」治兵衛的聲音聽起來無比遙遠。

「如果這樣還是捲入這場風波，也許令尊背後藏有某個原因。雖然賄賂一案算試水溫，是測試押込先生的本領，但設計謀的人也不會隨意挑選一位毫不相干的人。這當中一定有什麼。我只是在想，笙兄知道眞相的話是否會爲你帶來幸福呢？」

治兵衛說得沒錯。父親宗左右衛門並非單純運氣不好，選中作爲犧牲者。背後有原因。

他大哥牽扯其中。

「我一直思索這件事，最後決定保持沉默。笙兄就不用說了，我同樣對東谷大人隻字未提。畢竟東谷大人的身分與我相差太遠。事關搗根藩未來的這等大事，我區區一個租書店小老闆根本影響不了什麼。我插手也許只是散播災難。我認爲保持沉默是最好的做法。」

不過，治兵衛還是抱著最後一絲希望。也許押込御免郎哪天會改變心意抽手。

「如果他想遠走高飛，我一定全力相助。但他這人根本不聽人勸。」

所以我把抄本交給笙兒你處理——治兵衛說。

「我想請笙兒看那個人寫的書，有不對的地方就修改，然後我再拿改好的抄本給那個人看。我相信這麼做的話，會給押込先生帶來不同想法。」

這世上並非全是卑鄙和邪惡。善良與正義並非永遠都是落敗的一方，只能流淚、悔恨。但押込御免郎一味地鑽牛角尖，將他那如同嘔吐物的滿腔憤慨寫進書中。

那只是他自己在鑽牛角尖，這世界有不同的道路，擁有不同心靈者大有人在。因爲押込御免郎一時覺得有趣以及掙酒錢，而被他所害的古橋宗左右衛門之子，如今親眼拜讀他的讀物並親手修改，對這本讀物投注完全不同的觀點。

「我心想，那個人也許會懂得反省而抽手。或許笙兒率直的心可以略微矯正他嚴重扭曲的心靈。但事實證明，我想得太膚淺。」

治兵衛的臉色超出面色如土的程度，只能用面如死灰來形容。

「我讓他看笙兒辛苦修改的讀物，結果那個人反而鬧起彆扭。他嚴重扭曲的心性非但無法矯正，甚至更扭曲。若非如此，他不會專程跑來，惡形惡狀地辱罵你。」

是這樣嗎？笙之介困惑地思索。

笙之介修改的讀物也許在某處觸動押込御免郎扭曲的心靈。儘管經歷父親橫死的悲傷，但笙之介不曾體驗人性的殘酷、背叛的醜陋、謊言的悲傷，內心不曾受過這樣的重創，他修改的故事中或許摻雜押込御免郎在取這個名字前的年輕歲月裡，擁有過的些許光明。治兵衛的意圖確實達成了。

所以押込御免郎才爲之震怒，忍不住痛罵笙之介一頓。

別把睡著的孩子吵醒。不管用什麼方法，內心能取得平靜就別再去擾亂。

一個不懂人情世故的乳臭小兒竟敢在書中大放厥辭，攪亂我心。你是哪根蔥啊？你信口胡言，只相信自己過去仰仗的事，既然這樣，我就透露個眞相讓你知道，當作對你的回禮。

就去問你哥。這是最快的辦法。

「押込御免郎一方面說他不知道搗根藩的幕後黑手是誰，另一方面又知道我大哥，這肯定另有線索。」

笙之介突如其來的一番話，令原本死氣沉沉的治兵衛抬眼。

「笙兄？」

「我得找出這條線索才行。」

笙之介站起身時，治兵衛抓住他的裙褲下襬。

「你要去東谷大人那兒嗎？」

「此事與你無關。」

「就算與我無關，還是請你聽我一言。你不能直接通報東谷大人此事。這太危險了。如果要告知此事，我可以幫你安排。」

不知道接下來會發生什麼。

「我也不清楚押込先生會做些什麼。不過那個人跑來見你，還有笙兄你在打探他的事，對方很可能早察覺了。因爲押込先生雖然算他們養的手下，但應該一直有人在監視他。」

笙之介低頭望向治兵衛。「你要我逃走嗎？」

「我想幫你找地方藏身。雖然不能躲在村田屋，不過可以替你安排很多可靠的地方，和田屋也是選擇。要是笙兄你有什麼萬一，我拿什麼臉見和香小姐。」

我給你磕頭了——治兵衛再次將前額貼在土間地面。這時，紙門發出不順暢的聲響開啓。阿金和太一面無血色地站在門外，與治兵衛和笙之介相比也毫不遜色。

「笙先生，你最好快點離開這裡。」

阿金聲音顫抖，但展現出凜然之姿。

「性命比什麼都來得重要。你們的談話應該可以結束了。來，快行動吧！」

六

在治兵衛的懇求以及阿金的氣勢影響下，笙之介在夜裡趕路，前往和田屋。

和田屋的和香與夫人前來相迎，兩人見治兵衛與笙之介神情非比尋常，跟著感到不安。

「請暫時讓笙先生在這裡藏身一陣子。不管發生什麼事或他本人說什麼，都請不要讓他離開。」聽聞治兵衛的懇求後，兩人臉色蒼白。

「接下來我要見東谷大人。東谷大人下達指示前，請笙兄你一定要耐心等候，別輕舉妄動。」

治兵衛急忙離去，笙之介到和香的起居室與她獨處之前一直不發一語。

和香最近在和田屋裡完全不戴頭巾。今天打從她來迎接起便完全沒遮掩面容。此時她也沒有頭巾遮掩，臉上蒙上愁雲。

「我……」笙之介終於開口，視線轉向和香。「我和東谷大人見面後就得馬上返回藩內。就算東谷大人訓斥我，不准我這麼做，我還是非去不可。」

「我明白了。」和香顯得沉穩。「既然古橋先生您這麼說，想必有您的原因。不管治兵衛先生怎麼說，東谷大人怎麼罵我，我也不會阻攔您。您就放手做吧。」

和香說完後雙唇緊抿，緊盯著笙之介雙眼，不再言語。

兩人相對沉默良久。

和香突然挪動雙膝，準備起身。「先來準備一下，好讓您隨時都能啓程。」

笙之介終究拗不過她。和香眞的很好強。「到底發生什麼事？我不知道前因後果，請告訴我是怎麼回事」要是和香這樣哭訴，笙之介反而比較輕鬆。

「和香小姐，妳請坐。」接著他道出事情始末。

和香平靜地仔細聆聽。她在笙之介說完之前一動也不動。不時會有黑影搖晃，應該是座燈的燈火因門縫吹進的夜風而搖晃。

兩人又是一陣沉默。

「我以前……」和香的視線從笙之介臉上移開投向窗邊，開口說道。

「我在認識古橋先生之前從治兵衛先生那裡看過前任村田屋老闆的抄本。」

那是一本年代久遠的書籍。

「那是在五代將軍綱吉公時代流傳的書，叫《馬的傳言》。書中的馬、山豬、烏鴉、麻雀，全像人一樣會說話，還會開玩笑，不過書中鳥獸都比喻成將軍或城裡的大人物，當時列為禁書。」

村田屋連這種書都有，和香還讀過。

「抄本上的字風格特異，與荒誕的內容極為相配，我印象深刻。」

——前任店主寫的字可真有趣。

治兵衛聽和香這麼說也跟著笑了。

——這字的風格很怪對吧？

「所以……」和香悄聲道。「古橋先生提到押込御免郎這個人寫的讀物時，您說謄寫的人是村田屋的前任店主，筆跡工整秀麗，我當時便感到納悶。」

我還以為自己搞錯了——和香接著道。「我要是馬上告訴您就好了。」

笙之介搖頭道：「我就算聽妳這麼說，應該不會覺得這多重要，也不會放在心上。」

我什麼也看不出，例如治兵衛的另一面——還有我大哥真正的心思。

「我告訴您這件事也不會有任何助益，恐怕而還會惹惱您。」

和香仍舊像在低語般悄聲說道。

「我認為治兵衛先生那樣做，並不算有錯。」

最後不是發揮效用了嗎——和香道。

「可是，最後一樣沒帶來任何改變。」

「怎麼會沒有呢。」明明就有——和香朗聲道。「當事人不是到您面前嗎？成爲改變這整件事的契機。」長期以來找尋的人，終於找到了——

「古橋先生四處找尋的就是這樣的人，所以不確定他是否會如實坦言一切。就算我們展現強硬的態度威脅或拉攏他，他應該不會輕易屈服，或是乖乖聽話吧？」

因爲他是憤世嫉俗、壞心眼、做事全憑有不有趣來決定的人。

「他之所以主動報上名號，全是因爲古橋先生您看過押込御免郎的書，並提出不同的意見。你戳中他的痛處。他才說你根本不懂人情世故。」

笙之介沉默著。

「看在這份上，您可以稍稍原諒治兵衛先生嗎？拜託您了。」

和香手指撐地深深一鞠躬。她的切髮如今幾乎及肩，此時黑髮垂落，完全遮掩住她的臉龐。突然一滴淚水從和香的黑髮下滴落，落在她的手背上。

笙之介爲之瞠目。

「您一定很痛苦。我眞的很同情令尊的遭遇。」和香低著頭。「但我很擔心您的安危。」

滴向手背的淚水閃爍珠光。

「我要回長屋。」

笙之介手按腰間的佩刀站起身。和香抬起臉，切髮遮掩她右半邊臉頰。

「我沒理由躲藏。不管來者是何人，我都不怕。」

我就來恭候大駕吧，不過在那之前……

「我很慶幸遇見和香小姐您。雖然不知道接下來會發生什麼，但我要爲您的關照向您道謝。」

笙之介行禮後轉身離去。他心想，我不是來這裡請她讓我藏身，我只是來見和香一面。

回長屋後又是一陣騷動。阿金眼淚直流，太一朝笙之介吼道「你為什麼不乖乖待在那啊！」多津婆婆也出來看是怎麼回事，就連穩重的阿秀也慌了。

「今天才不會有刺客來呢。」笙之介對阿金和太一硬擠出笑容。「治兵衛先生太激動了，而且我還有工作要忙。」

「刺、刺客？」

這可如何是好啊——阿金與阿秀驚聲尖叫，笙之介背對她們不予理會，關上房門。

等候治兵衛這段時間，只能做這件事了。那就是拿出押込御免郎讀物中最棘手的一本——那本讀物內容既無趣又低俗，而且劇情荒腔走板，令笙之介傷透腦筋，一直留在身邊修改。

他點亮油燈，重新審視那本書，秀麗的筆跡呈現眼前。書中那名被惡徒利用、操弄，想反抗卻徒勞無功，反而讓自己傷得更重，充滿無力感的年輕武士，搭上眼前這工整秀麗的字跡，感覺就像在冷酷嘲弄他的悔恨。

無論再怎麼立志走向正途，無力的人終究只能走向毀滅。統治這世界的是力量，不是善，不是忠義，更不是誠意。那以令人讚嘆的毛筆字寫出的悲慘故事背後，可以窺見出押込御免郎那張因喝酒而泛紅的臉龐，彷彿正慷慨激昂地高談闊論。

他的表情滿是嘲笑，與之前痛罵笙之介和他父親時一個樣。

——你錯了。

被陷害、利用的人並非愚蠢，也不是因為柔弱無力、沒有用處才被犧牲。大家一樣是人。仗著力量傲人者是人，那些被他們的力量凌虐的人也是人。

不久，武部老師到來。不知道他從誰那裡聽說什麼，他用力拉開紙門，幾乎把門都給拆了，他一看到書桌旁的笙之介就瞪大眼睛。

「什麼嘛，原來你平安無事。」

「我沒事啊。」

武部老師垂落嘴角，昂然而立，他就像在檢查似地上下打量一番笙之介後說道：

「我們去吃蕎麥麵。」

兩人一同走出長屋。吃完蕎麥麵，付完帳之前都沉默不語的武部老師，在回程時說道：

「把長屋的住戶捲進這場風波中可不妙，我會待在寅藏家中。」

笙之介很坦率地回應道：「感恩不盡。」

「要是發現什麼可疑人物，不管對方是誰，我下手絕不會留情。你要有這種決心。」

笙之介頷首應道：「謝謝您的提醒。」

「早知道遇上這種局面，笙兄應該勤上道場練劍才對。」

武部老師開個玩笑，莞爾一笑。

笙之介全神投入修改讀物中。這本讀物中的大反派是江戶札差，擁有萬貫家財，可隨意左右小藩的財政，他一再貸款給經濟拮据的大名，最後連藩內的核心高層也向他借錢。他同時是個大色魔，連書中主角（一名年輕武士）侍奉的主君正室，他也想染指。這名反派操控藩內一名重臣，企圖竊占藩內實權，要將埋藏於當地山中的金礦據爲己有，但他們的行徑實在無法無天，就只是爲了「封口」，便把找尋金銀礦脈的藩內官差及試掘礦脈找來的重要勞工，全斬殺光。這麼一來，知道金礦詳情的人全從世上消失，什麼也沒得到。

押込御免郎究竟是何來歷，爲何對人這般不信任？笙之介再次納悶。之前毫不知情，閱讀時只覺得這讀物的作者該不會只想描寫斬人的場景吧，現在笙之介有不同的看法。「人們只會想到眼前的事，世上全是愚昧之人」押込御免郎一直在傳達這種觀念。不只善人愚昧，壞蛋也一樣。只有他這位寫這故事的人例外。

一個失去尊嚴、奪去溫柔和體貼、心靈遭重創的人，究竟要被傷到什麼程度才會如此憤世嫉俗，不把人當人看呢？笙之介感到一股寒意從心底竄升。

約兩小時，他終於修改八成左右，接下來要重謄一遍，而且他想讓這名主角的人格變得更爲健全。主角的未婚妻原來被大反派誘惑，最後賣到花街柳巷爲娼，繼續這樣下去將淪爲一具任人擺布的人偶，下場未免太過悲哀，甚至到滑稽的地步。她好歹要有點智慧，試著逃離惡人的魔掌。正當他思索如何是好時，紙門滑動的聲響傳來。

「請進。」

門外露出治兵衛比白天更憔悴的面容，宛如幽魂。

「你可去眞久啊。」

治兵衛走進土間後反手關門。「笙兄，你在這裡做什麼？」

「熬夜趕工。我在修改押込御免郎的讀物。」

治兵衛頹然垂首。

「東谷大人怎麼說？治兵衛先生，你好像被狠狠罵了一頓。」笙之介俐落地將桌面整理乾淨，按向腰間佩刀起身。「如果你事情辦完了，接下來換我見東谷大人。」

笙之介應該沒機會重回這裡，將讀物全修改完畢。若就此返回藩國，日後恐怕不會到江戶來。

「無法全部修改完畢，後續的工作就有勞治兵衛先生了。」

「……東谷大人不在藩邸。」治兵衛有氣無力地說道。「東谷大人在『利根以』等笙兄。那家難吃的鰻魚店現在變成一家便宜可口的居酒屋。」

這家店前身是一家鰻魚店，與笙之介頗有淵源。

「東谷大人說那是一家價格實惠的店，正好符合他的需求。」

笙之介明白。「治兵衛先生你呢？」

「我不能去。」

「這我明白……」

「我會和之前一樣在村田屋做我的生意。」我只是小人物──治兵衛低聲道。

「這樣啊。」笙之介穿上木屐。「這些時日受您多方關照了。」
短短一天，治兵衛整個人就小一圈。昨夜的怒火遠去，此時的笙之介坦然說出心中感受。
笙之介步出屋外，治兵衛並未轉頭目送。「謝謝您，村田屋老闆。」
他來到長屋木門處，武部老師在夏夜的幽暗中無聲無息地從背後追來，走在笙之介身旁。
「你要去哪？」
「去『利根以』。」
「哦，我的學生曾經叨擾過的那家店是吧。」
武部老師邁開大步，跟著步履匆忙的笙之介。
「老師，您不是要當長屋住戶的保鑣嗎？」
「既然你這位當事人不在，長屋就不必擔心。」
「等我在『利根以』談完事，就會馬上返回藩國。」
「那這一路上會需要保鑣。」
笙之介很自然地莞爾一笑。「老師眞是好管閒事。」
「你試著當當看私塾老師就知道了。只要兩年，就算之前是個什麼事都不肯做的懶鬼包准會變得很勤奮。」
「勤奮和好管閒事是兩回事吧？」
「差不了多少。」
「利根以」店內燈火通明，傳來令人垂涎的芳香。
「眞想喝一杯。」
武部老師率先打開紙門。歡迎光臨、歡迎光臨——「利根以」夫婦先後朗聲招呼。
「哎呀，武部老師、古橋老師。」
笙之介停步。店內共五名客人。三名町人，以及兩名坐在店內座位的武士，兩人相對而坐，舉杯互酌。其中一人背對他們，看不見長相，但笙之介見過面向門口的那名武士。

——我記得他是……

那是坂崎重秀的親信，他在江戶藩邸任職藩士。這人與大哥勝之介同年，雖然彼此不熟識，但有一段時間在藩校一起就學過。

對方與笙之介目光交會，旋即把臉轉向一旁。背對他的那名武士則從頭到尾都沒回頭。其他三人擺出一副不認識笙之介的模樣。但前方那名年約三十，留有鬍碴青皮的男子，雖然眼皮低垂，卻偷偷抬眼望著笙之介。

「您的朋友在二樓等候。」「利根以」老闆貫太郎親切的笑臉略顯僵硬。

「老闆，幫我送壺酒和菜餚過來。」

武部老師就近在醬油桶坐下。

「我就在這裡等笙先生你談完話。」武部老師用放鬆的表情說道。「居酒屋營業到深夜，所以不必急，不過我荷包有限，一時喝多，後果不堪設想。請你快點把事情辦完。」

笙之介踩著嘎吱作響的樓梯走上二樓。走廊一側的紙門全部緊閉。

「利根以」是家小店，樓上只有兩間廂房。

笙之介原地屈膝跪坐，朗聲喚道：「古橋笙之介來訪。」

右手邊的紙門內傳來應答。「在這邊。進來。」

笙之介打開紙門行禮後抬起臉來，就此全身凍結。全身像寒冬的冰柱一般僵硬。

坂崎重秀坐在房內。面前擺著菜餚，小碗和酒壺。他並非獨自一人。他坐在上座，相隔約四公尺遠處在「利根以」狹小廂房內相隔兩端的地方坐著另一人。

此人面前擺著菜餚。雖有身分高低之別，兩名武士卻同處一室共酌。光看眼前場景，任誰也會認爲迎面而坐的兩人是上士與下士，或可能是一對父子。

下座的年輕人低垂著頭，緊握的雙拳置於裙褲的大腿上。

兩人年齡差距比父子大，看起來像一對祖孫。兩人沒有血緣，但有些許淵源。他們透過母親里江而有這份淵源，就像笙之介與東谷。

笙之介許久不見大哥，不過他的面相沒任何改變，體格同樣維持不變。大哥勝之介持續鍛鍊身心。唯獨他此時臉上的表情相當罕見，但也不是沒見過。

那天晚上笙之介見過大哥流露這樣的神情。父親宗左右衛門切腹的那一晚。在庭院為父親後介錯的大哥當時就是這副表情，並不屑地說了一句——太難看了。

那是心有不甘、憤怒、輕蔑的表情。

那天晚上，微弱的月光照向他這張臉龐，而今晚包廂裡滿是座燈柔和的亮光。但此時的古橋勝之介，就像只有臉龐暴露在月光下般無比蒼白。

「大哥。」聽聞笙之介的叫喚，勝之介開始有動作。原本低垂的頭倨傲地高高抬起，轉頭看著他。他雙眸燃著烈火，眼中布滿血絲。

「終於能和你們兩人一起喝酒了。」

坂崎重秀說道，但嘴巴上這麼說，語氣卻無比沉重。

笙之介呆立在原地良久，他不敢相信眼前是真實的情景。

「笙之介，你過來坐。菜餚快送上了。」

笙之介在東谷的催促下仍無法動彈，這時背後傳來有人走上樓梯的腳步聲。是貫太郎。他雙手捧著餐盒。笙之介走進包廂背對紙門而坐，讓路給貫太郎。貫太郎恭敬地擺好餐盒，身體前傾，臀部高高抬起。

「不好意思。」坂崎重秀親切地喚道。「給你添麻煩了。接下來在我叫你之前，你可以先離開。樓下那些人，你就隨便弄些吃的喝的打發他們。」

「是，小的明白。」貫太郎伏身拜倒，行了一禮，悄然無聲地走出廂房。當初這裡還是鰻魚店時，店裡門可羅雀，生意岌岌可危，當時貫太郎提不起幹勁的懶鬼模樣已不復見。如今他是生意興隆的一店之主，展現出店主應有的舉止。人是會變的。笙之介此刻不應該想這種事，但要是不這麼做，自己無法和眼前的現實連結，如同困在一場惡夢中走不出來。

「這家店眞不錯。」坂崎重秀道。

笙之介望向他。那是一張浮現在座燈亮光下的粗獷臉龐。燈光照不到的部分尤爲陰暗，包覆他全身。他看起來宛如背負著巨大的陰暗。

「東谷大人。」話一出口，笙之介旋即發現說錯話。這時不能稱他東谷。他是搗根藩江戶留守居坂崎重秀。「坂崎大人，這是怎麼回事呢？」

坂崎重秀沒回答，他拿起酒壺，往餐盒上的杯子斟酒，置若罔聞笙之介的提問。

笙之介緩緩轉頭看向勝之介。大哥還在那裡，並沒消失。

「大哥什麼時候到江戶來？」

勝之介儘管承受笙之介的視線，並聽到他的提問，但還是沉靜不動，猶如磐石。

「我在今天上午把他找來藩邸。」回答的人是坂崎重秀。「至於他什麼時候到江戶，爲了什麼理由，你可以直接問他。」

他的口吻平靜，但別有含意。

笙之介猶豫良久後，坦然詢問他腦中想到的事。

「娘可一切安好？」

他在心裡暗罵自己，現在是問這種事的時候嗎？但一時想不出問什麼好。比起令長堀金吾郎大傷腦筋的密文，還因此讓武部老師的學生們寫滿這家店的拉門和紙門，眼前情況更令笙之介百思不解。他完全瞧不出端倪。

「勝之介，你這是第幾次到江戶來啊？」坂崎重秀再度一派悠閒地問道。「我的意思是，自從你擔任這項工作後，這是第幾次來？」

他的口吻依舊，但帶著睡意的微睜雙眼微微發出精光。

「每次你都是怎麼跟里江說啊？她應該不知道你在忙什麼吧？」

這番話讓古橋勝之介的頭垂得更深了，但他並非只是低著頭。雖然弓著背，但大哥並非意志消沉。他被強大的力量壓抑，像圓箍一樣被緊緊圈住。

笙之介感覺得到大哥的怒火。「您應該早就知道了。」他發出如同在榻榻米上爬行般的低沉聲音。

「請您不要像貓在玩弄老鼠一樣，問這種無謂的話。」

勝之介終於抬起頭，正面望向坂崎重秀，他聳起雙肩，挑戰的意味濃厚。

「都這時候了，我和笙之介沒什麼好談。您爲何還故意這樣戲弄我？」

坂崎重秀回望他熾烈的雙眸，依舊眼皮微闔地應道：「不，你應該有話要對笙之介說。你加入誰的陣營，聽從誰的計謀，又在誰的操控下陷害宗左右衛門先生。你不惜這麼做，圖的又是什麼，你應該親口供出一切，並向笙之介道歉。」

笙之介坐在原地，心臟幾欲停止跳動。

果然是大哥幹的。

他陷害了爹。

就像原本圈住的圓箍彈開來似的，勝之介猛然挺直身子面向笙之介。就在那一剎那，笙之介感覺他大哥彷彿要朝他撲過來。

勝之介的眼神猶如猛虎。

「我一點都不歉疚。我爲了古橋家做我該做的事。你不會明白，也用不著明白。你向來都不曾試著回應娘的期待，而且胸無大志，家裡的事和你根本沒半點關係。」

這頭看準獵物的猛虎因激動而微微顫抖，接著又轉頭凝睇坂崎重秀。

「笙之介，這位坂崎重秀大人，根本就是騙徒。」

沐浴在座燈的燈光中，勝之介口沫飛濺。

「根本沒人操控我。被操控的人是你，笙之介。用線在背後操控你這個木偶的人，正是這位坂崎大人。」

笙之介這才想起要呼吸，原本停止跳動的心用加倍的力道狂跳。大哥瘋了。他不過是一名小小的小納戶，現在還在接受閉門思過的處分，竟敢當面罵這藩內重臣是騙徒。

「大哥——」聲音卡在喉嚨裡出不來。

「笙之介。」

這是坂崎重秀的聲音。他腰板挺直，坐姿端正，與姿態狂亂的勝之介形成強烈對比。

「沒錯，我確實是操控你。我對你說謊，藉此驅策你展開行動。這點我要坦白道歉。」坂崎重秀雙拳置於腿上，低頭行了一禮。「我向你磕頭，抱歉。」

笙之介大感疑惑。他與眼前這兩人好像分處在不同時空。笙之介被遠遠拋在後頭。

「但不管用什麼手段，我都想解救你哥。解救里江的兒子。只有你適合這項工作。我必須驅策你展開行動。」

「解救我？」勝之介嘲笑般朗聲說道。「你只是想守住權勢罷了。爲了這個目的，你刻意阻撓我們！」

坂崎重秀依舊態度沉穩。

「守護自身的安全和職位有什麼不對？倒是你，狡詐的陰謀家用幾句花言巧語就令你看不清是非，完全沒想到要保護自己。一旦事跡敗露，一切罪行將全推給你這種年輕小輩。你怎麼就不懂這個道理？」

儘管坂崎重秀的語氣毫不客氣，但他注視勝之介的眼神卻很柔和，同時帶有一縷哀傷。

我想解救里江的兒子——

「笙之介，你哥參與井藤、三好那派人馬的陰謀，在他們底下擔任跑腿。」

井藤與三好那派人馬就是幕後黑手嗎？笙之介全身發顫。

「歸咎起來是里江不對，她太執著於要讓勝之介成爲武官。因此才會與井藤搭上線。」里江的娘家新嶋家原本屬於今坂、黑田一派。但里江希望勝之介當上武官，光耀門楣，因而頻頻和井藤家攀關係，展開求官。

「原本非親非故的人，現在硬是要和人攀關係，自然給了狡詐者可趁之機。」眞是笨女人——坂崎重秀低語道。

「請不要侮辱我娘。」原本咬緊牙根，一直靜默不語的勝之介終於開口。「此次的事全出自我個人的主意。我娘不知情。」

「我不是在責備里江。我只是在感嘆她的愚昧和可憐。」

「那還不是一樣。」

勝之介不悅地說，坂崎重秀定睛注視著他。

「我問你。你能當著你弟弟的面抬起頭回答嗎？誰選中古橋宗左右衛門當陰謀的犧牲品？」

笙之介屏住呼吸。他害怕在正常的呼吸下聽見大哥的回答。

儘管沒聽到回答，大哥的表情卻說明一切。一切全寫在他臉上。

——是我提議的。

古橋勝之介說：「爲了表示我無二心，這是最好的辦法。」

大哥，不要說這種話。

「編這齣劇的人是誰？是誰和波野千關係這麼好，一起策劃這項陰謀？我猜是小野內藏助吧。」

勝之介身子一震。坂崎重秀從他臉上移開視線後告訴笙之介。「小野內藏助是井藤的跟班。他是番頭（註）之一，總是刻意擺出精明幹練的模樣。賄賂也是小野家的拿手絕活。他與波野千應該原本就有金錢往來。如果你以爲我什麼都不知道就太天眞了。」

勝之介緊緊握拳。他的眼白泛紅，彷彿隨時流出血淚。那雙眼睛緊盯著笙之介。

「古橋家對我來說，就像牢籠。」要我當小納戶？勝之介嗤之以鼻地繼續道。「只要我繼續待在古橋家，便會繼承我爹的職位，整天詢問主君家需要什麼生活用品，升遷無望。根本糟蹋人才，如同一口氣憋在胸口裡。」

我要打破這個牢籠，讓我爹宗左右衛門從世上消失，毀了古橋家。

「我爲什麼生在古橋家？不是我自己想要生在這裡，也不是我的選擇。我爹生性膽小、沒半點骨氣、活像隻曬太陽的懶貓，我生爲他的兒子也不是我的選擇！」

「別再說了！」笙之介吶喊道。他喊破嗓，聲音沙啞，一幅很沒用的樣子。

「爹是一位堂堂正正的武士！」

「在你眼中或許是這樣。因爲你和爹一樣是愛曬太陽的懶貓。」

因爲你也是個膽小、沒骨氣的窩囊廢——勝之介毫不客氣地道。

「我和你們不同。我是猛虎。爹想磨去我的利爪，打壓我的本性。我只是與他對抗，將他打倒罷了。」

笙之介如同一頭沒入冰水中，頓時全都曉悟了。那晚發生的事，那永難抹滅的記憶，全向他湧來。那不是後介錯。大哥逼爹切腹，斬下爹的人頭。

「要是爹早點聽我的勸自己切腹，就不會落得那樣的下場，醜態百出。」

太難看了——原來勝之介那句語帶不屑的話是這個意思？

爹死在大哥刀下。

「照理來說不管什麼原因，只要古橋家撤除家名，勝之介便不可能有出頭之日。」坂崎重秀道。「對方一定說，就算古橋家沒了……不，唯有毀了古橋家，我們才能不受約束地拔擢你，而你也相信對方的花言巧語。這是小野的點子吧？他應該有個正值適婚年紀的女兒。如果一切進行順利，你會娶小野的女兒爲妻，入贅到小野家吧？」

勝之介回以冷笑。「現在這種事已經無關緊要了。」

「如果你想的話，幫你找個好人家入贅爲婿倒也不難。你是搗根藩的英才。就算沒助紂爲虐，還是能步上你想走的路。」

這時，勝之介臉上浮現激動之色，那不是憤怒，而是憎恨。毫不掩飾的憎恨在他眼中燃燒。

「身爲坂崎家的你懂什麼！」

勝之介想說，你們家代代是藩內重臣，與隨便一吹就垮的古橋家天差地遠，你懂嗎？

「你說古橋家是你的牢籠吧？」坂崎重秀的聲音無比沉重。「你眞的就這麼憎恨生你養你的古橋家嗎？」

這時，某個想法令笙之介一震，就像被自己體內冒出的閃電打中一般。

——該不會打從一開始就是大哥想出方法，讓爹捲入賄賂的風波中吧？

他不是爲了應幕後黑手的要求，表示自己絕無二心才把父親推出去當犧牲者。

勝之介自己要犧牲父親。他要除去父親，毀了古橋家。

他就那麼討厭爹嗎？笙之介在心中自問，聽到自己的悄聲回答——就像娘討厭爹一樣。

母親的人生一直過得很不順遂，後來改嫁古橋宗左右衛門，里江只有後悔與不滿。笙之介回想過去，母親總訴說她對父親的不滿，用詞毒辣、話中帶刺。母親梅開三度嫁入的古橋家是一座牢籠。幾經挫折與落魄，最後困在這座牢籠裡。母親的憤怒，以及擔心人生就此終結的焦躁，全由勝之介一個人概括承受。

「在那起賄賂風波中，波野千也有人丟了性命。」坂崎重秀未失冷靜，溫和地說道。

「前任店主遭處磔刑。令他陷入這等絕境的現任店主同樣憎恨前任店主，因此設計陷害他。勝之介，你目睹這樣的事，心裡難道不會感到一絲躊躇嗎？」

註：大番組、小姓組、書院番等組織之統領。

勝之介挑起單邊眉毛，似乎覺得有趣地應道：「坂崎大人，連您也不清楚現今的波野千店主是什麼樣的人嗎？」

「現今的波野千店主，是前任店主的弟弟。」

「他與前任店主同父異母，是父親的小妾所生，長期以來都受人白眼。」

果然是骨肉相爭。

「雖然身分不同，但他被困在牢籠裡，有志難伸，受盡打壓，和我一樣。」

憎恨牢籠，憎恨將他關在牢籠裡的人，這點也和我一樣——

「既然這樣，想必你們計畫這項陰謀時，一定意氣相投，合作愉快。」

笙之介聽得出坂崎重秀這番話當中，摻雜冷峻的憤怒之刃。

勝之介對他說的話置若罔聞。

「喂，笙之介。」他雙眼布滿血絲，嘴角輕揚，出言嘲笑。「你還是一點都沒變啊。一受驚嚇就只會像白老鼠一樣眼睛東張西望，絕不會大聲說話或是動怒。」

你和爹一個樣——勝之介又說一次，如今這句話擺明著在辱罵他。

「你說我被坂崎大人操控是什麼意思？」

笙之介扯開嗓門說道，換來勝之介一陣狂笑。

「你何必問我，何不直接問坂崎大人呢。」

被罵騙徒的坂崎重秀並未避開笙之介的目光。他嘴巴微張，躊躇片刻才說：「我當初找你來江戶時，已經大致查完僞造遺書的陰謀。」

坂崎重秀和治兵衛一樣，用同樣的方式道出實情。我早知道了，早知道你不知道的事。

「小野內藏助等井藤的手下養了一名江戶代書，我也查出此事。不過那名代書行徑古怪，既沒掛出代書屋的招牌，也沒固定居所，輾轉流連於有酒和女人的地方。」

原來押込御免郎過著這樣的生活。難怪笙之介在正派經營的代書屋之間四處打聽，始終查不出任何消息。

「那個男人有加野屋當他的後盾。」

笙之介低語，坂崎重秀頷首。

「你也查到了這條線索，眞不簡單。」

「那純屬偶然。我是運氣好罷了。」

勝之介用刺探的眼神望向笙之介。笙之介沒回應他。

「有件事我有點在意，你聽和田屋的夫人提及此事時，那名叫和香的姑娘在場嗎？」

「在。若沒有和香小姐居中安排，夫人不會透露此事。」

坂崎重秀再次執起酒壺斟酒，但他沒喝而開口道：「這也是一種緣份。」

勝之介嘲諷地輕笑。「什麼嘛。我爲了藩內大事四處奔走，笙之介你卻與江戶的姑娘談情說愛。過得可眞悠哉。」

笙之介當沒聽到，坂崎重秀也視而不見。勝之介滿懷惡意的嘲笑僅僅在「利根以」二樓的幽暗空間裡迴盪。

「此時在樓下的都是我的手下。」

果然沒錯。

「那些町人是我在江戶雇用的，不過他們都服侍我多年，每個人都信得過。他們不論是眼睛、鼻子，還是耳朵都比常人敏銳。」

這些人充當搗根藩江戶留守役坂崎重秀的手腳，替他工作。

「多虧他們奔走查探，那位像鰻魚一樣滑溜難抓，又像鼴鼠一般善於藏匿蹤跡的代書，才被發現不時在深川佐賀町中名爲村田屋的書店裡出入。」

笙之介以爲沒有會讓自己吃驚的事了，但還是大吃一驚。他張大雙眼，忍不住想提問，但坂崎重秀抬手制止他。

「別急，聽我說完話。」
座燈的燈火柔弱地閃爍。
「我還知道那名代書在村田屋出入時，是用押込御免郎這個不正經的假名。我也知道他與掌管村田屋租書的治兵衛素有交誼。」
就是那位炭球眉毛——坂崎重秀道。
「我在江戶人面很廣。」坂崎重秀莞爾一笑。「我與治兵衛在落首的聚會中見過幾次。這是很神奇的緣分，不過我在江戶市町中不會錯過任何機會，我一直留心與人保持關係。」
當時要是將村田屋的治兵衛拉進來，並不惜多花點工夫的話，坂崎重秀便能將他們一網打盡，並且毀了井藤家僞造望雲侯遺書的陰謀，以及井藤的走狗小野內藏助那狡詐的企圖。
「這對我來說可是易如反掌呢，勝之介。」
他發出猶如在榻榻米上爬行般的嘶聲。勝之介不發一言地瞪視著坂崎重秀。
「藩內的重臣們全都很瞧不起江戶藩邸的工作，受到特別拔擢的井藤更是如此。他們認爲我們揮金如土，成天討若菜夫人歡心，都不認眞工作。以爲我們成天沉浸在安逸的江戶生活中，根本不把藩國的辛苦放在心上，全是一群窩囊廢。江戶藩邸的人們對搗根藩以及藩內的事物完全不了解，把我們瞧扁了。」
所以他們才會想出這種小家子氣的計畫。
「在我這位江戶留守居面前，策劃足以左右藩國未來的大陰謀，像老鼠般鬼鬼祟祟地四處走動，還以爲可以瞞得過我，以爲不會被我發現。他們料想我不會察覺他們的行動。」
坂崎重秀以小而銳利的聲音訓斥道。「當眞是愚蠢至極。」
簡直就是井底之蛙——他說。
「他們眼中只看得到搗根藩這個小井。完全看不到大局，眼前只看得到拿得到的利益和權益，還滿心以爲這是爲了藩內著想。」

哼——勝之介以鼻音回應。「既然這樣，你爲何不早點收拾我們？」

坂崎重秀望著語帶挑釁的勝之介，眼中蒙上一層暗影。

「我不是說過嗎。我想解救你。」

要將古橋勝之介從愚蠢的陰謀中拉出，擦亮他蒙塵的雙眸，讓他恢復理智，到底該怎麼做？

「我不想連你一起毀了。你只是陰謀走狗底下的走狗。要是我出面，井藤家和小野內藏助都會率先與你劃清界線，犧牲你。」

他在那之前得將勝之介搖醒，讓他發現這項陰謀不是那麼容易就辦得到，再這樣下去會惹禍上身。該怎麼做才能讓他清醒？派誰來辦這件事才好？

笙之介說：「所以您找我來，指派我這項密令。」

除了他之外，派誰都不適任。不論是坂崎重秀的手下、搗根藩的隱目付，還是密探，都辦不到。他們無法影響勝之介。但如果勝之介知道流有相同血脈的弟弟笙之介正一步步接近陰謀，他一定無法置之不理。這不是因爲他們是一家人，他很重視笙之介；而是笙之介像極他已故的父親古橋宗左右衛門，他打從心底嫌棄對方繼承父親膽小的血脈。被這樣的弟弟出面阻礙他，勝之介絕對無法忍受。

「勝之介，你親手殺了你爹。」

如果這次你弟弟敢從中阻撓，就算得揮刀殺他，你恐怕不會有半點遲疑。

「你一定會到江戶。到笙之介面前。我一直在等這個機會到來。」

勝之介一語不發。擺在腿上的雙拳握得更緊了。

「你打算殺笙之介吧？」

坂崎重秀的聲音無比冷澈。就像要與之對抗般，座燈的燈光一陣搖晃。

「只要問出笙之介奉誰的命令行動，你就用不著他了。你打算像之前殺你爹一樣，殺了自己的弟弟吧？不過，接下來你會怎麼做？如果你知道在笙之介背後操控的人是我，你接下來打算殺我嗎？要把知道內幕的人一一斬殺嗎？以爲這樣就能天下太平，眞是井底之蛙。」

勝之介臉泛紅潮。

笙之介感到血氣不僅從臉上抽離，也從身體逐漸流失。和香的臉龐，以及津多提防的眼神，一一浮現眼前。津多果然好眼力。不久前勝之介便開始監視笙之介。他多次靠近笙之介。津多發現的可疑武士不是別人，正是笙之介的大哥。

坂崎重秀就是爲了誘勝之介上鉤，才讓笙之介當誘餌。

當然，他爲了確保笙之介安全無虞，肯定事先派出手下在他身邊監視。東谷辦事不會有疏漏，他的手下個個精明能幹，也許就是此刻守在樓下的那群男人其中之一。

想到這裡，笙之介猛然發現一件事。

——川扇的人們也是。

梨枝、晉介、阿牧，全都是。

——富勘先生也是。

他的身分剛好可以清楚得知笙之介的動靜，並向「東谷大人」通報。

什麼也沒發現、渾然未覺的就只有笙之介一人。

就算押込御免郎沒做出輕率之舉，勝之介早晚會無聲無息，像一道暗影般出現在笙之介面前，但偏偏代書突然造訪笙之介，痛罵他一頓，順便說了些不該說的話。幕後黑手就不用說了，連勝之介也大爲驚慌。這種情況很適合用「眼珠子都快掉出來了」來形容。

他得趕緊收拾笙之介才行。性急的勝之介採取行動，對一直等待機會圍捕他的坂崎重秀而言，可說是天賜良機。

治兵衛雖然不知道背後情況如此複雜，但就結果來看，他要笙之介馬上離開富勘長屋的判斷無誤，而催促笙之介趕快行動的阿金同樣判斷正確。所以笙之介才會平安無事。

如今勝之介在這裡。

——我想解救里江的兒子。
「我已派人去見今坂源右衛門。」
聽聞坂崎重秀此言，笙之介馬上抬起頭。今坂源右衛門是搗根藩的城代家老。
「我向他通報時機已成熟，那些存心辱沒望雲侯遺志的不忠不義之徒該一網打盡。我早在這之前便持續與一之介互通訊息，一切早準備妥當。就算他們化為飛鳥飛上天也為時晚矣。」
你們的陰謀到此為止——坂崎重秀道。
一之介是城代家老的乳名。坂崎重秀故意用乳名稱呼是讓勝之介明白，我們重臣間關係緊密，不是你這種毛頭小子有辦法對抗。
「你死心吧。再繼續堅持己見，你將無路可退。你要是返回藩國……不，你踏進江戶藩邸一步，你就會以叛逆的身分被囚禁。」
明明是夏夜，但包廂裡寒意襲人。儘管咬緊牙關，笙之介全身不住顫抖。
勝之介一動也不動，宛如化為一具人形岩石。
岩石開口說話。「現在的我除了堅持己見，還有什麼路可走？反正我早無路可退。」
「聽我一言。」
逃走吧——坂崎重秀說。
「只要讓命你跑腿的幕後黑手以為古橋勝之介早一步看出事跡敗露，逃逸無蹤，那就不會有事了。捨棄搗根藩、捨棄藩士的身分、捨棄古橋家，對現在的你來說應該不會不捨。」
人形岩石再度陷入沉默。半晌過後，大哥的聲音再度傳來，笙之介感到不同於先前的另一種顫抖。彷彿有人用溫水淋向他冰凍的身軀一般。
「要是我逃走的話，我娘會被問罪。」
大哥還會擔心母親的安危。他還保有為人子的一顆心。
太好了。

「要是你被囚禁，里江為了救你會不惜捏造謊言，極力辯解。她就是這樣的個性。不可能什麼也不做。她也許會想將罪狀都推到別人身上，要是被逼急了，可能會替你頂罪。但你逃出藩外，她就沒必要那麼做。」

勝之介頹然垂首。

「新嶋家也沒辦法救她，不過，只要里江削髮為尼就不會有事。我是這麼打算。」她的餘生就伴隨青燈，為宗左右衛門先生祈冥福吧。

「這樣對里江也好。」

笙之介心想，父親會原諒母親嗎？

父親在世時，可曾愛過母親？他與母親結為連理，眞的幸福嗎？

人形岩石用如同岩石般剛硬的聲音問道：「坂崎大人，為何您這般費心保護家母？」

面對他的問題，坂崎重秀提出反問。

「勝之介，你從來不曾愛過人嗎？」

此話一出，勝之介旋即用破裂的聲音大笑。他笑得東倒西歪，雙手捧腹，然後定睛瞪視坂崎重秀。蘊藏寒光的一對眸子，幾欲從他眼眶中掉出。

「哼，說到底，還不就是情欲。」

齷齪——他大聲痛罵，口沫飛濺。

「你才是狗呢。和畜牲沒兩樣！」

坂崎重秀哀傷地靜靜注視古橋勝之介。

「畜牲不懂愛。」他的聲音無比平靜。「情愛並非限於男女之間。就算里江是男人，我一樣愛她。」

愛她的俠氣、她的野心、她的好勝、總是不斷追求人生的熾熱之心。

「勝之介，我很欣賞里江這個女人。」

我很賞識她。

「儘管人們背地裡說她是悍婦，她也沒低頭，她絕不屈服的強悍讓我想到年輕的自己。」

我曾是個離經叛道的人——坂崎重秀道。因爲家世的緣故，坂崎家這位長子儘管是人人稱頌的厲害人物，但還是當不了家老。

「更何況里江曾是我坂崎家的親人。可惜造化弄人，無緣成爲親屬，而里江的人生也一再受挫。我覺得這樣的她既可愛，又値得憐惜。就如同我抱持這樣的想法……」

坂崎重秀停頓片刻後接著說道。

「我相信古橋宗左右衛門先生同樣憐惜里江，以慈愛包容她。」

一道強勁的波浪打向笙之介心頭。他被波浪吞噬，不自主地脫口問道：「坂崎大人您曾和家父交談嗎？家父可曾談過家母的事……」

坂崎重秀闔上眼，嘴角掛著淺笑地搖搖頭，打斷笙之介的提問。

「這件事，等日後你娶妻生子再跟你說吧。」

笙之介默默點著頭。點了幾下後，他逐漸熱淚盈眶。

「希望往後的日子裡，里江可以慢慢回想起古橋先生是怎樣的男人。我希望里江好好活下去。」就只是這樣——坂崎重秀道。「你也是，勝之介。你要逃走，然後繼續活下去，並用心去想——用你的後半輩子好好想你爹是位了不起的武士。」

侍奉主君、守護藩國、爲領民著想、愛自己的妻子。

「人們都有自己的路，用不著說大話，而是要全心全意、認眞地過活。忠義可不是掛在嘴上說就行了。掌握權勢這種事並沒什麼好誇耀的。」

笙之介腦中浮現父親耕著田，瞇著眼睛說「這塊田也有鼴鼠靠近了」時的側臉。

「勝之介，你臨走前沒有話對你弟弟說嗎？」

以後再也無緣相見——坂崎重秀道。

笙之介很自然地端正坐好。他眨了一下眼，隱藏淚水。但古橋勝之介沒看笙之介。他仍舊如同岩石，用截至爲止最低沉的聲音問坂崎重秀：

「你是不是我爹？」

笙之介感覺如同重重挨了一拳。都這時候了，大哥竟然問這種事。

勝之介要問的是，里江是否曾經與坂崎重秀私通。

包廂上座的搗根藩江戶留守居背後的黑暗更濃了。那是因爲座燈的燈油即將耗盡，僅只如此。

「就算是謊言也好，你希望我回答『沒錯』嗎？」

岩石沒開口。

「就算以此貶低自己母親的人格，也希望我回答『沒錯』嗎？想聽我親口說，我就是因爲這樣才想保護里江和你嗎？」

笙之介望向地面。他無法看自己大哥。

「既然這樣，我就讓你如願。沒錯，你是我和里江生的孩子。我是你父親。現在我以父親的身分與你斷絕父子關係。」

你離開這裡——坂崎重秀說。待這句話尾音消失後，坂崎重秀緩緩拍手喚人前來。來者不是店主貫太郎，而是剛才在樓下見過的那名綁著町人髮髻，眼神銳利的男子，他無聲無息地出現。

「我們談完了。接下來就照原先的安排進行。」

「在下明白。」男子恭敬地行禮，動作不顯絲毫破綻。雖然他腰間沒插著十手（註），但笙之介覺得他像一名捕快。

「古橋勝之介大人。」男子口齒清晰地喚道。「我們走吧。在下替您帶路。」

勝之介坐著不動，依舊是一座人形岩石。

大哥竟然手按刀柄。刹那間，笙之介感到有人拿著冰塊貼向他背後般全身顫抖。他心想，大哥該不會不顧前後，當場殺了坂崎重秀和他，然後逃之夭夭吧。只見古橋勝之介那具人形岩石，彷彿身上的詛咒緩緩解除般逐漸恢復原本的肉身。他的手在挪動，手指微微顫抖，緊緊按向眉間。

笙之介的大哥站起身。他迅捷如風，如同壓在身上的重石已卸去般變得輕靈。

他就此離去。途中不曾看笙之介一眼，也沒看任何人。

就只是望著燈火照不到的幽暗。

包廂只剩笙之介和坂崎重秀後，貫太郎旋即上樓在座燈裡添燈油。

「不知大人您想吃點什麼……」

貫太郎態度恭敬地悄聲說道。坂崎重秀回以一笑。

「抱歉，我還有事，待會就要離開。我派轎子在外等候，請吩咐樓下的人喚轎子來。料理就你留下來吃吧——他對笙之介說。

「我要去川扇。今晚會在那裡過夜。梨枝應該會很高興。」

坂崎重秀準備起身時，笙之介喚住他。「我大哥會去哪裡？」

「這你沒必要知道。」

「那位代書呢？押込御免郎人在哪裡？」

坂崎重秀突然雙脣緊抿。「抱歉，讓你受驚了。」

果然如同笙之介所料，他早派人監視押込御免郎。坂崎重秀的手下一定是在神不知鬼不覺的情況下暗中監視。

「那名代書前往長屋找你時，我沒能馬上阻止他。」

哦，原來他是為此事道歉啊。

「他來到我面前，當面辱罵家父。」

註：日本傳統的拘捕用武器。

「那你如何反駁呢？」

笙之介此時思緒紛亂，無法好好說明。

「等哪天你覺得可以跟我說了，再來告訴我。」

坂崎重秀的聲音無比溫柔，他再度恢復爲原本的東谷。

「現在已經沒必要遠遠地監控那名代書。他是重要的人證。我已把他押送回藩邸。都這麼晚了，聽說他和平時一樣喝得酩酊大醉。應該是睡得直打呼。」

接著東谷突然問：「你還想見他嗎？」

笙之介大吃一驚。

「你還有話想問那個男人嗎？還有話想對他說嗎？」東谷接連問道。「笙之介，你想斬殺那名代書嗎？」

笙之介心中激起陣陣漣漪，無法好好思索，但還是回答：

「不。」

他是殺父仇人。

「我不認爲家父希望我這麼做。」

「爲什麼？」

現場陷入一陣沉默。

父親的臉龐和聲音並未浮現腦中。此時他眼前浮現的以及耳畔響起的，全是三八野藩御用掛長堀金吾郎的身影及話聲。那是略顯蒼老，但充滿溫情的聲音。長堀金吾郎曾在「利根以」對店主貫太郎說——你自己好好想想令尊眞正希望的是什麼？

「我也這麼認爲。」

笙之介胸口一緊。

「你是古橋先生的兒子。你對你爹的看法很正確。」

這句話的意思是——笙之介想回答，但發不出聲音。

「你很在意你大哥和那位代書的未來，卻不擔心自己。」

你眞的和古橋先生一個樣。

「這次古橋家眞的毀了。你已無家可歸，打算去哪兒？」

東谷認爲，哪兒也別去，回家就好。

「富勘長屋有你的容身處。你也有你的生意。」還有好朋友——東谷莞爾一笑。「去和那位當你保鑣的老師喝一杯吧。」

東谷站起身，下襬發出一聲清響，就此步出包廂外。笙之介拜倒在地上，聽著他下樓的腳步聲逐漸遠去——我是受操控的人偶。

之前覺得這一切全是偶然，其實不然。這世界雖小，但在這狹小的世界裡會有各種不同的想法相互激盪，形成漩渦，而被捲進漩渦中的一切都變了樣。

不過現在可以確定一件事。

笙之介令押込御免郎展開行動而那個男人前來痛罵笙之介，這件事對策劃陰謀的一方以及想毀掉陰謀的一方來說都沒有任何意義。

但對笙之介認爲這件事意義重大，只有笙之介聽得懂他辱罵的含意。

笙之介甚至連回他一句「你錯了」都辦不到。

「喂——笙先生。」樓下傳來武部老師的叫喚。「再不快點，燒烤都涼嘍。」

樓下果然傳來令人垂涎的香氣。笙之介雙手用力朝臉抹一把。

他此刻好想見和香一面。

七

天明時分，笙之介用包巾包好押込御免郎的讀物，拜訪村田屋的治兵衛。

短短不到一天，彼此都還覺得尷尬，但兩人說的話完全相同。

「治兵衛先生，你臉色可眞難看。」

「笙兒，你臉色可眞難看。」

帚三在店門口掃地。一大早還沒客人上門，村田屋裡一片悄靜。

「我宿醉。」笙之介很坦白地說道。「被武部老師灌酒。他眞是千杯不醉，跟蟒蛇一樣。」

我可以坐嗎——笙之介問。治兵衛悲戚地垂落他那雙炭球眉毛。

「還有什麼事嗎？請坐吧。」

笙之介坐在帳房的臺階處，解開包巾，取出押込御免郎的讀本。

「我昨天修改過了。請你過目。」

治兵衛默默翻閱頁面時，帚三打掃完畢，端著茶碗前來。

「這對宿醉很有效。」帚三說，這是在濃濃的熱茶裡加一顆梅子乾，他接著走進店內。

笙之介端起茶碗喝一口。又苦又鹹。喝著喝著，胸口噁心的感覺逐漸消退。

治兵衛鼻頭泛紅，那雙牛鈴般的大眼眨個不停。「笙兒，你願意原諒那個人嗎？」

笙之介默然不語，但他告訴治兵衛昨晚在「利根以」的對話。他一面說，一面望向店門口，發現帚三仔細打掃的店門口已經灑過水。長期以來，村田屋都像這樣做生意。敦厚耿直的掌櫃，以及做事周到細心的店主。他們招攬顧客，爲顧客著想，珍惜因租書而建立的這份情誼。

他驀然心中一緊。

「我們都像是傀儡。」笙之介道。「操控傀儡的人是東谷大人。我們一直跳脫不出東谷大人的手掌心。治兵衛先生沒必要歉疚。」
治兵衛只是捲入搗根藩的動亂中罷了。
「我希望押込御免郎這個人，可以從治兵衛先生的溫情中感到一些什麼。」
治兵衛闔上那本讀物後，低頭望著書說道：「他接下來會怎樣？」
「這我不知道。不過他是這項陰謀的重要人證，所以……」
「不會馬上被人斬殺吧？」治兵衛無力地笑道。「就算遭人斬殺也是無可奈何。」
笙之介沉默不語。
「笙兄，那你呢？」
「我也不知道自己會怎樣。」
「不過，東谷大人不是要你繼續待在江戶嗎？要你繼續從事現在的工作。」
那應該是東谷的希望。
「這次不全然由東谷大人一個人決定後事。我猜我早晚會被叫回藩內。」
笙之介也想見證母親里江接下來會怎樣。
「那麼你大哥……」
「這件事我想再多也無濟於事。」
「東谷大人爲了放走你大哥，想必費了好大一番工夫，所以他對笙兄一定也……」
笙之介打斷治兵衛。「我不知道這項工作能再做多久，但我想拜託你一件事。不，與其說拜託，不如說是推銷。」
治兵衛一愣，他消沉的表情終於有一絲變化。
「推銷？」
「你還記得三八野藩的那位藩士，長堀金吾郎嗎？」
「記得，他是帶來像文字遊戲的書信，與密文有關的那位武士吧？」

笙之介頷首。「長堀先生見那起事件大致解決，即將返回三八野藩時送我一樣東西。我想讓治兵衛先生見識一下。」

正是長堀金吾郎贈送的兩本書。《天明三八野愛鄉錄 抄》與《萬家至寶 都鄙安逸傳》。

「我還記得。我們店裡也有一本《都鄙安逸傳》。一直收在書庫裡，沒人來租借。」

「是啊。是奧州小藩歷經饑饉之苦所寫的書。我不認爲江戶町有人喜歡看這種書。」

但笙之介認爲，應該要有更多人看這本書。

「在歉收的荒年，江戶也有人因飢餓而受苦。因爲糧食價格攀升。儘管如此，只要有錢還是買得到食物。但有些地方就算有錢也買不到食物，稻米、大豆、雜糧完全沒有收成，人們被迫得掘樹根而食，這種邊鄉百姓的痛苦，不是市街的人們能體會。」

一直都無法體會他們的痛苦，這樣眞的好嗎——笙之介說。

「在我們的藩國裡，歉收與饑饉是身邊常會遭遇的恐懼。我來到江戶後最吃驚的，是這裡的人們儘管不知道明天會怎樣，但總有辦法籌到今天的三餐，就連富勘長屋的人們也一樣。他們深信只要撐過今天，明天總有飯吃。這裡的人們過的就是這種生活。」

治兵衛仔細聆聽，緩緩重新坐正。

「但在這個國家裡也有人被迫過著今天沒飯吃，明天一樣沒飯吃的生活。而支撐著江戶人日常生活的就是這群人。我認爲像《都鄙安逸傳》這種書，應該廣泛讓更多人閱讀才對。」

笙之介當初來到江戶並非出於自願。他在富勘長屋的生活、在村田屋底下的工作，全是東谷一手安排。他不知道還能在江戶待多久，也許再也沒機會回到這裡。既然這樣，他希望至少在自主意願下做件事。

「我住在富勘長屋的這段時間裡，希望盡可能多謄寫這兩本書的抄本。如果村田屋的書庫裡有內容相近的書籍，請你借我。哪個藩國的書都無妨。多多益善。我也會謄寫這些抄本。所以請多借我一些書吧。治兵衛先生一定辦得到。」

這是笙之介宿醉的腦袋想出的點子。是他的突發奇想，但此刻的笙之介亟欲實現這項心願。

「求您成全。」笙之介深深一鞠躬，笑著道：「工資算便宜一點也沒關係。這算是強迫推銷，請儘管殺價。」

治兵衛挑動炭球眉毛，一對牛鈴眼微微瞇起。

「我明白了。」他語帶嘆息。「我就委託笙兄來處理這項工作。當然了，不用我多說也知道，工資會打不少折扣。這不會是賺錢的生意。」

接著治兵衛終於露出笑容。

「不過，這本書我會付你高額的工資。」治兵衛手搭在押込御免郎的讀物上。「你改寫得很好。這就會合我們店裡顧客的胃口了。你處理得很好。」

在窗戶射進的清晨陽光照耀下，治兵衛的表情開朗許多。而殘存於笙之介心中的疙瘩似乎因爲他的開朗逐漸融解。

「那我們就立刻來著手。不過笙兄，在那之前……」治兵衛突然又轉爲愁容。「接下來你會去和田屋吧？」

「笙兄？」

笙之介雙脣緊抿。一想到這件事便內心紛亂。

外頭吹來一陣涼風。在地面潑水發揮了功效。不，應該是盛夏已過。笙之介暗自思忖。生活在江戶好長一段時日。這段時日裡的每一天都塞滿回憶。

「昨晚陪武部老師一整夜。」笙之介悄聲道。「聽他談許多事。武部老師這一生命途多舛，但夫人始終陪伴在他身邊。」

眞是一對神仙眷侶。儘管喝醉了酒，腦袋昏昏沉沉，但這念頭深植腦中。

「我當時心想，要是往後人生也有人與我相伴而行，就像他們一樣，不知有多好。」

治兵衛微微趨身向前。「笙兄，你這話的意思……」

「但我沒辦法像他們一樣。我看不到未來，不知道接下來變成怎樣。雖然東谷大人那樣說，但回到藩國後難保我不會被問罪。」

「那你就別回去啊。」治兵衛果決地建議。「笙兄不妨和你哥一樣逃離藩國。東谷大人的那番話也許暗藏這樣的含意吧？我是這麼認爲的。」

笙之介默默搖搖頭。兩人相對而坐，沉默良久。

「昨晚我一直很想見和香小姐。」

很想見她一面。想和她說說話。有話想對她傾吐。

「但因爲不習慣喝酒，一時喝醉了，醉意逐漸退去，我也恢復理智。我現在不想見和香小姐。」

我明白自己不能見她。

「這麼說來，你打算就這樣拋下她不管？她很替你擔心。」

「我會寫信給她。和香小姐是聰明人，很多事她都知曉。我會請阿秀姐代我送信。」

「這太見外了。」

「就是要這樣見外才對。我和她再親近也不會有結果。」

治兵衛動了一下身子，長嘆一聲。

「照道理來說或許是這樣……但這種事不能光憑道理來看。」

笙之介站起身。「我心已決。」關於指導和香製作起繪的事，要是可以不要半途而廢就好了，但後續和香可以獨力完成。不知道她想作出什麼起繪。

「我要回長屋了。得開始工作才行。」

笙兄、笙兄——治兵衛接連叫喚兩次。笙之介不理會他的叫喚，猛然回神時發現自己來到微帶秋色的夏日晴空下。

富勘長屋的人對神態沒多大改變的笙之介沒特別反應。笙先生，你昨晚可眞晚回來呢——隔壁的阿鹿說。「聽說你和武部老師一起喝酒嗎？那張臉看了眞不習慣。滿是酒味。」

他挨了阿金一頓罵。大家今天還是一樣忙碌。

笙之介坐在書桌前。他想寫信給和香，但在磨墨的過程中，這個念頭逐漸萎縮，他決定之後再做。他打開《都鄙安逸傳》，開始著手抄寫，過了一會，和香的臉龐又從他腦中掠過，他果然還是想寫信，但始終無法提筆寫字。他無法下定決心。

當眞沒用。

強迫自己坐在書桌前的這段時間，他午餐和晚餐都忘了吃。這時身上的酒氣完全消散，如廁時因爲饑腸轆轆，感到步履虛浮。這種時候，阿金往往很快發現而來關心。但今天不一樣。夜幕低垂後，阿秀才來露臉。

「笙先生，你今天還沒吃飯吧？」

她送來冷飯和醬菜，然後坐下，儘管笙之介一再婉謝，她還是不理會，逕自準備熱水泡飯。

「很忙嗎？村田屋老闆指派急件給你是吧？」

笙之介早猜出幾分。和田屋的人一定很好奇笙之介後來的情況，和香就不用說了，夫人和津多一定很關心。阿秀受她們委託，前來查探情況。

「是的。」

「治兵衛先生眞會使喚人。」

阿秀甚至在一旁侍候笙之介用餐，遲遲沒離去。笙之介自然少言寡語，但始終保持沉默很不給阿秀面子，開口說話又勢必得說謊。

「我說笙先生……」阿秀等不及地開口問道。「我實在不清楚這到底怎麼回事……」

「阿秀姐。」

「什麼事？」

「明天我可以拜託妳幫個忙嗎？」

阿秀端正坐好。

「我想請妳幫我送信到和田屋。請津多小姐轉交和香小姐。不知妳是否願意幫我這個忙。」

這件事還是應該今天就處理好。往後拖也不會有任何改變，徒增痛苦罷了。

「只要你信得過我，要我替你跑再多趟都行。」

「那就拜託妳了。謝謝妳這餐的款待。」

「不過笙先生……」

「我去泡湯了。」

笙之介留下阿秀一人，將手巾披向肩上。

儘管來到澡堂，滿腦子想的還是和香。我這人真是不乾脆。明明是自己的決定，卻還猶豫不決。明明沒其他路可走，卻還躊躇不前。他嘩啦嘩啦潑起水花，一再洗臉。

他在返回長屋的路上再次下定決心。今晚就來寫信。藉由寫信給和香，順便整理思緒，然後離開富勘長屋。不能繼續待在這裡了。我就是這般柔弱——笙之介再次有這樣的體認。

雖然對治兵衛很抱歉，但還是請他幫忙。只要讓他在村田屋的書庫一隅棲身就行了。不需要支付他謄寫抄本的工資，只要能換取一處棲身的場所和一天兩餐便足矣。

——這樣太厚臉皮了，而且也很窩囊。

乾脆請川扇的梨枝幫忙。看是要打掃還是升火燒飯，我什麼都肯做。

最後，笙之介發現光靠自己根本什麼也做不了。

偏偏他又不想倚靠藩邸。到時候又得編故事解釋，他不希望這麼做。東谷正忙著收拾這起案件，不能打擾他。東谷主動召見他之前，古橋笙之介最好還是維持現有身分，他是奉月祥館的師傅之命，前來江戶辦事的助理書生。

其實他不想知道藩邸的動向。這才是他真正的心聲。

富勘長屋的木門逐漸出現眼前。三益兵庫用鈍刀切腹的那座稻荷神社中，掛在狐神胸前的圍兜無比鮮紅。這裡掛著富勘資助燈油錢所點亮的燈籠。半夜時燈油耗盡，燈光自然消失。

驀地，笙之介察覺背後有動靜。

人的體溫和氣味。

笙之介回身而望。今晚天上高掛的是細如絲線的新月。夏日尾聲的黑夜幽暗，濃濃地凝聚在通往裏長屋的細長小路上。

黑暗突然產生變化，化爲一道人形。

那道黑暗開口說話：「笙之介。」

是勝之介。

除了微弱的月光外，就只有從稻荷神社洩出的燈籠微光。笙之介背對著亮光。與他對峙的大哥籠罩在微光的照耀下，就一抹像幽魂。

他來到伸手可及的距離。

「笙之介。」勝之介再次叫喚。他其實不是在叫喚，只是出聲確認，同時讓笙之介聽見他的聲音，確認他的身分。對方用這個聲音表示——在這世上就只有你大哥會用這滿含憤怒、憎恨、失意的情緒來叫喚你。

「大哥——」

勝之介沒穿短外罩和裙褲，僅穿著一身便服。他在淡淡的月光下滿臉鬍碴。衣服的肩口處顯得很凌亂。勝之介無暇顧及身上的裝扮，一心一意地趕往這裡。

大哥的右臉頰多了一道淺淺的刀傷。

「大哥，你怎麼會來這裡？」

勝之介沒回答，雙眸在黑暗中閃著精光。勝之介盯著笙之介，手按刀柄，刀柄微微離鞘。

「我和你這個窩囊廢不一樣。」

他的聲音如岩石般堅硬。大哥不光是身體，內心都化爲岩石。

「我才不會任憑坂崎重秀擺布。」語畢的同時，白光閃動。呆立原地的笙之介根本無暇閃躲，也無法閃躲。兩人劍術的實力差距如同大人對上孩童。

笙之介勉強往後躍離，但還是沒能避開大哥的刀鋒。他一時停住呼吸，左肩到胸口一帶感覺到一股強力的衝擊，以及像是被熱水潑中的灼熱。

「被你擺了一道，我哪嚥得下這口氣。我要斷絕古橋家膽小鬼的血脈！」

笙之介因爲被砍中的勁道而轉身，但緊接著又一刀朝背後襲來。笙之介撲向地面，躲過一刀。眼前逐漸化爲一片漆黑。胸口和肩膀無比火熱，但又感到通體發寒。

他聽見勝之介急促的呼氣聲，以及踩踏地面的聲響。

「你就去陰間和爹會面吧。這也是娘要的結果。」

大哥的聲音發顫。還是說，是笙之介自己在顫抖呢？聲音猶如潛入水中般聽起來好遙遠，而且含糊不清。

世上有些父母與孩子的感情水火不容，無法了解彼此。個性天差地遠，無法忍受彼此。有時不管怎樣，就是無法心意相通。立場與身分會改變想法的眞僞。某人守護的重要之物，卻被另一個人棄之如敝屣。

笙之介在這裡生活，一直目睹著這一切。三河屋的母女，和田屋的和香與老和她吵架的母親，長堀金吾郎與他的主君，以及主君思念的人；治兵衛失去的愛妻，和他解不開的神祕慘案以及害怕解開謎團後恐將失去什麼的恐懼。

只要無法拋棄自己的思念，人們便會擁有想法。只要每個人的想法不同，儘管面對同樣的事物，得到的感想也會天差地遠，追求的事物也互有不同。

大哥就像他無法原諒爹一樣，同樣無法原諒笙之介。儘管誕生在同樣的場所，受同樣的父母養育，但兩人追求的事物截然不同。孰是孰非，無從得知，而這樣的提問本身也不具任何意義。

在遙遠的年幼時光，自己應該見過大哥的笑臉，但現在完全想不起來。而笙之介最後一次在大哥面前笑，又是什麼時候呢？

好暗。眼前一片漆黑。猶如來到深夜時分。笙之介逐漸被黑暗吞沒。

「哇！不好了！」

在黑暗的前方，有個熟悉的聲音大聲喧鬧。

「失火了！失火了！大家快出來啊！失火啦！失火啦！」

是太一。眞是個冒失鬼，哪裡失火應該要講清楚才對啊——

想到這裡，笙之介失去意識。

八

笙之介站在古橋家的庭院。

父親的背影出現在眼前。他正在維護那塊小小田地，脖子上圍著一條手巾，衣服下襬撩起並塞進衣帶裡。古橋宗左右衛門沒發現笙之介在他背後。他忙著拔除雜草，用鐵鏟掘土後鋪平。他想在這個角落播種新苗。

笙之介默默在後頭觀看，父親的背影逐漸遠去。他猛然回神時，眼前不再是搗根藩小納戶所住的宅邸庭院，而是一片廣闊無邊的農田。父親埋首於工作中，此時正用手巾拭去額頭的汗水。他起身挺直背脊，仰望蒼穹。天空無比蔚藍——爹看起來很樂在其中。

我也來幫忙——正當笙之介準備出聲叫喚時，突然感覺胸口一帶遭人撞擊。眼前的農田和古橋宗左右衛門旋即消失。

「血塊卡在喉嚨裡。快讓他吐出來！動作快！」

嘶啞的聲音傳來。笙之介胸口又是一陣撞擊，全身晃動。

「笙先生，笙先生，你聽得到嗎？要撐下去啊！」

這不是武部老師嗎？在吼叫什麼啊？喊這麼大聲，學生們會嚇壞的。

「笙先生，笙先生。」

咦，是阿金。又是那種哭腔。我知道阿金是愛哭鬼。這次又怎麼了？

視野倏然變得昏暗。笙之介陷入沉睡中，彷彿被沖往又深又冷的遠方。

有人握住笙之介的手。

是一雙小巧柔軟的手。感覺好溫暖。那雙手緊緊包覆笙之介的手。

「古橋先生。」身邊傳來甜美的女聲。對方湊近臉，微微傳來呼氣。「古橋先生，你聽得見嗎？」

一旁傳來另一名女子的聲音。「他眼皮在動呢。小姐，妳再試著叫喚幾聲看看。」

古橋先生——甜美的聲音再次叫喚，比剛才更近了。

「聽得出我的聲音嗎？我是和香。」

和香小姐握著我的手嗎？

「你振作一點啊。你要是不振作一點，我絕不原諒你。」

和香在生氣。我說了什麼不該說的話，讓她氣得噘起小嘴嗎？

和香緊握笙之介的手，十指加重了力道。

「古橋先生，你不能到你父親那裡去啊，現在還不是時候。」

我父親那裡？我爹人在田裡。不，他現在不知道去哪兒了。我四周一片漆黑，只聽得到和香小姐的聲音。和香小姐自己才是呢，妳到底在哪兒啊？

「我是和香，你快回到我這邊來。我現在正牽著你的手。請不要丟下我一個人。」

可是現在一片漆黑，我也沒辦法啊。我不知道往哪走才能和妳見面。

溫熱的雨滴開始滴滴答答地落在笙之介臉上。突然下起驟雨嗎？爹剛種下新苗的那塊田地，這下應該會得到滋潤了。現在天色這麼黑，烏雲籠罩著天空。

這時，一道光束陡然射入。啊，雲層散開了。

「噢，他睜開眼睛了。」

朦朧中可以看見人臉。一群人在笙之介身旁低頭望著他。

離他最近的是和香的臉龐。她兩頰濡溼。原來剛才不是雨，是和香小姐的眼淚。

眼皮好沉重。明明想睜開眼睛，眼皮卻宛如掛了一斗裝的酒桶般沉重不堪。

但我得睜開眼才行。和香在哭泣。她也許又和夫人吵架了。我得安慰她才行。因爲她會不自主地講出違心之言，不僅傷了她母親的心，她自己也傷得更重。

笙之介看到和香、武部老師、和田屋的津多。村田屋治兵衛長著一對炭球眉毛的臉龐此時從一旁冒出。現場有一張陌生的臉。不，等等，他不就是前些日子富勘爲了替三益兵庫療傷所找來的大夫嗎？聽說他也是落首的同伴。

「看來度過危險期了。」大夫道。「現在還不能鬆懈。各位，請務必用心照顧他。」

照顧？我怎樣了嗎？我怎麼了？

打開壁櫥的拉門後，塞在裡面的雜物頓時全湧出來——笙之介的感受便像如此，儘管記憶鮮明，但只有片斷，無法連貫，零散地落向笙之介懷中。

下一秒，他恍然大悟。

啊，我被大哥砍傷了。

「他好像有話想說。」治兵衛輕聲說道，接著是津多從旁伸長手，將某個東西抵向笙之介嘴邊。那是柔軟的東西，好像是吸滿水的棉花。那水氣對乾涸的嘴脣來說就像是久旱逢甘霖。

「不能勉強他說話。」大夫在一旁制止。但笙之介還是想出聲說話。他的身體宛如成了空洞，使不上力。聲音猶如從洞中微微吹出的徐風般軟弱無力，幾不可聞。

「我、大哥他……」

圍繞在笙之介四周的人們臉龐變得很模糊。

「我大哥他……」

和香的手掌輕柔地包覆住笙之介的臉頰。

「令兄行蹤不明。不知道他去哪裡。不過古橋先生你人在這裡。我陪在你身旁。」

已經沒事了——和香說完後抽抽噎噎地哭起來。她一面哭，一面輕撫笙之介的臉頰、額頭，不知為何還幫他擦拭眼角。

「妳為什麼哭？」

聽見笙之介微弱地詢問聲，和香哭著擠出笑容。

「因為你在哭啊。古橋先生眞是愛哭鬼。」

哦……原來我也是愛哭鬼，所以大哥和娘才會和我疏遠。

和香伸手替他拭淚。感覺眞舒服。笙之介再度闔眼。一闔上眼，眼前旋即出現父親宗左右衛門專心維護農田的身影。

那位名叫玄庵的町內大夫說道。

「我趕到時，你死了九成。我替你急救後，死了八成，後來你在眾人的照料下喚回陽間，只死了五成，但稍有鬆懈又會很快走向死亡。請你自己多多保重，好好調養。」

笙之介帶著只剩五成的性命躺在和田屋的房間，聆聽大夫吩咐。

「我常幫人診治刀傷，你身受此等重創還能保住性命，當眞是運氣過人。好在當時長屋的人們迅速趕去救你。」

當時大聲喊失火的人果然是太一。

「目睹那樣的慘事，他既不害怕，也沒退縮，還發揮機智化解危機，眞不簡單。」

又過幾天，笙之介恢復九成的生氣後得以和太一見面。此時的他還不能正常進食，僅能喝白開水，靠自己的力量只能勉強挪動手臂。他左肩到胸口一帶的刀傷用白布緊緊纏繞。太一見他這副模樣，就像腿軟似地爬到笙之介枕邊。

「笙先生，你不要緊吧？」

「嗯，託你的福，我才保住一命。」

「可是你這條命好像還沒完全保住呢。」

笙之介露出苦笑，太一跟著笑了。

「大家合力用門板運送你的時候，你流了好多血。我嚇壞了。」

運完後，那塊門板上的血漬滲進木頭裡，不能用了，所以寅藏用柴刀劈成柴燒。

「給各位添麻煩了。」

「你不用在意門板的事啦。」

笙之介很想知道富勘長屋的住戶後來情況怎樣，太一告訴了他。

「我姐姐明明很擔心你，卻又說她不想到和田屋來。所以我自己一個人來了。」

笙之介躺在枕頭上微微頷首。太一似乎鬆口氣。

隔了一會，他才小小聲地說出當時的情況。「那時候我去小解。」

他說的是笙之介離開澡堂，準備返回長屋的那天晚上。

「準備從茅房返回屋裡時，我聞到一股血腥味。和照顧倒在路旁的武士時聞到的臭味一個樣。我當時仔細聞過那味道，知道那和魚腥味不同，一聞便知。」

太一覺得奇怪，小心翼翼地潛伏在黑暗中，前往長屋的木門一帶查看情況。這時，他藉著稻荷神社紅燈籠發出的亮光，看到笙之介肩上掛著手巾，走夜路返回長屋。太一正要出聲時，笙之介背後的暗處突然冒出另一道人影。

「對不起，當時我要是馬上大叫就好了。可是對方不知和你說些什麼，當我見情況不對，大爲吃驚時，那個人已經拔刀了。」

儘管如此，笙之介還是撿回一命。因爲太一的大叫讓勝之介怯縮，沒補上致命的一刀就逃離。但若依照事發的先後順序，太一在夜裡聞到的血腥味絕不是笙之介遭砍傷後發出的。

解開離奇謎題的是不久後來探望的治兵衛。這時笙之介氣色恢復許多，可以從床上起身喝米湯。

「沒想到由我這樣的人負責傳達這項重要的訊息……眞是擔代不起。」治兵衛說，東谷大人託他傳話。「搗根藩的江戶藩邸目前諸事繁忙。我向東谷大人詳細呈報此事，但東谷大人似乎很難抽空來看你。」

這也難怪。爲了派人從江戶返回藩國並逮捕參與陰謀的相關人等，坂崎重秀忙得不可開交。主君因爲參勤交代而在江戶，理論上會等回藩才正式處理此事，但東谷可能率先趕回藩國一趟。

「接下來要談的……是關於令兄的事。」

勝之介仍舊下落不明。

「聽說東谷大人原本計畫令兄與你會面後，送他前往八王子。讓他先待一陣子避避風頭，再安排他逃往京都一帶。」

也就是說，勝之介由人護送，並且受到坂崎重秀的兩名手下看管。

「東谷大人的兩名手下既然能獲得信任，自然身手不凡。但聽說笙兄大哥有一身過人的劍術。」

這點就連東谷也誤判了。勝之介一點都不想任憑擺布。他心有不甘，因此在前往八王子的路上看準可乘之機，斬殺東谷兩名負責看管的手下，跑回江戶。他的目的只有斬殺笙之介。如果可以，他或許打算連坂崎重秀一起殺掉。

「不過，負責看守的那兩人畢竟武藝高強，令兄同樣負傷在身。太一當時聞到的血腥味是令兄潛伏在暗處等候笙兄時飄出的臭味。」

最後，那股臭味在千鈞一髮之際救了笙之介一命。

治兵衛略帶顧忌地問。「太一沒告訴你嗎？」

「告訴我什麼？」

「令兄當時應該可以當場取你性命。」

但他沒給你最後一擊。

「太一說，當時令兄突然面露猶豫之色，而且不是因爲他大聲呼叫。太一會放聲大叫是因爲令兄低頭望著倒在地上的你時，停住手中的長刀。」

笙之介記得他倒臥在黑暗中時，感覺得到勝之介踩著地面步步逼近。

「我認爲，令兄那時候重拾自己眞正的心。他的心裡湧現兄弟間的家族之情。」治兵衛說到這裡，吸了一下鼻子。「不過富勘先生不這麼認爲。他這人從事這種生意，見識過不少事，絕不是個無情的人，不過他的想法倒毫不留情。」

——那是因爲笙先生的大哥有傷在身。他滿腔怒火地揮刀，當然牽動傷口而發疼。那刀肯定一時來不及揮下。

「富勘先生還說，好在沒連太一也砍了，眞該慶幸。」

「我也這麼認爲。」笙之介說。

這段靜養的日子裡，笙之介沒什麼機會跟和香深入聊聊。他們只說一些無關緊要的事，例如「每到傍晚，日本鐘蟋的叫聲很吵人」、「今天津多心情不太好」、「今天我從村田屋借來這樣的書」等等，一概沒談到勝之介。關於這起事件也隻字未提。

津多也一樣，她一手包辦照顧笙之介的工作。但和和香不同，她將笙之介當成小嬰兒般照料。當笙之介從喝米湯、喝三分粥（註一）、五分粥（註二）進步到開始吃固態食物時，津多告訴他：

「古橋先生，你還記得你在鬼門關前徘徊時，我家小姐在你枕邊說的話嗎？」

笙之介故意裝蒜。「不記得了……」

「她說，請不要丟下我一個人。」津多接著正色道。「我也鄭重在此拜託您。」

她就只說過一次，沒再說第二遍，但這句話深植笙之介心中。

在和田屋靜養的這段時間，秋意漸深，笙之介常獨自思考。他並不是爲日後的事煩憂，而像取出一本老舊的書細細翻著頁面般重新思索那晚，以及之前發生過的種種。

他無法憎恨大哥。他隱隱覺得在這次事件中受傷最重的其實是大哥。大哥在人生大道上走錯路。他一直以爲自己走的是青雲之路，但不過是一座宛如「不知八幡森」(註三)般的迷途。

儘管如此，大哥還是選擇走上這條路。他自己心知肚明，現在已無法回頭，只想要揮刀斬除眼前的荒草。笙之介對大哥而言如同擋住去路，緊纏住衣袖和裙褲下襬的荒草。

笙之介常覺得那晚看到的黑影並非大哥眞正的身影，而是大哥的亡靈，也許大哥當時早喪命。他就只是爲了誅殺笙之介而暫時重返人世，最後被太一生氣蓬勃的孩童叫聲淨化而消失。

笙之介寄宿的和田屋房間附有一座小小庭院。裡頭有一株三年前才剛種下，不算高的楓樹。楓葉已由綠轉紅。

既然他都恢復到這種程度了，就不能再繼續躺著，得試著行走。在玄庵大夫的命令下，笙之介每天都會有幾次到這座庭院；有時也會在環繞庭院的外廊上來回行走。

在秋雨淋溼庭院楓樹的某日，和田屋的人告訴他客人來訪，一開始他還以爲是治兵衛，沒想到是富勘，他一如平時地披著那件衣繩特長的短外罩。雖然治兵衛說富勘「從事這種生意」，不過，富勘此時一本正經地問候他，渾身散發出宛如大地主般的威儀，不像一般管理人。

「我今日以雙重代理人的身分前來。」我是村田屋的代理人，而村田屋又是東谷大人的代理人，所以是雙重代理人——富勘說。「治兵衛先生說要親口告訴你這件事，他覺得很痛苦，由我代替他前來。」

爲了避開飽含雨氣的冷風，笙之介關上紙門，與富勘迎面而坐。

「今天早上，化名押込御免郎的醉鬼代書浮屍出現在大川的百本杭旁。他被人一刀從肩膀斜砍而下，就此斃命。聽說懷裡的錢包遺失，可能是路上遭遇斬人試刀。」

富勘像在安慰笙之介般，眼神轉爲柔和。

「……抱歉，這樣雙方才能接受。東谷大人要我這樣對你說。」

這樣雙方才能接受嗎？

「我聽得懂這句話。笙先生，你應該聽得懂吧？」

「是的。」笙之介應道。

「不過，接下來的傳話，我就完全聽不懂了。」富勘來段開場白，接著背誦般地說。「井藤家的一家之主因病隱退。小野內藏助遭免職，已離開藩國。」

笙之介頷首。

「波野千與藩外商人有不當的金錢往來，此事遭人揭發，沒收其財產，並放逐他處。」

將大哥勝之介當走狗的那班人，在坂崎重秀與城代家老今坂源右衛門的問罪下屈服，以此作爲對外公開的說詞，犧牲一起推動這項陰謀的共犯。不過東谷他們也犧牲了押込御免郎這位人證。他們取其性命，封住他的口，讓他從世上消失。

——最後，那個人還是被除去了。

當初在「利根以」道別時，東谷就像在提醒問笙之介——你還有話想問那個男人嗎？還有話想對他說嗎？當時東谷心中應該早擬好這樣的腹案。他早看出這樣雙方才能取得妥協。

註一：米和水的比例是一比二十。

註二：米和水的比例是一比十。

註三：位於千葉縣八幡的一座森林。自古便被視爲禁地，據說一走進此地，便再也無法走出。

笙之介低頭望著地面，不發一語，富勘也靜默無言。不久，富勘恢復原本的口吻說道：「我代理人的工作到此結束，我今天前來還有另外一件要事。我帶來了一位客人。」

富勘抬起手輕拍幾下。

「津多小姐，請帶客人進來。」

只聽見津多朗聲應道「是」，打開拉門。這位身材高大的女侍背後走出一人……

「老師！」

那人是月祥館的佐伯老師，阿添也陪在一旁。兩人一身旅裝。

「好久不見。」老師道。「這些時日你在江戶學了些什麼，說來聽聽吧。」

問候完畢，阿添離去，富勘也恭敬地退向房內角落，笙之介與老師兩人聊起來。佐伯老師說，他在半個月前辭去藩儒的職務，正在安排遷回江戶的事宜。

「我對藩內的事了解不深。雖然不清楚城內究竟發生何事，不過黑田大人私下建議我隱退，我也接受他的建議。他要我辭去月祥館館主的職位，以黑田家儒者的身分悠哉地過下半生，這提議聽起來不錯，不過就我來說，搗根藩算是異鄉。我想趁這個機會返回江戶。」

不管老師去哪，阿添婆婆都在一旁。

「對了，笙之介，你現在可是氣色不錯的鬼魂呢。」

「咦？」

「我聽說你死在江戶了。江戶留守居坂崎大人正式接獲這樣的通報。」

佐伯老師雖然一本正經地說道，但埋在他皺紋底下的那對細眼卻滿含笑意。他身後極力保持面無表情的富勘忍俊不禁地嘴角輕揚。

「這……我爲什麼已經死了呢？」

「說來不幸，聽說你與兄長決鬥。古橋家在不幸的情況下失去家主宗左右衛門大人，而原本就感情不睦的兩兄弟變得更加水火不容。大哥找上逃往江戶的弟弟，最後兩人展開決鬥。」

此話不假，但也不全然是眞。

「那麼我大哥呢？」

「聽說是逃走了。」

沒錯。消失在黑夜中。

「不知道他現在人在何方。他順利殺了弟弟，不知道此時是滿足，還是後悔。」

「老師。」

「弟弟既然死了，就不再是哥哥的敵人。死過一次的人，誰也無法再殺第二次。」

所以你就當自己死了吧。老師這番話透露出坂崎重秀欲傳達的口信。

「聽說古橋兄弟的母親削髮爲尼，爲亡夫與次男笙之介祈冥福，同時擔憂長男勝之介的安危，過著長伴青燈的日子。」

笙之介眼中浮現母親里江的臉龐。母親依舊板著臉孔，沒對笙之介投以微笑。但這樣也好，總比哭喪著臉來得強。爲什麼我這一生總是這麼坎坷——母親想必像這樣一面對佛祖發牢騷，一面供奉佛祖，這很符合母親悍婦的作風。

笙之介重新坐正，雙手撐地地朝佐伯老師行禮。

「謝謝您。」接著他抬起臉，隔著個頭矮小的老師頭頂望見富勘正點著頭。

「黑田大人給了我一筆慰勞金。」老師道。「我想找一處清靜的住所，以在野儒者的身分繼續鑽研學問。只要有阿添在，不管在哪兒生活都沒問題。」

笙之介也這麼認爲。

「佐伯老師的住所，我會代爲安排。」富勘很機靈地在一旁插話。

「我常聽坂崎大人說，交給富勘先生去辦就什麼都不用擔心。」

「那就好。」

「對了，鬼魂。你要不要再當我的助理書生啊？」

這是求之不得的提議，但可惜現在沒辦法——笙之介如此暗忖，但佐伯老師和富勘卻像是事先講好似地呵呵輕笑。

「我想到一個讓鬼魂重返陽間的方法呢。」富勘把玩著短外罩的長衣繩，喜孜孜地笑著道。「笙先生，不，鬼魂先生，大家在你遇難前不是在長屋前的稻荷神社發現一名倒臥路旁的武士，還合力照顧他嗎？」

那名武士便是以鈍刀切腹的三益兵庫。

「他不是很寶貝地帶著家譜嗎？」

借他的家譜一用，你覺得如何——富勘道。

「村田屋老闆和我仔細調查後發現，上頭寫有一個人名，年紀與笙先生相仿。」

笙之介冷汗直冒。該不會要我假冒他人吧？

「祭弔那位武士說來也是一種緣份，應該沒關係才對。」

佐伯老師用力點著頭，毫不猶豫。「我認爲這是個好主意。」

「可、可是這……」

「我自己這樣說有點像老王賣瓜，不過我是經驗老道的管理人。要多一、兩位房客根本不成問題。一切包在我身上。」

富勘這位保證人在，應該什麼都辦得到……

古橋笙之介將用另一個人的身分重生，他記得那好像是「山片」家的家譜。

笙之介發愣時，老師突然喚道：「吾徒。」

「啊，在。」

「你眞是落櫻紛亂啊。」

這是阿添教過笙之介的一句話。意思是歷經風風雨雨，備嘗艱辛。

是——笙之介應道。

「笙之介的一生已經結束。今後你將展開另一個人生。這條路或許同樣困難重重，但所謂的學問，就是用來克服人世的苦難。」

以此共勉——佐伯老師道。

這天笙之介的晚餐裡出現熟悉的味道。那是阿添婆婆親手作的炒豆腐和醃秋茄。

「我向她請教了黃蘿蔔乾的醃法。」前來侍候用餐的津多說道。「經驗老道的人作的醬菜，味道果然就是不一樣。」

笙之介細細品嘗眼前的菜餚。前來收餐具的人是和香。你吃得可眞乾淨——和香瞇起眼睛細看一掃而空的碗盤，接著替他泡杯茶。

「和香小姐。」

我好像會變成另外一個人。笙之介簡短地說明事情的始末。

這是個謊言的開始，往後的人生都得堅守這個謊言。

和香沉思片刻後說道：「既然富勘先生會安排你的住處，那佐伯老師、阿添婆婆，以及老師新任的助理書生，應該都不會到太遠的地方吧？」

「應該是這樣沒錯。」

「那我就原諒你。」

「不過，爲了避免和藩內認識我的人不期而遇，我應該會搬往江戶城外。」

佐伯老師今後不再收弟子，他想過與世隔絕的平靜生活，這樣剛好合適。

「沒關係，下次換我拜訪你。」躊躇片刻後，和香拿定主意補上一句。「倘若日後古橋先生要到很遠的地方，我也會這麼做。」

和香的意思是，她這隻籠中鳥已經走出籠外。

「以後就不能再承接村田屋的工作了吧？」

「不，我會主動推銷他。」

笙之介將他對治兵衛說過的話告訴和香。他提到《三八野愛鄉錄》，以及世上有多本救荒錄的事。

「我希望日後找出更多的救荒錄來彙整，向世人推廣，這就是我想從事的工作。」

雖然還只是個夢想，但這條命是撿來的，所以懷抱如此遠大的夢想又有什麼關係呢。

和香聞言後頷首。「請讓我幫你的忙。」

既然這樣，我們兩人一起造訪三八野藩吧。也許日後眞有那麼一天。

不，不是也許，是眞的會付諸實行。

黃昏時分開始降雨，雨滴打向庭院樹木和花草的聲響傳來。和香正豎耳細聽。

笙之介望著她沉穩的側臉，突然感到一股激動之情湧上心頭。一直埋藏心中的想法此刻終於化爲言語，他開口道：

「我大哥他……」

和香看著笙之介。

「日後或許有一天會變成像押込御免郎那樣的人。」話才一出口，他旋即搖搖頭。「不，我弄反順序了。應該是說押込御免郎以前年輕時或許像我大哥一樣。」

夢想破碎，失去希望，憤世嫉俗，滿腔怨忿，過著放浪的人生……

「或許。」和香道。「儘管如此，令兄不見得會變成像押込御免郎的人。他也許會找到另一種生存之道。」

他會走出黑暗找到安身立命之所，並且找到新的生存之道。

「要是眞有那麼一天，你們或許會重逢。不過我認爲古橋先生和令兄到時都有極大的改變，你們會認不出彼此。」和香突然噤聲，望著笙之介急忙道歉。「對不起。我太多嘴了。」

雨聲滴滴答答響個不停，聽起來很悅耳，就像在引人入眠。
「這裡的楓樹雖小，但很漂亮吧？」
「是的。早晚看著它，賞心悅目。」
「家父原本想種櫻樹，但我央求他種楓樹。因爲櫻樹只要有富勘長屋旁的那株櫻樹就夠了。」
兩人沉默片刻。
「一切都從那株櫻樹開始，在這短短的時間裡發生許多事。」
和香正在回想那段時光，露出遙望遠方的眼神，顯現出成熟之色。
笙之介道：「落櫻紛亂。」
「咦？」
「意思是歷經風風雨雨，備嘗艱辛。聽說阿添女士的家鄉都是這麼說。」
落櫻紛亂——和香跟著輕聲複誦，接著她像花朵綻放般嫣然一笑。
「我們的情況不太一樣。應該說是『落櫻繽紛』吧？」
因櫻樹結緣，巧遇櫻花精靈，此刻笙之介正與她並肩而坐。
「原來如此，確實很像和香小姐的風格，改得眞好。」
「明年春天，我們再一起去那株櫻樹前賞櫻吧。」
和香臉泛紅霞，急忙又補上一句。
「鬼魂先生。」
笙之介笑著頷首。
「好，一定去。」
今晚，那株櫻樹想必同樣在河畔邊承受秋雨的滋潤，做著春日到來的美夢吧。

全文完

解說——曲辰

風暴吹起的一瞬前總會落下一枚花瓣

「好小說都是一個神話故事。」

這是納博可夫（Vladimir Nabokov）的名言，他強調每部小說都是一個誕生自作家精神世界的獨立宇宙，「小說總是新穎的，與現實生活無法產生直接關聯」，我們只有在通讀、重讀一部小說，詳知裡頭的一切，開放自己的內心與之對話後，才可以算眞正理解小說。

納博可夫這樣說的目的當然是爲了對抗舊有的文學反映論——認爲小說總是現實的倒影，是個不完美也不完整的複製品——以恢復文學的主體與本質，但注意他的用詞，只有「好小說」才能開啓一個宇宙，展開自己的創世神話。同時，「神話」這個詞語殊堪玩味，一如坎伯（Joseph Campbell）所說，「神話是眾人的夢，夢是私人的神話」，夢與現實有關，但純以隱喻或象徵的形式表現，於是神話也是隱喻的，它不直接述說現實，而將眾人的焦慮、困惑、好奇、恐懼轉化爲一則故事，我們閱讀後，與之共鳴，得以安放我們的內在。

這麼說來，宮部美幸無疑是個好的神話作者。

不，我並非刻意冒瀆，納博可夫當初舉的例子，幾乎都是歐洲的文學大師如卡夫卡、喬伊斯、珍‧奧斯汀，將日本大眾作家與之並列，似乎需要更好的理由，這邊我們不妨參照一下日本左翼文藝評論家尾崎秀樹的觀點，他認爲大眾自有其意識，他們（或我們）挑選了可以產生共鳴的作品，並且透過閱讀這些作品，再度形構自身的意識。那些過往被稱爲「國民作家」的夏目漱石、吉川英治，都有類似的力道，可以說國民性挑選了國民作家，國民作家則折射了眾人的夢進入小說內。

之所以要說那麼多，是由於在這本《落櫻繽紛》上，我們看到了作家再度出現了某種驚人的洞察力，也就是這本在二〇〇九年三月開始連載的小說，其中出現的主題居然與日後的現實事件如此相契，就好像作家傾全力打造出的微型世界，卻無意中透露了現實世界將如何發展一樣。但為了解釋這件事情，需要先回到小說的時代背景上。

整本故事大體發生在天保七年（一八三六）的春天，這一年江戶看似平靜無波，其外卻發生了大事，由於天保四年起日本東北地方出現了洪水、寒害等天氣現象，農作物歉收，最後惡化成江戶四大饑荒之一的天保大饑荒。這場饑荒侷限於東北地區，影響卻極為深遠，逃離自己故鄉的飢民，一波波湧入都市（江戶、大阪等地）內，造成底層人民的資源被再一次的稀釋，貧富差距被拉高到前所未有的地步。在這種狀況下，民心思變，此前就有好幾次的「一揆」（民變），天保八年更有大鹽平八郎之亂。為了維護幕府的威信，江戶政府開始展開天保改革，但將經濟問題轉變成道德問題，試圖透過尚簡約、抑商業的方式來改善貧富不均，最後只能以失敗告終。這次的改革失敗造成幕府權威的輕微崩解，也讓西南的藩國有機會發展自己的商業貿易體制，進而促成之後的明治維新。

不覺得跟二〇一一年的日本有點像嗎？一樣是來自東北的天災，一樣是影響到全國各地，一樣是造成了人民對政府的不信任，甚至一樣的是貧富差距的被凸顯，雖然並不至於被稱之為「預言」，但這本小說跟現實的對照真是暴露了歷史就是不斷的循環的眞實。

在這種前提下，來閱讀作家在這本小說中關心的議題，則變得相當有趣。

一直以來，宮部所關心的——也是大眾所焦慮的——議題基本上可以劃分成兩個主軸，一是個人身份的流動、一是家庭關係的質變（前者的代表作是《火車》，後者的代表作則是《理由》）。與其他時代小說作家不同，宮部美幸筆下很少用武士當主角，這或許是因為她不擅長處理太陽剛的題材，即便在這本小說中，她用了武家之子笙之介當主角，卻讓他不太擅長武術，醉心於學問之中，削弱了大幅度的殺伐氣質，同時，作者還剝奪了他「貴族」的身份，逼他成為庶民，住進長屋之中，學著用底層人民的眼光看事情。

笙之介第一個發現的，恐怕就是資本主義跟既成階級制度的對立，日本舊有的藩國制度，是以白米爲經濟基礎，但也因此，一旦農作物歉收，人民就只能餓著肚子，想辦法靠荒山的些許作物過日子。但開始由資本主義主導的江戶城內，則是另一般光景，誠如小說內笙之介說到的，「吃米飯也是迫不得已」，那是因爲一切的食物都商品化了，被納入交換體系之中，人們無法直接攫取，而是要將自身也投入該項交換體系，透過金錢來獲得得以塡飽肚子的方法。但時值荒年，藩國的武士吃的比起江戶市町的窮人來說可能更困苦一點，即便貴如家老，在經濟上遇到的困難恐怕也跟長屋的一干窮人眾相差不了多少。

這又連結到另外一個問題，江戶時期除了都市以外，身份都是世襲的，工匠的兒子得要當工匠，貴族的女兒只能嫁貴族，就算像坂崎重秀那麼有才幹的人，也一輩子當不了家老。這種階級的僵固也鎖死了人才的可能，所以古橋勝之介才鋌而走險，雄心壯志如他，怎可能安心屈就於自己的出身而享用那微薄的俸祿，他只能背棄自己的父親，棄絕自身的血緣；但在都市內，身份的流動則是可能的，阿秀可以逃離自己的丈夫自食其力，阿金可以自己選擇一個有去無回的感情，甚至笙之介可以從一個刀都拿不好的武士變成一個用筆賺錢的小市民。勝之介早已將自己鎖死在武士這個身份上，當整個武家結構即將被現代浪潮沖垮，他的結局只能是悲劇的；笙之介則還保有轉圜的彈性，所以他可以先變成鬼，再轉換爲另一個人，迎來屬於自己，而不是古橋家的結局。

在之前的小說中，宮部對於家庭的各種形式多有闡述，例如《繼父》的角色扮演家庭，或是《RPG》中的虛擬家庭，都可以看見她對家庭的緻密觀察。她曾經在爲了《落櫻繽紛》而接受的訪問中說到，「在東日本大震災後，重新審視家庭的羈絆價值的人越來越多了，我知道家庭是很重要的，但絕對不是萬靈藥」，我或許可以稍微引申一下，家族當然是很重要的連結，但另一方面來說，血緣也是暴力的，國家以家庭爲名強硬地把個性志趣或許都不相同的人綑綁在一起，你要掙脫還需要背負道德上的困難，這絕對是有問題的。試想，如果勝之介可以輕易地分家，那麼整本小說大概就沒有發展的可能了。

只是我並不認爲宮部全然將家庭視爲負面的，她只是覺得我們該賦予這種社會形式更多彈性，就像小說中的長屋一樣，我們也可以將它解釋成另外一種家庭（多元成家？）。她巧妙地將這種血緣的暴力與人情的連結並置，傳遞出她一直想要對當代的日本社會說的話。

其實在閱讀這本書的過程中，我越來越懷疑作家是有意識地將現代的議題放到時代小說中，最主要的原因就是「書寫」這件事在小說中的份量。這本書的主要事件便是起自「如果筆跡可以假造，那麼所有的文書就會喪失其信用」的核心概念，而後兩章的事件笙之介也都試圖透過模仿書寫來瞭解他人內心。作家巧妙地將這個部分發展到「只有沒有自己的心的人，才能寫出任何人的筆跡」，沒有心的人沒有身份也沒有過去，也不在意國家體制被動搖。但他在意書寫，他在意書寫的東西還有人看，他在意書寫的東西不但有人看而且被天眞的回應了，所以他決定現身與之對峙。

於是書寫成爲最有力量的存在，朱天文說「用寫，頂住遺忘」，押込御免郎試圖透過書寫嘲笑世界，也表示了他無法遺忘；笙之介透過書寫試圖拯救世界，他害怕大家遺忘了曾經有過那麼一場悲劇的饑荒，他害怕災難被遺忘，他害怕遺忘本身讓我們忘了自己的所在，所以他書寫。

也所以，宮部美幸書寫。

本文作者簡介

曲辰

推理評論家。

喜歡時代小說，但覺得時代小說的解說非常非常難寫。

宮部美幸

作品集／49
Miyabe Miyuki

落櫻繽紛

國家圖書館出版品預行編目資料

落櫻繽紛／宮部美幸著；高詹燦譯. - 初版.- 臺北市：獨步文化：家庭傳媒城邦分公司發行, 民 104.01
面；　公分. --（宮部美幸作品集：49）
譯自：桜ほうさら
ISBN 978-986-5651-08-4（平裝）.--

861.57　　103008609

原著書名／桜ほうさら・原出版者／PHP・作者／宮部美幸・翻譯／高詹燦・責任編輯／詹凱婷・書籍裝禎／川上成夫・插畫／三木謙次・編輯總監／劉麗眞・總經理／陳逸瑛・榮譽社長／詹宏志・發行人／涂玉雲・出版／獨步文化 城邦文化事業股份有限公司　台北市中山區104民生東路二段141號5樓　電話／(02) 2500-7696　傳眞／(02) 2500-1966; 2500-1967・發行／英屬蓋曼群島商家庭傳媒股份有限公司城邦分公司 台北市中山區民生東路二段141號11樓・讀者服務專線／(02)2500-7718; 2500-7719・服務時間／週一至週五：09：30-12：00、13：30-17：00・24小時傳眞服務／(02)2500-1990; 2500-1991・讀者服務信箱 e-mail／service@readingclub.com.tw・劃撥帳號／19863813 書虫股份有限公司・香港發行所／城邦（香港）出版集團有限公司 香港灣仔駱克道193號東超商業中心1樓／(852) 25086231 傳眞／(852) 25789337 E-mail／hkcite@biznetvigator.com 馬新發行所／城邦（馬新）出版集團 Cite (M) Sdn. Bhd. 41, Jalan Radin Anum, Bandar Baru Sri Petaling,57000 Kuala Lumpur, Malaysia. 電話／(603) 90578822 傳眞／(603) 90576622・封面設計／張裕民・印刷／中原造像股份有限公司・排版／浩瀚電腦排版股份有限公司・2015年（民104）1月初版・定價／460元
Printed in Taiwan　ISBN 978-986-5651-08-4

宮部みゆき